U0564885

民国世界文学经典译著·文献版（第六辑：德国及俄苏等国小说）

◆长篇小说◆

Artzibashef Michael

# 沙宁

[俄] 阿志巴绥夫（Artzibashef Michael）著
郑振铎 译

上海三联书店

**图书在版编目(CIP)数据**

沙宁/[俄]阿尔志跋绥夫著；郑振铎译.
—上海：上海三联书店，2018.4
ISBN 978-7-5426-5977-4

Ⅰ.①沙… Ⅱ.①阿… ②郑… Ⅲ.①长篇小说—俄罗斯—近代
Ⅳ.①I512.44

中国版本图书馆CIP数据核字（2017）第175101号

沙　宁

著　　者／[俄]阿志巴绥夫（Artzibashef Michael）
译　　者／郑振铎

责任编辑／陈启甸
封面设计／清　风
责任校对／江　岩
策　　划／嘎　拉
执　　行／取映文化
监　　制／姚　军

出版发行／上海三联书店
（201199）中国上海市闵行区都市路4855号2座10楼
电　　话／021-22895557
印　　刷／常熟市人民印刷有限公司

版　　次／2018年4月第1版
印　　次／2018年4月第1次印刷
开　　本／650×900　1/16
字　　数／620千字
印　　张／40
书　　号／ISBN 978-7-5426-5977-4/I·1259
定　　价／180.00元

敬启读者，如发现本书有印装质量问题，请与印刷厂联系0512-52601369

# 出版人的话



中国现代书面语言的表述方法和体裁样式的形成，是与20世纪上半叶兴起的大量翻译外国作品的影响分不开的。那个时期对于外国作品的翻译，逐渐朝着更为白话的方面发展，使语言的通俗性、叙述的完整性、描写的生动性、刻画的可感性以及句子的逻辑性……都逐渐摆脱了文言文不可避免的局限，影响着文学或其他著述朝着翻译的语言样式发展。这种日趋成熟的翻译语言，推动了白话文运动的兴起，同时也助推了中国现代文学创作的生成。

中国几千年来的文学一直是以文言文为主体的。传统的文言文用词简练、韵律有致，清末民初还盛行桐城派的义法，讲究“神、理、气、味、格、律、声、色”。但这也在一定程度上限制了情感、叙事和论述的表达，特别是面对西式的多有铺陈性的语境。在西方著作大量涌入的民国初期，文言文开始显得力不从心。取而代之的是在新文化运动中兴起的用白话文的句式、文法、词汇等构建的翻译作品。这样的翻译推动了“白话文革命”。白话文的语句应用，正是通过直接借用西方的语言表述方式的翻译和著述，逐渐演进为现代汉语的语法和形式逻辑。

著译不分家，著译合一。这是当时的独特现象。这套丛书所选的译著，其译者大多是翻译与创作合一的文章大家，是中国现代书面语言表述和中国现代文学创作的实践者。如林纾、耿济之、伍光建、戴望舒、曾朴、芳信、李劼人、李葆贞、郑振铎、洪灵菲、洪深、李兰、钟宪民、鲁迅、刘半农、朱生豪、王维克、傅雷等。还有一些重要的翻译与创作合一的大家，因丛书选入的译著不涉及未提。



梳理并出版这样一套丛书，是在还原中国现代文学史上的重要文献。迄今为止，国人对于世界文学经典的认同，大体没有超出那时的翻译范围。

当今的翻译可以更加成熟地运用现代汉语的句式、语法及逻辑接轨于外文，有能力超越那时的水准。但也有不及那时译者对中国传统语言精当运用的情形，使译述的语句相对冗长。当今的翻译大多是在著译明确分工的情形下进行，译者就更需要从著译合一的大家那里汲取借鉴。遗憾的是当初的译本已难寻觅，后来重编的版本也难免在经历社会变迁中或多或少失去原本意蕴。特别是那些把原译作为参照力求摆脱原译文字的重译，难免会用同义或相近词句改变当初更恰当的语义。当然，先入为主的翻译可能会让后译者不易企及。原始地再现初时的翻译本貌，也是为当今的翻译提供值得借鉴的蓝本。

搜寻查找并编辑出版这样一套丛书并非易事。

首先确定这些译本在中国是否首译。

其次是这些首译曾经的影响。丛书拾回了许多因种种原因被后来丢弃的不曾重版的当时译著，今天的许多读者不知道有所发生，但在当时确是产生过一定的影响。

再次是翻译的文学体裁尽可能齐全，包括小说、戏剧、传记、诗歌等，展现那时面对世界文学的海纳百川。特别是当时出现了对外国戏剧的大量翻译，这是与在新文化运动影响下兴起的模仿西方戏剧样式的新剧热潮分不开的。

困难的是，大多原译著，因当时的战乱或条件所限，完好保存下来极难，多有缺页残页或字迹模糊难辨的情况，能以现在这样的面貌呈现，在技术上、编辑校勘上作了十足的努力，达到了完整并清楚阅读的效果，很不容易。

“民国世界文学经典译著·文献版”首编为九辑：一至六辑为长篇小说，61种73卷本；七辑为中短篇小说，11种（集）；八、九辑为戏剧，27种32卷本。总计99种116卷本。其中有些译著当时出版为多卷本，根据容量合订为一卷本。

总之，编辑出版这样一套规模不小的丛书，把世界文学经典译著发生的初始版本再为呈现，对于研究界、翻译界以及感兴趣的读者无疑是件好事，对于文化的积累更是具有延续传承的重要意义。



2018年3月1日

[俄]阿志巴綏夫(Artzibashef Michael)著　鄭振鐸 譯

# 沙寧

中華民國十九年五月初版

М. АРЦЫБАШЕВЪ

# 譯序

沙寧(Sanine)的出版，使阿志巴綏夫(Michael Artzihashef)在世界文壇上得到了不朽的地位．菲爾普斯說：(W. L. Phelps)『在最近五年所出版的俄國小說中，阿志巴綏夫的沙寧，雖不是最偉大的，却是最「刺激的」．』雖然在沙寧中有兩個男人自殺了，兩個女子被毀壞了，然而牠的刺激，卻不在於事實方面，而在於牠的思想……自革命失敗(一)以來，俄國便有一種顯著的反動，反對那在不同的時間占據於俄國文學中的三種偉大的思想：屠格涅夫的寧靜的悲觀主義，托爾斯泰的基督教的無抵抗的宗教及最普通的俄國式的無意志的哲學．在革命之前，高爾基卽已表白出那反抗的精神；……而實遠在於阿志巴綏夫之後，阿志巴綏夫……在創造他的英雄沙寧上，已經到達了道德的虛無主義的極邊．』阿志巴綏夫的這種極邊的道德的虛無主義，在俄國立刻引起了可驚怕的喧聲，一部分的批評家覺得他的思想的危險，都極力的攻擊他．然而因了這種喧聲，卻引起了俄國以外的不少的人的注意，最初是德國的讀者熱烈的歡迎了牠，然後是法國、意大利、丹麥、匈牙利以至日本都有了『沙寧』的譯本了，然後，連最守舊的最中庸的英國人也在談着牠了．因爲沙寧的讀者的衆多，於是牠的作者阿志巴綏夫的生平，便有許多人渴欲知道；這是實在的，一個讀者對於一種作品發生興趣時，未有不欲明白作者的生平的，尤其是沙寧的讀者．當其讀完了此書時，未有不掩卷想道：『這種無畏的道德的虛無主義怎麽會發生的呢？作者究竟是怎樣的一個人呢？』

一個人的生平，最好是讓他自己說出來，因爲這是最翔實的記載．阿志巴綏夫曾應了他的一個朋友的要求，寫了一封敍述他自己的生平的信：

『我於一千八百七十八年生於南部俄羅斯的一個小鎮中。在我的名字和我的世系上，我是一個韃靼人，但不是純種，因爲在我的血管裏是流俄國人、法國人、佐治亞人及波蘭人的血液。我的祖先中，有一個人是我所引爲驕傲的，就是著名的波蘭革命領袖加賽斯哥（Koseinsko），我的外曾祖。我的父親是一個小地主，一個退職的官吏；我的母親在我三歲的時候，就因肺病死去，遺留給我以一個肺結核病的遺產。在一千九百〇七年之前，我的病還不深，但卽在那個時候，這肺結核病也並不讓我平安，因爲牠滋變了各種的疾病。

『我進了省裏的一個中學校；但因我從童年就對於圖畫有極深銳的興趣，在十六歲的時候，便離了這個學校，進一個藝術學校。我是非常貧窮的；我住在齷齪的頂閣上，沒有充足的食物，尤其不好的，是我沒有充足的金錢去買我的主要的用品——顏料與油布，所以我便不能成爲一個藝術家；不得不去畫些諷刺畫，寫些短論和滑稽故事給各種廉價的報紙以求生活。

「在一千九百〇一年的時候，我偶然的寫了我的第一篇小說巴莎・杜麥拿夫，一件實事和我自己的對於腐敗的學校的憎惡供獻了那個題材．大家簡直想像不出一個俄國的中學校是什麼樣子．無數的學生的自殺，(到現在此種現狀仍舊繼續着)可以做牠的對於俄國青年的教育價值的一個證據．一個最著名的俄文雜誌，答應刊登巴莎・杜麥拿夫，但牠卻竟不得出現，因爲那時的檢閱官絕對的禁止有表示學校生活非快樂的文字的佈露．因此，這篇小說便不能在恰當的時期刊佈出來，直到了幾年以後，牠纔在小說集中發表出來．我以後所寫的許多東西都更遇到那種的運命．然而這篇小說對於我卻有很好的結果；牠引起了編輯者的注意，同時且激勵了我更去做別的東西．我放棄了成爲一個藝術家的夢，換取了我的對於文學的歸依．這是很痛苦的；就在現在，我每看見圖畫還不能不動情．我愛彩色實甚於文字．

「繼着巴莎・杜麥拿夫之後，我又寫了二三篇小說，這些小說引起了一個小雜誌的編輯者米洛留薄夫(Mirolubov)的興趣．我的最初介紹入文學的團體，是應感謝他的．在那時以前，我不曾到編輯室裏過，但常常由郵局寄出我的小說．這是因爲我想像他們是我所崇敬的奉祀文學的寺宇．現在，我們生活在不同的時代，俄國也有了不同的風俗；廣告與勢力占據了文學的世界．然而米洛留薄夫他自己雖然不寫什麼文字，他的名字卻將留牠的符記在俄國文學史上．他是舊的理想的，自己犧牲派的文學的最後的摩希甘，㈢這一派的文學在這里現在已被商業的興趣所推倒，正如在西歐一樣；他的能力，他的知慧，他的對於他的工作的感愛與一國感人的人格的奇異的天才使他的小雜誌，（定閱一年僅需一個盧布）成爲一個最著名的出版物之一，而從文學的一點看來，牠實超出所有別的大本的高價的雜誌之上．我們的近代文學的最偉大的代表者——高爾基、安特列夫、科卜林以及其他——都投稿在牠裏面．這個雜誌現在已停版，因爲米洛留薄夫卽在革命的最黑暗的時期也不願如所有別的人所做的，把牠的標準弄低．米洛留薄夫他自己也因政府的追捕，不得不逃避於國外．

『我和他認識，在我個人是莫大的重要．我之成爲一個著作家，所應感謝於他者極多；雖然我在那個時候完全沒有人知道，而且很年輕，他卻任我爲他的雜誌的副編輯，使我生活較易．米洛留薄夫是一個生來的編輯者，他教導我也喜愛這個職業；這個職業，我在他的雜誌已停版以後還在從事，時而編輯這個雜誌，時而編輯那個雜誌．我曾幫助了許多青年作家，他們現在正成爲知名的，我視此爲我的功績之一．

『在這個時候，就是說在一千九百○三年的時候，我寫作沙寧．……在寫了沙寧之後，但卻在牠發表之前，那就是說在一千九百○四年的時候，我寫了好幾篇的小說，如旗手、哥洛洛薄夫、狂人、妻、伊凡蘭特的死等．最後的一篇小說使我有名．

『在一千九百○五年裏，血的革命開始，長久困惱我從我所以爲「我的」——無政府個人主義的宣傳．我寫了許多篇小說敘寫革命的心理與模式．在這些小說中，我所喜歡的是朝影與血痕二篇．

『我必須說的是，在這些革命的故事裏，我寫出我所信的，而因此竟受了各方面的攻擊．在黑黨㊀方面把我算進革命的思想的發源者之中，他們之一，竟判決我死刑；至於急進派的報紙呢，卻又在攻擊我，因爲我不承認黨派的界線，不敬重革命的政治家。繼續發生的事件，證明我在許多地方是對的，當時，不管我的對於自由的主義的熱心，卻不以爲在每一個運動的領袖中會看見一個聖人，也不相信人民的革命的預備已經成熟。

『在這個時候，我爲煽動的目的而寫的許多東西都被藉沒入官，我自己也被控訴，但一千九百〇五年之末的革命的暫時成功，把我從刑罰中救出……

『我的發展是很強烈的受到托爾斯泰的影響的，雖然我決不贊同他的「對惡人的無抵抗」的見解。在藝術方面，他戰勝了我，我覺得我的作品不以他的作品爲模本，是很困難的事。杜思退益夫斯基，及柴霍甫在某一程度上，也有一部分的偉大影響，而嚣俄和歌德也常常在我的眼前。這五個名字便是我的教師及文學上的先生們的名字。

『這里的人常常以爲尼采對於我有很大的影響。這使我很驚奇，最簡單的理由便是我並不曾讀過尼采，我對於這個顯赫的思想家不表同情，一半在他的思想，一半在他作品的浮誇的外表，我一開始讀他的書便不再讀下去，我於馬克思・史的奈 (Max

Stirner）更爲相近，更爲了解．』

自一九一七年以後，多數黨對待阿志巴綏夫很不好；他們將沙寧，還有他的別的作品，都列入禁書目錄之中．最後在一九二三年便將他逐出於俄國之外．他之所以執持着反對多數黨的態度，當然是不足爲奇的．有一個時期，他在華沙（Warsaw）的俄國報館中做着政治論文．他的名望在俄國是一落千丈，差不多沒有什麼人更提起過他．有一部分的人雖提起他，也只當他是俄國文學史上的一個怪傑，其來無蹤，其去無跡，卻並不以爲是一個第一流的重要的作家．

後來，他雙目盲了，很可憐的生活在國外，沒有人注意到他，沒有人想念到他．在一九二七年，他無聲無息的病死了．除了一封簡短的電報，報告他本國的人說，做沙寧的小說家阿志巴綏夫於某日死於某地之外，再也沒有一點別的動靜．他的晚年可算是極淒楚悲涼之至的了．

在他的許多作品裏，如一線穿珠的紅線似的把他們穿結在一處的，是他的無政府的個人思想與他的厭世思想這兩種思想都是因他的身體的虛弱與久病而產生出來的．他因爲病弱之故，便發生了一種無端的憂悶，覺得人世於他是無可戀慕的，是毫無生氣的，是毫無趣味的，因此便發生了他的厭世思想．同時，他又因此發生了反動，便是因他自己的病廢，而夢想着壯健的超人，夢想着肉體的享樂；他們——超人們以身體的健全與壯美，享受人世間的一切美，一切樂，而超出於一切平凡的人之上，蔑視人間的一切道德、習慣、法律、信仰以及其他束縛，而獨往獨來，憑着自己的本能，自己的願望去做一切事；祇要自己所要做的，便不顧一切的直截的做去．但卽在這超人的無政府的個人主義的思想裏，他的灰色的憎厭人間的思想也還如濃濃的液體滲透在裏面．他的英雄沙寧厭憎他同車的人，他想道：『人是怎樣一個卑鄙的東西呀！』他想離開他同車的人，離開火車中愚朦的空氣，祇要一瞬間也可以，於是毫不回想的雙足站在月臺踏板上，跳下車去．火車如雷似的衝過他的身邊，他落在柔而溼的地上．他笑着站了起來，車尾的紅燈在遠處閃耀着．他滿足了，快活的笑叫道：『那是好的！』這是沙寧，是他所創造的英雄！至於阿志巴綏夫他自己呢，他是病弱的；他卽厭憎他同車的人，他周圍的人，卻不能如他的英雄沙寧似的自由的跳下車去；這使他更苦悶，同時使他更讚頌、更想慕他的理想的超人．

但在實際生活上，他雖不能追逐於他的英雄沙寧之後，而在他的作品裏，他卻直捷敍說出他所信的、他所感的、他所想慕的、他所夢到的一切；他以他的大膽無畏的精神，敍述出他的銳敏的覺感所見到、所想像到的殘虐恐怖的影象，敍述出人類的最赤裸的性慾的本能．他運用他的純熟的文字上的技能表白出他的尖刻的觀察與眞切的想像．他是第一個用最坦白的態度去描寫人的性慾衝動的，又是第一個用最感動人的，眞切的文字去描寫『革命黨』與革命時代的．他的作品的新奇的內容與動人的描寫捉住了一切的讀者，使他們驚駭的連呼吸都暫住了．他實是最深刻的寫實主義的作家．

他如屠格涅甫之寫出十九世紀中葉的俄國的時代思潮，寫出了二十世紀最初的革命時代的俄國．他的革命的故事、人間之潮流及工人綏惠略夫都是『革命的故事，』而沙寧則反映了革命失敗後的青年的熱烈的個人思想與行動——雖然沙寧的寫作在革命以前，而這種反映只是偶然的遇合．在這一方面，阿志巴綏夫的作品在俄國思想史上又有了極大的價值．而沙寧的重要尤有超於此者．

沙寧的重要在於牠是表白出人間的永久不熄的，且將永久繼續的一種情欲的，是代表了永久而且永將占據於人類的心裏的強烈的個人思想的．他自己說，『沙寧』不過是一種典型，『這一種典型在純粹的形態上雖然還新鮮而且希有，但這精神卻寄宿在新俄國的各個新的、勇的、強的代表者之中．』㈣實則這一種精神，豈但『寄宿在新俄國的各個新的、勇的、強的代表者之中，』實乃寄宿在全人類的各個新的、勇的、強的代表者之中．在這一面沙寧便成了一部最好的表白無政府個人主義的書，而被列到『不朽之作』的裏面去了．沙寧之能引起全世界的注意卽在於此；我之所以譯此書的大原因，也卽在於此．

關於沙寧，阿志巴綏夫在上舉的給他朋友的一封信裏也有幾段話；作者自己的表白，自然是較別的人的一切批評更可注意：

『在這個時候，就是說在一九〇三年的時候，我寫作了沙寧。這個事實爲俄國的許多批評家頑固的隱蔽着；尤其甚的是他們想勸誘公衆以爲沙寧是一千九百〇七年的反動的出產物，我是跟隨了現代俄國文學的流行的趨勢的。但在實際上，這部小說早已在一千九百〇三年的時候給兩個雜誌的編輯者及許多著名的作家所讀過。此書之所以不能在那時出版，又是因爲檢閱官的權力與出版家的懦怯。這是一件很有趣的事，這篇小說，因爲牠的意義而被"Sooreminny Mios"月刊所拒絕，而過了幾年以後，這個同一的月刊又要求我把牠給他們發表了。這樣沙寧的出現，便遲緩了五年。這對於牠非常有害：在牠出版的時候，文學被淫穢的，甚且講同性愛的作品的川流所泛溢，我的小說不免與這些作品同受評判。

『這部小說，被青年人極有趣味的接受了，但許多批評家卻反對牠。這也許一部分用這部小說的思想趨向可以解釋；但無疑的，他們是大大的受了我的扶助我們的文學後進，而同時又離開「文學的司令官們」而獨自站立着的情境的影響，於是我漸漸的覺得我自己是反對所有有勢力的文學團體的．我是一個頑固的寫實主義者，一個托爾斯泰與杜思退益夫斯基派的信徒，然而今日呢，正是完全不熟悉的，所稱爲墮廢派的在俄國占得了上風，但不是說與我反對．……後來革命終止了．社會衝跑到文學方面，而牠，如果不在質上，卽在量上，受到了一種新的激動力．那個曾拒絕我的沙寧的月刊的編輯者，記憶起牠，便第一次把牠發表出來．牠激起了幾乎是空前的辯論，如屠格涅甫的父與子出版的時候一樣．有的人讚賞這部小說遠過於牠所應得的，有的人卻痛斥牠，以爲牠是誣謗青年的．但我可以不誇張的斷言：沒有一個人在俄國肯眞實的去深求這部小說的意義．讚頌者與斥責者都同樣的偏於一面．

「你也許很有興趣知道我自己對於沙寧的意見，我要告訴你的是，我不以牠爲一部倫理的小說或一部青年時代的毀謗作品．沙寧是個人主義的辯解；小說中的這個英雄是一種典型，這一種典型，在純粹的形態上雖然還新鮮而且希有，但這精神卻寄在新俄國的各個新的、勇的、強的代表者之中．許多的模倣者並沒有領會了我的意義，急急的把沙寧的成功轉成爲他們自己的利益；他們大大的侮害我，他們充滿文學界以淫穢的、齷齪的作品，因此，在讀者的眼中，貶落我所要在沙寧中表白的意義。

『許多批評家硬要把我列在一班沙寧的第二等的模倣者之流——他們陳列了他們的市場上暢銷的貨物——說盡了一切的侮辱的話。直到了近來，沙寧越過戰線而被譯成德國、法國、意大利、波希米、保加利亞、丹麥的文字（日本也譯了一部分）㊄於是在批評家中纔能聽到別的聲音。俄國常常是屈服於外國的意見之前的。』

沙寧的重要的內容是如此：書中的英雄沙寧，青年時代就離了家庭而出與世界及人類相接觸。沒有一個人保護他或指導他；於是他的靈魂便完全自由，完全獨立的發展起來，正如田野中的一株樹一樣。他的嘴角現着微微的譏笑的表現，對於一切人都以冷酷的、譏嘲的、淡漠的態度，無論是對於他母親與他妹妹的熱烈的歡迎，或是對於世俗以爲任何重大的事，都是以這個態度與他們相周旋，使受之者莫知所措。他的美貌的妹妹名麗達，被一個庸俗的軍官所毀壞。後來她發現她自己的懷孕，便羞憤不堪，要想自殺。這是世間一般婦女的最通行的處置這事的方法．但她哥哥沙寧譏笑的勸她道：『但是你死了又有什麼用呢？世界上繁華滿目，陽光是普照的，逝去的水是長流的，你死了以後，世上人知道你受孕，便與你不相干了麼？可見你不是爲懷孕而死，乃是爲怕世人的嘲辱而死．……且你所怕也不過是幾個親近的人罷了，你所不認識的人，你不見得怕他．和你親近的人聽見這事，自然是要驚疑的；但他們說什麼，不過是說你沒有正式結婚就有了性交能了．……你要知道，這班奴才們都是毫無知識的，只有貪酷卑汚的心思……』於是她的生命便被他救了回來．沙寧對於這事，並不如世俗之人一樣，因此便去恨那個官吏．他看得這種事很輕．世俗的議論、道德的束縛、社會的制裁又算得了什麼！性交不過是人類的最自然的本性之一，無所謂恥辱；至於與何人性交，更沒有什麼干係．於是他便想也與他妹妹相愛，他愛悅她的美麗．但是她始終是一個世俗的人，沒有沙寧那樣的勇氣去把她自己在習慣道德的束縛底下解放了．後來，沙寧對於那個毀壞他妹妹的官吏，處處表示輕蔑．——這要再聲明一下，他的輕蔑，乃由是看這軍官是一個庸愚的俗人，並不因他妹妹的受侮之故．——這位軍官，受了他的這樣的輕蔑，便要與他決鬭．這也是世俗處置這事的最流行的方法．兩個軍官受委託到沙寧那里，告訴他要求決鬭的話．在沙寧的人生哲學裏，決鬭也與宗教、道德或其他壞的習慣一樣的無聊的．於是他以堅決的冷淡的態度，拒絕這個要求．這樣的拒絕決鬭的事，是世俗所最以爲不齒的，所最以爲驚駭的．這兩個使者驚異的無法可想；他們憤怒了，想對待他如一個無賴的人，但又無用．沙寧告訴他們說，他不欲決鬭，因爲他不願取那位軍官的生命，並且他自己的生命也不願冒險；但如果那位軍官要在街上對他行一點身體上的襲擊時，他便要當場痛打他一頓．於是這兩個使者被沙寧的『非習俗』的態度所迷惑，只得取銷了決鬭之約而回．其後那位軍官在街上遇見了沙寧，被沙寧冷靜而輕蔑的眼光所激怒，伸出鞭子打過去，立刻，他臉上受到沙寧的有力的可怕的打擊．一個朋友把他送到他的寓所裏，他在那里自殺了．從世俗的見解上看來，只有這條路是留給這位軍官走的了．

沙寧中除了這一位英雄以外，最可注意的人物便是猶里；他是一位典型的俄國人，受到高等教育而缺乏意志的青年他同一切的俄國人一樣，猶疑不決，他想從書本中尋找出一種人生的哲學，一種指導的原理，但是無效．他對於宗教已經沒有信仰了，他的以前的對於政治自由的熱忱是冷卻了，但是他沒有一種指導的思想又不能生活．他的身體又虛弱．他妒忌，同時又輕蔑，沙寧的喜躍的力量．最後，他不能逃出他自己思想的困惑，便自殺了．他的朋友們在他墓上舉行葬禮，其中的一人蠢蠢的去請沙寧說幾句話．沙寧呢，他是常常直說他所想到的話的，這時便走了出來，廢去一切演說的俗例，只說了下面的一句話：『現在世界上又少了一個庸愚的人了．』於是那些朋友們大怒，沙寧遂離了城市，坐了火車到鄉間去．他在火車上，又厭憎同車的人，便走到月臺（車上的月臺，）立在腳踏板上，跳下車去．現在圍繞他的一切是如此的自由，如此的廣漠．沙寧深深的呼吸了一下，於是他舉步向曙光所出處前進；當東方的光明第一次射到他的視線上時，沙寧覺得他是在向前轉運；向前去迎朝陽．

沙寧在此便告終止了．

沙寧的藝術，是很可讚美的，牠可以代表阿志巴綏夫的藝術的成績。在他平平淡淡的率直的寫出的文字中，我們讀到卻感到一種婉曲的秀美的動人的描寫；他是無所諱忌的描寫人間的獸的方面的醜惡，卻一點也不使讀者起一種無理之感，讀來極爲自然。

『大約是六點鐘。太陽仍舊是煌耀的照射着，但在花園中已經有微弱的綠影了。空氣中充滿了光明與溫暖，與和平……』

『西米諾夫揚起他的帽子，開了門。他的足聲與他的咳嗽聲漸漸的隱弱了，然後一切都沈靜。猶里轉身回家。所有他在短短的半個鐘頭以前覺得光明、美麗、靜謐的——那月光、那繁星的天空、那接觸着銀色的美的白楊樹、那神秘的影子——所有這一切，現在都死了，冷而可怕，如一個廣漠的、驚人的墳墓。

『到了家，他輕輕的走到自己房裏，開了窗向花園中望去。在他生平的第一次，他迴想到所有占據他的一切，迴想到他曾爲之表現出如此的熱誠，如此的不自私的，實在乃非正當的重要的東西。於是他想，如果他有一天像西米諾夫一樣，快要死了，他對於人類並沒有因他的努力而變爲更快樂的事必不覺得憂悶，對於他一生的理想並不曾實現過的事，必不覺得悲苦．唯一的憂苦就是他必須死去，必須喪失了視覺、意識與聽覺，在有時間去嘗嘗生命所能產出的一切愉樂之前．』

『在從河面上來的淸朗寒冷的空氣中，雜着火鎗的靑煙，有一種奇異的愉快氣味，且在漸漸黑暗下來的風景裏，快樂的射擊帶着喜悅的力量閃射出．受傷的野禽，當他們落下來時，映襯着淡藍色的天空，描繪出秀美的曲線，而天空現在正閃耀着最初出現的微淡的星光．猶里覺得非常的有力與愉快，好像他並不曾參預於如此有趣、如此快樂的事裏一樣．野禽現在飛起來的更少了，更黑暗下去的黃昏使獵者更難於描準．』

在以上隨意舉出的幾個例裏，我們已可看出阿志巴綏夫的描寫的能力．

有許多人說，這部小說中的英雄沙甯，不過是一種主義的『人格化』，不過是一種『典型』，正如屠格涅甫的父與子中的巴札洛甫一樣，並不是一個生人，在這一方面，未免缺乏『眞實』的精神．這一層缺陷，我們是不必爲阿志巴綏夫諱言的．凡一切宣傳什麼理想、什麼主義的文藝作品，差不多都有此病，固不僅沙寧為然。不過沙寧的敍寫的藝術的精練，卻能使我們忘記了這一個缺陷；讀沙寧正如讀阿志巴綏夫的其他的純粹客觀的寫實作品朝影、醫生等一樣，固毫不覺得牠的人物的牽強與不眞實。其全部的敍寫，更帶着極深刻的寫實精神。在這一方面，沙寧之介紹，對於現在中國的文藝界便又有了一層的必要；現在我們的文藝界正泛溢了無數的矯揉的非眞實的敍寫的作品；尖銳的寫實作品的介紹實為這個病象的最好的藥治品。

我所譯的這部小說，是根據 Percy Pinkerton 的英譯本重譯的，我的俄文程度幾等於零，所以不能直接從阿志巴綏夫所寫的原中文譯出。這對於沙寧的藝術上的好處，也許是很有損害的。但我已請了耿濟之先生來擔負用俄文原本校改我的譯文的責任。因此，我的譯文，想不至與原文相差很遠。

十七年十二月二十七日

作本文時，曾參考了下面的幾篇文字：

一、Gilbert Cannan's Preface to Percy Pinkerton's Translation of Sanine.

二、Moissoye J. Olgin's A Guide to Russian Literature, pp. 265–269

三、M. Artzibashef's autobiographical letter, Introduction of Percy Pinkerton's Translation of "The Millionaire".

四、William Lyon Phelp's Essays on Russia Novelists, pp. 248-261.

五、昇曙夢的『露國現代的思潮與文藝』第三三七頁至第三八三頁。

六、D. S. Mirsky's Contemporary Russian Literature, pp. 139–141.

---

(一)這次的革命，即俄國京城的一千九百〇五年的革命，其結果是失敗。

(二)摩希甘(Mohican)即美洲印第安人之一族派，前居於 Connecticut 及紐約東部，現在幾已滅絕。

(三)黑黨指俄國政府黨。

(四)這一段文字，魯迅君曾譯出，現在借用他的譯文。他的譯文見他譯的工人綏惠略夫的譯序上。

(五)現在日本已有了沙寧的全譯本，東京新潮社出版。

# 阿志巴綏夫的重要作品

一．巴莎．托曼諾夫（Pasha Tumanov）此爲阿志巴綏夫最初的作品，寫於一九〇一年．

二．沙寧　此篇小說在一九〇三年已寫好，但遲至一九〇七年纔出版．

三．旗手哥洛洛薄夫（Ensign Gololobov）作於一九〇四年．同年，並作了狂人、妻、伊凡蘭特的死及其他短篇小說．

四．小說集　出版於一九〇五年．

五．血痕 (The Blood Stain) 出版於一九〇七年．

六．村 (In the Village) 出版於一九〇七年．

七．一天 (One Day) 出版於一九〇七年．

八．農人與農婦 (The Peasant and the Peasant Woman) 出版於一九〇七年．

九．革命黨 (The Revolutionist) 出版於一九〇七年．

十．人間之潮 (The Human Tide) 此爲長篇小說，出版於一九〇七年．

十一．革命的故事 (Stories of the Revolution) 此爲短篇小說集共包含一九〇四年至一九〇七年所做的短篇小說七篇，卽革命黨、村、血痕、農人與地主、反叛者、恐怖及朝影，皆爲一九〇五年左右的俄國革命的情形．

十二．富翁 (The Millionaire) 出版於一九〇八年．

十三．自由戀愛 (Free Love) 出版於一九〇九年．

十四．正直 (Justice) 出版於一九〇九年．

十五．老辯護士的故事（The Story of the Old Attorney）出版於一九〇九年．

十六．工人綏惠略夫（The Workingman Sheyyrev）出版於一九〇九年．

十七．研求（Studies）（小說集）出版於一九一〇年．

包含短篇小說十一篇，即夜、幸福、一個小婦人的生平、地獄、柴霍甫之死、農夫與地主、村農奴、一天在白雪上及醫生．

十八．站在中間的婦人（The Woman That Stood Between）長篇小說，出版於一九一五年．

十九．折斷之點（Breaking Point），長篇小說，出版時日未詳．

二十．嫉妒（Jealousy），戲曲，出版時日未詳．

二十一．戰爭（War），戲曲，出版時日未詳．

阿志巴綏夫的著作曾被譯為許多國的文字，自德、法、英、以至日本、中國都有，現舉英，中二種譯文．

## 英譯的阿志巴綏夫作品共有四種

一．沙寧 Percy Pinkerton 譯，一九一四年出版．

二．折斷之點，無譯者姓名，一九一五年出版．

三．富翁，Percy Pinkerton 譯，一九一五年出版．共包含小說三篇，富翁、伊凡蘭特的死及寧娜．

四．革命的故事，Percy Pinkerton 譯，一九一七年出版，共包含小說五篇，工人綏惠略夫、血痕、朝影、巴莎杜麥拿夫及醫生．

此四種譯本皆由倫敦的麥丁·謝甲（Martin Seeker）公司出版．在美國則由紐約的"B. W. Huebsch"公司出版．還有戲曲集一種，最近出版，但我未見到．

中譯的阿志巴綏夫作品共有五種：

一．工人綏惠略夫，魯迅譯，北新書局出版．

二．血痕，鄭振鐸等譯，內計血痕、朝影、革命黨、醫生、巴莎杜麥拿夫、寧娜等六短篇，開明書店出版。

三．戰爭，喬懋中譯，光華書局出版。

四．幸福，魯迅譯，載周作人編現代小說譯叢內。商務印書館出版。

五．夜，戴望舒譯，載俄羅斯短篇傑作集（一）內。水沫書店出版。

# 纱宁

# 第一章

在法拉狄麥·沙寧的一生裏，那個重要的時期，就是性格受第一次所接觸的世界與衆人的影響而形成的時期，他並不住在家中與他父母同過．沒有一個人保護他或指導他；他的靈魂遂完全自由，完全別致的發達起來，恰如一株生在田野中的樹．

他離開家庭有許多年了，當他歸來時，他的母親和他的妹妹麗達幾難得認識他．他的身材，他的聲音，及他的儀態變化得很少，然而有一些異樣的新的東西，成熟在他的內心裏，臉上照耀出一種新的神情．他到家的時候正是黃昏辰光，他安然走進房裏，好像他五分鐘以前纔離開那裏一樣．當他站立在那裏高大美貌，闊肩，他的冷靜的臉上，在嘴角上帶着些微微的輕蔑的表示，毫不顯出疲倦或感動的表記，於是他的母親和妹妹的喧熱的問候，竟自己沉靜了下去．

他在吃飯，在喝茶時，他的妹妹都坐在對面，凝定的注望着他．她愛他，如許多浪漫的女郎之平常愛她們的離家的兄弟一樣．麗達常常想像法拉狄麥成為一種特別的人，其特別是她藉着書本的力量自己構造出來的．她繪畫出的他的生活，是一種悲劇的奮鬪的生活，悲苦而且孤寂，如那些偉大的不可領解的人的生活一樣．

『你為什麽這樣的注望着我？』沙寧微笑的問道．

這種極注意的微笑與搜探到內心的安靜的目光成為他平常的表現，但是，說來很奇怪，這種微笑本是很美麗而動人的，竟使麗達不大喜悅，在她看來這種微笑似是自己滿足，毫不表現出精神的受苦與爭鬪．她眼望別處，沉默着在那裏悄想，然後她像機械般繼續一頁頁的翻轉一本書的書頁．

飯吃過了，沙寧的母親，親愛的拍拍他的頭，說道：

『現在，告訴我們你所有的生活，及你所做的事。』

『我所做的事？』沙寧笑着轉問了一下。『唔，我吃喝，睡覺；有的時候我去工作；有的時候，我不做什麽！』

最初，好像他不願意說他自己的事，但當他母親問他這個，問他那個時，他卻很高與的敍述起來。然而也不知爲什麽緣故，總覺得他對於他敍述的事完全淡漠無感。他的態度，雖是和善而且親愛，但卻完全沒有那種僅只存在於家庭的分子中間的親切。這種的和善和親愛，似乎是從他那裏，自然的表現出，如一根蠟燭的光明一樣，以同等的光輝照射於一切的東西上面。

他們走出去，到了花園的階邊，坐在石級上面。麗達坐在底下的一層石級上，離開遠些，沉默的聽他哥哥說話。她心上覺到冰一般的冷。她的年輕女性的尖銳的本能告訴她，她的哥哥並沒有成了如她所想像的人。於是她在他面前，覺得羞怯與不安，好像他是一個陌生的客人.現在是黃昏,微弱的陰影籠罩着他們.沙寧點了一支香煙,煙草的香味混雜在園中的香氣裏.他告訴他們生命怎樣的在這裏那裏的顛蕩着他;他怎樣的常常飢餓,常常做一個流浪人;他怎樣的參預於政治爭鬬之中,又怎樣的覺得厭倦了,放棄了這些事.

麗達坐着不動,很注意的靜聽着,看過去整齊美麗,卻帶點奇怪,如一般可愛的女郎在春日的黃昏中的形像一樣.

他告訴她的話愈多,她愈加相信她為她自己所繪畫的如此彩色燦爛的這個生活,實在是最簡單的,最平庸的.且還有些奇異的東西在牠裏面.牠是什麼東西?那她不能決定.無論如何,從她哥哥的情形裏看來,牠在她看來是非常簡單,非常無味,非常庸俗的.顯然的,他曾隨意的在什麼地方住着,隨意的做些事情;一天在做工,第二天又無目的地閒懶着;這也是很明白的,他很喜歡喝酒,認識許多女人.在這樣的生活後面並不隱着黑暗和不幸的命運,牠一點也不像她所想像着的她哥哥所過的生活.他的生活是沒有普遍的思想的他不憎忌任何人；他不爲任何人而受苦．他有些話從嘴裏迸出來，使她也不知爲什麼覺得簡直的不好看．尤其是，當他告訴她有一次，因爲十分窮迫，他竟至不得不自己去縫補他的破褲．

『怎麼，你難道會縫補麼？』她不覺的問道，帶着一種奇異而且恥辱的口氣．她想，那是不好看的事；不是男人應做的．

『我起初不會，但用得到的時候我就學會了．』沙寧微笑的回答，猜到他妹妹所感想的心思．

這女郎不注意的聳了聳兩肩，沉默不言，凝望着園中．這對於她，好像是：夢着日光煊耀，醒來時卻在一個灰闇的冷的天空之下．

她母親也覺得喪沮．這使她想着，她的兒子沒有得到那個他在社會上所應得的尊貴的地位．她開始的告訴他，事情不能像這樣的下去，又說，他以後必須更曉事些．開頭她慎重的說着，怕得罪兒子，但是當她看見他一點也不注意她說的話，她便生了氣，固執的主張起來，如頑強的老婦人所做的，以爲她兒子想惱怒她．沙寧是，也不驚駭，也不煩惱：他似難於明白她所說的話，但他用和愛的不動感情的眼睛望着她並且沉默不言．然而當他母親問道：『以後你想怎樣生活？』他便也微笑的回答道：『呵！無論怎樣都可以．』

他的和平堅定的語聲與光明而不轉瞬的眼光使一個人覺得，這一句話，雖然他母親以爲沒有意思，卻於他有一種包括一切的深刻而正確的意義．

馬麗亞·依文諾夫娜嘆了一口氣，停了一會，悲切的說道：

『好的，總之這是你的事．你已經不是一個小孩子了．你們應該在花園中走走．花園現在看來是這樣的美麗．』

『是的，自然來！，麗達；來引導我看花園去，』沙寧對他的妹妹說，『我差不多忘記了牠是什麼樣子了．』

麗達從幻想中醒轉，嘆了一口氣，站起身來．他們並肩走下那條引到朦朧的花園的綠色深處的小路。

沙寧家族的住宅是在鎮裏的大街上，這鎮很小，他們的花園擴張到河邊，在河的那面是田野。這住宅是一所古舊的邸屋，兩邊有損壞的柱子，又有闊的石階。大的陰沉的花園變成荒蕪了；看來好像是沉重的綠雲降到地上來。在夜裏，似乎為鬼魔游散之地。好像有些悽苦的精靈在林莽中漫步，或不息的在這老屋的齷齪的地板上僕僕往來。在第一層屋，有好幾間完全沒有人住的房間，鋪着褪色的地毯，掛着污穢的窗幃，更顯得陰森森的。通過這座花園，只有一條狹隘的小路，路上擲滿了枯枝與壓死的青蛙。所有中庸寧靜的生命只集中在一隅。緊靠着那所大屋有黃色的沙閃耀着，在整潔的盛開着花的花牀之旁，有一張綠色的桌放在那裏，桌上在夏天常擺着茶或點心。這一小隅，為簡樸和平的生命的呼吸所接觸的，正與那所大的荒廢的邸宅，已判定了不可避免的毀壞的運命的，成了一個對照。

當那座在他們後面的房屋看不見了時，他們正走在沉靜的，不動的，如活物一般沈思着的樹林中，沙寧突然的把他的手臂圍繞着麗達的腰間，以一種奇異的聲吐，半獰猛，半温柔的說道：

「你長得正像一位美人！那第一個爲你所愛的人將是一個快樂的人。」

他的筋肉如鐵的手臂的接觸，送了一陣熱狂的顫動，經過麗達的柔軟的身體，羞赧而且顫慄，她避開了他，好像是避開了正走近的什麼不看見的猛獸一樣。

他們現在到了河邊了，蘆葦在河中搖擺着，從那裏送出一種潮溼的氣味，在河的對岸，田野朦朧的在微光裏，躺在廣漠的天空之下，天空上是照耀最初出來的淡白色的星光。

沙寧離開麗達幾步，拾起一段枯枝，折斷爲二，把折斷的碎枝，拋進水中，水面立刻的起了圓圈，立刻又消失了，蘆葦點着他們的頭，好像在招呼沙寧，當他爲他們的朋友一樣。

# 第二章

大約是六點鐘．太陽仍舊是煌耀的照射着，但在花園中已經有了微弱的綠色的陰影．空氣是充滿了光明與溫暖與和平，馬麗亞．依文諾夫娜正在做糖果醬，在綠色的菩提樹下有一般強烈的滾沸的糖與覆盆子的氣味．沙寧整個早晨都在花牀上忙着，想設法把有些受塵土與熱氣之苦最甚的花救活起來．

『你最好是先把野草拔去了，』他母親提議道，她時時經從青色的蕩動的爐煙裏看望着他．『告訴格隆極卡，她會代你拔去的．』

沙寧仰起流汗而高興的臉來．『爲什麼？』他說道，同時，他把飄懸到他眉邊的頭髮掠回去．『讓他們盡量的生長着吧．我喜歡一切綠的東西．』

『你是一個可笑的人！』他母親說道，同時她聳聳她的兩肩，也不知爲甚麼他的答語竟使她喜歡．

『這是你自己可笑，』沙寧以一種完全自信的語氣說道．他然後走進屋裏去洗手，由屋裏出來時，便安適的坐在棹邊一張柳條編的靠背椅上．他覺得快樂，心地輕鬆．綠的樹木，太陽的光與青的天空發出鮮亮的光彩進入他心靈裏去，使牠全部開展着迎接他們，充滿着完滿的快樂的感覺．他憎厭大城市與他們的紛忙與喧嘩．陽光與自由圍繞着他；他將來的事不使他焦急；因爲他決定去承受生命所送給的任何東西．沙寧緊緊的閉上的雙眼，伸一伸腰；他的壯強的筋肉的緊張，給他以快樂的感覺．

一陣和風吹拂着全個花園．似乎在嘆息．這處那處，麻雀們唧唧的喧嘩的在講他們的極爲重要但卻不可了解的小生活；而密爾，那隻雜色的獵狐狗，耳朵豎着，紅的舌頭伸吐出來，躺臥在長草上面靜聽着綠葉柔和的微語着；他們的圓影在平的沙路上搖動着。

馬麗亞·依文諾夫娜爲她兒子安靜的態度所惱怒。她是愛他的，正同她之愛所有她的孩子們一樣，就因爲這個原故，她的心沸騰着，她想欲去醒起他，去傷害他的自尊心，得罪他，祇要迫他去注意她的話，承受她的生活的觀念。如一個埋在沙中的螞蟻，她用了一生的每一個時間，去不住的忙着建築起她家庭的榮達的脆弱的結構。牠是一座長久的樸質的單調的邸宅，好像一座兵營或病院，用無數的小磚頭建築起來，而在她那樣一個無計畫的建築師看來卻組成了生活的壯麗，雖然在實際上，他們不過是瑣碎的擾惱，使她包陷在一種困惱或焦切的永久狀態裏。但是她總以爲非如此是無從生活的。

『你以爲事情會像這樣的下去麼，以後？』她說道，嘴唇閉壓着，假裝極注意的看煎果醬的鍋子。

『你說「以後」是什麼意思？』沙寧問道，然後他打了一個噴嚏。

馬麗亞·依文諾夫娜以爲他連打噴嚏都是有意去惱她，——雖然這種觀念是很可笑的——竟生氣得臉色變了.

『這是怎樣的好在這裏,和你在一起!』沙寧幻想的說道.

『是的,這不十分壞,』她認爲必須要生氣,所以冷淡的答着,但是她私自的喜歡她兒子之讚揚這屋與花園,他們對於她都是如終生同在的親屬一般的.

沙寧望着她,然後,思索的說道:

『如果你不拿一些瑣屑的事來攪我,那便要更好了.』

這句話以柔和的語氣出之,似乎與鬪氣的話不同,所以馬麗亞·依文諾夫娜不知道她到底是惱怒還是喜歡.

『看看你,再去想你當小孩子時,常常很是特異的,』她憂鬱的說道,『而現在——』

『而現在?』沙寧快樂的叫道,好像他希望要聽什麼特別愉快與有趣的事似的.

『現在你比以前更是好了!』馬麗亞·依文諾夫娜銳聲的說,揮動她的湯匙.

『是的,那是更好!』沙寧笑說道.停了一會,他又續說道,『呵!諾委加夫來了!』

屋外來了一個長大齊整美貌的人．他的紅色的絲襯衫，緊貼在他的部位方正的身體上，在日光中看來很光亮；他的淡藍的雙眼有一種懶惰和善的表現．

『你們又在爭論了！』他遠遠裏就拉長着同樣懶惰和和善的聲音說着．『眞是的，你們爭論些什麼？』

『呵，事情是，母親以爲一個希臘人的鼻子(Grecian nose)更適宜於我，而我則十分滿意於我所已有的那一個．』

沙寧的眼下望着他的鼻子，笑着，握着客人的大而柔軟的手．

『那末，我要說了！』馬麗亞．依文諾夫娜怒氣的高聲說道．

諾委加夫高聲快樂的笑着；從綠林中來了一個柔和的回響答覆他，好像前面有人心裏分受着他的快樂似的．

『哈哈，我知道什麼事了！討論你的將來．』

『什麼，你也？』沙寧在滑稽的驚奇裏叫道．

『這是你應該做的事．』

『哈！』沙寧叫道．『如果是兩個嘴對我一個人進攻，我最好是退開了．』

『不，大概我快要離開你們了．』馬麗亞・依文諾夫娜說道，她突然的自己惱怒起來．她急急的把果醬的鍋從爐上抽下來．匆匆的走進屋裏，不向後面看一看．獵狐狗跳了起來，耳朵豎着，看着她走去．然後牠用前爪擦擦牠的鼻子，再以疑問的眼光，向屋裏望着，飛跑到花園深處做自己的事．

『你有煙捲麼？』沙寧問道，喜歡他母親的離開．

諾委加夫懶惰的移動他的巨大的身體一下，拿出一個香煙匣．

『你不應該如此的激惱她，』他以和喜的斥責的語氣說道．『她是一個老婦人了．』

『我怎樣的激怒她呢？』

『唔，你看——』

『你說「唔，你看」這句話是什麼意思？這是她，常常來惹我．我永沒有向什麼人要求什麼，所以人也應該離開我，讓我獨自在着.』

兩人都沉默不言了一會.

『唔，事情怎樣了，醫生？』沙寧問道，這時他凝望着香煙的煙氣幻成奇異的圈昇在他頭上.

諾委加夫正在想別的事情，並沒有立刻回答他.

『很壞.』

『怎麼壞法？』

『唉！一切都壞.什麼東西都是如此的沉悶，這個小鎮使我煩惱得要死.沒有一件事情可做.』

『沒有一件事情可做？爲什麼你自己又訴說連呼吸都沒有時間！』

『那不是我要說的意思.一個人不能夠常常看病，看病在那個以外，還有別樣的生活.』

『那末，誰阻止你去過那個別樣的生活呢？』

『那是一個很複雜的問題．』

『牠是怎樣的複雜呢？你是一個年青，美貌，健壯的人；你還希求些什麼？』

『在我的意見，那是不滿足的，』諾委加夫回答道，帶着柔和的譏嘲．

『實在的！』沙寧笑道．『唔，我想牠已是十二分的滿足了．』

『但是在我還不滿足，』諾委加夫說道，他也跟着笑起來．從他的笑聲裏可以明白，沙寧講到他的健壯與美貌，使他喜歡，然而又使他覺得羞澀如一個少女在有人相她做親事的時候．

『有一個東西是你所需要的，』沙寧深思的說道．

『那是什麼東西？』

『一個眞正的人生觀．你的單調的生活壓迫着你；然而，如果有人勸你把這生活完全拋棄了，大闊步的走到廣漠的世界裏去，你便不敢去做了．』

『我要怎樣的走去呢？如一個乞丐麼？呵！……』

『是的，竟許如一個乞丐！當我看看你，我想：有一個人因爲要使俄羅斯帝國有一部憲法，便讓他自己被囚禁在席老塞爾堡，㊀以送他的餘生，喪失了他的一切權利以及他的自由結局，一部憲法對於他又有什麼用？但是，當這是改換他自己厭倦的生活與走到別的地方去尋找新的趣味的問題時，他却立刻問道：「我怎樣的謀生呢？健壯如我，不會去憂愁如果我竟不能得我的固定的薪水，日常的牛乳與茶水，我的絲襯衫，硬領子，以及其他的一切麼？」這是很奇怪的，照我說來！』

『這裏面沒有一點奇怪的，第一層，這是關於思想的問題，至於那一方面——』

『唔？』

『唉！怎樣去表白出來！』諾委加夫在彈弄他的手指。

㊀席老塞爾堡（Shlusselburg）是一個禁囚政治犯的所在。

『你看你怎樣理論！』沙寧插說道．『你立刻就來了閃避的各點．我眞不相信你心上對於一部憲法的願望會比造成你自己大部分的生活的願望爲更強，然而你……』

『這還是問題，也許更強些！』

沙寧煩惱的搖他的手．

『唉！算了罷，如果有人要斫斷你的手指，你定要覺得牠比斫去別的俄羅斯人的手指痛些．那是事實，是麼？』

『或者是一個犬儒主義，』諾委加夫說道，意思是要譏笑，而反成了十分的愚蠢．

『也許的．但是，都是一樣的，那是眞理．現在，雖然在俄國或在許多別的國裏並沒有憲法，或並沒有一點憲法的影子，然而你之所以厭困者，乃因你自己的不滿意的生活，並不是憲法的不存在．如果你說不是如此，那末你是在說謊．而且還有呢，』沙寧接着說，他的眼中帶着快樂的光，『你之所以厭困，還不是生活使你不滿意，乃是因爲麗達還沒有對於你有愛情．現在，不是這樣麼？』

『你所說的是什麼極無意識的話！』諾委加夫叫道，他的臉色變得如他的絲襯衫一樣的紅．他是如此的困擾，在他的平靜仁善的眼中竟有了淚點．

『怎麼是無意識呢，除了麗達以外，你在全世界能够看見別的東西麼？想占有她的願望，是用大字在你身上從頭到脚的寫着呢．』

諾委加夫很奇怪的轉過身去，開始在小路上來回的急走着．如果不是麗達的兄弟而是別的人對他這樣說，一定也許也要深深的使他痛苦，但關於麗達的話却是出之於沙寧之口，他聽來覺得詫異；使他最初的時候，幾乎不明白他所要說的意思．

『你知道，』他囁嚅的說道，『或者你是假裝的，或者——』

『或者——什麼？』沙寧微笑着問道．

諾委加夫眼望他處，聳聳他的肩，沉默不響．他轉想了一下，使他認沙寧為一個不道德的壞人．但是他不能告訴他這個，因為從他們同在中學的時候，他已常常覺得對他有眞誠的愛感，並且，這似乎對諾委加夫是不可能的，就是他會選擇一個惡人做他的朋友．

他心上的感想立刻是迷亂而且不快．對於麗達的暗示使他痛苦和羞慚，但是因爲這位女神是他所崇拜的，他又不能爲了沙寧說到她而覺得生氣．牠使他快樂，然而又使他覺得受傷，好像是一隻熊熊炎灼的手捉住了他的心而輕輕的壓着牠似的．

沙寧沉默不言，在微笑着．他的微笑是注意而和善的．

停了一會，他說道：

『唔，說完你的話；我並不急急』

諾委加夫仍舊如前的在小路上來回的走着．他顯然是受傷了．在這個時候，那隻獵狐狗又激動的跑了回來，摩擦着沙寧的膝，好像要使每個人知道他是如何的快樂似的．

『好狗！』沙寧說道，拍拍他．

諾委加夫努力想避去繼續辯論，怕沙寧要回歸到那個對於他本身是全世界中的有趣味的題目、一切事情比起想念麗達的一事來，他都覺得無關緊要，空虛而且死悶．

『但——麗達·彼特格夫娜在什麼地方？』他機械的說出那句想問而不敢問的

話來．

『麗達麼？她在那裏？還不是同着軍官們同在林陰路上散步麼．每天的這個時候，所有我們的那些少年女郎還不都在那個地方可以找到麼．』

一層嫉妒的神色陰闇了諾委加夫的臉，同時，他問道：

『怎麼像她那樣聰明有學問的一個女郎會同這一班空虛頭腦的愚人在一起耗費她的時間？』

『呵，我的朋友，』沙寧訕笑着，『麗達是美貌，年青，而且健壯，正如你一樣；並且還許比你多些．因為，她還有你所缺乏的一件——對於一切事的銳敏的願望．她想知道一切事，她想經驗一切事——嗄，她來了！你祇要看望着她就明白那個了．她不是很美麗麼？』

麗達比她哥哥矮些，且更美麗些．溫柔聯合着成熟的能力給她全個人格以可愛與特出．在她黑色的眼睛中有一種高傲的神氣，而她的聲音，她所引為自驕的、充實的、音樂的響亮着．她徐徐的走下石階走路時微微搖着全身，像一隻年輕美麗的牝馬同時機敏的拖起她的灰色的長衣在她後邊，靴聲橐橐的響着，來了兩個美貌的青年軍官，穿着緊緊的騎馬褲與光亮的長靴。

『誰是很美麗的？是我麼？』麗達問道，這時她充滿全個花園以她的可愛的聲音，她的可愛的美貌，她的可愛的青春。她把手給諾委加夫，旁瞬了她哥哥一眼，她對於他哥哥的態度，覺得不十分明白，永不知道究竟他是開玩笑還是眞實的。諾委加夫緊緊的握住她的手，臉上變了極紅，眼睛裏迸出眼淚來。但他的情緒，麗達並沒有注意到，她已慣於感到他的深思的羞澀的視線，而永不曾使她動心。

『黃昏好，法拉狄麥·彼得洛威慈，』那二個軍官中的年長的美麗些的一個說道，他堅固、直立如一匹有靈魂的小雄馬，同時，他的靴距嘩嘩的作響。

沙寧認識他是薩魯定，一個騎馬隊的上尉，麗達的最堅久的崇慕者之一。其他的一個軍官是中尉太那洛夫，他以薩魯定爲理想的軍人，努力去模抄他的所做的一切事。他是寡言者，又有些蠢鈍，且沒有薩魯定那樣美貌。太那洛夫跟着使他靴距嘩嘩的作響，但不說什麼話.

『是的，你！』沙寧對他妹妹莊重的答道.

『呵，當然我是美麗的，你們還要說是無可形容的美麗呢！』於是，麗達快樂的笑着，坐在一張椅上，眼光又向沙寧望了一下.她舉起她的手臂，因此愈顯出她胸部的曲線，想把她的帽子脫了，但是當脫帽時，把一枝長的帽針落在沙地上了，他的面網與頭髮弄得亂了.

『安得留．柏夫洛威慈，請你幫助我！』她清朗的向沉默的中尉叫道.

『是的，她是一個美人！』沙寧唔唔的說道，他正明朗的想着，眼光一刻也不肯離開她.

麗達用不信任的眼光重又向她哥哥望了一下.

『我們在這裏的全都很美麗，』她說道.

『那是什麼話？我們美麗？！哈哈！』薩魯定笑道，顯出他的白而有光的牙齒.『我們祇是些不好看的佈景，在這佈景裏更顯出你的眩惑的美貌.』

『你眞是會說話！』沙寧驚奇的叫道在他的語氣中有一點譏嘲的影.

『麗達・彼特洛夫娜會使每個人都善於說話，』沉默的太那洛夫說，這時，他想幫助麗達脫去她的帽子，在這樣做時弄亂了她的頭髮，她假裝惱怒起來，却還在那裏笑着.

『什麼？』沙寧徐徐的說道『你也變了善於說話的麼？』

『呵，讓他們這樣去吧！』諾委加夫假假的微語着，而心中却私自喜歡着.

麗達向沙寧蹙蹙眉，她的黑的眼睛明白的對他說道：

『不要以爲我不會看出這一班人是什麼人．但是我願意這樣．我並沒有比你蠢笨，我知道我所做的事．』

沙寧向她微笑.

最後，帽子脫下來了，太那洛夫愼重的把牠放在桌上.

『看！看你對於我所做的是怎麼，安得留・柏夫洛威慈！』麗達叫道，半抱怨，半俏媚的.

『你把我的頭髮弄得這樣的亂，現在我要到屋裏去了.』

『我是如此的抱歉！』太那洛夫迷亂的訥訥的說道．

麗達立了起來，拉起裙子，笑着跑進屋去，所有的男人的眼光都跟了她去，當她去了時，他們覺得呼吸得更自由，沒有了那種激動的拘束的感覺，這種感覺男人常常在一個美麗的青年婦人面前經驗到．薩魯定點了一支香煙，很有味的吸着，當他說話時，一個人覺得他是習慣着引人人談論的，而他所想的卻與他所說的話全不相同．

『我正在極力勸麗達・彼特洛夫娜去研究唱歌，具有這種的聲音，她的事業是可以擔保的．』

『一件好事業，照我說來！』諾委加夫繾怒的答道，瞼望着別處．

『這事業有什麼不好呢？』薩魯定真的驚駭着問道，把香煙離開了他的唇邊．

『怎麼，一個女伶是什麼東西？沒有別的，不過是一個娼婦！』諾委加夫答道，帶着突然的惹惱，嫉妒使他痛苦；他想到了那個青年女子，她的身體，他所愛的，竟穿了誘惑人的衣服，出現在別的男人們之前，以那種衣服顯露她的可愛，用以激起他們的情慾．

『實在的，這話說得太利害了，』薩魯定答道，擡起他的眼睫。

諾委加夫的眼光充滿了妒忌他以薩魯定爲那些要奪取他所愛的人的一班人之一；並且，他的美貌使他困惱。

『不，一點也不利害，』他答辯道。『半裸體的在舞臺上出現，在一個淫蕩的景地裏，顯露一個人的身體的美，給這些要休息一二點鐘的人看，在他們付了錢以後，如他們之對於娼妓似的。這眞是一件可愛的事業！』

沙寧說道，『我的朋友，每一個婦人在最先有人賞鑒她的身體的美的時候，全都覺得快樂的。』

諾委加夫惱怒的聳聳他的肩。

他說道：『這是一種什麼愚蠢而粗率的話！』

『無論如何，不管是粗率或否，這却是實情，』沙寧回答道。『麗達在舞臺上是最可動人的，我喜歡見她在那個地方。』

雖然其餘的人聽了他的這個話引起了一種天然的奇異之心，然而他們全體却都覺得不大舒服．薩魯定想他自己是比其餘的人更聰明，更機警，決定這是他的責任，去消滅這個困惱的漠泛的感情．

『那末，你們想女人應該做什麼事？去結婚麼？去研究一種學問，或是任她的天才消失了？那是一種對於自然的罪過，自然已給了她以牠的最美的賜品．』

『呵！』沙寧叫道，帶着不虛飾的饑嘲，『到了現在，這種罪過的觀念已永不進到我的頭腦中了．』

諾委加夫惡意的笑着，但却禮貌十足的向薩魯定回答道：

『為什麼是一種罪過？一個好母親或一個女醫生是比之一個女伶的價值高過一千倍的．』

『一點也不高！』太那洛夫憤怒的說道．

『你們不覺得這一類的談話很厭悶麼？』沙寧問道．

薩晉定的答語消失在一陣驟發的咳嗽中．他們全體實在都以爲這種的討論是厭倦而且非必要的；然而他們全都覺得有些激惱．一陣不快樂的沈默瀰漫着

麗達與馬麗亞·依文諾夫娜出現在遊廊上．麗達聽見了她哥哥的最後的一句話，但是不知道他們說到什麼的事．

『你們似乎不一刻就會覺得厭倦！』她笑着叫道．『讓我們走下到河邊．現在那邊是很可愛．』

當她在男人們的前面走過，她的模型的身體微微的擺動，在她的眼中有一種黑暗的神祕的光，似乎在說什麼，在答應什麼．

『去散散步，到晚餐時回來，』馬麗亞·依文諾夫娜說道．

『喜歡的，』薩晉定叫道．當他把手臂給麗達時，他的靴距橐橐的響着．

『我希望我可以得允許同去，』諾委加夫說道．意思是要譏刺，然而他的臉上帶着欲哭的表示．

『有誰阻當着你呢?』麗達回答道，她在她肩膀上看着他微笑．

『是的，你也去，』沙寧叫道．『我也要同你們一起去，如果她不那樣的堅執以我爲她的哥哥．』

麗達很奇怪的抖索了一下，頓時有些退縮，迅速的瞬了沙寧一下，同時，她短促的激動的笑了一笑．

馬麗亞·依文諾夫娜顯然是不高興了．

麗達走後，她粗鈍的叫道：『你說話爲什麼這樣懵懂?你總是想做些出奇的事!』

『我實在完全沒有想到這樣，』沙寧這樣的回答．

馬麗亞·依文諾夫娜詫異的望着他．她永不能明白她的兒子;她永不能說出什麼時候他是在開玩笑或是在說眞話，也永不能說出他所思想的與所感到的，至於別的可了解的人呢，他們所思想的，所感到的都是與她自己很相同的．依照她的觀念，一個人是常常被束縛着去說，去感想，去行動，正如與他同社會的及同知慧的地位的其他的人所習慣去說，去感覺，去行動一模一樣。她還有一個意見，以爲人們是不僅具有他們天然的性格與特點的，但是，他們必須全被範治於一個普通模式之中。她自己的環境使她增加並且堅定這個信仰，她想教育的意思是要把人類分成兩羣，那有知識的與那無知識的。無知識的保持他們的個性，引起別人對於他們的蔑視。有知識的則依照所得的教育分爲數羣，他們的信仰不與他們的個性相應，但與他們的所處的地位相應。因此每一個學生都是一個革命黨，每一個官吏都是有產階級，每一個藝術家都是一個自由思想者，每一個軍官都是誇耀計較他們的官級的。然而，如果一個學生變成了一個守舊黨，或是一個軍官變成了一個無政府主義者，這必須算爲最反常的，甚且是不愉快的。至於沙寧，依照他的家世與教育，他應該是與現在的樣子完全不同，於是馬麗亞·依文諾夫娜覺得，正如麗達、諾委加夫以及所有與他接近的人所覺得的一樣，他是失了他們的所望了。她的母親的本能，立刻看出她兒子對於他所接近的人所生的印象；這使她痛苦。

沙寧自覺得這個。他很想安慰她，但不知怎麼措手。最初，他想裝假，如此可以使她平靜心氣；然而他想不出什麼來，僅只笑了笑便站了起來，走到屋裏去了。他在那裏，躺在牀上想了一回。好像人們意欲把全世界都變成一種兵房，以一束的法則來管治一切的人，立定一個意見以毀泯一切的個性，不然便使個性降服於一個神祕的、古舊的某種威權之下。他甚至想到基督教與牠的運命，但這使他如此的厭倦，他竟熟睡了，直到黃昏變成了夜，他纔醒起來。

馬麗亞·依文諾夫娜望着他們走去，而她也深深的嘆了一口氣，沈入深思之中。她這樣的對她自己說，薩魯定顯然的向麗達獻殷勤，她希望這事能成爲正經的纔好。

『麗達已經是二十歲了，而薩魯定似乎是很好的一種青年人。他們說他今年要帶領他的中隊。自然他是負了很重的債——但是唉！爲什麼我有那個可怕的夢？我知道這沒有什麼道理，然而我竟有些不能把牠置之於我的頭腦之外！』

這個夢就是她在薩魯定第一次到這家裏來時做的。她想，她看見麗達全身穿了白色的，在一片燦爛的開着花的碧綠草地上走着。

馬麗亞·依文諾夫娜坐在一個安樂椅上，把頭靠在手上，如老婦們所做的，她凝望着漸漸黑暗下來的天空。陰沈的、苦惱的思想不休地來；且使她感覺得焦急而且害怕什麼似的。

# 第三章

當其他的人散步回來時，天色已經很黑了．他們的清朗愉快的語音，從幕罩於園中的暮色中透過來．麗達臉色緋紅，嬉笑的向她母親跑去．她從河邊帶來了冷冰冰的芬香，這冷香迷人的混入了她自己的溫馥的青春與美貌的氣息在內．她的青春與美貌，因了幾個有感情的追求者的伴侶而更高超了，增大了．

她游戲的沿途拖着她母親，叫道，『晚餐，媽媽，我們要喫晚餐了！同時維克托·賽琪約威慈還要唱歌給我們聽呢．』

馬麗亞·依文諾夫娜走出預備晚飯時，她心裏自己想着，像他愛女麗達的那末一個美貌而可愛的女郎，運命一定祇會爲她儲藏着快樂而無他物的．

薩魯定和太那洛夫向客廳中的鋼琴走去，這時麗達是懶懶的靠在遊廊上的一張搖椅上面．諾委加夫默默不言，在噠噠作聲的遊廊地板上來回走着，偸偸的凝窺着麗達的臉部，凝窺着她的堅實而豐滿的胸部，凝窺着她的登在黃色皮鞋中的小小的雙足，和她的美緻的腳踝．但她卻不曾注意到他，也不曾注意到他的竊視，她是那樣的爲第一次熱情的能力和魔力所中呀．她閉了雙眼，想着，微笑着．

在諾委加夫的心靈中還存着那個老鬬爭；他愛上麗達，然而他不能確定她對於他的感情如何．他想，她有時是愛着他的；有時卻不愛着他．如果他想到『是的』時，這個青年的，純潔的成熟的身體似乎是如何容易而愉快的自己投獻於他呀．如果他想到『不』時，同樣的一個觀念便覺得愚傻而且可憎；他惱怒他自己的不端，視他自己爲罪人，配不上麗達．

最後他決定了在地板上走着，在那裏預卜起來．

『如果我的右足踏在最後一塊地板上時，那末我便去進行；如果我的左足踏上時，那末——』

他簡直不敢想到假定事情是這樣時，要發生了什麼事．

他的左足踏上了最後一塊地板上．這使他冒出了一陣冷汗；但他立刻又復蘇過來．

『吥！無意識之至！我到像一個老太婆！現在再來；一，二，三——說到三時我將簡直的走到她面前，說出來．是的，但我要說什麼纔好呢？不管他！現在去！一，二，三！不，說個三次！一，二，三！一，二——』

他的腦筋似乎燒着他，他的口顫抖着，他的心臟卜卜的跳得那末利害，連他的膝蓋頭也在發抖．

麗達叫道：『不要那末響的走着！』她睜開了雙眼．『我一點聲音也聽不見．』

僅在這個時候，諾委加夫方纔覺到薩魯定在唱歌．

這位少年軍官選了那個古情史唱着，

我從前愛過了你！你能忘記了麼？
愛情在我心中還燒灼著呢.

他唱得不壞，但卻和少訓練的人們所唱的一樣：用呼喊和聲音的沉着代替表情.諾委加夫覺得薩甯定所唱的歌一點也沒有趣味.

『他唱的什麼？是他自己做的一首歌麼？』他問道，帶着不平常的恨惡和惹氣的神情.

麗達使氣的說道，『不，請你不要打擾我們，坐下吧！如果你不喜歡音樂，那末去看看月亮吧！』

正在那個時候，月亮大而圓，紅色，剛升出了黑鬖鬖的樹杪.月亮的柔輭閃爍的淸光觸着石階，和麗達的衣服以及她的沈入深思而微笑着的臉部.在花園裏，陰影更濃稠了；他們現在陰沈而混雜，有如一座森林的影子.

諾委加夫嘆了一口氣，然後冒冒失失的說出來．

『我看你比月亮更好，』他自己想道，『那是一句儍話！』

麗達失聲而笑．

她說道：『那末一句粗魯的讚辭呀！』

諾委加夫恨恨的答道：『我不知道怎樣的去說諛辭諂語．』

麗達聳聳肩，使性的說道：『那末，很好，安安靜靜的坐在那裏聽着罷．』

但你已不再留心到我了，我明白！

我爲什麽要將我的苦惱來使你難過呢？

鋼琴的聲調如銀似的清朗，梟過了綠蔭蔭的潮潤的花園中．月光更覺得明亮了，黑影子更顯得淸楚了．沙寧跨越過草地，坐在一株菩提樹下，正要把一支香煙點着了．正在這時，他突然的停止了，靜靜的不動的，好像爲黃昏的靜謐所沈醉了，這種黃昏的靜謐，並不爲鋼琴的彈奏與這個少年的感情的歌聲所侵擾，且反更使之完美．

諾委加夫匆促的叫道：『麗達·彼得洛夫娜！』彷彿這個特殊的時間決不能讓牠失去了似的．

『唔？』麗達機械的問着他，這時她正凝望着花園與高臨園上的明月以及尖突的牠的銀色的平圓面相映的黑色枝葉．

諾委加夫囁嚅的說道：『我已經等了許久了——那就是——我焦急的要有幾句話要對你說的．』

沙寧回轉頭來，要聽他說．

麗達心不在焉的問道：『說些什麼？』

薩魯定已經唱完了他的歌，隔了一會又開始唱了起來．他以爲他的嗓子是特別美好的，所以很喜歡歌唱．

諾委加夫覺得他自己漸漸的紅潮滿臉，然後又變得灰白了．他似乎快要發暈過去的樣子．

『我——聽我說——麗達．彼得洛夫娜——你，願意嫁給我麼．』

他囁囁嚅嚅的說出這些話，他當時便覺得這類話完全不應該如此說，在這樣的時候還不應該有如此感覺．在他還未說出這些話之前，在他已經明白這是不對，並且立刻就要發生一件十分呆笨而且可笑得無可忍耐的事．

麗達機械的反問道：『嫁給誰？』然後她兩腮上突現了雙朵深殷的紅雲，從椅上立了起來，彷彿要說話的樣子．但她終於一句話也不說，擾惱的將頭轉過去．月光明亮亮的曬照在她的全個身體上．

諾委加夫囁嚅的說道：『我——愛你！』

在他看來，月光不復是明亮亮的照着了；黃昏的空氣似乎窒悶着人，而他想，大地似將在他足下裂開了．

『我不知道怎麼說法好——但是——不管怎樣，我十分十分的愛你！』

（他自己想道，『什麼，十分十分的？彷彿我是在說着冰忌廉似的．』）

麗達惱亂的在玩着飛落在她手上的一片小樹葉．她剛纔所聽見的話使她無所措手，因爲這個完全不是她所預料得到的，而且又是一點也沒有用處，反造成她自己與諾委加夫之間，一種悲慘而無可挽救的拘束的情勢．諾委加夫從她嬰孩時代起，便常常的視之爲一個親戚，且是她所喜愛．

『我眞的不知道怎麽說纔好！我永不曾想到這事過．』

諾委加夫在心裏感到一種重澀的痛苦，他的心臟彷彿停止跳動了．他臉色十分的蒼白，立了起來，拿了他的帽子．

『再見，』他說道，連他自己也聽不見他的語聲．他的顫抖着的雙脣扭曲出一陣無意義的抖索的微笑．

『你去了麽？再見！』麗達無所措置的回答，伸出她的手．竭力在不經意的微笑着．

諾委加夫匆匆的握了一握，不曾戴上了帽子便跨過草地，走進園中去了．在樹蔭中，他忽然立定了，雙手用力抓着頭髮．

『我的天呀！我是註定要過這種不幸的運氣的用槍自殺了吧？不，那是完全無意識的舉動！用槍自殺了吧，？唉』

橫逸無緒的各種思想閃過他的頭腦中．他覺得他乃是世界上最不幸，最鄙賤，最可笑的人．

沙寧本想去叫喚他，但自制了他的衝動，僅僅的微笑着．在他看來，諾委加夫要是因爲一個他所想望她的身體，肩膀，胸脯和腿部的婦人並不投身於他懷中而手扯頭髮，幾乎要哭出來，那眞是可笑的事．在同時，他又覺得高興，因爲他的美麗的妹妹並不垂青於諾委加夫．

麗達一動不動的留在同一的地位上好久，沙寧用詭怪的好奇心緊釘在她的在月光中的白色的側影．薩魯定現在從燈光輝煌的客室中走到遊廊上來了．沙寧淸淸楚楚的聽見他的刺馬距的隱隱的觸地聲．在客室中，太那洛夫正奏着一曲老式的悲傷的二人旋舞曲，無精打采的聲調正浮泛於空中．薩魯定走近了麗達，用溫柔而圓熟的手勢攬抱了她的腰部．沙寧能夠看見兩個身體混合而爲一個，在朦朧的光中搖動着．

薩魯定輕語道，『爲什麼這樣的深思着？』他的雙眼輝耀着，而他的雙唇正觸着麗達的秀美玲瓏的小耳朵上．麗達又是快活，又是驚怖．如同薩魯定每次擁抱了她時一樣，現在她又覺得一種奇異的情感．她知道在知識與教育上，他是遠遜於她的，她永不能會服從他；然而在同時，她在她任聽她自己爲這個強壯美貌的少年所接觸着時，又覺到一種愉快而驚悩之感．她似乎在窺望一個神祕的無底的深淵中去胆大的想着，『如果我忽然投下去……我願意我可以自己投下去！』

她半聽不見的低語道，『人家看得見的．』

她雖然並不鼓勵他的擁抱，然而她也不閃避開去；此種消極的投身，只有更引動了他．

薩魯定徵語道，『一句話，只要一句話！』這時，他更緊的將她抱着，他血管中穿透着欲念；『你來不來？』

麗達顫慄着他問她這個問題已經不是第一次了，每一次她總覺到奇異的顫抖，使她成爲無意志而軟弱的人．

『做什麼？』她低低的問道，她的眼如做夢似的望着月亮．

薩魯定不能而且不願意回答她實話，雖然他和那些常同女人來往的男子們一樣，在心靈深處早就相信麗達自己也願意，而且也知道怎麼會事，祇是害怕罷了．

『做什麼？那不過因爲我可以接近你，看你，且和你談話．唉！像這個樣子，眞是使人痛苦！是的，麗達，你是苦着我呢！現在，你來不來？

他這樣的說着，將她熱情的拉近他，他的接觸好像熊熊的鐵塊的接觸，送了一陣的顫慄到她的肢體中去；她彷彿是被包圍在一陣恍惚，如夢難堪的雲霧中．她的柔軟成熟的骨骸僵硬了，然後，她向着他傾過去，又喜悅又驚悩的顫抖着．在她四周圍的一切東西都生了一種奇突的變化．月亮不再是一個月亮了；她似乎更近於更近於遊廊的籬架上了，彷彿牠正懸在光亮的草地上．花園也不再是她所熟知的那座花園了，牠是別一座花園，陰沈而神秘，突然的近於她，且緊圍於她的四周．她的頭腦眩暈了．她抽身開去，帶着奇異的懶氣，從薩魯定的擁抱中自己脫身出來．

『好的，』她艱苦的囁嚅道．她的雙唇蒼白而焦燥．

她步履傾側的從園內重進屋內，她自己覺到有一件東西，可怕，然而卻誘惑着她，使她不能抵抗的被拉到一個深淵的邊上去．

她反省道『無意識！完全不是那一會事．我不過開開玩笑而已．這事不過使我有趣，且也使我可樂．』

她這時正對着她房間內的黑漆漆的鏡子站着，想要這樣的勸說她自己，在這面鏡子上她只能見着由燈光明亮的餐室玻璃門上映反過去的她自己的陰影．她慢慢的舉起雙臂於頭上，懶懶的欠伸着，同時注視她自己柔軟的身體、腰和寬闊凸起的大腿的行動．

薩魯定獨自留着，挺直的站在那裏，伸動他的秀美合格的肢體．他的眼睛半闔着，微笑着，而當這時，他的牙齒在他的美髭之下露出。他是慣於有好運道的，在這個情形之下，他預見了在最近的將來，必有一番更大的愉快。他在幻想着麗達的一切嬌媚動人的美處，當她投身於他懷中之時。這樣的一個圖畫的熱望，引起了他的肉體上的痛楚。

在起初，當他向她追求着時，在以後，當她允許他擁抱她吻她時，他總是怕她在她的黑睛中有些奇異而爲他不了解的表現，彷彿她一面容他吻抱，一面在祕密的鄙夷着他。在他看來，她是如此的聰慧，如此的與其他婦人的完全不同；他對於其他婦人在親暱時常覺得自己是顯然的高過她們的。他又看她如此的嬌貴，所以擁抱他時，他竟屏住氣息，彷彿在等候受一記耳光，因此竟不敢生想要完全占有她的念頭。有的時候他相信她不過和他玩玩而已，他的地位似乎是很愚蠢，很可笑的。但今天，在得了這次允諾之後，這個允諾是遲疑的半呑半吐的說出來的，好像他所聽見過的別的婦人們所說的一樣，於是他便突然的確定的感覺到他自己的能力，且知道勝利是近了。他知道一切事情正都如他所想望的實現出來。在這個肉慾的期望的意識上，還加上了一種幸災樂禍的心理；這位驕貴純潔受教育的女郎將睡在他的身下和別的許多女郎們一樣;他將於高興時用用她,如他從前之使用別的女郎們一樣.淫蕩鄙汙的情景現在他的面前.麗達一絲不掛的,頭髮披散着,眼光是神祕不可測的,她成了一次殘酷淫蕩的擾亂的祭神禮的中心人物.突然的,他清清楚楚的看見她躺在地上;他聽見鞭打的聲響,他在柔軟赤裸順受的身體上見到一條血紅的鞭痕.他的太陽穴急跳着,他要傾側的退向後去,火星在他眼前跳舞着.一想到這,一切便都變成了肉體上的苦楚.他點了一支香煙,他的手索索的抖着;他的強健的四肢搐搦着,他走進房裏.沙寧並沒有聽見一句話,然而他卻看見而且明白了一切,他跟了薩魯定進屋,心裏幾乎燃起一種近乎妒忌的感情.

他自己想道『像他那末樣的禽獸們,常常是走好運的.眞不知是怎麼會事?麗達和他?』

吃晚餐的時候,馬麗亞·依文諾夫娜似乎心緒不大好.太那洛夫照舊的一句話也不說.他想,他想他如果是薩魯定,且有着那末一位情人,麗達,在愛着他,那是如何的舒服呢.他覺得他或許愛她不像薩魯定那樣，因爲薩魯定是不懂得珍惜這樣的幸福的。麗達臉色灰白一聲不響也不望着任何人。薩魯定快活着且在警備着，好像獵圍時的野獸。沙寧照舊的打着呵欠食着，且喝着不少的白酒，似乎顯然的要去睡覺。但當晚餐畢後，他卻聲言不想睡覺，要和薩魯定一同散步，借着送他回去。現在是近於午夜了，月亮高高的懸照於頭上。他們兩個向軍官的住所走去，幾乎是一聲不響。沙寧一路上不時的竊望着薩魯定，心裏想着，他要不要當臉擊他一記。

『嘿！是的！』他突然的開出口來，這時他們走近薩魯定的住所了，『在這個世界上有着各式各樣的流氓匪徒呢！』

『你說這句話什麼意思呢？』薩魯定問道，揚起他的眉毛。

『那是這樣的；指一般而言。流氓乃是最可迷人的東西。』

『你不這樣的說吧？』薩魯定說道，訕笑着。

『當然是這樣的說。在全個世界裏，沒有比你們所稱爲忠厚長者的人更爲討厭的了．一個忠厚長者是一個什麼東西？每一個人都久已熟悉於忠實與道德的行事，所以其中並不含有一點新的東西．這種陳腐的東西刧去了一個人的一切個性，他的一生便永住在狹窄可厭的道德圈子裏了．你不要偸盜，不要說謊話，不要欺詐人，不要犯奸淫．可笑的是，一切生出來的人都是一個樣子的！每個人都盡其所能的偸盜，說謊，欺詐，犯奸淫！』

薩魯定高傲的抗議道，『並不是每個人都這樣．』

『是的，是的；是的每個人！你只要去考察一個人的生活，以求他的罪過．例如，謀叛不忠．因此，當我們爲皇帝做完了應做之事之後，我們或安安靜靜的去睡，或坐下來吃飯時，我們已犯了叛逆不忠之罪了．』

『你說的什麼話？』薩魯定叫道，半蘊着惱怒．

『我們實在是這樣．我們付出國稅；我們按期在軍隊中服役，不錯的；但這表示我們以戰爭及不公正害了幾百萬人，這兩宗事本都是我們所厭惡的．我們心平氣和的到我們牀上去，在這個時候，我們應該匆速的去救那些人，卽他們在這個時候乃爲我們，及爲我們的理想而喪亡的人．我們所食的過於我們實際所需要的，而讓別的人在挨餓，本來，我們如是有道德的人，我們的一生便要爲他們的幸福而盡力的．其餘都可以類推．已經够明白的了．現在，一個流氓，一個眞實的赤裸裸的流氓，卻完全不是這末一會事．先說，他乃是一位絕對的忠實，自然的人物．』

『自然的？』

『當然他是的．他做的事不過是一個人所自然要做的而已．他看見一件並不屬於他的東西，一件他所喜歡的東西，──於是，他取了牠．他看見一位美貌的婦人，她並不自獻於他，於是他設法要得到她，或用強力，或使智計．那是完全自然的，自己滿足的願望與本能乃是人之所以異於禽獸的幾個要點中的一個．一個禽獸，獸性愈多者，愈不知道享樂，愈不能够去得到快活．牠只欲滿足他的需要．我們全都同意，人之創造，並不是爲了受苦，受苦並不是人類努力的理想．』

薩魯定說道，『確是如此．』

『那末很好，享樂乃是人生的目的．天堂是絕對享樂的同義字，而我們的全體，不管如何，也都是夢想着一個地上的天堂的．聽說天堂起初就是在地上的這個天堂的傳說，並不是一件可笑的空話，乃是一個象徵，一個幻想．』

『不錯的，』沙寧隔了一會，又接下去說道，『自然永不曾命人去節制自己，而最忠實的人們乃是那些並不隱藏他們的願望的人，那就是說，那些社會上公認為流氓的人，如——例如，——例如你——那樣的人．』

薩魯定驚詫的跳了退去．

『不錯，就是你』沙寧繼續的說下去，佯為不注意到他這行動，『你是世界上最好的人，或是，無論如何，你自己以為他是這樣的一個人．現在，來告訴我，你一生曾遇到更好的一個人麼？』

『有的，不少呢，』薩魯定躊躇的答道．他一點也不明白沙寧說的是什麼意思，也不曾想到，他應該表示喜悅或者惱怒好．

『那末，請你指出他們的名字來，』沙寧說道．

薩魯定聳聳肩，疑惑着．

沙寧高興的叫道，『呵，你明白了！你自己是好人之中的最好者，我也是的；然而我們兩個人卻並不反對去偸盜，或說謊，或犯奸淫——至少是不反對去犯奸淫．

『如何的新奇！』薩魯定低低的說道，當時他又聳了聳肩．

沙寧問道，『你這樣的想麼？』他的口音中帶些輕微的惱怒的影子．『唔，我則不然！不錯的，流氓，如我所說的，乃是所可想像的最忠實、最有趣的人民，因爲他們對於人類卑鄙的束縛，一點也沒有槪念．我常常覺得特別的喜歡和一位流氓匪徒握手．』

他立刻握住薩魯定的手，激烈的搖着，同時雙眼並凝視着他的臉上．然後他皺着眉頭，用完全別樣的低聲說道，『再見，夜上好，』便離開他走了．

有好幾分鐘，薩魯定立在那裏完全不動，眼望他的離開．他不知道怎麼樣的去領受像沙寧所發的那種演說；他又迷亂，又不安逸．然後他想到了麗達，他微笑了．沙寧是她的哥哥，他所說的總之實在不錯．他開始對於他感覺到一種兄弟的愛好．

『天呀，好一位有趣的人物！』他得意的想道，彷彿沙寧也有點屬於他似的．然後他開了門，走過月光照着的天井而到他的臥房去．

沙寧到了家，便脫了衣服，睡到牀上去，他想在牀上讀柴拉助斯特拉如是說（Thus Spake Zarathustra），這本書是他在麗達的書堆中找到的．但頭幾頁已經夠使他觸怒，而覺得討厭．那種浮誇的想像，他一點也不能感動．他唾了一口唾沫，把書拋到一旁，不久便沈沈的熟睡了．

# 第四章

住在小鎮上的尼古拉·耶各洛威慈·史瓦洛格契大佐正在等候他兒子的歸來，他兒子是墨斯科高等工業學校的一個學生。

他受着警察的監視，爲了他是一個有嫌疑的人物，所以從墨斯科被流遣出來。他們以爲他與革命黨頗有關聯。他的名字是猶里·史瓦洛格契。他早已經寫信給他父母，告訴他們以他的被捕，他的六個月的監禁，以及他的被流遣出京城的事，所以他們正預備着他的歸來。雖然尼古拉·史瓦洛格契具有別樣的見解，視這全部的事僅爲兒戲的一種，然他卻眞心的感到十分的悲傷因爲他十分的喜愛他的兒子，他張開兩臂接受他，竭力避免談到這個困難的問題．猶里坐在三等車廂上，整整的過了兩個全天因爲空氣的惡劣，以及熏人的臭味孩提們的號哭他幾乎完全不曾睡眠過他實實在在的疲倦了，在他見過了他的父親和他的妹妹魯美婭（她常被稱爲麗萊亞）之後，立刻便躺在她的牀上，沈沈的睡去．

他直睡到黃昏的時候方纔醒來，這時，太陽已經近於地平線了，牠的斜射的光線穿過窗戶拋投玫瑰色的方格子於牆上．在旁屋之中，有一陣調匙與杯子碰觸的響聲；他能夠聽見麗萊亞的愉快的笑聲，還有一個男人的語聲，又快樂，又悅耳，他卻不曉得是誰．其初，他似乎還覺得自已仍在火車廂裏，聽着列車上的喧嘩，窗格的震動及隔壁房間裏旅客們的聲音．但他立刻便記憶起來他現在所在的地方，立刻便坐了起來，直坐在牀上．他打了一個呵欠，說道，『不錯，我在這裏，』這時，他皺着眉頭，將他的手指梳穿過他的厚密而剛硬的黑髮．

於是他又覺得，他是永遠不必要歸家的。他被允許有選擇住處的權利。那末，他爲什麽又回到他的父母那裏來呢？那個理由，他不能解釋出來。他相信，或者想要去相信，他所選定的是他腦筋裏最先想到的一個地方。但這完全不是那末一會事。猶里永遠不曾自謀生計過；他的父親供給他一切費用；如果自己一個人，一無所能的廁身於陌生的人羣的地方，覺得未免害怕。他對於這樣的一個感覺，頗見得羞恥，也不甘心自己承認着。然而現在，他卻想他已經鑄下一個錯誤來了。他的父母永不能明白而且贊許那全部的故事，那是很明白的事。並且又來了那個物質的問題，他許多年白用了他父親的許多錢而一無所得——這全都使一種相互的誠心的直捷的了解，成爲不可能的。此外，他兩年以來不曾見過的這個小鎮，他也見得牠是可怕的沈悶。在他的眼光中，一切小鄉村的居民都是心胸狹窄的人，不能夠對於那些他所認爲人生唯一的眞實的重要東西，哲學的與政治的問題，感到興味，或竟了解他們。

猶里下了牀，開了窗門，探身於窗外。沿着空牆是一個小小的花圃，盛開着各種紅的，黃的，青的，紫的，白的花朵牠活像一個萬花筒．在牠的後面是一座大而陰闇的園子，這個園子，和這個鎮上的所有園子一樣，一直延長到河邊，這條河被夾在樹幹之中，如沈呆的玻璃似的發着亮．這是一個恬靜清朗的黃昏．猶里覺到一種模胡的頹唐的感覺．他在以石塊築成的大城市中住得太久了，雖然他頗高興於幻想他是愛好自然的，然而自然在實際上卻一點東西也不曾給過他，她不曾給他以慰安，不曾給他以和平，也不曾給他以快樂，僅在他的心上引起了一種朦朧的如夢的輭弱的愁懷．

『啊哈！你終於起來了！該是時候了，』麗萊亞說道，她走進了房內．

猶里從窗傍走開，

猶里因爲念着他的地位的不確定與對於逝去的白日的感傷，心裏正在不愉快，見了他妹妹的那末高興的樣子與那末快樂的語聲幾乎觸起惱來．

他唐突的問道，『你爲什麼事那末高興？』

『啊，我並不！』麗萊亞叫道，她的眼睛睜大着，同時，她又笑了，正像她哥哥的質問恰恰勾起了她想到了特別可笑的一件事來一樣．

『你不是問我爲什麼那末高興麼？你知道，我沒有煩惱過．我沒有時間去生些閒雜的惱怒．』

然後，她以一種比較嚴重的口氣，她又接上去說，顯然的驕傲於她的最後的話．

『我們生在如此有趣味的時代，還要覺得煩惱眞是一件罪過．我在教着工人們讀書，然後，圖書館也耗去了我的好些時間．當你不在家的時候，我們創始了一個民衆圖書館，這個圖書館眞是辦理得不壞．』

在別的時候，這事便將引起猶里的興趣，但在如今，卻有什麼事使他感得對於一切都漠不相干．麗萊亞看來很正經的，等候着，如一個小孩子在等候着一樣，她的哥哥的稱讚．最後，他勉強的低聲說道，

『啊！原來如此！』

『有這許多事在做着，你還能叫我煩惱麼？』麗萊亞躊躇滿意的說道．

『唔，不管怎樣什麽事都使我煩惱，』猶里勉強的答道．她假裝着不高興．

『我可以決定的說，你是很不錯的．你到了家還沒有二個鐘頭，這個時候還都耗在睡眠之中，然而你已經是覺得煩惱了！』

『這是沒有法子，乃是因爲上帝的緣故．』猶里答道，語音中略帶一點驕倨．他覺得，表示煩惱，比之表示愉快是更顯出高超的知慧的．

『因爲上帝，眞的是！』麗萊亞叫道，譏嘲着．『哈！哈！』她假裝着打他．『哈！哈！』

猶里並沒有覺到他已經快樂起來．麗萊亞的愉快的語聲和她的對於生的快樂，很快的便驅去了他的煩悶，這個煩悶，在他的想像裏是異常的眞切深入的．麗萊亞並不相信他的煩悶，所以他的話引不起她的注意．

猶里望着她，微笑的說道，

『我是永不會快活的．』

聽了這話，麗萊亞發笑了，彷彿是，他說了十分滑稽而有趣的話．

『很好，愁臉的武士，如果你不快樂，你便不快樂好了．不要管他，和我一同來，我要介紹你一位可愛的少年來！』

她這樣的說着，握着了她哥哥的手，笑着引他走去．

『停步！這位可愛的少年是誰？』

『我的未婚夫，』麗萊亞說道，又快活又羞擾，疾忙的扭過身去，竟把她的外衣吹飄開了．猶里從他父親和他妹妹的信裏，已經知道有一位少年醫生新近到鎮上來開業行醫，曾對麗萊亞追求着，但他並沒有覺出他們的婚約竟已告了成功．

『你不曾告訴過我這件事呀？』他驚詫的說道．在他看來，覺得十分的可異，美好鮮妍的小麗萊亞，還是一個小孩子，竟已經有了一個情人，且不久便要成了一個新娘——一個妻子．這使他心裏觸起了一種對於他妹妹的憐憫的情緒．猶里將他的手臂、摟着麗萊亞的腰部，和她一同走進了餐廳．廳內，在燈下之光耀着一把擦得雪亮的火壺，坐在桌邊的，傍着尼古拉·耶各洛委慈而坐的，是一位身體很好的少年，身材型式不像俄國人，膚色如古銅，雙眼尖銳明亮．

他站了起來，以眞樸友好的樣子，迎上猶里。

『介紹我．』

『阿那托爾·巴夫洛威慈·勒森且夫！』麗萊亞說道，帶着一種滑稽的莊重的神氣．

『我請求你的友誼與寬容，』勒森且夫依次的開玩笑的說．

他們兩人帶着一種要成爲朋友的誠懇的願望，互相握握手．有一會兒，彷彿他們竟要親臉．但他們制止住了，僅止交換了坦白和靄的視線．

『這便是她的哥哥，是不是？』勒森且夫心裏詫異的想道，因爲他想像身材矮小、白皙、愉快的麗萊亞的哥哥，一定也是一位身材矮小、白皙、愉快的人．不料，猶里恰恰相反，他卻是高大、瘦黑的一位，雖然他的美貌和麗萊亞相似，身材也是那樣的整齊．

而猶里望着勒森且夫時，他也在心裏想道，『這個原來便是我的小妹妹，新妍美好如一個春朝的麗萊亞的愛人，他愛上了她；他之愛她正如我自己之愛上別的婦人們一樣。』他有一點不敢向麗萊亞和勒森且夫望着，彷彿他怕他們會知道他的這個念頭一樣．

他們倆覺得各有不少要緊的話要說．猶里心裏想要問道：

「你愛麗萊亞麼？眞摯而切實的麼？你如果欺詐了她，眞是慘事，也眞是可恥的事；她是那末純潔，那末天眞爛漫呀！」

而勒森且夫也要想回答道：

「是的，我深切的愛着你的妹妹，除了愛她之外，誰還會有別的舉動麼？，看她是如何的純潔，溫柔可愛；她是怎樣喜愛着我，她臉上有一個那末嬌美的酒窩！」

但他們卻都不說出來，猶里默默的，勒森且夫問道：

「你的流遺期間是多少年？」

「五年，」猶里答道．

尼古拉·耶各洛威慈正在廳內走來走去，聽見了這些話，便站住了一會，然後，他自己想了一下，又以整齊劃一，如一個老兵的步伐，繼續的走着。他到了如今，還不詳知他兒子被放逐的內情，這個不期而來的消息，如焦雷似的震動着他。

他自己唔唔的說道，『這些事鬧的是什麼鬼？』

麗萊亞明白她父親的這個舉動，她怕鬧出事來，想把話頭岔開了。

她想道，『我眞笨，竟忘記了吩咐阿那托爾！』

但勒森且夫卻不明白那個眞相，麗萊亞邀他喝些茶，他回答了一聲之後，便又開始去問猶里。

『你想在現在做些什麼事呢？』

尼古拉·耶各洛威慈皺皺眉頭，不說什麼話。猶里立刻看出他父親默默不言的意思；他大膽而帶着惱怒的答道，『一時還沒有想到做事。』在他說出這樣的一個回答之前，他並沒有想到牠的結果。

尼古拉·耶各洛威慈問道，『你這話什麼意思——沒有想到做事？』說到這裏，他突然的停住，不再說下去了．他並不揚聲的說，然在他的意中，明白的帶有一種隱藏的憎惡．『你怎麼能說這樣的一句話呢？彷彿我是常有着把你抱在我頸上的義務似的！你怎麼能忘記了我已老了，而這正是你自己去謀自己的生活的時候了？我不說什麼話．你要怎麼過活，便怎麼過着好了！但你自己不能明白麼？』他的意中包含着這許多話．猶里愈是想到他父親所想的並不錯，他愈是要反抗．

『不錯的，不想做什麼事！你究竟要我做什麼事呢？』他挑撥的說道．

尼古拉·耶各洛威慈正要報以尖酷的斥責，卻又默默的不說出來，僅僅聳了聳肩，重復放開整齊的步伐，從廳的這一角走到那一角．他是頗有素養的，不欲在他兒子第一天剛到家便和他鬪嘴．猶里雙眼發光的望着他，頗不能夠禁抑他自己，預備着有一點點的機會便開始着爭論、他很明白自己在挑惹着拌嘴，但已不能壓住自己固執和惱怒的心情了．麗萊亞幾乎要下淚．她懇求似的望望她哥哥，又望望她父親．勒森且夫最後明白了那個情形，他代麗萊亞十分不安，便很拙笨的換變了另外一個話頭．

黃昏緩緩的、悶人的過去了．猶里並不承認他的錯，因爲他不同意於他父親，說政治並不是他分內的事．他以爲他父親不能夠明白最簡明的事情，他是老而心智不發展．他不知不覺的責備起他的老年和他的陳腐的觀念來：他們使他生氣．勒森且夫所談的話頭都不能使他感興趣．他罕得傾聽他的話，卻以發光的黑眼堅定的望着他父親．正在晚餐的時光，諾委加夫，伊凡諾夫和西米諾夫三人來了．

西米諾夫是一位有肺癆疾的學生，他好幾月來都住在這個鎮上，教着學生．他是瘦削、醜貌，看來十分柔弱的人．在他的早熟而老的臉上，活現出死亡將近的鬼影．伊凡諾夫是一個學校教師，一個長髮，闊肩，粗俗的人．他們在林蔭路上散步，聽見了猶里到家的消息，所以同來拜望他．他們一來，這裏便高興得多了．有笑，有謔，在晚餐時，還喝了不少的酒．在喝酒這一方面，伊凡諾夫顯出他的能耐來．諾委加夫向麗達求婚失敗之後，過了幾天，已略略的心氣和平下來．他想麗達之拒絕他，也許是偶然的；實在是他的過失，因爲他沒有使她預備這一着．但他究竟還怕到沙寧們的家裏去．所以他渴望能在別的地方，或在街上，或在一個友人的家中，遇到了麗達，在她一方面她也可憐他，還有點責備她自己，因此她待他便有些過於懇篤，這使諾委加夫又生了希望。

『你們對於這事的意思怎樣？』他問道，這時他們全都要走了，『我們且在寺觀中舉行一次野餐會，如何？』

所言的寺觀，位置在離鎮不遠的一座小山上，是衆人常喜去游散的一個地方，又靠近河，沿途的道路又好。

麗萊亞是熱心於各種的遊戲的，例如游泳，划船，在林中散步等，她第一個熱誠的贊成這個意見。

『是的，當然去！當然去！但定在什麼時候好呢？』

『啊，為什麼不就是明天呢？』諾委加夫說道。

勒森且夫也同樣的喜悅於有一天的野外的游眺；他問道，『我們還要約誰同去呢？』

他想在森林中，他可以抱麗萊亞在臂中，吻她，且感覺到他所切慕的溫柔的身體是在近旁．

『等我來看看．我們是六個人．我們可以約夏夫洛夫麼？』

『他是誰？』猶里問道．

『啊！他是一位年輕的學生．』

『很好；晳特美婗·尼古拉夫娜還要約卡莎委娜和亞爾珈·伊文諾夫娜！』

『他們是誰？』猶里又問題．

麗萊亞笑了起來．『你將會曉得的！』她說道，嘴吻着她自己的指尖，神氣非常神祕的樣子．

『哈，哈哈！』猶里微笑道．『好的，我們預備着去看我們所將看見的好了！』

諾委加夫躊躇了一會，帶着淡然的神氣，說道：

『我們也可以約約沙寧的兄妹．』

『啊！我們一定要約麗達；』麗萊亞叫道，並不是因爲她特別喜歡這位小姐，是因爲她知道諾委加夫的熱情，想要使他高興。她自己對於她自己的戀愛是那末樣的快活，她竟也願意和她相識的一切人也都快活。

『那末我們也將去約那些軍官們了，』伊凡諾夫惡意的說道。

『那有什麼關係？我們也約了他們吧。人愈多愈快活！』

他們全都站在前門，在明月的光中。

麗萊亞叫道，『好可愛的夜呀！』不知不覺的她更靠近的倚到她情人那邊去。她還不願意他就走。勒森且夫用肘壓着她的熱的圓臂。

『不錯，這是一個奇異的夜！』他答道，這些簡單的話中含有一種只有他們倆纔能夠捉得住的意義。

『啊！你們，和你們的夜！』伊凡諾夫以他沉笨的低聲唔唔的說道。『我是想要睡了，那末，再見吧，先生們！』

他垂頭的沿途走了，搖擺他的雙臂，好像一個風磨的翼膀。

諾委加夫和西米諾夫跟着也走了，勒森巳夫和麗萊亞告別，費了好久時間，假裝着談到野餐會的事．

當他已經告別了時，麗萊亞答道，『現在，我們必須大家都說再見，再見了．』然後，她嘆了一口氣，因爲她不願離開了月光，離開了香柔的夜間空氣以及一切她的青春和美貌所想望的東西．猶里想到他父親還沒有睡，恐怕他們如果遇見了，又要惹起免不了的痛苦的、無益的辯論．

『不！』他說道，他的雙眼凝望着河上的微薄的青色霧障．『不！我不想去睡呢．我還要出去走走．』

麗萊亞溫柔和善的說道，『隨你的便吧．』她伸了伸身體，如貓似的半閉着眼，對着月光微笑着，走了進去．猶里有幾分鐘站在那裏不動，望着房屋和樹枝的黑影；然後向西米諾夫所走的方向走去．

西米諾夫走得還不遠，他走得很慢，一咳嗽便彎下身去．他的陰影沿着明月所照的路上跟着他走．猶里不久便追上了他，立刻便覺察出他是怎樣的變化了．在晚餐時，西米諾夫有說有笑，比別人格外的起勁，但如今他一路的走着，陰慘而自蛀，在他的空嗽聲中，有一種絕望而驚人的意思，好像他所患着的疾病一樣．

『啊！是你！』他說道，語聲裏有一點惱怒之意，猶里想．

『我還不想睡．如果你願意，我將伴送你回家．』

『好的，就是那末辦吧！』西米諾夫不經意的答道．

猶里問道，『你不冷麼？』僅僅因爲這個擾人的咳嗽使人不安．

西米諾夫煩惱的答道，『我常常是冷的．』

猶里覺得難過，彷彿他是有意的去點觸一個傷痕的所在一樣．

『你自離開了大學以後，已經很久了麼？』他問道．

西米諾夫並不立刻回答他．

『已經好久了，』他最後答道．

然後猶里說起大學生們的心理以及什麼是他們所認爲最主要最合時代的東西．他開始說的簡單而淡漠，但漸漸的卻情不自禁的熱烈起來．

西米諾夫不說一句話，但靜聽着．

然後猶里悲嘆於羣衆的缺乏革命的精神．可以見出他在深深的爲他所說的現象而痛苦．

『你讀過白比爾（Bebel）的最近演說麼？』他問道．

西米諾夫答道，『是的，我讀過的．』

『那末，你有什麼意見要說的麼？』

西米諾夫觸怒的揮舞着他的有曲柄的手杖．他的影子也同樣的動蕩着一支長的黑臂，這使猶里想起了一隻暴怒的鷙鳥的黑翼．

『我有什麼意見要說？』他奪口而出的說道．『我說的是，我快要死了．』

他又揮動他的手杖，他的不祥的陰影又同樣的模擬着他的姿態．這一次西米諾夫也注意到牠了.

『你看見了麼?』他悲苦的說道.『你看,在我背後,站着死亡,他注意着我的一舉一動呢.白比爾對我有什麼關係?正如一個喋喋好空談的人喋喋的談到這事.然後,有些別的傻子也喋喋的談到那事.在我看來,全都是一樣的!如果我今天不死,我明天也是要死的.』

猶里不曾回答.他覺得紛擾不安,難過着.

西米諾夫繼續的說道,『譬如你,你以爲這些事是非常重要的,這一切大學中所發生的事,以及白比爾所說的話.但我所想的卻是,如果你也和我一樣的確切的知道你快要死了,那末你便將一點也不注意什麼白比爾或尼采或託爾斯泰或別的人所說的話有什麼意義了.』

西米諾夫說到這裏停住了.

月亮依然的光光亮亮的照着,黑影也總跟在他們的足後.

「機體是容易毀壞的……」西米諾夫突然以很不同的語聲，薄弱而易怒的，說道．

「只要你曉得我是怎樣的不願意死……特別是在如今夜的那末一個光明柔和的夜間，」他轉着醜而憔悴的臉，光亮的眼睛，向着猶里，繼續的說道．「一切東西都活着，而我卻必須死去．我確然的覺得，在你看來，那句話是如一句一無意義的句子．「而我卻必須死去」但這句話並不是從一部小說上來的，並不是從一部以「藝術的眞實的表現」寫出來的著作上來的．我實實在在的是快要死去了，在我看來，這句話並不覺得無意義．總有一天，你也會覺得他們是有意義的．我是快死了，死了，一切都完了！」

西米諾夫又咳嗽了．

「我常常的想着，不久以後，我將在完全黑暗之中，葬在冰冷冷的泥土裏，我的鼻子凹進去了，我的雙手腐爛了，在這裏，世界上一切都將仍如現在的一樣，如我現在還活在世上在走着時一樣．你將活在世上，呼吸着這個空氣，享受着這個明月，你將走過我所長眠於中，可怕而朽腐的墳墓．你想想看，我還會注意到白比爾或託爾斯泰或一百萬個其他的譫語的猴子們麽？』這些最後的話，他出之以突然的憤怒的口音．猶里悵懊不已，一點話也回答不出．

『好，再見！』西米諾夫微弱的說道．『我必須進屋了．』

猶里和他握手，覺得深切的憐憫他，他胸部凹進，圓肩，曲柄的手杖，掛在他外套的一個紐扣上．他頗想說幾句安慰他的話以鼓勵起他的希望，但他又覺得這是不可能的．

『再見！』他說道，嘆着氣．

西米諾夫揚起他的帽子，開了門．他的足聲和他的咳嗽漸漸的微弱了．然後，一切都靜悄悄的．猶里轉身回家．僅在短促的半小時以前，他所覺得光明，美好，靜謐的一切——月光，星天，觸着銀色的光彩的白楊樹，神祕的陰影——現在這一切全都死了，冷了，可怕得如一所廣漠驚人的墳墓．

到了家後，他輕輕的走進他的房裏，開了窗戶，向園中望着．在他的生平，這是第一次想到，一切占領了他心上的事件，他爲了他們而顯示出那樣的熱忱而毫不自私的實在並不是正當的重要的事件．如果他這樣的想着，有一天，他也像西米諾夫一樣，快要死了，他便將不會對於世人沒有因爲他的努力而更爲快樂的事而覺得十分的餘憾，也不會對於他一生的理想，並沒有實現的事發生悲哀了．他的唯一的悲哀，便將是在他未享盡生命所給的一切快樂之前，他必須死亡，必須失去了視覺，意識，聽覺．

他頗自羞於有這樣的一種念頭，便用了自制的力量尋找出一個解釋來．

『生命是在衝突爭鬬裏面．』

『不錯，但到底是爲了誰而衝突爭鬬呢，如果不是爲了自己，爲了爭自己在太陽下的地位？』

內在的一種聲音這樣的說道．猶里努力要不去聽牠，而去想想別的事．但他的心卻不止不休的轉到這個念頭上；牠竟擾苦他到了落下苦淚來．

# 第五章

當麗達・沙寧接到了麗萊亞的請帖時，她將這請帖給她哥哥看．她以爲他要拒絕不去；在實際上，她很希望着他拒絕不去．她覺得，在明月照着的河上，她將再被拉近薩魯定，再行經驗到又優美、又不寧的感覺．同時，她又羞着，怕他知道這是薩魯定，在所有的人中，他最看不起的便是薩魯定．

但沙寧卻高高興興的答應了去．

這一天，極其溫暖，天上一絲的雲片也沒有．不容易望天上看，空氣的清潔和金黃色太陽光的閃耀使滿天都在抖顫．

『無疑的，那裏一定會有些美好的女郎們，你可以和她們相識相識，』麗達機械的說道．

『哈！那不壞！』沙寧說道．『天氣也可愛；我們走吧！』

在指定的時間，薩魯定和太那洛夫驅着屬於他們營中的兩匹大軍馬拖着的大馬車來了．

薩魯定叫道，『麗達·彼得洛夫娜，我們正等着你呢，』他穿着白衣，外表十分漂亮，香水撒了很多很多．

麗達穿着一身輕紗的衣服，領子和腰帶是玫瑰色的絲絨，她跑下石階來，向薩魯定伸出她的雙手來．他有一會兒緊握住了她的雙手，他的雙眼則渴慕的注視着她的身體．

『我們去吧，我們去吧，』她叫道，神情又激動，又紛擾不安，因爲她明白那個注視的意義．

不久，馬車便迅速的沿着少經人走的跨過青原的路上馳去了．茂草的高葉被彎於車輪之下；新鮮的微颸輕觸着頭髮使綠草向兩邊搖蕩成浪在鎮外他們追上了別一部車子，這車子裏載的是麗萊亞、猶里、勒森且夫、諾委加夫、伊凡諾夫和西米諾夫．他們擁擁擠擠不舒服，然而大家卻都快快活活的，興緻很高．只有猶里，在昨夜同西米諾夫談話以後，覺得同他有點不合適．他不能明白西米諾夫怎麼能夠也和別人一樣的有說有笑的．在他將一切都告訴了他之後，這種笑樂似乎可怪．『這全是假裝的吧．也許他並不怎樣有病？』他想道，偷偷的望着西米諾夫．他縮回了這樣的一種解釋．從兩部車子裏活潑的交換着機警與諧謔的話．諾委加夫跳下車來，經由綠草之中，和麗達賽跑着．顯然的他們之間有了一種默契，要表現出極爲要好的朋友，因爲他們始終是快快活活的互相嘲謔着．

他們現在到了山下了，在山頂上，站着那所寺觀，圓屋頂閃閃有光，石牆的顏色是白的．山被林木所蔽，橡樹的鬈曲的樹頂，看來好像羊毛．在山脚下的島上，也有好些橡樹，寬而平靜的河道流着過去．

離開了正道，馬匹們在潮溼的膏沃的草地上跑着，車輪劃出了幾行深痕．有一種泥土與綠草混合的悅人的香氣．

在約定的地方，一塊草場上，有一個少年學生，兩個穿着小俄服裝的女郎坐在草上．因爲他們最先到，他們正在忙忙碌碌的預備着茶和輕小的點心．

當車子停了時，馬匹噓着氣，用他們的尾巴拂逐去蒼蠅．每個人都跳下車來，爲這次的馳車及溫美的鄉間空氣所活潑、所怡悅．麗萊亞和正預備着茶的兩位女郎接着嚮吻，介紹她們給她的哥哥和沙寧，他們羞澀的好奇的看待着他們．麗達忽然的想起他們兩位男人中間還沒有相識呢．她對猶里說道，『允許我給你介紹我的哥哥夫拉狄麥．』沙寧微笑的握了猶里的手，但猶里則不大注意於他．沙寧覺得每個人都是有趣味的，他喜歡交交新的朋友．猶里則以爲在這個世界上很少有人是有趣味的，常常覺得不喜歡遇見不熟的人．伊凡諾夫微識沙寧，他聽見過人家談到他，而覺得高興他第一個走到沙寧那邊去，和他開始談着，而西米諾夫則只和沙寧拘禮守文的握了握手．

麗萊亞叫道『經過了這種討厭的禮式之後，現在我們都可以盡量的自己取樂了』．

其初，大家都有點不自然，因爲這一羣人中，有不少是彼此完全不相識的．但當他們開始吃着時，男人們喝了幾杯白酒，小姐們喝了幾口葡萄酒之後，這種拘束便沒有了，他們恣意的歡笑着．他們自由不拘的喝着，又有笑，又有嘲謔．有的在跑步，有的則爬上了山邊．四周圍是這樣的恬靜、光亮，綠林是這樣的美好，沒有一點憂愁或悲苦的事能夠投射牠的影子在他們的靈魂上．

勒森且夫臉上潮紅，氣息不屬的說道，『如果每個人都像這樣的跳躍奔跑，世界上的疾病要消滅了十之九．』

『而且諸種罪惡也都將消失了，』麗萊亞說道．

『啊，說到罪惡，世上一定要更多起來，』伊凡諾夫說道，雖然沒有一個人覺得這樣的一句話既不機警，又不聰明，然而卻引起了大家的哄堂大笑．

正當他們喝茶時，太陽快要西下了。河水閃閃的發光，如黃金似的，溫熱而紅亮的斜光穿過樹林而射來。

『現在到船上去！』麗達叫道。她隨即撩起她的裙子，跑下河邊。『誰先到那邊去呢？』有的人跟了她奔跑，別的人則以比較懶散的足步隨在後面，在格格不絕的笑聲中，他們全都登上了一隻大的染色的船上。

『開船了吧！』麗達叫道，用着一種發命令的愉快的語聲。船蕩開了岸，留兩條濶痕在後面的水上，這兩條水痕成了圈暈，消失在河邊了。

『猶里·尼古拉耶威慈，你爲什麼那末沈默不響的？』麗達問道。

猶里微笑着。『我沒有什麼話可說。』

『不可能的事！』她答道，可愛的撅着嘴，別轉她的頭，彷彿她知道一切男人都在鑒賞着她。

『猶里不喜歡談着無意識的事，』西米諾夫說道，『他要談的是……』

『一件正經的問題，是不是？』麗達插上去說道．

『看！有一個正經的問題來了！』薩魯定說道，向岸上指着．

他所指的地方，是很峭的河岸，在一株蓬鬆的橡樹的多瘤的根間，一個人可以看見一個狹洞，黑暗而神秘，半爲水藻及綠草所蔽．

『那是什麼？』夏夫洛夫問道，他是不熟識這一部分的鄉間的．

『一個洞穴，』伊凡諾夫答道．

『那一種的洞穴呢？』

『鬼曉得！他們說，這洞有一次曾成了造僞幣者的窟．他們照常的全數被捕獲了．這是很艱難的事業，對不對？』伊凡諾夫說道．

『也許你喜歡，你自己也創始了那一類的事業，鑄造着僞作的二十個科比的貨幣吧？』諾委加夫問道．

『科比麼？不是我！盧布，我的朋友，盧布！』

『嘿！』薩魯定低哦着，聳聳肩膀。他不喜歡伊凡諾夫，他的詼諧在他看來，都是蠢笨無識的。

『不錯的，他們全都被捕了，洞口也被塞了；牠漸漸的坍壞了，現在沒有一個人到過洞中。在我兒時，我常常的爬到洞裏去過。這是一個最有趣味的地方。』

『有趣味麼？我倒要這樣的想着！』麗達叫道。

『維克托·賽琪約威慈，你要進洞去麼？你是勇敢的人中的一個。』她說話時帶着奇怪的口氣，彷彿現在在大衆面前她想取笑薩魯定對於他晚間無人時所給予她的那種奇怪而燒炙的趣感加以報復。

『爲什麼？』薩魯定問道。他有點惱惑着。

『我去！』猶里叫道，一想到別的人因他顯着要去而責難他時，臉上不禁紅了。

『這是一個奇異的地方呢！』伊凡諾夫鼓勵的說道。

『你也去麼？』諾委加夫問道。

『不，我還是停止在這裏好些！』

他們聽了這話，全都笑了。

船駛近了河岸，一陣冷風從洞中吹出，吹過他們的頭部。

『看上天的面上，猶里，不要去做這樣的一件傻事！』麗萊亞說道，想要勸阻她的哥哥。

『實在是傻事！』

『傻事麼？當然這事是的。』猶里微笑的承認着。『西米諾夫，請你給我那支蠟燭，好不好？』

『我在什麼地方去尋蠟燭呢？』

『在你後邊的籃裏有一支呢。』

西米諾夫冷冷的取出那支蠟燭來。

『你眞的去麼？』一位身材長長，體格很雄偉的女郎問道。麗萊亞叫她做西娜，她的姓是卡莎委娜。

『當然我要去的．爲什麼不呢？』猶里答道．竭力要表示完全的淡然的樣子．他想起當他在做着危險的政治的活動時也曾竭力裝做淡然的樣子．這個想念也不知爲什麼使他覺得不愉快．

這洞穴的入口又潮溼，又黑暗，沙寧向洞中望了一望，叫道，『呸！』在他看來，猶里之冒險進了一個沒有趣的危險的地方，僅只爲了別的人在望着他做這事，彷彿是荒誕可笑的．猶里竭力不看別人，燃着了蠟燭，心裏想念道，『我不是很可笑麼，是不是？』但遠離了他所意想的嘲笑他卻得到了讚美，特別是從小姐們來的，她們是喜歡着詭奇而又隣着驚慌的情形的．他等到蠟燭的火焰更明亮了，然後，笑了起來，以避免被別人所笑，在黑暗中不見了．燭光也似乎消失了．他們全都立刻的關心到他的安全，且十分的奇詫着他所要碰見的事．

『當心狠孳！』勒森且夫叫道．

『不要緊，我帶着手槍呢！』猶里回答道．這聲音微弱而奇詭的響着．

猶里緩緩而留心的向前走去．洞的兩壁低矮不平，如一個大地室似的溼漉漉的．地下是這樣的高低不平，有兩次猶里都差不多要跌到一個洞裏去．他想，最好還是回轉去，或者坐在這裏等了一會，那末，他可以說，他是走進了很遠．

突然的他聽見身後有足步蹈在溼泥上的聲音，還聽見一個人呼吸急促促的．他將燭光高高的舉起．

『西妮達·卡莎委娜！』他驚駭的叫道．

『正是她自己！』西娜高興的答道，這時，她正撩起她的衣服，輕輕的跳過一個洞．猶里很喜歡她，這個愉快美貌的女郎的進來，他以含笑的眼光歡迎她．

『我們往前走吧，』西娜羞羞的說道．

猶里服從的向前走去．現在沒有危險的一念在擾他了，他特別注意的為他的同伴照路．由櫻色的溼泥做成的洞穴的牆一會兒擋在前面，彷彿露出靜默的恐嚇態度，一會兒退開着讓道．有的地方整個的土堆石堆倒在那裏，傍邊露出烏黑的深坑．垂懸在深坑上的一堆泥土彷彿像死人一般，並不倒下來，卻被不可見的強有力的律法所維繫，竟垂在那裏絲毫不動彈，似乎有點令人可怕。許多出路全聚滙到一個又大又黑的洞穴裏，裏面空氣非常的嚴重。猶里在那個洞穴裏繞了一個圈，去尋覓出路，搖曳的影兒和在黑暗裏顯得黯淡的燭光隨在他的後面。他看見幾條出路，但都被塞住了。在一角上孤寂的放着幾片朽爛的杉木板，看來好像從土裏掘出，扔在那裏的舊棺材的遺物。

『不十分有趣嗄？』猶里說道，不自覺的低壓他的語聲。泥塊壓迫着他。

『啊，眞的是！』西娜微語道，她四面的望了一周，她的大眼睛在燈光中發亮。她很不安，本能的靠近猶里，要他保護。這個，猶里也注意到。他對於他的美好脆弱的同伴，覺得一種奇異的同情。

『好像被活埋了一樣，』她繼續說道。『我們號叫，但沒有人聽見我們。』

猶里笑道，『當然聽不見。』

然後一個突然而來的念頭幾使他腦筋眩暈。他斜眼望着那微掩着細薄的小俄式衣衫的胸部和斜直的圓肩．他一想到現在她眞是在他的掌握中，而且不會被人聽見，這念頭來得太奇突，竟使他一下裏眼睛暈黑起來．但是他立刻自制住，因爲他確信強姦婦女是卑鄙的事，而對他是毫無意義的事．所以他不去做那件使他全身慾火燒灼的事，僅祇說道：——

『假如我們試一試看？』

他的語聲顫抖着，他覺得或許西娜能覺察出他的念頭．

『試試什麼？』她問道．

『假如我放一槍？』猶里說道，取出他的手槍．

『土窟不會頃倒麼？』

『我不知道，』他答道，雖然他確切的覺得不會有事故發生．『你不害怕麼？』

『啊，不！不放槍吧！』西娜說道，同時，她退了一二步．猶里舉起槍，放了一響．火光一閃，一陣濃密的烟雲包圍着他們，而槍聲的回響則緩緩的消失去．

『看！那使是這個樣子，』猶里說道。

『我們且歸去吧。』

他們轉身走回去，但當西娜走在猶里的前面，他看見她的圓而結實的大腿關節時，心上又帶回了淫蕩的念頭，這念頭他覺得是很難驅除的。

『我說，西娜．卡沙委娜！』他自己都害怕起自己的聲音和問題來，卻假裝着不經意的態度，『我要問你一個有趣味的心理學上的問題。你和我同到這裏來，怎麼會心裏不覺得害怕？你自己說的，如果我們喊叫着，沒有人會聽見的……你和我一點也不熟悉呢！』

西娜在黑暗中臉羞得血紅，默默的不言。猶里呼吸得急促起來。他覺得非常有趣，同時非常羞慚，他的心情像在懸崖上滑走時所感的一般。最後，她囁嚅的說道，『因為我想，你是正經人。』

『假如你看錯了人呢！』猶里反駁道，他心裏還是充滿着那種濃厚的感覺，他忽然覺得同她這般說話很別致，而且還很美麗。

『那末，我要……投水自殺』西娜幾乎聽不見的說道。

這幾句話使猶里心裏充滿了憐憫。他的熱情消退了，他突然的覺得安慰了。

『那末一位好好的小女郎！』他想道，眞誠的爲如此坦白、簡樸的貞淑所感動，眼淚不由得在他眼睛裏流出來了。

西娜驕傲她的回答，感激他的默許，對他微笑着，這時他們回歸到洞穴的進口。同時她還不絕的詫異着，不知爲什麼他的問題，她聽來似乎並不覺得逆耳或可羞，且反而覺得十分可悅。

## 第六八章

其餘的人在窩口等候了一會，以西娜和猶里爲題目而肆意的開着各種的玩笑，以後，便各沿着河岸散步着。男人們燃着了香煙，將火柴拋入水中，凝望着這些火柴在溪面上蕩成了大水圈子。麗達手臂彎曲着，輕步而前，一面走着，一面低唱着。她的穿上精美的黃色皮鞋的一雙美麗的小足，時時的跳着無心而出的跳舞。麗萊亞折拾花朵，向勒森且夫拋去，以眼光向他撫愛着。

『去喝幾杯，你想怎樣?』伊凡諾夫問沙寧。

『好主意！』沙寧答道．

他們上了船，開了好幾瓶的皮酒，開始喝了起來．

『好不討厭的縱酒！』麗萊亞叫道，以幾束草向他們拋去．

『第一等的材料！』伊凡諾夫吮吮他的嘴唇，說道．

沙寧笑了起來．

他滑稽的說道，『我常常奇怪人們爲什麼死死的要反對酒精．據我的意見看來，僅有醉漢乃能如他所應該生活的生活着．』

『那是像一隻畜生！』諾委加夫從河岸上答道．

沙寧說道，『很像，不過，無論如何，一個醉漢所做的事祇是他所想做的．如果他想唱歌，他便唱着；如果他想跳舞他便跳着；他並不把自己的喜歡快樂看作一件可羞的事．』

『有的時候，醉漢卻還打架呢，』勒森且夫說道．

『不錯的，他也要打架．人是不會喝酒的……人是太含惡意了．』

『你喝醉了酒時，你要不要打架的？』諾委加夫問道．

沙寧答道：『不，我醒的時候更還要打架呢，但當我喝醉了時，我乃是一個癖氣最好的人，因爲我在那時將那些卑鄙齷齪的事都忘記得干干淨淨了．』

『並不每個人都是那樣的，』勒森且夫說道．

『並不大家這樣，自然很可惜，』沙寧答道．『不過別人的事，和我也是一點不相干的．』

『不能這麽說的！』諾委加夫說道．

『爲什麽不能這麽說，如果這是眞實的呢？』

『一個美妙的眞實眞的是！』麗萊亞叫道，搖搖她的頭．

『無論如何，是我所知道的之中的最美妙者，』伊凡諾夫代沙寧回答．

在高聲歌唱着的麗達，突然的停止了，看來很惱怒似的．

『他們似乎一點也不肯趕快呢，』她說道．

『他們爲什麼應該趕快？』伊凡諾夫答道．『無論什麼時候都用不着趕忙．』

『我看西娜倒是一位無畏無憎的女英雄吧？』麗達譏嘲的說道．

太那洛夫的思路在這個當兒胡塗起來了．他失聲而笑，然後又顯得十分的忸怩不安．麗達的雙手放在膝上，很有致的前後蕩着，這時便回過頭去望他．

『也許他們在那裏很快樂，』她說道，聳聳肩．

『不要響！』勒森且夫說道，這時手槍的聲音已爲他們所聽見．

夏夫洛夫叫道：『那是一聲槍聲．』

麗萊亞叫道，『那是什麼意思？』同時她驚惶的拉住她情人的袖臂．

『不要害怕！如果這是一隻狠的話，他們在一年內的這個時候是很馴良的，且決不會襲擊兩個人的．』勒森且夫想以這樣的話去安慰她，但他暗地裏卻惱怒於猶里的兒戲．

『眞是的！』夏夫洛夫叫道，他也同樣的着惱了．

『他們來了，他們來了！不要着急！』麗達輕蔑的說道．

現在他們的足聲可以聽見了，不久工夫，西娜與猶里便由黑暗中出現．猶里吹熄了燭光，不自在的笑着，因爲他不知道他們對他的舉動將具如何的態度．他身上滿是黃泥，西娜的肩上也帶着泥印，因爲她的身體在牆壁上磨擦過．

『好吧？』西米諾夫無精打采的說道．

猶里半求恕的說道，『洞裏着實有趣．不過通道沒有多少遠．前面被塞住了．我們看見些朽腐的棺材板躺在那裏．』

『你們聽見我們放槍了麼？』西娜問道，雙眼發亮．

『我的朋友們，』伊凡諾夫插上去說，『我們把皮酒都喝完了，我們的靈魂是很醉飽了．讓我們動身走了吧．』

船到了河流廣闊之處時，月亮已經升在天上了．這是一個異常靜謐，淸朗的黃昏．在上與在下，在天空與在河中，金色的星光熠熠的發亮．船隻好像是懸掛在兩個無底的空間之中河邊的一帶黑黝黝的森林帶着神祕的樣子．一隻夜鶯在唱着，一切都在靜聽着，不相信他是一隻鳥兒卻當他是一個快樂的，有理性的，有思想的生物．

『眞的好！』──麗萊亞說，舉眼向上，頭按在西娜温和的圓肩上．後來大家又不說話，靜聽了許久．鶯聲響亮地充滿了全樹林，在凝想的河上叫個不絕，直吹到草地上面，──草和花在月夜的朦朧裏悄悄的凝止着了，──又散往遠處，向多星而冷淸的天上飛去．

『牠唱的是甚麼？』──麗萊亞重又詢問道，一個手好像無意中掉落到勒森且夫的膝蓋上面，掌心朝上仰着，立刻覺得那個堅硬而有力的膝蓋抖索了一下，不由得對於自己的舉動又喜又懼起來．

『自然唱的是愛情呢！』──勒森且夫半嘲謔半正經的回答，一隻手輕輕兒闔着那個極信任的放在他膝蓋上的，温和而柔軟的小手掌．

『在這樣的夜裏是不願意想起一切好和壞的事的，』──麗達說，在回答着自己的心思．她那時正在想她做着可怕而引人的游戲以自娛，究竟是好是壞．她望着薩魯定，看見他的臉在月光下越發勇毅而美麗，兩眼露着烏黑的亮光，頓時感到全身裏一種業已熟悉的，甜蜜的鬆軟和可怕的無意志。

「想起的是別種的事情！」——伊凡諾夫回答她。

沙寧微笑着，兩眼不住地釘住坐在他對面的西娜的高聳的胸部和月光照得發白的美麗的頸顬。

烏黑的，輕微的山影斜倒在小船上面，等到船遺留下一條蔚藍的銀光的水帶，重又跳到發亮地方去了，大地上越發顯得亮些，寬些，自由些了。

西娜·卡沙委娜脫下了她的大草帽，現在開始在唱着一隻俄國的民歌，甜蜜而憂鬱，如一切的俄國歌一樣。她的聲音是一個高級的音調，雖然不很雄壯，卻有感人的性質。

伊凡諾夫低語道，『很中聽！』而沙寧也叫道，『可愛！』當她唱完了時，他們全都拍手，拍手的聲音在兩邊黑暗的森林中很詫異的回應着。

麗莎亞叫道，『再唱個別的，西諾契加！更妙的是，背一首你自己的詩。』

『那末你又是一位女詩人了?』伊凡諾夫問道.『好上帝到底將多少的韻事賜給一個人!』

『那是一件壞事麼?』西娜擾擾不自主的問道.

『不,這是非常的一件好事,』沙寧說道.

『如果一位女郎既有了青春與美貌,她再有了詩歌作什麼用,我到要想知道知道?』伊凡諾夫說道.

『不管他!西諾契加,你且背些詩出來吧!』麗萊亞親愛而溫柔的叫道.

西娜微笑着,微微別過臉去,然後開始以她的清朗而帶音樂的語音,背誦着下面的詩句:

啊!愛情,我自己的眞實的愛情,
我將永不對你告訴出這話,
我將永不對你告訴出我的燃沸的愛情!

但我要的是閉上了這雙含愛的眼，
他們會好好的保守着我的祕密。
知道牠的祇是煩惱的日子，
祇是靜謐的青色夜，金色的星兒，
祇是在夜間微語着的如夢的森林，
這些，是的，他們知道，但他們卻是啞的；
他們不會將我的熱愛的祕密泄露了的。

他們又顯出非常熱誠的樣子，全都高聲的恭維着西娜，並不是因爲她的小詩是一首好詩，但因爲這詩恰恰的表達出他們的情緒，且因爲他們正全都在想望着愛情和愛情的柔和的憂愁。

『咳，夜呀，咳，晝呀！咳，西娜的光亮的雙眼呀，我求你告訴我，那個有幸福的人是不是我！』伊凡諾夫以一種沉重的聲音，狂喜的叫道，這使他們全都驚得一跳。

『啊，我能夠確實的告訴你，那個人並不是你，』西米諾夫答道．

『咳！不幸的我！』伊凡諾夫懊喪的說道；每個人都笑了．

『我的詩壞不壞？』西娜問猶里道．

他心想這首詩並不新奇，和千百首的同樣的作品相彷．但西娜是那末美麗，且以她的那末一對黑漆漆的雙眼懇求似的望着他，使他不得不愼重的答覆道：

『我覺得他們是異常的可愛與和諧．』

西娜微笑着，她頗詫異於這樣的讚美會那末樣使她高興．

『哈！你還沒有知道我的西諾契加呢！』麗萊亞說道，『她的一切都是美麗而和諧的．』

『你並不是那末說的吧！』伊凡諾夫叫道．

『是的，我眞的是這末說！』麗萊亞堅執的說．『她的聲音是美麗而和諧的，她的詩也是這樣；她自己是一位美人，即她的名字也是美麗而和諧的．』

『啊！我的天！你此外還能說些什麼話！』伊凡諾夫叫道。『但我是很贊同你的意見』。

西娜聽着這些議論，又喜又慌亂的紅着臉。

『是回家的時候了，』麗達猝然的說道。她不高興聽着西娜的被人讚美，因爲她以爲她自己是遠過於西娜的，無論在美貌上，在聰明上，在趣味上。

『你要唱點什麼不？』沙寧問道。

『不，』她答道，『我的嗓子不好。』

『確是回家的時候了，』勒森且夫說道，因爲他想起了第二天的淸晨他必須到醫院的解剖室去。其餘的人倒願意多留一會兒。在他們回家的路上，他們是默默的，覺得疲倦而且滿意。如前一樣的，雖然看不見綠草的高桿被壓伏於車輪之下，灰塵不久又復鋪在白路上了。荒蕪斑白的田野，在明月的微光中，看來是廣漠而無際。

# 第七章

三天以後，在黃昏的深時，麗達憂悶疲倦，而心緒沉重的歸家來。她非常的厭煩，想到什麼地方去，可是往何處，她不知道，卻又知道。她到了自己的房裏，直挺挺的站着不動，雙手握着，眼珠釘在地板上。她在恐怖之中，突然的明白，她和薩曾定的關係，已走得太遠了。因爲自那個不可救藥的柔弱的奇異時光之後，她第一次的覺察到，這個沒有頭腦的軍官有如何的能力在壓伏她，雖然他在各方面都比她低下。如果他叫喚她時，她現在必須要去了；她再也不能隨她所欲的和他開玩笑，或任他接個吻，或帶笑的拒絕他了。現在，如一個奴隸似的，她必須忍耐而服從了。

這件事情如何的發生，她已不能明白。如平常一樣的，她控制着他，寬容他的愛情的旨趣；一切都是可喜的，有趣的，刺激的，如從前一樣，然後到了一個時光，她的全個身體好像在火上烤着，她的腦筋如在一陣雲霧中，除了想跳進深淵去的一個狂念之外，一切思想都沒有了。土地好像在她足下裂開了；她失去了控制她自己肢體的力量，只覺得有兩雙巨眼勇敢的凝注在她的眼上，她的全個身體都爲熱情所顫栗所震撼；她成了汎溢的慾念的犧牲；然而她卻再想重行經驗到這樣的熱情的行爲。麗達想到這裏，她的全身又顫栗着；她擡起了肩部，把臉藏在雙手中。她步履傾側的，走過房間，開了窗戶。有好一會兒，她凝望着恰恰掛在花園之上的明月，在遠處的林中，一隻夜鶯正在歌唱着悲哀壓迫着她。她覺得異常的不好受，她又追悔，又覺得有傷於她的高傲，當她一想到她已爲了一個蠢蠢的無知識的男人而毀壞了她的生命，而她的失足，實是既愚又鄙，且眞的是一種意外的事時，將來似是可怕的；但她想要以頑強的誇口，驅逐她的恐懼的預覺。

『哦，我幹下了這事，就是趕下了！』她蹙着眉頭，用病態的愉快的神情說出這句粗話來。『這一切都是小事！我要這末幹的，而我已經幹下了；我覺得那末快活——啊，那末快活！而我不求自樂那是一個傻子。我必須不再想到這事；現在已經是無可補救的了。』她無精打采的由窗口退回去，動手去脫衣服，讓她的衣服從身上滑脫到地板上去。『總之，一個人只能活得一生，』她想道，她的裸出的肩部和手臂與寒冷的夜間空氣接觸着而有些凜栗。『等到我正式結婚之時，我又有什麼所得呢？那對於我又有什麼好處呢？還不都是一樣麼！我還要戚戚的憂慮着做什麼呢？』

她立刻的覺得這一切真的都是小事，明天起一切都完結，而且游戲中她已經得到了一切最好的與最有趣的了，而現在，她如一隻鳥那末自由，一個不平凡的快樂而愉美的生活正放在她的前面。

『如果我願意，我便戀愛着；如果我不願意，那末我便不！』麗達輕輕的對她自己唱道，同時想着她的聲音比之西娜・卡莎委娜的着實高明得多了。『啊！一切都是小事，如果我願意，我便要將我自己給了魔鬼！』她這樣的突然的回答她的思想，將她的裸臂舉到了頭頂，她的胸部顫動着．

『你還沒有睡麼，麗達？』沙寧的聲音在窗外叫道．

麗達驚得一跳，然後微笑着，取了一個披肩，圍在肩上，走近了窗口．

『你眞嚇得我一跳！』她說道．

沙寧走得近些，雙肘靠在窗盤上．他的雙眼灼灼的，他的臉在微笑．

『這眞是用不着的！』他玩笑似的低語道．

麗達伸着頭，露出疑問的神情．

『你不圍着披肩，看來還要漂亮些，』他低聲的有感的說道．

麗達驚詫的望着他，出於本能的將披肩更圍得緊些．

沙寧笑了起來．她心裏紛擾不安，卻也靠在窗盤上，現在她感覺到他的呼吸直觸在她的臉頰上．

『你眞是一位美人!』他說道.
麗達疾忙的看他一眼,她看出他臉上的神情,不由得懼怕起來.她全身全體的感覺到她的哥哥的雙眼正釘在她身上.她驚怖的將眼光轉開了.這是那末恐怖,那末憎惡,竟使她的心似乎冰結了.每個男人都是這樣的向她釘着,而她是喜歡這種的注視的,但她的哥哥也那末樣的釘着,那便是太離奇了,太不可能的了.她恢復了精神,微笑道:
『是的,我知道.』
沙寧靜靜的釘注着她.當她靠在窗盤上時,她的披肩和內衣滑了下去,她的溫柔的胸部,有一半可以看得見,月光照在上面,非常的潔白.
『人類常常的在他們與快樂之間築起了一座長城,』他低低的聲音抖動的說道.
麗達害怕了.
『你說這話什麽意思?』她微聲的問道,她的雙眼仍然注視在園中,不敢與他的眼光接觸.在她看來,似乎一件連想也不敢想的事快要發生了.然而無疑的她知道這是什麼事這是一件醜惡的，又是一件有趣的事．她的頭腦在燃燒着；她的眼光朦朦朧朧的，又恐怖，又好奇的，感覺到熱熱的呼吸直噴到她的頰上，吹動她的頭髮，送顫栗於她的全身．

『不明白麼，像這個事！』沙寧答道，他的聲音半吞半吐的．

麗達如觸了電似的，抽身退回去，不知道她在做着什麼事，她靠過桌面，吹熄了燈．

『是睡的時候了，』她說道，關上了窗戶．

燈光熄了之後，窗外似反爲明亮，沙寧的身影很清楚的可以看得見，他的身子在月光中顯得青青的．他站在爲露水所澤的長草中，微笑着．

麗達離開了窗口，機械的坐在她的牀上．她四肢顫抖着，不能夠集合她的思想，而窗外草地上沙寧的足聲，使她的心跳得利害．

『我要發狂了麼？』她憎惡的自己問道．『怎麼樣的可醜！偶然的一句話，我已經……道是不是狂戀病？我眞的是那末不堪，那末壞的人麼？我會想到這樣的一件事，一定是墮落得很深了！』

她把臉伏在枕上，悲切的哭泣着．

『我爲什麼哭呢？』她想道，她不明白爲什麼要哭的理由，但只覺得自己是可憐，被壓制，不快活．她的哭，是因爲她已經失身給薩魯定了，是因爲她已不再是一位嬌貴的純潔的處女了，是因爲他哥哥眼中的那種侮辱的恐怖的注視．從前他不曾像那樣的釘視過她．她這是因爲，她想道，她已經墮落了．

但最悲苦最煩惱的思想，還是她現在已經成了一個婦人了，在她年輕，強健，美貌的時代，她的最好的力量，必須爲男人而服務，專心致意的欲使他們的滿足，而她給他們及她自己的快樂愈大，他們便愈將看不起她．

『他們怎麼會這樣的？誰給他們以這個權利？我不是和他們一樣的自由麼？』她凝視着她房內的可怕的黑暗，自己問道．『我將永不會知道別一個更好的生活麼？』

她的全個青年的體格，昂昂的告訴她說，她有從生命中取得一切有趣的快活的，必需的東西給她的一個權利；她有將屬於她自己一人的強健，美妙的身體任意處置的一個權利，但這個觀念不久又消失在一種紛亂矛盾的思路的糾紛之中。

# 第八章

在從前的時候，猶里·史瓦洛格契學過圖畫，他很喜歡這個工作，所有他的空閒的時間也都專心在圖畫上。他有過一個時期，想成功一位藝術家，但一則因爲沒有錢，二則也因爲他的政治活動，妨礙了這事，所以現在他只是閒時的作着畫當作一種消遣的事，沒有任何的特別的目的。

實在的，因爲這個原故，也因爲他沒有訓練，藝術並不曾給過他快活的滿意；卻給了點煩惱與失望。每當他的工作不能顯得成功時，他便成了困惱而失意；反之如果工作得很滿意時，他便又墮入一種陰鬱的幻想之中，感到他能力的浪費，既沒有給他快樂，又沒有給他以成功．猶里對於西娜·卡莎委娜頗有個大大的幻念．他喜愛身體高長，格局合度，聲音美妙，眼光浪漫的少年女人們．他想的是，她所以能夠吸引他的乃是她的秀麗與她的純潔的靈魂，其實還不過是因爲她的美貌與可欲．然而，他總想自己承認着，在他看來，她的可愛乃是一種精神的，並不是肉體的，這個觀念，他以爲，乃是比較高尙，比較優美的，雖然燃起他的血液，引動他的欲念的，的的確確是她的這種處女的純潔與天眞．自從他第一次遇見她的那個黄昏之後，他便感得一種朦朧而強烈的願望，想要玷汚她的天眞，這一種願望，誠然是遇見了任何美貌的女人時都要引動的．

現在他的念頭是集中在一位美貌的女郎身上了，她是快活的，健全的，充滿了生命的愉快的，因此，猶里有了一個觀念，想要畫一幅『生命』．如許許多多新的觀念所常引起的一樣，這個觀念也引起了他的熱忱，在這個情形之下，他相信他的工作是會有一種成功的結果的．

他預備好了油布之後，便開始狂熱似的匆匆的工作着，彷彿他是不敢緩慢似的。當他其初以顏色觸上了油布，油布發生出一種和諧而悅人的效力時，他感到了一種愉快的顫栗，這幅畫似已全部繪就的清清楚楚的立在他的面前。然而當工作進行前去時，技術上的困難益發的加多，而這些困難，都是猶里所覺得不能夠解決的。所有在他的想像中覺得光亮、美麗、強健的，一到了油布上便都成了淺薄而柔弱的了。精繪細描不再能迷住了他，他卻反使他煩惱失意。在事實上，他是不注意到他們，而開始以一種粗闊苟且的風格去畫。因此，這幅畫原來望其成爲一幅生命的清朗有力的寫眞者，卻更顯然的成了一個俗豔不雅的女性像。這樣一幅沈悶的凝固的東西，既不見有什麼特創，也不見有什麼可愛，他自己這樣的想這是一幅莫克（Moukh）筆繪的眞正的模擬品，意思和筆調都是平凡的；如常的，猶里很覺得憂鬱不歡。

要不是有什麼理由使他似乎羞於哭泣的話，他一定要哭了，一定要把頭埋在枕頭中，高聲的啜泣着了。他極想要向什麼人傾吐些話語，但卻不是關於他自己的無才能的事．他沒有去找人談話，他的眼光悲哀的釘着那幅畫上，他心裏想道，生命常常是可厭倦、憂悶與柔弱的，對於他個人是並不含有什麼有趣的事的．他必須在這個小鎭上住上許多年頭，這個思想使他覺得害怕．

『唉，這簡直是死亡！』猶里想道，他的容色漸變得如冰似的冷．然後他覺得有一個願望，要去畫『死亡．』他握住了一把刀，開始憤憤的去刮去他所畫的那幅『生命．』他用了那末熱忱工作成功的東西卻要費那末多的困難去刮掉牠，這又使他惱怒．顏色並不容容易易被刮去，刮刀滑了開去，兩次割着了油布．然後他又見到白堊在油畫上是不能作成輪廓的．這又大大的使他麻煩．他拿起了一支畫筆，開始以赭色畫他的題材的輪廓，然後慢慢的不注意的塗繪上去，垂頭喪氣，無精打采的繪着．然而他的現在的作品卻並沒有失敗，倒是因了如此的闌珊頹唐的方法，因了沈悶而沉重的色彩設計而得到了成功．原來的『死亡』的觀念不久便自行消失了，所以猶里便繼續的去繪出『老年』這裏繪的是一個瘦削的老嫗，在暮色沈沈的時候，沿着一條高低不平的路蹣跚的走着．

太陽已經西下了，與鉛色的天空相映照的是許多黑暗的十字架的側影．老嫗的多骨的肩部，因負載了一具沉重的黑棺的重量而彎了下來，她的表情悲苦而失望，她的一足觸着了一個開着的墳墓的邊上．這是一幅以牠的愁苦與陰鬱驚人的畫．在吃午飯的時候，他們來叫猶里，但他卻沒有去吃，仍然繼續的工作下去．過了一會，諾委加夫來了，他要告訴猶里一點事情，但猶里既不聽他，更不答他．諾委加夫嘆了一口氣，坐在沙發上．他喜歡靜靜的坐着，在默想着一件事．他所以來找猶里，僅僅的因爲他一個人坐在家裏覺得憂悶悲惱．麗達的拒絕，仍使他難過，他不能決定他究竟是感到悲哀還是感得羞慚．他是一位直率而懶惰的人，所以他到如今還沒有聽見本地所流行的關於麗達與薩寧定的閒話．他不是妒忌，但不過憂愁於那個將快樂帶給他那末近的夢境的逝去而已．

諾委加夫想，他的生命是一個失敗的，但他倒從沒有過既是這樣，不必生活，不如死去的念頭．反之，現在他的生命對於他既已成爲一種苦楚，他便想，這是他的責任，要將這個生命獻給了別人，拋去了他自己的幸福在一邊．他不能夠說明牠，他只有一個朦朦朧朧的願望，要拋棄了一切東西，跑到了聖彼得堡，在那裏，重締與『黨』的關係，沒頭沒腦的向死亡衝過去．他覺得這是一個美妙的高尚的思想，他一念到這個美妙的高尚的思想是他自己的思想，便減輕了他的悲哀，且竟使他愉快．他在他自己的眼中，成了弘偉的人物．頭上冠着一道的光彩燦爛的暈光，而他的對於麗達的憂鬱的斥責態度，幾乎感動得他要哭出來．

然後他突然的覺得煩燥起來．猶里還在那裏畫着，一點也不注意到他．諾委加夫懶懶的立了起來，走近了畫幅．這幅畫還沒有完工，因為這個原故，倒產生出一種有強烈的暗示的印象．猶里盡了他所能做的做去，諾委加夫則以為這是一幅奇異的作品，他張開了嘴，以後提似的讚美，向這位藝術家注視着．

『好？』猶里說道，向後退幾步．

他自己以為這是他所看過的最有趣的一幅畫，雖然牠實在的有很明顯的很大的缺點．他不能說出為何他有這個意見，但諾委加夫如果覺得這幅畫不好的話，他便要完

全感到受傷與惱怒了．然而諾委加夫卻出神的低語道，

『非……常的美妙眞的是！』

猶里彷彿覺得他是一個天才，不滿意於他自己的作品．他嘆了一口氣拋下了他的畫筆，這筆玷污梢邊．他走了開去，一看也不看那幅畫．

『啊，我的朋友！』他叫道．他正要向他自己，向諾委加夫表白那種毀滅了他繼續工作的快樂的疑惑，因爲他覺得對於現在這一幅有希望的輪廓，他終於不能再有什麼增益進去了．然而他經過了一會兒的反省之後，僅僅的說道：

『這一切都是終於無所用的！』

諾委加夫以爲這句話是他的朋友在那裏獻自己的美，立刻心裏就生出自身的悲楚的失意，便自己在心中說道：

『那是實在的．』

然後，過了一會，他問道：

『你說無所用，是什麼意思？』

猶里對於這個問道不能有正確的答覆。他默默不言。諾委加夫又觀察了那幅畫一次，然後躺身在沙發上。

『我在克萊報（Krai）上讀過你的論文，』他說道。『眞是行呀！……』

『去牠的吧！』猶里憤怒的答道，然而他不能說明他爲何發惱，他正想起了西米諾夫的話。『這些東西有什麼用處？牠不能夠阻止了殺人、盜刼與武力；他們仍將如前的一式一樣的做去。空論不能幫助事實。我後悔寫這篇東西。……不過被兩三個白癡的人所讀而已！這有什麼用處？總之，這與我有何相干！請問，爲什麼要將頭顱與牆相碰而碰出腦漿來？』

猶里似乎看見他早年的政治活動，經過他的眼前；祕密的聚會、宣傳、冒險與失敗；他自己的熱忱與他那末熱心去拯救他們的那些人的那末無情。他在房裏走來走去，演着手勢。

『那末，做什麽事都沒有什麽意思了，』諾委加夫囁嚅的說道，他想到了沙寧，又接下去說道：

『個人主義者，你們這一班人都是！』

『不，不對的！』猶里熱烈的答道，他受到他過去的回憶及將房中一切東西都幕上一層灰色的黃昏所影響。

『如果我們談到了人類，如果我們連人類將來期待的最近的前途，還不能確切的估定時，所有我們的努力，憲法和革命，還有什麽用處？也許在我們所夢想的這個自由之中，卽已隱伏了將來的墮落，而人在實現了他的理想之後，將走回去，仍以四肢着地而行着吧？因此，一切都要重新開始。且我如果一切都不顧，而只顧到自己，結果又是怎麽樣？我於此又有何所得？我所最能夠做的，便是以我的天才與成功得到了名譽，被我的低下者的敬仰所沈醉，那便是說，爲我所看不起的那些人所敬仰所沈醉，而他們的敬仰對於我應該是一無價値的，然後？活下去，活下去，一直到了墳墓，此後再沒有別的事了！桂冠這樣緊密的附於我的頭顱上，覺使我不久便覺得牠的可厭了！』

『總要說到他自己！』諾委加夫譏嘲的低語道．

猶里並沒有聽到他的話，他繼續用悲愁和病態的喜悅的神情傾聽自己的話語．他覺得他的話有一種美麗的陰鬱，他們似乎使他高貴，增高了他的自尊的意識．

『到了最壞的地方，我將要成了一個被誤解爲天才，一個可笑的夢想者，一種滑稽小說的題材，一個愚蠢的個人，對於任何人都無所用！』

『啊哈！』諾委加夫叫道，他從榻上站了起來，『對於任何人都無所用．那末，你自己承認了那樣麼？』

『你是如何的荒誕！』猶里叫道，『你乃眞的以爲我是不知道爲何而活，且不知道相信什麼的麼？如果我相信我的死能夠救了世界，我大約要快快活活的走到十字架上去．但我不能相信這事；我所做的什麼事，都永遠不能改變了歷史的進展；再者，我的助力是那末微小，那末不足注意，卽使我沒有生存在世上，世界也不會受絲毫的影響的．然而我竟爲了如此極微至少，不足計量的助力，乃不得不去活着，受苦着，悲哀的等待着死亡的來臨。』

猶里並不覺得他現在所談的是別種話，並不對於諾委加夫，乃是對於他自己的奇異的頹喪的思想回答起來了。突然的他想起了西米諾夫，便立刻閉口不說下去。一陣冷戰直由他的脊梁骨中往下走。

『事實是，我怕那不可免避的事，』他低聲的說道，他的雙眼笨鈍的向漸逐黑暗下來的窗口望着。『我知道這是天然的事，我不能夠有方法去逃避了牠，然而牠卻是可怕的——可憎惡的！』

諾委加夫雖然內心裏爲這樣的一種敍狀的眞情實景所驚恐，口裏卻回答道：

『死亡乃是一種必要的生理學上的現象。』

『眞是一個傻子！』猶里想道，同時，他憎惡的叫道，

『我的天！我們的死亡對於別的人有或沒有必要，那有什麼關係？』

『你的走上十字架的事怎麼樣？』

『那是不同的一件事，』猶里遲疑的答道。

『你是自己矛盾着呢，』諾委加夫以一種輕微的庇護的口氣說道。

這話大大的惱怒了猶里。他將手指梳過他的散亂的黑髮，熱烈的反駁道：

『我永遠不曾自己矛盾過。理由是，如果我秉着我自己的自由意志，我要選擇着去死——』

『還不是一個樣子的，』諾委加夫繼續的固執的說道，以同一的語調出之。『你們這一班人都需要着煙火讚美，以及其餘的此物。這沒有什麼，只不過是個人主義！』

『便是個人主義又怎麼樣？那不能變更了事實。』

辨論成了糾纏無緒的結局。猶里覺得他並沒有意思要說那話，但那線索在一瞬之前似乎那末清楚而緊密的，如今卻逃去了。他在房裏走來走去，努力要制伏他的煩惱，同時他又自言自語道：

『有的時候，一個人要發癖氣．在別的時候，一個人能夠說得非常清楚，好像句子就放在他眼前一樣．有的時刻，我的舌似乎被縛住了，而我自己便說得紛亂無緒．是的，那是常常遇到的．』

他們倆全都沈默着．最後猶里停在窗口，拿起他的帽子．

『我們出去走走吧，』他說道．

『好的，』諾委加夫立地答應了，心裏又快活又苦惱，偷偷的希望着他能夠遇見麗達·沙寧．

# 第九章

他們在林蔭路上走了一兩趟，沒有碰到一個認識的人，他們聽着照常的在花園中演奏着的樂隊，他們奏得非常的不高明，音樂粗鄙而不和諧，但在遠處聽之，樂聲卻傾散而憂悶。他們碰見的男人們，女人們都是嬉嬉笑笑的鬧着，他們的喧譁的愉快似乎與那悲戚的樂聲及悶人的黃昏大殊。牠觸惱了猶里。在林蔭路的盡頭，沙寧加入他們，熱誠喷溢的與他們招呼。猶里不喜歡他，所以談鋒卻不暢快。沙寧對於一切他所遇到的人都要笑笑。後來，他們遇見了依凡諾夫，沙寧和他一同走去了。

「你們到那裏去?」諾委加夫問道.

「去款待我的朋友,」伊凡諾夫答道,取出一瓶孚特加酒來,得意洋洋的顯給他們看.

沙寧笑了.

在猶里看來,這一瓶孚特加酒和這個笑聲似乎是粗鄙下流的.他憎厭的轉過身去.

沙寧覺到了這情景,但不說什麽.

「上帝,我謝謝你,使我不像別的人那個樣子,」伊凡諾夫譏嘲的叫道.

猶里臉紅了.「他也在說俏皮話呢!」他想道,當下他輕蔑的聳了聳肩,走了開去.

「諾委加夫,坦白無欺的法利賽人和我們一道來!」伊凡諾夫叫道.

「爲什麽?」

「去喝一杯來.」

諾委加夫發悶的四面望了一望,但沒有看見麗達.

『麗達正在家裏懺悔着她的罪過呢！』沙寧笑道．

諾委加夫惱怒的叫道，『眞是無意識！我要去看一個病人……』

『那個人兒沒有你的幫助也是快要死去的．爲了這，我們如沒有你的幫助，也會將這一瓶孚特加酒收拾完畢的』伊凡諾夫說道．

『假如我喝醉了呢？』諾委加夫想道．『好的，我來了，』他說道．

當他們走開了時，猶里遠遠的能夠聽見伊凡諾夫的粗率沉重的語聲，和沙寧的率意的愉快的笑聲．他又沿了林蔭路而散步着．有兩個女子的聲音透過黃昏來呼喚他．西娜和學校教師杜博娃正坐在一張櫈上．天色漸要黑暗下去，他們的容體幾乎辨認得不清楚．他們都穿着黑衣，都沒有戴帽子，他們的手裏都拿着書．猶里匆促的加入他們．

他問道：『你們從什麼地方來？』

『從圖書館裏來，』西娜答道．

她的同伴欠了欠身子，讓開了一位置給猶里，他原想坐在西娜的身旁，但爲了害羞，他卻坐到了醜臉的學校教師杜博娃身旁了.

『你爲何看來這樣的頹喪可憐?』杜博娃問道,皺緊她的薄而乾枯的唇片,如她所常做的.

『有什麼會使你覺得我是頹喪可憐的?其實不對,我的精神卻很活躍着呢.也許,有一點點兒煩悶.』

『啊,那是因爲你沒有事情做之故,』杜博娃說道.

『你有很多的事要做麼那末?』

『無論如何,我是沒有空閒的時間去哭泣的.』

『我也並沒有哭泣,是不是?』

『唔,』杜博娃嘲笑的說道,『你是生氣着呢.』

『我的生活,』猶里答道,『使我忘記了歡笑是什麼一會事.』

他以如此的悲戚的調子說出這句話來,竟使大家突然的沈默下去.他靜默了一會,又含笑起來。

『我的一位朋友告訴我說，我的生活是最可啓迪人的，』隔了一會，猶里這樣說，其實則沒有一個人對他這樣說過。

『啓迪些什麼？』西娜小心的問道。

『爲一個怎樣的不該去生活的榜樣。』

『啊，請你原原本本的都告訴了我們。也許我們得些教訓，』杜博娃說道。

猶里每以爲他的生活是一個絕對的失敗的，他自己乃是男人們中間最不幸，最苦惱的一個。在這樣的一個信仰裏，卻具有某一種的悲鬱的慰安，對人訴說他自己的生活以及一般人類的事，乃是他的一件樂事。他從不曾對男人們說過這一類的事，他本能的覺得他們是不會相信他的，但對於女人們，特別是年輕美貌的姑娘們，他卻總想原原本本的談到他自己。他很美貌，談風又好，所以婦人們常常感到爲他而生愛憐之心。這一次猶里起初不過是開玩笑，如今卻復行跳入他尋常的調子中了；他冗長的敍說到他自己的生活.從他自己的描寫裏見出他是一位異常有能力的一個人,他為環境的力量所壓迫、所束縛,為他的黨部所不了解,他所以不成為人民的領袖,而僅是尋常為一點小原因被放逐的學生這錯誤不在他自己而在於運命的偶然和人們的愚蠢.猶里像一切異常自己滿足的人們一樣,完全失於覺察出所有這一切,並不能證明他是一位有異常能力的人,有天才的人都是曾為這一類的環境所包圍着,為這一類的不幸所磨練的.他好像以為只有他一個人乃是一個殘忍的運命的犧牲者.因為他談吐很好,又活潑,又細緻.所以他所說的話,便很像是眞情實事,女郎們相信他,憐恤他,且同情於他的不幸.樂隊還在奏着他們的憂鬱而不和諧的音調,黃昏又是陰闇而悶人的,他們三個人便都感到一種悲苦的情調.當猶里停止了談話時,杜博娃不禁默想起了她自己的沉悶單調的生存,以及已逝去的青春,既沒有快樂,又沒有戀愛,便低聲的問着猶里道,

『告訴我,猶里,自殺的一念也曾橫過你的心上過麼?』

『你為什麼問我這句話?』

『唉！我不知道……』

他們不再說下去．

『你是一個委員麼，是不是？』西娜熱心的問道．

『是的，』猶里簡捷的答道，彷彿是不願意承認那件事實似的，但其實卻是喜歡那末做的，因爲他想，對於這位可愛的女郎，他總要顯得幻異的有趣味才好．他於是和他們一同走回他們的家，一路上他們說說笑笑．一切的煩悶都消失了．

『他眞是一個好人！』西娜說道，當猶里已經走了時．杜博娃搖搖她的手指，恐嚇的說道：

『當心，你不要和他談上了戀愛．』

『什麼話！』西娜笑道，雖然心裏偸偸的害怕着．

猶里回家時，情緒比較得愉快有希望．他去看看他所已經開始的畫幅．這畫一點印象也沒有給他，他滿足的躺下去睡．那夜，他在夢中，看見美貌的婦人們，嬉笑着，勾引着人．

# 第十章

第二天的旁晚，猶里又到了他遇見西娜·卡莎委娜和她的同伴的那個地方。他蹔天的高興的想到昨天旁晚時他和他們的談話，他希望再能遇見他們，討論同一的事，且再覺察到西娜和善的眼光中的同樣的同情而溫柔的視線。

這是一個靜謐的黃昏。氣候是溫熱的，略略有些微塵浮泛在街上。除了一兩人過路的人之外，林蔭路完全是空無遊人的。猶里懶慢的沿着路走去，他的眼凝望在地上，他心胸裏起了一種懊惱的情感，很生氣的搖着頭，好像有人侮辱他似的。

『如何的沈悶呀！』他想道。『我做些什麼好呢？』

突然的，夏夫洛夫，那位學生，活活潑潑的走着，擺着雙臂，臉上帶着友情的微笑，向他走去。

『嗄，你爲什麼像這樣的曠廢時間的走着？』他問道，立刻停止了，給猶里以一隻大而強壯的手。

『唉！我沉悶得快死了，一點事也沒有。你到那裏去？』猶里問道，以一種疲弱的維護的口氣出之。他常常的以這樣的態度對夏夫洛夫說話，因爲他旣是一位從前的革命黨的委員之一，所以他看待這一位孩子正如一位初出茅廬的革命家。夏夫洛夫愉快而自滿地微笑着。

『我們今天有一個講演會，』他說道，指着一包花色不同的薄薄的小册子。猶里機械的取了一册，翻開了牠，讀着那篇長而乾燥的通俗社會問題論文的題目，這些東西，從前他是非常熟悉的，但如今他却很不記得了。

『講演會在什麼地方舉行？』他問道，帶着同樣的略有藐視的微笑，當下將小册子還了夏夫洛夫。

夏夫洛夫答道，『在學校裏』他舉的學校名，乃正是西娜·卡莎委娜和杜博娃在那裏當教員的一個。猶里想起麗萊亞有一次曾告訴過他這些講演的事，但他並不注意。

『我可以和你同去麼？』他問道。

『啊，當然的！』夏夫洛夫答道，熱心的贊同這個提議。他視猶里爲一位眞正的革命者，過度的估計他的政治上的能力，對於他又敬重，又有點愛感。

『我對於這種事情很感到趣味。』猶里覺得他必須這樣的說，同時他心裏很高興，他現在可以消磨過這個黃昏了，還可以再看見西娜。

『是的，當然的，』夏夫洛夫說道。

『那末，我們走吧。』

他們沿了林蔭路很快的走着，過了橋，從橋的兩邊，吹來潮潤的空氣，他們不久便到了兩層樓的學校，許多人已經集合在那裏了．

在一個大而黑暗的房裏，擺着幾行櫈子和書桌子，用來映照幻燈的白布隱約的可以看見，還有遏止住的笑聲．可以看見窗外微光中的樹木的黑色的綠枝，麗萊亞和杜博娃正站在窗口．他們高興的歡迎着猶里．

『你來了，我眞是高興！』麗萊亞說道．

杜博娃熱烈的和他握手．

『你們爲什麼還不開始？』猶里問道，這時他偷偷的四面望着，希望能夠看見西娜．

『那末西妮達·巴夫洛夫娜不曾到講演會裏來吧？』他顯然失望的說道．

在那個時候，一段燐寸在講臺上的講員桌邊燃著了，照出西娜的身體來．這道光射在她美麗新鮮的臉上；她愉快的微笑着．

『我不曾到這些講演會中來麼？』她叫道，同時彎身向着猶里，伸出她的手．他默默不言的高興的握住了她的手，她微微的傾側於他的身上，從講臺上跳了下來．他感覺到她的溫馥健全的呼吸直逼在他的臉上。

夏夫洛夫說道，『是開會的時候了，』他由隔壁房間裏走進來。

校役足步沉重的在屋內走了一轉，將幾盞大燈逐一的點亮了，立刻屋內便光明起來。夏夫洛夫開了通到甬道的門，高聲說道：『請到這裏來！』

聽講的人起初是遲緩的，後來便喧嘩的擁擠進講演室來。猶里用好奇心望着他們，他的做一位宣傳家的濃厚興趣被引起來了。聽講者中，有老年人，有青年人，有兒童，沒有一個人坐在前排櫈子上；但到了後來，前排卻爲幾位猶里不認識的年青姑娘所占領了；還有一位是肥胖的學校視察員；還有幾位是男女初等學校的教師與女教師。其餘的聽講席則爲穿着土爾其長袍，長外衣的人，兵士，農民，婦女，及一大羣的穿着有顏色的襯衣及外衣的小孩子所占據。

猶里坐在西娜的身邊，正在一張書桌之旁，靜聽着夏夫洛夫的朗誦；他誦得很鎮定，但很壞，題目是關於普遍選舉的。他的聲音，堅硬而單調，他所讀的每一件事都如一行的統計數目然而每一個人都專心的靜聽，只除了前排的知識分子，他們不久便不安定起來，且開始互相耳語。這使猶里惱怒起來，他覺得很難過，夏夫洛夫爲何讀得那末壞。夏夫洛夫顯然是疲倦了，於是猶里對西娜說道：

『假如我代他讀完了呢？你以爲如何？』

西娜從她的低垂的睫毛之下，投一個和善的眼光給他。

『啊！好的，請你讀吧！我願意你去讀。』

『你以爲這方便不方便？』他低語道，對她微笑，彷彿她乃是他的同謀者。

『有什麼不方便！大家都要喜歡的。』

在一次停頓之間，她將這個意思告訴了夏夫洛夫，他是倦了，且覺察出他自己讀得如何的壞，便喜悅的接受了。

『當然的！異常願意！』他叫道，將他的位置讓給了猶里。

猶里是喜歡朗誦的，且朗誦得很高明。他不看任何人，走到了講臺上的桌邊，開始以一種高朗的和諧的聲音讀着.他兩次低眼向西娜望着,兩次都和她的光亮而有表情的眼光相碰.他又愉快,又紛擾的向她微笑着,然後回眼到他的書上,開始更高聲的更着重的讀着.在他看來,似乎他正在做着一件最高妙最有趣的事.當他讀完了時,前排的人拍起掌來.猶里莊嚴的鞠躬着,當他走下講臺時,他向西娜微笑着,意中彷彿是說,『我做這事是爲了你之故.』有些微語的聲音,椅子拖嗒嗒的響着,聽講者立起來要走,將椅子都向後推.猶里被人介紹給兩位婦人,他們倆都恭維他朗誦得好,然後燈光吹熄了,屋裏又黑暗起來.

『非常的感謝你,』夏夫洛夫說道,熱烈的和猶里握手.『我願意我們常常有人像這樣的讀給我們聽.』

講演乃是他的職務,所以他覺得要感謝猶里,彷彿猶里爲他辦了一件私事一樣,雖然他是以人民的名義致謝於他.夏夫洛夫特別着重於『人民』這個名字.『這裏爲人民的事業舉辦得那末少,』夏夫洛夫說道,彷彿他是告訴猶里以一件很大的祕密.『即使舉辦了什麼事業也是只用半副心思不注意的辦着的．這是最可怪的事爲了要娛樂一羣的沈悶的上等人幾打的第一等名角，歌者及講演者都被約請了，但是爲了人民，一個像我這樣的演講者便已足夠了．』夏夫洛夫對他自己的溫和的諷刺微笑着．『每個人都很滿意了他們更還要些什麼？』

杜博娃說道，『那些話是眞的．新聞紙上許多行的地位乃專爲了伶人們及他們動人的表演而設；念着眞令人作嘔；至於這裏……』

『然而我們做的是如何佳妙的一個工作！』夏夫洛夫自信的說道，這時他正在收集他的小冊子在一處．

『神聖的腦筋簡單者！』猶里在內心叫道．

然而西娜的人格和他自己的勝利，使他成爲寬容和善的人，而且夏夫洛夫的絕對的正直幾使他很感動．

『我們現在到那裏去呢？』杜博娃問道，這時他們已走到了街上．

在街上天色不像在講演室裏那末黑暗，天上還有幾顆星熠熠的輝着。

「夏夫洛夫和我要到拉托夫家 (the Ratoffs) 去，」杜博娃說道，「你可以送西娜回家麼？」

「很高興，」猶里說道。

西娜和杜博娃同住在一所小房屋之內；這屋建在一所弘大而像荒地似的花園中。到家去的沿途上，她和猶里談的都是關於講演以及她對於他們的印象的事，因此，猶里益發的自信他已做了一件高明而偉大的事了。當他們到了那所屋前時，西娜說道：

「你不進來坐一會麼？」猶里高興的答應了。她開了門，他們跨越過一方小小的草鋪的天井，天井後面便是花園。

「請進花園去，好不好？」西娜笑道。「我本要請你進屋，但我怕東西都沒有整理好，因為我清早便出外了。」

她進了屋，猶里向綠色的芬芳的花園走去。他並不走得很遠，他站住了，帶着濃厚的好奇心細望着屋旁的黑漆漆的窗戶，彷彿有什麽事，什麽很美麗而神秘的事在窗內發生着。西娜在門口出現了。猶里幾乎不認識她了。她換掉了她的黑衣，現在正穿着一身小俄羅斯的衣服，一件薄薄的短的上衣，袖子也很短，繫著一條青色裙子。

『我來了！』她微笑的說道。

『我看見的！』猶里答道，帶着一種神秘的，只有她一人能夠領悟到的神情。

她又微笑着，眼光向旁望着，這時他們正沿了一邊是長草，一邊是紫丁香的園徑走着。樹木都很細小，大部分是櫻桃樹，樹的嫩葉，具有一種松香的氣味。在園後有一個草地，野花正綴於長草之間。

『我們就坐在這裏吧，』西娜說道。

他們坐在籬邊，籬已經是七零八落的了，夕陽正在逝下，他們的眼光越過草地可以望得見猶里握住了一枝盛放的紫丁香，一陣露水從枝上零了下來。

『我要不要對你唱一點什麽？』西娜問道。

「啊，好的，諾！」貓里答道。

西娜如在那天黄昏的野餐會中一樣的深深的呼吸着，當她開始唱「啊，美麗的愛星」時，她的壯健的胸部在薄薄的上衣裏面起落得很淸楚。她的歌聲，純潔而有情的，浮泛於黄昏的空氣中。貓里一動不動的凝望着她，呼吸也減少了。她覺得他的眼睛在她的身上，便閉了她自己的，以更溫柔更熱情的聲調唱下去。四周圍靜悄悄的，彷彿萬物也都在靜聽；貓里想起了春天一隻夜鶯在唱時，林地的神秘的靜謐的情形。

當西娜在一個淸朗而提高的聲調上停止了時，寂靜的空氣似乎更爲濃厚了。夕陽的光已經閒淡下去了；天色漸暗，且更爲廣漠。樹葉與綠草看不見的顫抖着，跨過草地，經過花園，來了一陣柔和芬芳的微颸；如嘆息似的微弱。西娜的雙眼，在陰暗中顯得亮晶晶的，轉向貓里方面。

「爲什麽一聲不響的？」她問道。

「這裏是太可愛了些！」他徵語道，手又握住了一枝帶露的紫丁香。

『是的，是非常的美麗，』西娜如夢的答道。

『實在的，活在世上是很美麗的，』她又加上去說。

一個模糊而不寧的念頭橫跨過猶里的心上，但她沒有形成了任何清楚的式樣便又消失了。有人在草場的那一邊高聲吹噓了兩次，然後一切又都如前的沈寂。

『你喜歡夏夫洛夫麼？』西娜突然的問道，她自己的內心也在擲掂着如此的一個顯然蠢笨的問題。

猶里覺得一瞬間的妒忌的劇苦，卻以略略的努力，嚴肅的答道，『他是一個好人。』

『他是如何專心致意於他的工作呀！』

猶里默默不言。

一陣微茫的青霧從草場上升起，草在露中顯得更爲蒼白。

『漸漸的潮濕起來了，』西娜說道，微微的顫栗着。

猶里不自覺的望着她的圓而柔輭的肩膀，立刻感到紛亂不安，而她，覺察了他的注意，心裏也迷亂着，雖然她是喜歡他的注視的。

「我們走吧」。

他們歡然的沿了園中的小徑而歸，在走時，不時的互相輕輕的觸碰着。一切四周的東西都似乎黑暗了，荒蕪了，而猶里幻想着現在花園自己的生活是快要開始了，這一個生活是神祕而無一人知道的在前面在樹林之中，經過載着露水的草奇異的陰影不久便要偷偷的來了，而黃昏更深了，語聲在綠油油的沉寂的所在低唔着。這個，他對西娜說了，她的黑眼會偷偷的窺着黑林之中，猶里又想着，如果她突然的脫去她的所有衣服，全身雪白赤裸的，快快活活的經過有露點的草地而向暗林中跑去，這也一點不是什麼可怪的事，但覺得美麗而自然的，這也不會擾及油綠蔭暗的花園的生活，而只有使這生活格外的完美。這個，他也有意要告訴她，但他不敢說出口來，說出來的只是些關於人民的及演講的事。但他們的談話消沉下去了，以後便停止了，彷彿他們只不過耗費了字句似的。因此他們便默默的走到了門口，他們自己微笑着，以他們的肩，觸墮了樹枝上的露水，每一件東西似乎都是靜謐，快活，默思着，如他們自己一樣。天井和剛才一樣的黑暗而寂靜，但外門已經開了，屋內急步的聲音可以聽得見，還可以聽到抽屜的啓閉聲。

『亞爾加已經回來了』，西娜說道。

『啊，西娜，是你麼？』杜博娃從屋內問道，她的聲音裏帶着些不吉的遭遇的暗示。她臉色蒼白而衷心擾亂的出現於門前。

『你到什麼地方去了？我正在找你呢。西米諾夫快要死了！』她呼吸急促的說道。

『什麼！』西娜叫道，爲恐怖所襲擊。

『是的，他快死了。他在吐血。阿那托爾·巴夫洛威慈說，他是完了。他們把他擡到醫院裏去。真是可怕的頃刻間的事。我們正在拉托夫喝着茶，他是那太快活，和諾委加夫辯論着這事那事的，然後，他突然的咳嗽起來，從椅上站起，傾跌不定的，血噴了出來，噴到檯布上，噴到一個菓醬的小匙上……那血又黑又濃……』

『他自己知道不？』猶里問，帶着嚴肅的趣味。他立刻憶起了月光輝煌的一夜，陰鬱的影子，與那個微弱破裂的聲音，說道『你將活着，你將走過我的墳墓，停步了，而我……』

『是的，他彷彿是知道的，』杜博娃答道，神經質的動着雙手。『他對我們全體望着，問道「什麼事？」然後，他從頭至踵的顫抖着，說道，「已經到了！」……唉，好不可怕？』

『這是太可怖人了！』

大家都沉默着。

『現在天色已經很黑了；天空雖然是很清朗的，然在他們看來是似乎突然的變成了陰暗而憂戚的了。』

『死是一件可怕的事！』猶里臉色蒼白的說道。

杜博娃嘆着氣，眼向空處望着。西娜的頷顫抖着，她無意識的微笑着。她不能像別人似的感到那末樣的震駭；她還年輕呢，她充滿了生氣，還不能夠注定她的思想於死亡上。在她看來，於一個美麗的夏天的旁晚，如這樣的正散射着歡樂的，而竟有人受苦，快要死去，這是不可信的，不能想到的。這是出於天然的一種念頭，當然的，但為了某種理由，她卻覺得這是不對的．她羞於有這樣的一種感情，竭力要壓伏牠，盡量的想表示同情，這一種努力，使她的愛感彷彿比之她的同伴們還要深切．

「唉！可憐的人！……他怎麼樣呢……？」

西娜本想問道，「他是眞的不久便要死去麼？」但這話梗在她的喉頭，而她便絮絮的問杜博娃以痛慇的不聯絡的種種問題．

「阿那托爾·巴夫洛威慈說他的死期不是今天晚上便是明天早晨，」杜博娃以沉重的語聲答道．

「我們要去看望他麼？」西娜微語道，「或者你們以為我們還是不要去好，我全都不明白．」

這乃是他們三個人心裏所同要說出的一個頂重要的問題．他們要去看西米諾夫的死亡麼？這是一件對的或是不對的事呢？他們全都想去，然而又怕看見他們所要見的事．猶里聳了聳肩．

『我們去罷，』他說道，『大約他們不會允許我們進去的，且也許——』

『也許他要見見什麼人，』杜博娃加上去說道，她彷彿釋然的樣子。

『走吧，我們去！』西娜決心的說道。

『夏夫洛夫和諾委加夫都在那裏，』杜博娃加說道，彷彿要辯護她自己。

西娜跑進室內去取她的帽子和大衣，然後他們憂戚的走過鎮中而到了那座大的灰色的三層樓屋，即西米諾夫躺在那裏快要死去的那座醫院。

長而穹頂的甬道裏是黑漆漆的，有一股熱烈的碘酒和石炭酸的氣味。當他們經過了瘋病部時，他們聽見了一個粗暴憤怒的聲音，卻看不見人。他們感到受傷了，焦急的怨忽向一個小黑窗走去。一個老年的灰白頭髮的農人，頜下一部長的白鬚，穿着一件大的前襟，登着沉重的長靴，蹀蹀的沿了甬道向着他們走來。

『你們要看什麼人？』他立定了問道。

『恰恰撞到這裏的一位學生——西米諾夫——今天！』杜博娃嚅嚅的說道。

『請到第六號樓上，』這僕役說道，又向前走去了．他們能够聽見他嘩啦的吐了一口痰在地上，然後用足將痰抹掃開去．樓上比較光亮清爽，天花板不是穹形的．一扇寫着『醫生室』的門半開在那裏．在這室裏有一盞燈點着，瓶和杯子的相碰聲能够聽得見，從裏向內望着喚了一聲．瓶杯的相觸聲停止了，勒森且夫走了出來，如常的顯得活潑而熱心．

『嘎！』他以快樂的聲音叫道，顯然的他是習見着那種使他的來客憂戚的事實的，『今天是我值班．你們好吧，姑娘們？』然而他立刻蹙着額以嚴重的口氣接上去說道．『他似乎還不曾醒過來．我們到他那裏去吧，諾委加夫和別的人都在那裏．』

當他們成單行的沿了清潔空洞的甬道走着時，經過好些大的白門上面寫着黑的數字，勒森且夫說道：

『已經去請一位牧師去了．結局來的那末快，眞是可異的事，我被驚駭了．但最近他傷過風，你們知道的，就是因此之故了．我們到了．』

勒森且夫開了一扇白門，走了進去，其他的人以不熟練的樣子跟着，在門口竟互相的擁礙住了。

這個房間清潔而闊敞。共有六張牀，其中的四張是空的，每一張牀上都有一牀粗糙的灰色被，整潔的疊着，奇異的給人以一個棺材的暗示。在第五張牀上，坐着一位小而形容枯槁的老頭子，身上穿着晨衣，他羞澀的望着新來者；在第六張牀上，躺在一牀同樣的粗糙的被單之下的是西米諾夫。在他的身邊，身體微微彎側的坐着的是諾委加夫伊凡諾夫和夏夫洛夫則站在窗口。他們全都覺得在一個快死的人面前互相握手，彷彿是一件古怪而痛苦的事，然而若不握手，又似乎也同樣的不好過，好像這種禮節的免除，他們正是暗示着死亡的將近。有的人互相握手，有的人則制止住了，而同時大家都靜靜的站住，以嚴重的好奇心凝注着西米諾夫。

他徐緩的艱難的呼吸着。他看來，離開他們所認識的西米諾夫如何的遠呀！實在的，他幾乎好像不是活的人了。雖然他的身體，他的四肢都是同樣的，他們現在都顯得古怪的僵硬，且希常的難看．那種天然的給予生命與活動於別的人類的身體上的東西．似乎不再具於他的身體上了．有種可怕的東西正在迅速的秘密的在他的不動的身架之內完成了，彷彿在忙着做重要而不可避免的一件工作，他所有的生命全走到那方面去，彷彿在集中注意於這個工作上，以銳敏、不能表明的興趣觀察着牠．

從天花板上懸下來的燈清朗的照在將死者的無生氣的容顏上，所有站在那裏的人都凝望着牠，他們全都屏氣停息的彷彿怕要擾及一種無限嚴重的事似的；在這樣的沉寂之中，病人的噝噝艱苦的呼吸顯得可怕的清晰．

門開了，一位肥而矮小的牧師，以短促龍鐘的步履進來，和他同來的是他的歌頌讚詩者，一個黑而瘦弱的人．沙寧也和他們同來．牧師輕聲的咳嗽着，向醫生們及一切在場的人鞠躬着，他們也以過度的禮貌回敬他，然後又全都如前的完全沉寂着．沙寧沒有注意到任何人，自己坐在窗口，以高度的好奇心望着西米諾夫以及別的人，因為他想知道病人和在他身邊的人實際上所感覺的所思想的是什麼．西米諾夫仍然不動一下，如前的呼吸着。

『他沒有知覺是不是?』牧師和聲的問道，不專向某一個人問着。

『是的，』諾委加夫忽忽的答道。

沙寧低語着些愚昧的話。牧師疑問的對他望着，但沙寧卻沉默不響，他於是又轉過臉去，將他的頭髮掠平到後面去，穿上他的長服，以高朗柔和的聲音開始唱着為死人而設的讚歌。

唱讚歌者的聲音是一個低音階的，粗糙而不入耳，所以當這個歌聲升到高高的天花板上時，一句一音都是痛戚的不和諧。讚詩一開始唱，所有的人的眼睛便都恐怖的注定在死人的身上。諾委加夫站得離他最近，他想着，西米諾夫的眼皮在微動了，彷彿那不能見物的眼珠轉向唱詩的那個方向去。但在別的人看來，西米諾夫仍是如前的不動一下。

第一下，西娜開始柔和而持久的哭了，她的眼淚直掛下她的年輕美貌的臉部。所有別的人都向她望着而杜僿娃也依次的哭着男人們的眼中眼淚也湧起來了，但他們咬緊了牙，竭力將他們縮回每一次讚歌的歌聲高了一層，女子們便更縱聲的哭着．沙寧皺着眉頭，憎惡的聳着肩，他想，如果西米諾夫聽見了這哭聲，他將如何的不可忍受，而對於健全的平常人，這哭聲又是如此的極不愉快．

『不要那末高聲的唱』他厭惡的對牧師說道．

牧師馴服的曲身向前，去聽他的話，當他明白了這話時，他卻蹙着額，反更高聲的唱着．他的同伴對沙寧望着，別的人也都望着他，恐懼而且詫異，彷彿他說了些拂逆人意的話．沙寧以一種姿勢表示他的懊惱，但不說什麼．

當歌聲停止了時，牧師包起了在他長服上的十字架，情形較前更為痛苦．西米諾夫躺在那裏，如前的僵硬不動，突然的同一的一道思想，可怕，但是不可抵抗的進入一切人的心上．但願一切能夠快些完結吧！但願西米諾夫死去了吧！他們既懼又羞的想要壓伏這個願望，交換着怯懦的視線．

『但願這一切都完結了！』——沙寧低聲的說道，『怪怕人的，是不是？』

『是的！』伊凡諾夫答道，

他們差不多都是耳語着的，很明白的，西米諾夫是不會得聽見，然而所有其餘的人卻都驚駭了，

夏夫洛夫正想說幾句話，但在這個時候，一個新的聲音，不可形容的清晰的，正反響在房間，送一陣的顫栗於每個人的全身，

『咿——咿——咿！』西米諾夫呻吟道，

彷彿他已得到所要表白的那個意思，他乃繼續的發出這個曼長的調子，僅爲他的艱苦粗糙的吸呼所間斷．

起初，他們覺不到他發生了什麼事，但不久西娜杜博娃和諾委加夫都哭了．牧師緩緩的嚴肅的重復唱了起來．他的肥胖而好脾氣的臉都顯然的表示出同情與感動，幾分鐘過去了．突然的西米諾夫中止呻吟了，

『一切都完結了，』牧師低語道。

然後緩緩的，費了好多氣力，西米諾夫移動他的緊合着的唇片，他的臉彷彿被一個微笑所緊縮着。他的人聽見了他的空洞的巫似的語聲，從他的胸部的深處發出，彷彿牠是從一個棺材蓋下面發出來似的。

『蠢蠢的老傻貨！』他說道，狠狠的釘着牧師。他的全身顫抖着，他的雙眼在眼窩中間發狂的轉動着，他全身的伸直着。

他們全都聽見這些聲音，但沒有一個人走動；有一會兒，牧師的胖肥潤濕的臉上消失了憂愁的表情。他焦急的四面望望，但沒有碰到一個人的視線。只有沙寧微笑着。

西米諾夫又動了動他的唇片，然而沒有聲音逃出來，而一邊垂下了他的稀而美的鬍鬚。他再伸長他的四肢，見得更長更可怕了。一點聲響也沒有，也不見一點的極輕微的移動。現在沒有一個人哭。死的將臨較之死的實際的降落尤爲可悲，尤爲可怕；這是很可怪的，如此恐怖的一幕竟如此簡單而迅速的完結了。他們有一會兒立在牀邊，眼望着已死的瘦骨嶙峋的身體，彷彿他們還望着有什麼別的事要發生，他們專心一意的看着諾委加夫園上了死者的雙眼，將他的雙手交叉在胸前；各自想在心裏引起了一種恐怖而憐憫的意識。然後他們沉默的小心的走了出去。甬道裏現在已經點上了燈，一切似乎都是如此的熟悉與簡單；竟使每個人都呼吸得更爲舒暢。牧師第一個走，短促的一步步邁着。他想對少年們說幾句安慰的話，嘆着氣開始柔聲的說道：

「親愛的，親愛的，這眞是很可悲，如此的一位年輕人唉！這是很明白的，他死得並沒有遺憾。但上帝是憐憫人的，你們知道——」

「是的，是的，當然的，」夏夫洛夫答道，他走在他的後邊，想要表示有禮貌。

「他的家族知道麼？」牧師問道。

「我實在不能夠告訴你，」夏夫洛夫說道。

他們全都詫異的互相望着；因爲這似乎是古怪而不大合禮的，他們竟不能說出西米諸夫的家族是什麼人。

『他的妹妹在中學校裏，我相信，』西娜說道．

『啊！我知道！好，再見吧！』牧師說道，用肥滚滚的手指微舉起他的帽子．

『再見！』他們齊聲的說道．

到了街上時，他們嘆着氣，彷彿被釋放了．

夏夫洛夫問道：『我們現在到什麼地方去呢？』

經了略略的躊躇之後，他們互相的告別，各走他們自己的路．

# 第十一章

當西米諾夫看見了血，並感覺到他四周與他身內的可怕的空虛時；當他們扶他起來，抬他開去，使他躺下，代他做了一切事時，（這些事是他一生所習慣於做的，）然後他知道他是快要死了，他奇怪着爲什麽他一點也不怕死。

杜博娃說起過他的恐怖，這是因爲她自己在恐怖着，她設想，健康的人如果怕死，則快死的人當更怕了。他的鐵青的氣色，他的猶視的眼睛，乃是失血與弱衰的結果，她和別人都以爲是恐懼的表現。但在實際上，這並不是恐懼，同時他對醫生所提出的那個「已經到了麼？』的問題也決不是恐懼．在一切時候，特別是從他知道他已得到了肺癆病之後，西米諾夫一直是怕死的．在他的病症初起時，他的心境是異常的恐怖着，很像一個被判決死刑而一無特赦希望的人所感到的恐怖一樣．在他看來，幾乎世界從那一刻起便已彷彿無存的了；所有在這世界上，他從前所覺得美好的，愉快的，歡樂的，都已消失了．周繞於他身邊的一切都是要死去了，要死去了的，而每一刻每一秒都可帶來某種可怕的，難忍的，驚人的，如一個黑漆漆而張着口的陷阱的東西．他所見的死是如一個陷阱似的廣大，無底而如夜似的陰沉，無論他到什麼地方去；無論他做什麼事，這個黑漆漆的深坑總是在他的面前；在牠的不可穿透的陰鬱之中，一切聲，一切色，一切感覺都失去了．這是一個極可怕的心境，然而牠卻經得不長久；當日子過去了，當西米諾夫漸近於死亡了，他對於牠卻更爲遼遠，朦朧，而不可捉摸．

每一件周繞於他身邊的東西，聲、色、感情還繼續是他時常所知道的那樣．太陽永遠的光輝四照；人民如常的熙熙攘攘的各做其事，而西米諾夫他自己，也有重要的事與乎不關緊要的事要做。正如從前一樣，他在清晨起牀來，仔細的梳洗着，吃他的午餐，感覺到食物合不合他的胃口。如從前一樣，太陽與月亮對於他是可喜悅的，陰雨與潮濕是可惱的；如從前一樣，他在晚上和諾委加夫及別的人打檯球；如從前一樣，他讀着書，有的是有趣，有的是既笨又沈悶。起初他對於不但自然界和周圍的人們毫無變更，連他自己也都照舊一層覺得又奇怪又惱怒，還是心痛，他竭力去變更這個情形，要逼着人們對於他及對於他的死亡發生興趣，叫他們感到他的可驚怕的地位，使他們明白一切都要完結了，然而，當他告訴他的熟人以這事時，他便看出他不該這末辦。他們其初顯得驚訝，然後狐疑着，一定疑惑醫生診斷的不確。最後，他們便竭力要除去這不愉快的印像，突然的變換了談話的題目，過了一分鐘，西米諾夫自己也不知不覺的和他們談起了一切生的東西，而不談到死了。他想把全世界吸引到他自身內所發生的事上去的努力顯然是完全無用的。

然後，他想要離羣索居，專心致志在他自己身上，寂寂寞寞的去受苦，完全而強固的感受着他的逼切的運命。然而，因爲在他的生活中，他的日常環境中，一切都是和從前一樣；他如果要想像牠是與前不同，或他西米諾夫，現在便已不存在人間了，這似乎是不對的；死的一念，其初使他受了那末深的一個創痕的，如今漸漸的不大感刺激了；被壓迫的靈魂重得自由了。完全遺忘了的時間，更多更多了，生命再度展放在他的面前，富於色彩、動作與聲音。

僅在夜間，在他獨居之時，他才爲一個黑阱的感覺所侵襲。在他息了燈之後，乃有一種無形無迹的東西，徐徐的在黑暗中升起於他的上面，微語道，『唏……唏……唏！』一刻也不停頓，而從他的身內又有別一個聲音可怕的回答着這個微語。然後，他覺得，他是漸漸的成了這個咿唔微語與這個深奧的渾沌的一部分了。他的生命在其中，似如一道微弱的跳躍不定的火焰，不定在什麼時候便會永遠的息滅了。然後，他決心要整夜的點了一盞燈在他房裏。在燈光之下，奇異的咿唔止息了，黑暗消失了；他也不再有立在一個張口的深阱邊上的印像了，因爲燈光使他想起他生平一千宗細小而平常的事情；那椅子，那燈光，那墨水瓶，他自己的足，一封未寫完的信，一個基督像，他永遠不曾點過的像前的燈，他忘記放在門外的皮靴，以及許多別的日常在他四周的東西。

然而，即在那個時候，他還能聽見咿唔的微聲從房子的一角，燈光所不能達到的地方發出來，而黑漆漆的深阱又在張口要接他下去。他怕向暗處望去，或竟至於不敢去想到牠，因爲在那個時候，在一瞬間，可怕的陰暗竟包圍了他，幕罩了燈光，如用一陣冷而濃密的霧遮蓋了世界，不使他看見。使他痛苦，使他驚惶的乃是這個他覺得彷彿他必須是一個孩提似的啼哭着，或將他的頭顱向牆頭碰着。但當日子過去了，西米諾夫漸漸的更隣近於死亡了之時，他却漸漸的更習慣於這種的印象。僅僅被一句話，或一種手勢，或見到了一個送葬隊，或看見了一個墳場，他們便更爲強固，更爲可怕了，他便覺到，他也是必須死去的。他焦心苦慮的要避免了這種的警告，便永不走到任何通到墳場的街道上去，也永不仰面而睡，將雙手合放在胸前。

他有兩個生命，眞的有；一個是他從前的生命，富饒而明白，不能夠有死亡的一念，也忽視着牠，全力注重着的是牠自己的事務，且希望永遠的活下去，無論費什麼代價都可以；再一個生命是神秘的，無從捉摸的，難知的，牠如一個蟲在一顆苹果之中，偷偷的哏食着他從前生命的心，毒害牠，使牠不可忍受。

因爲有了這個雙重的生命，所以西米諾夫到了最後，覺得他自己和死已面面相對，且知道他的結局已近了時，他倒不覺到什麼恐懼了。「已經到了麽？」那便是他所問的一切的話，爲的要確切的知道所期望的事是否到了。

當他在那些圍繞於他四周的人的臉上，他讀出對於他的問話的回答，他所詫怪的，只是結局却似是如此的簡單，如此的自然，好像是他做超出他力量以外的沈重的事的結局一樣。同時，他又有了一個新而奇怪的內在的感覺，他看出這是再不會有別的結果的，死亡乃是他的生活力衰弱下去的平常的結果。他所覺得餘憾的，僅只是他不再能看見世上的一切東西了。當他們將他擡上病車送到醫院去時，他以睜大了的充滿眼淚的雙眼，四面的凝望着，努力要一眼望去便記下一切的東西，他悲憾於他不能夠在他的記懷中緊記着這個世界的每件瑣物，牠的富裕的天空，牠的人，牠的春綠色以及牠的遠遠的青色的地平線．在實際上，同樣的可親愛的，他覺得說不出的可寶貴的，乃是所有他從前永不曾注意到的小東西以及那些他常常覺得充滿了美麗與重要的；天空，黑暗而廣漠，鑲着牠的熠熠的金星；車夫的憔悴的背形，穿着襤褸的外衣；諾委加夫的憂愁的臉；灰塵飛揚着的街道；窗戶中燈光煌亮白着房屋；沈默的站立在後邊的黑漆漆的樹木；顛簸的車輪；柔和的晚風；所有他能够看見的，聽見的，感到的．

後來，在醫院裏，他的眼睛迅速的在那間大房間內四望着，專心的望着每一個動作，每一個人，直到了他爲肉體的痛楚所妨止，這個痛楚使他發生一種絕對孤寂的感覺．他的知覺現在集中於他的胸部，那便是他的一切痛苦的源泉．徐緩的，十分徐緩的，他開始被生命所推開了．現在，他所看見的東西，在他看來，似都是奇異而無意義的了．生與死之間的最後爭戰已開始了；牠充滿了他的全身，牠創造了一個新的世界，奇異而寂寞，一個恐怖，痛楚與失望的爭突的世界．漸漸的，又有了淸神恣爽的時間；痛楚停止了；他的呼吸更爲深沈而和平，從那白色幕之中，聲音與形狀略有點淸楚，但一切都還是微茫而無關的，彷彿他們都是在於遠遠的地方，他淸淸楚楚的聽見聲音，然後，他們又聽不見了；人形無聲無息的走動着，如在電影幕上所映出的人形一樣；熟悉的臉顯得陌生起來，而他不能夠想起了他們。

在隣近的牀上，有一個相貌整齊，臉上修剃得光光的人在高聲的讀報，但他爲什麼讀，或對着什麼人讀，西米諾夫却永不要去想牠。他淸淸楚楚的聽見說，國會的選舉又延期舉行了，還聽見說，一個人設計暗殺一位大公爵，但這些話却是空虛而無意義的；如水上的浮漚，出現了又消失了，一點也不留下痕迹來。那人的嘴唇動着，他的牙齒發着亮，他的圓眼轉動着，報紙簌簌作響，燈光從天花板射下來，燈的四周，大的黑蠅，形狀可怕的，在旋轉爬行。至西米諾夫的腦筋裏，有點東西似乎向上燃燒着，照耀在一切圍繞於他四周的東西上。他突然的感到，一切東西現在對於他都是沒有關係的了，所有世界上的工作與事業也都不能夠增加僅僅一個鐘頭於他的生命之上了；但他必須死去。他又沈入黑霧的波濤之中了：兩個可怕而秘密的勢力之間的沈默的衝突又開始了，其中的一個，掙搦的努力要毀滅了其他的一個．

西米諾夫第二次回復意識之時，便是他聽見哭聲與唱歌聲之時．這似乎對他絕對的不需要，對於一切在他身中正在進行的事一點也不發生關係．然而有一瞬間，牠却燃起了他腦中的火焰，而西米諾夫清清楚楚的看見一個人的滑稽的悲戚的臉，他對於西米諾夫是絕對的不感興趣，那是最後的生命的符號，以後發生了的事，乃是生存的人所完全不能夠想得到或感得到的．

## 第十二章

『到我家裏來，我們爲死者舉行一次紀念會』伊凡諾夫對沙寧說道．沙寧點點頭，接受了他的邀請．在路上，他們買了牟特加酒和冷菜，追上了猶里・史瓦洛格契，他正沿着林蔭路慢慢的散步着，看來十分的頹唐．

西米諾夫的死給他以一種紛擾而且痛苦的印象，他覺得這有分析的必要，但去分析牠又是幾乎不可能的．

『總之，這是十分簡單的！』猶里對他自己說道，想要畫一條直的短線在他心上，『人

 

在出生之前是不會存在於世的那似乎並不見得可怕也並不難解。人死了時，他的生存便終了。那也是同樣的簡單而且容易領會的。死亡是創造生活力的機械的完全停止，牠是完全可領會的；關於牠並沒有什麼可怕的。從前有一個孩子名叫猶拉，他進了學校，和同學們打架，他砍下蒯草的頭，他以他自己的特殊方法過着他自己的特殊而有趣的生活。這個猶拉死了，而代替他的卻是一個很不相同的人，散步着，思想着，這人便是大學生猶里·史瓦洛格契，如果他們遇到了，猶拉一定不會明白猶里，也許還要憎惡他，當他是一位要引起他無窮懊惱的可能的教師，所以在他們之間，是有着一道洪溝，所以，如果那個孩子猶拉死了，我自己也便死了。然而直到了今日，我還不曾注意到牠，那便是死亡的如何的情形了。總之，是十分的自然簡單！如果我們想想看，我們死了有什麼損失呢？生命，無論如何，是包含着多數的憂愁，少數的快樂的。不錯的，生命也有牠的愉快，不捨得失去了他們，但死亡卻使我們避免了那末許多的疾病，那些是我們在結局時所得到的。那是很簡單的，並不那末可怕的，是不是？』猶里高聲的說道，嘆了一口氣，如釋重負；但突然他又跳了起來，當時另有一個思想似在刺痛他。『不，全個世界，充滿了生命與異常複雜的世界，乃突然的變成了什麼也沒有麼？不，那並不是孩子猶拉之變成了猶里·史瓦洛格契！那是荒誕不經而且不能忍受，所以，那是可怕的，不可悟解的！』

猶里用了全力努力要形成這個情態的一個概念，這個，沒有一個人覺得有忍受的可能，然而每個人卻都忍受着，正如西米諾夫所曾做的。

『他也並不怕死呢』猶里想道，他對於這樣的一個反省的可怪而做笑着。『不，他還對我們大家笑着，他笑着我們的牧師，我們的歌唱，以及我們的哭泣。』

他覺得在這裏有一段意思如果得到了瞭解，便可以明白全部。但是在他的心靈和這段意思之間彷彿築着一堵牢不可破的牆壁。智慧一到了平滑得不可捉摸的平面上便滑倒了，在覺得意義業已接近的當兒，思想竟又在下面原地方『辭謝不敏』了。極微細的思想和觀念的網無論往那方面拋去，捉獲到的還一定祇是些平淡而且討厭的言語：便是『又可怕，又顯明！……』思想往下便不走了，顯然是不能走了。

這眞是痛苦，使腦筋、心靈和整個身體衰弱下去。煩惱鑽進心去，思想成爲疲弱而無色，頭痛起來，極想坐在林蔭路傍，對一切，甚至於對生命事實的本身都置諸不問不聞。

『西米諾夫怎樣能夠笑呢，當他已知道在一會工夫之內，一切便都要結局了？他是一個英雄麼？；不，這不是一個英雄主義的問題。那末死亡是並不像我所想的可怕了。』

正當他在這樣的默想着時，伊凡諾夫突然的高聲招呼着他。

『嚇！是你麼！你們到那裏去？』猶里聳聳肩，問道。

『爲我們的死友祭奠一下，』伊凡諾夫粗鄙的戲謔的答道。『你最好和我們一道來吧。常常的一個人獨行着有什麼好處呢？』

猶里心裏感到憂愁而沒有精神，因之，並不如平常似的覺得沙寧和伊凡諾夫使他討厭。

『很好，我願意去，』他答道，但他又突然的覺到他的高尚，他自己想道，『我眞的要和這種人在一道麼？我眞要喝他們的伏特加酒，談着平庸的話麼？』

他正想回轉身去，但他竟覺得這樣的一種孤寂的絕對可怕，他竟和他們一道走了。

伊凡諾夫和沙寧並不提出什麼話來說，因此，他們便沈沈默默的到了伊凡諾夫的家中。天色已是很黑的了。在門口，一個人的身子可以朦朧的見到，他拿着一支曲柄的大手杖。

『嗄！這是叔父彼得・伊里契！』伊凡諾夫快活的說道。

『是的！正是他！』那個人以一種深沈的回應的聲音答道。猶里想起了，伊凡諾夫的叔父是一位老年的喜歡喝酒的教堂的唱歌者。他有一部灰色的鬍髮，如尼古拉一世時代的一個兵士一樣，他的襤褸的黑外衣有着一股極不好聞的氣味。

『咊！咊！』他的聲音如從一個空桶中發出，這時，伊凡諾夫介紹他給猶里，猶里拙笨的和他握手，對於這樣的一個人，他不知道說什麼話好。然而他想到了，在他看來，一切人類都是平等的，所以當他們進門時，他竟恭敬的請那位老歌者先走。

伊凡諾夫的家活像一所堆雜物的破房子而不像一個人的住宅，灰塵又多，又不整潔。但當他的主人點亮了燈時，猶里看見牆上掛的卻是瓦斯尼助夫繪的雕板畫，那些初見以爲是廢物堆的卻是一堆一堆的書籍．他仍然覺得有點不自在，爲了要隱匿這個，他開始專心的去看那些雕板畫．

『你喜歡瓦斯尼助夫麼？』伊凡諾夫問道，而他不等一個回答，便走出房外去取器皿來涉寧告訴彼得·伊里契以西米諾夫的死耗『上帝安息他的靈魂！』彼得·伊里契微語道．『嚇！他現在一切都履行到了．』

酒里偷偷的向他望着，對於這位老人感到一陣突然的同情．

伊凡諾夫現在帶進來麵包，鹽漬的黃瓜，還有玻璃杯，他將這些東西放在新聞紙鋪在上面的桌上．然後，以一種迅速的不經意的手段將瓶塞開了，一點酒也不曾濺出去．

『十分的漂亮！』伊里契讚許的說道．

『現在就可以看出那一個人懂得事，』伊凡諾夫說道帶着一種自己滿意的神氣，同時，他將綠色的酒倒滿各個玻璃杯中．

『現在諸君，』他說道，揚起聲音來同時舉起玻璃杯來．『恭祝死者安息，等等！』

他們接着便吃了起來，孚特加酒也消耗得更多了．他們談得很少，喝得很多．不久，小房子裏的空氣便漸漸熱而壓迫起來．彼得·伊里契燃着了一支香煙，空氣中充滿了下等烟草的香煙，酒與焜與熱使猶里覺得頭暈．他又想到西米諾夫．

「關於死，總有點可怕的，」他說道．

「爲什麼？」彼得·伊里契問道，「死麼？呵呵！！這是絕對的必要的．死麼？難道一個人要長生不死下去麼？呵呵！！你一定不要那末說！長生不死，眞的是長生不死將怎麼辦呢，噯？」

猶里立刻試去想像長生不死將是什麼一個樣子．他看見一個無終點的灰色條痕，無目的的伸到空間去，彷彿是由這個浪頭被衝進第二個浪頭一樣．所有對於色聲及感情的概念全都朦朧了，不淸楚了，被混雜在一道灰色的渾濁的溪流中恬靜的永久的流着過去．這不是生，乃是永久的死．這個思想使他害怕．

「是的，當然的，」他咿唔道．

「牠似乎在你心上有了一個很大的印象，」伊凡諾夫說道．

「在什麽人心上沒有一個印象呢？」猶里問道。伊凡諾夫渾渾的搖着他的頭，開始去告訴伊里契關於西米諾夫死時的事。現在在房內是不可忍受的悶熱。猶里看着伊凡諾夫，他的紅唇在啜着孚特加，而孚特加則在燈光中發亮。每件事似都打了圈子轉了又轉。

「啞——啞——啞——啞——啞！」一個聲音在他耳朵邊微語着，一個奇異的小聲音。

「不！死不是一件可怕的事！」他又說道，並不注意到他乃是回答那個神秘的語聲的。「你對於這事太過感動了，」伊凡諾夫侮慢的說道。

「你不是麽？」猶里說道。

「我麽？不，——不！當然的，我不要去死，因爲死並沒有什麽很有趣的，生活還是更可樂呢。但，如果一個人要死了，我倒要死得迅速一點，沒有任何的大驚小怪或無意識。」

「你沒有死過，所以不知道。」沙寧笑道。

「不；那是十分真實的話！」伊凡諾夫答道。

『嚇！不錯，』猶里接着說道，『人們早已聽見人說過這一切話了．任你說什麼話都可以，死亡總是死亡，牠自己是恐怖的，當一個人想到生命的結局是這樣的一個強暴而不可避免的結局時，已足夠奪去他生活時代的一切愉快了．生命有什麼意義呢？』

『這話也聽見過了，』伊凡諸夫惱怒的說道．『你們大家以爲祇是你們……』

『什麼意義呢？』彼得·伊里契愁悶的反問．

『毫沒有什麼意義』——伊凡諸夫用同樣不易明的惱怒神氣喊嚷着．

『不，那是不可能的，』猶里答道，『每一件事都是過於聰明，過於謹慎的安排着，而且——』

『以我的意見，』沙寧說道，『到處都沒有好事．』

『你怎麼能說這話？大自然怎麼樣？』

『大自然！哈哈！』沙寧徵聲的笑道．他的手戲弄的搖着．『我知道，向來對於自然，總是說牠十全十美的．眞實的事是，自然也正和人類一樣的不滿足，不必費很大的想像力，我們中間的任何一人便都能表現出一個世界比之這個世界好過千倍的。爲什麼我們沒有終年的溫熱與光明，一座花園爲什麼不是長綠長美悅的？至於生活的意義，當然牠是有着某種的意義的，因爲目的制控着一切事物的進行；沒有一個目的，一切事物便都要渾沌混亂了。但這個目的是在於我們生存的界限以外的，是在宇宙的極基底的。那是一定的。我們不能夠成爲宇宙的原始，也不能夠成爲宇宙的終結。我們的份兒是一個被動的，與副貳的份兒。僅僅爲了生存的事實，我們乃實踐了我們的使命。我們的生命是必要的；因此，我們的死亡也是必要的。』

『對於誰是必要的呢？』

『我怎麼知道？』沙寧答道，『並且，關我什麼事？我的生活，其意義便是我的感覺，愉快的與不愉快的；至於在他們的範圍以外的，唔，一切都是子虛烏有的！我們可以創立任何的假設，牠常常不過是一個假設而已。要在牠的上面去建造生活，那是笨傻的行爲。讓他喜歡討論牠的人去擾擾的討論牠吧；至於我，我便是生活着！』

『且讓我們全體爲了擁護牠而喝乾了一杯！』伊凡諾夫提議道。

『但是你信不信上帝呢？』伊里契說道，以昏花的眼望着沙寧。『如今是沒有一個人有信仰……而且不去信仰那可以信仰的事。』

沙寧笑了。『是的，我相信上帝。對於上帝的信仰我從小孩子時代就遺留下來了，但關於這事我認爲沒有和牠戰鬬，或使牠更加確定的必要。這是最有利益的事實在的因爲，如果有一個上帝，我便獻他以忠誠的信仰，如果沒有上帝，唔，對於我這不是更好些』

『但在信仰或不信仰之上，一切生命是根據着吧？』伊里說道。

沙寧搖搖頭，滿足的微笑着。

『不，我的生命並不是根據於這些東西之上的，』他說道。

『那末根據什麽呢？』伊里疲弱的問道『唖——唖——唖！我必須不要再多喝了，』

他自己想道，當時他將他的手抽過他的冷而潮濕的眉毛。也許沙寧有什麽回答，也許沒有回答他是聽不見的。他的頭如在一個旋渦中，有一會工夫，他覺得很不勝酒力。

「我相信上帝的存在，」沙寧懶懶的說道，「雖然我們不能決定，絕對的決定。但不管他存在不存在，我總是不知道他，我也不能說出他需要我做什麼。即使我極端的信仰他，我怎麼能夠知道這事呢？上帝是上帝，不是人類，不能夠以人類的標準去判斷他。他所創造的周繞於我們身邊的世界包含着一切東西；好的，壞的，有生命的，無生命的，美麗的，醜惡的——一切的東西在實際上，因此，我們便失去了一切的感覺與乎一切正確的定義，因為他的感覺不是人類的，而他的善與惡的觀念也不是人類的。我們對於上帝的概念必須常是一個偶像崇拜的，我們將常常給予我們所崇拜的以適合於我們住的地方的氣候情形的相貌與衣服。這並不是荒誕不經的話。」

「是的，你是對的，」伊凡諾夫呻吟道，「極對的！」

「那末，活着有什麼意思呢？」猶里問道，當時他悄悄的推開他的酒杯，「或者，死了又有什麼意思呢？」

「一件事我是知道的，」沙寧答道，「那便是，我不願意我的生活是一個困苦可憐的生活．因此，在一切東西之前，一個人必須先滿足一個人的天然的欲望．欲望是一切東西．當一個人的欲望停止了時，他的生命也便停止了；如果他殺了他的欲望，他也將殺了他自己．』

『但他的欲望也許是惡的呢？』

『可能的．』

『唔，那末，怎麼樣？』

『那末……他們必須適成其爲惡的，』沙寧溫和的答道，當下他以他的清明的藍眼望着猶里的整個臉上．

伊凡諾夫懷疑的擡起他的睫毛，不說一句話．猶里也沈默着，也不知爲什麼，他覺得這雙清明的藍眼使他惱怒，雖然他想要不瞬的凝望着他們．

有一會兒工夫，大家都沈默着，所以一個人能够清清楚楚的聽見一隻夜蛾不顧死活的在碰着窗格．彼得·伊里契悲戚的搖着頭，他的爲酒所沉湎的面貌垂向沾着汗點的新聞紙上.沙寧又微笑着.這個不斷的微笑使猶里觸怒,但也使他迷醉.

『他有怎樣清朗的一雙眼睛!』他想道.

突然的沙寧立了起來,開了窗,放了那隻蛾出去.一陣的冷爽的空氣如從柔和的翼下來的,吹進了屋內.

『是的,』伊凡諾夫說道,回答他自己的思想,『世間沒有兩個人是相同的;所以爲了擁護這事,我們再喝乾一杯.』

『不,』猶里說道,搖搖頭,『我不能够再喝了.』

『噯,——爲什麼不能?』

『我從不曾喝過那末多的酒.』

孚特加酒和熱氣使他頭痛.他渴想要走到新鮮的空氣中去.

『我必須走了,』他說道,站了起來.

『到那裏去?,來再喝一杯!』

『真的不!我應該要——』猶里囁嚅的說道，找他的帽子。

『好，再見!』

當猶里閉上了門時他聽見沙寧對伊里契說道：『當然你是不像小孩子們的；他們不能够分別出善與惡他們是簡單而天真的；那便是他們爲什麼要——』然後，門閉上了，一切是靜悄悄的。

月亮高高的照在天上，涼涼的夜風觸着猶里的眉毛，一切似都是美麗而浪漫的，而當他在沈寂的月光照着的街上走着時，他一想到在一個黑暗的靜悄悄的房內，西米諾夫正躺在一張桌上，黃色而僵硬，便覺得害怕，然而，猶里却有點不能够回憶起那些新近壓迫他使全個世界都被遮於陰影中的悲戚的思想，他現在的情調是一個恬靜的憂愁，而他覺得不得不凝望着月亮當他橫過一方白色的無人的廣場時，他突然想到了沙寧。

『他是那一類的人呢?』他自己問道。

他一想到有一個人，猶里不能夠立刻下斷語，便覺得有趣，於是他很想下一個極壞的斷語。

「一個成語的製造者，那便是他的一切了！從前這個人裝作一個悲觀主義者，憎惡生命，曲躬於他自己的空中樓閣的不可能的見解；現在，他又是瑣瑣的在談着獸慾主義了。」

猶里的思想又從沙寧轉到自己身上來，他的結論是他並不假裝着什麼，而他的思想，他的受苦，他的全人格都是原創的，和別人的很不相同。

這是最可贊許的；然而有點東西似乎失去了。他又想起了西米諾夫。他想起他不能再見到西米諾夫，便有點悲感，雖然他從不曾對於西米諾夫有過什麼愛感，但現在他卻成了近於他見愛於他的人了。眼淚從他眼中湧出。他幻想這個已死的大學生躺在墓中，成了一堆的腐爛東西，而他又記起了他的這些話語來了：

「我將長眠，你卻將活着，呼吸着這個空氣，享受這個月光，你將走過我躺在其中的墓墳上。」

『這裏在我的足下的也像人類的餘骸呢』猶里想道，低頭看着塵土，『我是踏在腦上，心頭上和人的眼睛上呢！唉……』他感到膝蓋下一陣可恨的無力，『而我也將死的，別的人也將走在我的身上，心裏正如我現在所想的想着唉！在見得太遲了之前，我們必須生活，必須生活！是的；但要生活在正當的軌道中，如此，人的生命便沒有一刻工夫是虛耗的了。然而他怎樣的去辦那些事呢？』

廣場爲月光所照，白而荒涼。在鎮上一切都是靜悄悄的。

歌者的笛不再告訴
出他的消息了。

猶里輕柔的對自己咿唔着這詩句。然後他高聲的說道：『這一切是如何的討厭，憂愁和可怕呀！』彷彿是對別一個人告訴着似的。他自己的語聲使他驚駭，他回轉身去看看，有沒有人在偷聽。『我醉了，』他想道。

夜，沈靜而清明的，照臨於下方。

# 第十三章

當西娜·卡莎委娜和杜博娃因去拜訪別人而不在家中時，猶里的生活似是無變動而且單調的．他的父親是或從事於家務，或在俱樂部中，而麗萊亞和勒森且夫也覺得有第三個人在他們之面前，是不很方便的，所以猶里也避着他們的同伴．因此這成了他的習慣：晚上早早的去睡，早上直到了午餐時候方才起來．整天的，不管在他房間或在花園裏，他總是孵育着諸種念頭，只幹着一個超越的力量的增進，他促使向前去做什麼偉大的工作．

這個『偉大的工作』一天換了一個樣子，今天是一幅圖畫，或者明天便是幾篇的論文，在文中表示給世界看，社會民主黨不給猶里以黨部中一個主要的位置是如何巨大的一個錯誤，或者牠又是一篇文章，贊成與人民結合，和牠熱誠的合作着——一個關於這個題目的十分廣大嚴肅的討論。然而一天一天的過去了，什麽也沒有帶來，帶來的只是煩悶。諾委加夫和夏夫洛夫也有一二次來看他。猶里也去參預講演會，去拜訪友人，然而所有這一切，對於他似都是空虛而無目的。這都不是他所求的事或他幻想中所求的事。

一天，他去看勒森且夫。這位醫生居住的是幾間大而有空氣的房間。滿放着一切如一位注重體育的健壯人所有的爲他的娛樂所需的東西；棍棒，啞鈴，長劍，釣桿，漁網，淡芭菰的烟管以及許多其他的足以表示健壯，大人的修養用的。

勒森且夫以坦白的誠意接待他，和他愉快的閒談着，給他香烟抽，最後問他去不去和他一道打獵。

『我還沒有一支鎗呢，』猶里說道。

『拿我的一支去吧．我有五支鎗呢．』勒森且夫說道．在他心中，猶里乃是麗茱亞的兄弟，他渴欲盡力的對他表示好意．所以他堅持的要猶里接受他的一支鎗，熱誠的將所有的鎗都陳列出來，將他們拆開了，解釋他們的構造．他竟還向天井中的槍靶放了一槍，所以，最後，猶里便笑着接受了一支鎗一點子彈，勒森且夫十分的高興．

『那是好極了！』他說道．『我有意要在明天去打些野鴨來，所以我們可以同去，可以不？』

『我很高興同去，』猶里答道．

當他到了家時，他整整的費了近兩個小時的工夫去察驗他的槍支，手觸着開關，以燈為瞄準之的．然後他仔細的擦油在他的舊獵靴上．

到了第二天，快近黃昏時，勒森且夫如常的活潑愉快，坐着一輛馬車，由一匹漂亮的栗色馬拖着，來接猶里．

『你預備好了沒有？』他從開着的窗口向猶里招呼着。

猶里身上已經掛上了子彈匣，和野禽袋子，背着他的槍走了出來，看來有點過重且不大自然。

『我預備好了，我預備好了，』他說道。

勒森且夫穿的衣服又輕巧又舒適，對於猶里的武裝，似乎有點詫異。

『你將要覺得這些東西太過笨重的，』他微笑的說道。『將他們統統放下，擺到這裏來。等到我們到了那邊再背戴上去不遲。』他幫助猶里脫下了武裝，將他們放在座位之下。然後他們疾馳的驅車而去。白日快要向晚了，但天氣還要熱而多塵。馬車左右的顛簸着，所以猶里的手要緊緊的握着座位。勒森且夫無時不談着笑着，猶里也不得不加入他的歡笑中，當他們到了野外，硬草輕觸着他們的足上時，天氣也覺得略爲涼爽，也沒有什麼灰塵。

到了一個廣大的平地上時，勒森且夫勒住了騰騰出汗的馬，將手放在嘴上，以清朗的聲音高叫道，『科斯馬……科斯——馬——！』

在田野的極端，如陰影似的有一行的小人能够看得見他們聽見了勒森且夫的叫聲，全部熱切的向他的方向望着．

其中的一個人便越過田野而來，仔細的在犂溝之中走着．當他走進了時，猶里看見他是一位肥壯，灰白頭髮的農人，有一部長的鬍鬚和一雙有筋力的手臂．

他慢慢的向他們走近，微笑的說道，『你喊嚷得很有勁呀，阿那托爾·巴夫洛威慈！』

『今天好，科斯馬；你怎麼樣？我能留下馬匹在你這裏麼？』

『是的，當然可以，』農人以一種平和，友善的語音說道，當下他便拉住了馬韁．『來打一次小小的獵麼，嗳？他是誰？』他向猶里和善的望了一下，問道．

『這是尼古拉·耶各洛威慈的兒子，』勒森且夫答道．

『噢，是的！我看出來了，他正像魯特美婭·尼古拉耶夫娜！不錯，不錯！』

猶里聽見這位摯切的老農夫認識他的妹妹，並且以這樣的一種簡樸友善的態度說到她，心裏也很喜歡。

『現在，那末我們走吧！』勒森且夫以快活的聲音說道，當時，他取了他的槍和獵袋，第一個先走。

『祝你有好運氣！』科斯馬叫道，然後他們能夠聽見他誘喚着那匹馬，引牠向他的草屋走去。

他們在達到泥澤之前，還要走了近一俄里的路。太陽快要西沈了，覆蓋着多汁的草和蘆葦的泥土，在他們的足下覺得很潮濕。牠覺得更黑，且有一股潮濕氣味，而有的地方，水光在動蕩着。勒森且夫不再吃烟了，兩足張開的站着，突然的顯得嚴重起來，彷彿他正要開始一件重要而有責任的事業一樣。猶里向右邊走，想要找一塊乾的安適的地方。在他們之前，躺着水，反映出清朗的黃昏天色來，看來清澄而深，對岸，像一條黑痕，能夠在遠處辨別出來。

幾乎是立刻的，野鴨們兩隻三隻的從水面上飛起，慢慢的飛過去，突然的由蘆葦中飛出，然後經過獵人的頭上，一行的黑影子映照於紅色的天空之中。勒森且夫放了第一槍，得到了成功。一隻受傷的野鴨，傾跌的落到水中去，以牠的雙翼打下蘆草來。

「我射中了！」勒森且夫叫道，當下他快快活活的高聲大笑起來。

『他眞是一個好小子，』猶里想道，現在是輪到他放槍的當兒了。他也射下他的鳥兒，但牠落得太遠了，他不能夠找到牠，雖然他抓傷了他的手，涉過膝蓋深的水。這個失望僅使他格外的銳敏；他想道，這是很好的玩意兒。

在河上的清涼的空氣中，獵槍的烟有一種奇異的愉快的氣味兒，而在逐漸黑暗下來的景色中，快活的槍擊，也以悅人的效力放射出來。受傷的野禽，當他們落下時，在灰白的綠天中，畫成了一痕美麗的曲線，在天上，現在最早出來的微弱的星光已在熠熠的發亮了。猶里覺得異常的有力與愉快。這似乎他從不曾參加過那末有趣或那末快樂的事情。鳥隻現在飛出來的更爲稀少了，更黑暗下來的夜色使牠更難於瞄準。

『嚇囉！我們一定要回家了！』勒森且夫從遠處叫道。

猶里還捨不得走，但應合了他的同伴的提議，他卻向前與他相會，蹦行於蘆葦之中，濺涉的經過水裏，在夜色之中他們是與陸地分別不出的。當他們相見了，他們的眼睛亮着，他們全都沉重的呼吸着。

『唔，』勒森且夫問道，『你的運道好不好？』

『我應該說好，』猶里答道，顯示出他的裝載得不少的獵袋。

『嗳！你比我射得還好，』勒森且夫愉快的說道。

猶里爲這些讚語所悅，雖然他常常的宣稱他並不注意到任何的體力上的能力或技能。

『我不知道射得更好，』他不經意的說道，『這不過是運道好而已。』

他們到了草舍時，天色已經很黑。瓜田全沒入黑暗之中，僅僅最前排的幾列甜瓜在火光中熠熠的輝着白色，投射出長的影子。馬站在草舍之旁，嘶嚧着，在那裏有一堆乾草燒着，放出光亮的小火光，發出爆聲。他們能夠聽見男人談着，女人笑着，而其中有一個聲音，和藹而愉快，在猶里聽來似乎很熟悉。

『怎麼，這是沙寧，』勒森且夫詫異的說道，『他怎麼會到這裏來？』

他們走近了火堆。灰白鬚的科斯馬坐在火邊，擡起眼來，點頭歡迎他們。

『運道好麼？』他以深沉粗大的口音問道，這聲音從一部垂下的髭鬚之下發出。

沙寧坐在一隻巨大的南瓜上，也擡起了頭，向他們微笑。

『你怎麼會到這裏來的？』勒森且夫問道。

『啊！科斯馬·柏洛科洛威慈和我是老朋友呢，』沙寧解釋道，更微笑着。

科斯馬笑了起來，露出他的腐敗牙齒的黃色殘餘來，當下他和愛的以他的粗手撫拍着沙寧的膝蓋頭。

『是的，是的，』他說道，『坐在這裏，阿那托爾·巴夫洛威慈，請吃這個甜瓜。而你，我的年輕的主人，你的名字是什麼呢？』

『猶里·尼古拉耶威慈，』猶里愉快的答道。

他覺得有一點困惱，但他立刻便喜歡這個和善的老農夫及他的友好的談話，半俄語，半方言的：

『猶里．尼古拉耶威慈！啊哈！我們必須互相認識麼？請你坐下，猶里．尼古拉耶威慈。』

猶里和勒森且夫坐在火邊的兩隻大南瓜上。

『現在，將你們所打到的東西給我們看看，』科斯馬說道。

一堆的死禽從獵袋中倒出來，地上便沾染着他們的血。在跳躍不定的火光中這些死禽具有一種巫怪的不愉快的樣子。血液幾乎變成黑色了，鳥爪彷彿在動。科斯馬取了一隻野鴨，在翼下摸了一下。

『那是一隻肥的，』他讚許的說道。『你要送給我一對，阿那托爾．巴夫洛威慈。你帶了這許多回來怎麼辦呢？』

『把我的你全都拿去了吧，』猶里羞澀的說道。

『爲什麼都拿了呢？來，來，你是太慷慨了。』老人家笑道。『我只要一對便夠了，叫誰也不受委屈。』

別的農人們和他們的妻也來看了，但猶里爲火光所眩，不能够明白的分得出他們。其初是一個，其後又是一個臉，迅速的從黑暗中現出，然後又消失了。沙寧看着這些死禽，彎着眉頭回過臉去；突然的站了起來。他看見了這些美麗的生物躺在血與塵土之中，翼膀折斷着，是不大合口味的。

猶里貪婪的吃着一個熟透了的甜瓜的大而甘美的瓜片時，他的眼還以很大的興趣凝望着一切東西；這些甜瓜，科斯馬以他的黃骨柄的小刀切成。

『吃，猶里．尼古拉耶威慈；這個瓜很不壞，』他說道。『我認識你的小妹妹魯特美媫．尼古拉耶夫娜，也認識你的父親。吃，享受牠。』

每件事都使猶里喜歡；農人們的氣息，一股香氣如新出爐的麵包和羊皮的香氣一樣；火堆的光亮的火燄；他坐在上面的巨大的南瓜；以及瞬見的科斯馬的臉部，當他向下看時，因爲當老人擡起頭時牠是藏在黑暗之中，而只有一雙眼睛亮着在頭上，現在是黑漆漆的，這使光亮的所在似乎愉快而且舒適。猶里擡頭向上看時，他其初看不見什麼東西，然後，突然的恬靜廣漠的天空以及遠處的星光都出現了。

然而他總覺得有一個不安，不知道和這些農人們說什麼話好。其餘的人，科斯馬，沙寧和勒森且夫則和他們坦白而隨便的談這個談那個，從不煩心去找什麼特別的題目來談，這使猶里驚奇。

『唔，土地的問題怎樣了？』他問道，這時，談話中止了一會，雖然他覺得這問題說出有點勉強而且不合式。

科斯馬向上望着，答道：

『我們必須等待着，只要等待一會兒再看。』然後他開始談到瓜田以及別的他自己的事情，猶里覺得益益的不安了，雖然他倒是很喜歡聽這一切話的。

聽見有足聲走近了。一隻小紅狗，尾巴是白色而捲曲的，出現於火光之中，向猶里和勒森且夫嗅着，而在沙寧的膝蓋頭擦着，沙寧拍摩着牠的長毛，狗的後面隨着一個矮小的老人，有一部稀疏的鬍子和小小的光亮的眼睛。他帶着一根生銹的單管槍。

『這個老丈，我們的守衛人』，科斯馬說道。老人家坐在地上，放下他的武器，狠狠的望着猶里和勒森且夫。

『出去打獵麼？不錯，不錯！』他喃喃的說道，露出他的皺縮的褪色的牙齦來。『唏！唏！科斯馬，現在是煮山芋的時候了！唏！唏！』

勒森且夫拾起老頭子的火石槍，笑着將牠顯給猶里看。這是一把生了銹的老的單管機槍，非常的重，四周都是繩子的傷痕。

『我說，』他說道『這一支槍你叫牠是那一類的槍？你拿了這槍不怕去開放牠麼？』

『唏！唏！我幾乎要叫這支槍殺了我自己，有一次！史德班・夏卜加，他告訴我說，一個人能夠放槍而不用……銅帽子？唏！唏！……不用銅帽子！他說，如果有一點琉璜留在槍中，一個人便可以不用銅帽子而放槍。所以我將裝了子彈的機槍放在我的膝上，像這個樣子，用我的手指將機關扳了，放了出去，像這個樣子，看然後嘭的一聲槍放了出去！幾乎要殺死我自己！！唏唏！裝上了來福槍，嘭，幾乎要殺死了我自己！』

他們全都笑了，猶里的眼中竟樂得出淚了，小老人的一簇的灰白鬍子和他的陷入的牙牀，他覺得很有趣。

老頭子也笑了起來，笑到後來，他的小眼睛裏也有了水。『幾幾乎殺死了我自己！唏！唏！』

在黑暗之中，在火光的圈子以外，他們能夠聽得見有笑聲，還有女孩子們的聲音。她們對於不相識的老爺們感到生疏羞澀，離開火光幾尺遠的地方，沙寧從一個很不同的地方（猶里還當他是坐在那里）燃着了一支火柴，在火柴的紅光中，猶里看見他的恬靜和善的眼睛，在他身邊有一個年輕的臉，她的溫柔的雙眼，位置在黑漆漆的睫毛之下，以簡樸的愉樂，向沙寧仰望着。

勒森且夫向科斯馬做一個小眼睛，說道：

「祖父，你還不好好的看管些你的孫女兒嘎」

「有什麼用處！」科斯馬答道，以一種不注意的姿勢，「年輕人是年輕人，」

「唏唏！」一輪到老頭子笑了，當下他用手指從火堆中拿起一塊紅熱的炭。

沙寧的笑聲聽得見在黑暗中但那女人也許覺得羞恥了，因爲她們走了開去她們的聲音也不大聽得見了。

「是回家的時候了」勒森且夫說道，當下他站了起來「謝謝你科斯馬。」

「一點也不，」科斯馬答道，當下他用他的衣袖拂去了沾在他灰白鬍子上面的黑色甜瓜的子兒他和他們二人握手，而猶里觸到了他的粗糙多骨的手，又覺得一種的憎惡當他們離開了火光時黑暗似乎沒有那末稠密，上面是冷的熠熠的星光和廣漠穹形的天空恬靜的美好在火堆旁的一羣人馬匹，甜瓜堆，映在火光中都顯得更黑暗了。

猶里踏在一個南瓜上幾乎要跌了一交。

「小心點！」沙寧說道「再見！」

『再見!』猶里答道他回望着沙寧的高大的黑的身子，他幻想他還看見別一個身子，一個婦人的優雅的身子，靠在他身上．猶里的心跳得更快了，他突然的想到了西娜．卡莎委娜，而妒忌着沙寧．

馬車的輪子又響起來了，馴良的老馬又是一邊跑着，一邊噴氣．

火光在遠處消失了，說笑的聲音也聽不見了．沈靜統轄了一切．猶里徐徐向上望着天空，天空是鑲着寶石網似的星光當他們到了鎮市的外邊時，燈光這裏那裏的閃閃着；犬吠着．勒森旦夫對猶里說道：

『老科斯馬是一個哲學家呢，嘍?』

猶里坐在後面望着勒森旦夫的頸子，從他自己的悲戚的思想中站起，努力要明白他說的什麼話．

『唉!……不錯!』他躊躇的回答道．

『我不知道沙寧是這樣一個好漢，』勒森旦夫笑道．

猶里現在不做着夢了，他回想起沙寧和爲火柴光所映出的美麗的少女的臉的一瞬間的印象來．他又覺得妒忌着，然而他又突然的覺得，沙寧之對待女孩子是卑鄙而且可輕藐的．

『不，我對於牠一點也沒有什麼意見，』猶里說道，帶着一點的譏刺．勒森且夫並沒有明白他的口氣，他鞭打着馬，隔了一會，說道：

『美麗的女孩子，她是不是？我認識她．她是老頭子的孫女兒．』

猶里沈靜不言．他的善意的喜悅的情緒有一會工夫消失了，而現在他堅確的覺得，沙寧乃是一個粗鄙的壞人．

勒森且夫聳聳肩，最後率意的說道：

『鬼曉得！這樣一個良夜，嗳？似乎連我也活動起來．我說，我們且驅車到，……——』

猶里其初不明白他的話什麼意思．

『有幾個好的女孩子在那裏，你知道．你怎麼說法？我們去不去？』勒森且夫嘻笑的說道.

猶里臉色殷紅起來.一陣獸慾的顫栗震過他的骸體,誘惑的圖畫現在他的熱的想像之中.然而他自己制止住了,以乾燥的口音答道:

「不!這時正是我們要回家的時候了.」然後他惡意的加上去說道:「麗萊亞在等候着我們呢.」

勒森且夫忽然全身收縮,彷彿瘦了許多,顯得小了.

「啊,不錯,當然的;不錯,我們現在應該回家了!」他匆匆的咿唔道.

猶里咬着他的牙齒,望着驅車者穿着一件白衣的闊背,挑釁的說道:

「我對於這一類的行徑沒有特殊的嗜好.」

「不,不;我知道的.哈哈!哈哈!」勒森且夫答道,帶着怯弱和不愉快的口音.以後,他便默默不言.

「鬼使的!我眞是笨極了!」他想道.

他們驅車回家，更不說第二句話，每個人都覺得路是無窮盡的．

『你進去坐坐，好不好？』猶里問道，並不擡眼看他．

『唦……不！我要去看一個病人．並且，時候也不早了，』勒森且夫躊躇的回答道．

猶里下了馬車，並不想拿下獵槍或獵得的野味．無論什麼屬於勒森且夫的東西，他現在似都覺得厭惡．勒森且夫呼喚他道：

『我說，你忘了你的槍支了！』

猶里回過身去，以厭惜的神氣，取了獵槍以及獵袋．他和勒森且夫不自然的握了握手，便進屋去了．勒森且夫緩緩的驅車而去，走了一小段路，便族轉入一條橫路而去．車輪在路上轉動的聲音，可以聽得出現在是在別一個方向．猶里靜聽着，心裏狂怒起來，然而卻偷偷的妒忌着．『俗人！』他喞唔道，代他妹妹發愁着．

# 第十四章

猗里把東西搬到屋裏去後，不知道要做什麼事，便走下通到花園的石階。夜色黑漆漆的有如墳墓，天空和牠的無量數的熠熠的星羣，更增進了巫怪似的效力。在石階上坐着麗萊亞；她的嬌小的灰色身子在暗中很難看得見。

『是你麼，猗里？』她問道。

『是的，是我，』他答道，當下他便坐在她的身邊。她如在夢中的將她的頭靠在他的肩上，而她的新鮮，溫馥的處女香氣觸起他的感覺。這是女人的氣味，所以猗里帶着無意識而驚惶無定的愉快的感覺吸嗅這氣味．

『你們玩得高興麼？』麗萊亞說道．然後，過了一會，她柔聲的加上去說道，『阿那托爾・巴夫洛威慈在什麼地方？我聽見你們的車子來的．』

『你的阿那托爾・巴夫洛威慈乃是一個齷齪的禽獸！』猶里突然的覺得忿怒起來，想要說出這句話來．然而他卻不經意的答道：

『我眞的不知道他去看一個病人．』

『看一個病人，』麗萊亞機械的覆述道．她不再說別的話，但凝望着星光．

她並不懊惱勒森且夫的不來．反之，她倒還願意獨自在着，如此，不至因他之來而被擾煩，而她乃可以獨自一個的沈入優柔的默念中．在她看來，充滿於她少年的身中的情操乃是奇異、溫馥而且柔和的．這乃是一個頂點，她所欲的，不可免的，然而卻是擾人的，的感覺使她閉上了她過去生活的册頁而開始了她的新的．這樣的新，實在的，竟使麗萊亞成了一個完全不同的人．

在猶里看來，他的愉快歡笑的妹妹會成了這樣的沈靜而默思着，那是很可怪的事。他自己是頹唐而惱怒着，所以一切東西，麗萊亞，黑暗的花園，遠遠的星光熠熠的天空在他看來，似都是憂鬱而冷酷的。他並沒有看出這個夢境似的情調，所隱藏的並不是憂愁而是生命的最實在與充滿。在廣漠的天空上滔滔的湧滾着不可量不可知的許多力；朦朧的園子從地中汲起生活液；而在麗萊亞的心中，具有一種如此充塞，如此完美的快樂，她竟害怕有任何動作，任何印象要衝破了這個迷咒。如星空之發光，如暗園之神祕，她靈魂中動撼着愛情與慕望的諧和。

『告訴我，麗萊亞，你是十分的愛着阿那托爾·巴夫洛威慈麼？』猶里溫和的問道，彷彿怕驚動了她。

『你怎樣能問這話？』她想道，但她鎮定了她自己，她更緊的靠着她的哥哥，感謝他不說別的東西而只說到她生命的一個興趣——她所崇拜的人兒。

『是的，十分的愛他，』她那樣輕柔的答道，猶里似乎不是聽得而是猜得她所說的話似的，她還竭力要縮回她的快樂的眼淚。然而猶里想道，他能夠偵得出她語音中有一種悲哀的調子，他愈憎恨勒森且夫便愈憐恤她。

『爲什麼？』他問道，對於這樣的一個問題，他自己也覺得詫異。

麗萊亞詫異的擡頭望着他但沒有看見他的臉，柔和的笑了起來。

『你這壞孩子！唔，實在的！因爲……，唔，你自己從不曾戀愛過麼？他是如此的好，如此的忠誠，如此的正直……』

『如此的美貌而強壯，』她要添上去說，但她却只紅了臉，不說什麼話。

『你很知道他麼？』猶里問道。

『我不該問她這句話』他想道，內心煩惱着，『因爲，她當然的以爲他乃是全世界中最好的人。』

『阿那托爾告訴過我一切的事，』麗萊亞羞澀的然而勝利的答道。

猶里微笑着，感覺到不能縮回去便又問道：『你是十分的確定麼？』

『當然是的，怎麼樣呢？難道……』麗萊亞的聲音發抖着。

『唉！沒有什麼．我不過問問而已，』猶里說道，心裏有點紛亂了。

麗萊亞沈默不言．他不能猜出她心上想的是什麼．

『也許你知道關於他的什麼事吧？』她突然的說道．在她的聲音中，有一個痛楚的暗示，這把猶里迷惑住了．

『啊！沒有，』他說道，『一點也沒有．我曉得阿那托爾．巴夫洛威慈什麼事呢？』

『但你要是不曉得便不會說那些話了，』麗萊亞堅持的說道．

『我的意思不過是說——，唔』猶里說到這裏突然的停止了，一半感得羞澀，『唔，我們男人們，總而言之，全都是壞的，我們全都是．』

麗萊亞沈默了一會，然後發聲笑了出來．

『啊，不錯，我知道了！』她叫道．

在他看來，她的笑聲是很不合式的．

『你不能把事情看得那末輕，』他魯莽的回答道，『你也不能夠想知道一切經過的事．你對於生活中一切的罪惡事兒還沒有觀念呢；你是太年青，太純潔了．』

『啊！眞的是！』麗萊亞說道，笑着，被諂媚了．然後把手放在哥哥膝上，以一種比較嚴重的口氣，繼續的說道，『你以爲我對於這種事情沒有想到麼？眞的是，我想到了；這常常使我痛苦而悲戚，我們女人們總要那末樣的顧全到我們的名譽和我們的貞操，只怕走進了一步，我們便要——唔，我們便要墮落下去，然而男人們卻幾乎以誘惑一個女郎爲一件英雄的行爲．那全是可驚人的不公平，對不對？』

『不錯的，』猶里傷心的答道，他在鞭責他自己的罪惡上，找到了一種的快樂，雖然他自覺他，猶里，是和別的男人們絕對兩樣的．『不錯的；那是世界上最大的不公平的事之一．試去問問我們當中的一個，他要不要去娶（他原想說是「一個娼妓，」但用下語代替了）一個 cocotte，他常要告訴你說「不．」但在那一方面，一個男人是眞的比一個 cocotte 好得多少呢？她賣了她自己，至少是爲了金錢，爲了要贏一口飯吃，至於一個男人呢，他僅不過為他的淫慾所控制而放縱無恥而已．』

麗萊亞沈默不言．

一隻蝙蝠在廊下衝來衝去，他們看不見牠，牠不斷的以翼碰在牆上，然後聽得輕微的鼓翼聲，牠又不見了．猶里靜聽着這一切夜間的怪喧，然後他以增進的傷心繼續的說下去．他自己的聲音引他更向前說去．

『最壞的是，他們不僅知道了這一切，而默認的以為這必須是如此，並且他們還扮演着複雜的悲劇的喜劇，允許他們自己和人家訂婚了，然後對着神與人說着謊．且這常常是那些最純潔，最無辜的女郎們（他是正妒忌的想到了西娜·卡莎委娜）成了那些最壞的蕩子們的犧牲，肉體上，道德上都沾着了汚點．西米諾夫有一次對我說，「女人愈純潔，佔有她的必是愈齷齪的男子，」他的話眞是不錯．』

『那是眞的事麼？』麗萊亞以奇異的聲調問道．

『是的，這是千眞萬確的，』猶里苦笑的說道．

「我對於這，一點也不知道，不知道，」麗萊亞支吾的說道，她的語聲中有淚含着．

「什麼？」猶里叫道因爲他沒有聽見她的話．

「托里亞眞的是同別人一樣麼？這是不可能的．」

她從不曾對猶里說起勒森且夫時，稱呼過他的小號．然後突然的，她開始哭了．

猶里爲她的煩惱所感動，握住了她的手．

「麗萊亞！麗萊契加！怎麼一會事？我並不是說——來，來，我親愛的小麗萊亞，不要哭！」

他囁嚅的說道，當下他將她的雙手從她的臉上拉開了，且吻着她的瀅瀅的纖指．

「不！這是眞的！我知道的！」她啜泣着．

雖然她說道，她想到這事的，實則在她一方而純是想像而已，因爲她對於勒森且夫的親切的生活，她還沒有形成一點的概念呢．當然的，她知道她並不是他的第一個愛人，而她也明白那是什麼一會事，雖然這印象在她心上不過是一個朦朧而決非永久的．

她覺得她愛他，而他也愛她，這乃是最重要的事；其餘的一切對於她都是無關緊要的．然而現在她的哥哥卻以檢查與蔑視的口氣，說出這樣的話來，她似乎是站在一片懸岩的邊上了；他們所談的是可怖的，也實在是無可救藥的她的幸福是在告一個結局了；現在她也不能想到她對於勒森且夫的愛情了．

猶里幾乎自己也在哭泣了，他渴想安慰她，當下他吻她，撫拍她的頭髮．然而她依然的哭着，傷心的絕望的哭着．

『唉，天呀！唉天呀！』她啜泣着，正如一個小孩子．

在暝色蒼茫中她似是這樣的無助，這樣的可憐，竟使猶里覺得說不出的悲苦．他臉色蒼白而心緒紛亂的跑進了屋裏，他的頭碰在門上，給她拿了一杯水來，半杯的水是濺在地上和他的手上去．

『唉不要哭了！麗萊契加！你一定不要像這樣的哭着．這是怎麼一回事呢？也許阿那托爾·巴夫洛威慈是比別的人好些的，麗萊亞！』他失望的反覆的說着．麗萊亞仍舊的啜泣着，激烈的震撼着，而她㊀的牙齒在水杯的邊上相觸作響．

㊀原作他，疑係排錯，當作她．

『怎麼一回事，小姐？』女僕驚駭的問道，這時她正出現於門口．麗萊亞立起身來，靠着欄杆，顫抖的含泣的向她房間走去．

『我親愛的小主人，告訴我，怎麼一回事？我要不要去喚了主人來，猶里·尼古拉耶威慈？』

尼古拉·耶各洛威慈這個時候正走出他的書房，以徐緩有度的步伐走着．他突然停在門口，見了麗萊亞的樣子而驚詫着．

『發生了什麼事？』

『啊！沒有什麼事！一件小小的瑣事！』猶里強笑的答道．『我們正談到勒森且夫完全是無意識的！』

尼古拉·耶各洛威慈狠狠的望着他，他臉上突然的顯出一種極端不樂的神色來．

『你說的是什麼鬼話？』他叫道，當時，他聳聳肩，卒然的轉脚回身走開了．

猶里憤怒得臉紅了，想要回他幾句不遜的話，但一個突然的羞恥的感覺使他默默的不言他既覺與他父親齟齬，又爲麗萊亞傷心，且也唾視他自己，便走下石階到了花園裏去．一隻小蛙被踏在他的足下，如一顆橡實似的爆裂了．他滑了一下，憎惡的叫了一聲，跳了開去．他機械的把足在溼草上擦了許久許久，覺得一陣寒顫直下脊梁．

他皺着眉頭．心靈上與肉體上的憎惡，使他覺得一切事都是顚倒而可恨的．他摸索到一個椅子上去，坐在那裏空空的凝注在花園中，只看見在渾然的陰暗中一塊塊廣闊的黑地而已．憂鬱愁苦的念頭直從他腦子裏浮過．

他向黑暗的草地上望去，那個地方是那隻可憐的小靑蛙躺在那裏將要死去的，或者，經過了可怕的苦楚之後，已經死去了．對於牠全個世界已經毀滅了；一個自我的與獨立的生活是到了一個可怖的地位，然卻完全沒有人注意，也沒有聽見．

然而，莫明其妙的，猶里又被引到那個奇怪的不寧的思路上去：一切造成一個生命的東西，那個愛或憎的祕密的本能，無意的使他承受一件事而拒卻別件事的；關於善或惡的他的直覺，所有這一切都不過是一陣薄薄的霧，在其中，被包裹着的只有他的人格而已。所有他的最深奧最痛楚的經驗，在廣漠無垠的世界上之完全被忽視也竟是如這個小蛙的死的痛苦而已。他在想像到他的受苦與他的情緒是對於別人很有趣味的時候，曾自白的無意的在他自己與宇宙之間織成了一面複雜的網。死的瞬間，已足夠摧毀了這面網，完全的留下他獨自一個，既未有憐憫，也未有寬恕。

他的思想又轉到西米諾夫身上去，他想起這位死去的大學生，對於一切高尙的理想，他，猶里，和幾百萬與他同類的人所深深的感到興趣的，是全都表示淡淡漠漠的態度的。這使他又想起生活的簡單的愉快，美貌女子，月光，夜鶯的可喜，這一個情調，便是他在與西米諾夫談了最後一次悲慘的話的第二天所悲戚的回想起的。

在那個時候，他還不能明白西米諾夫爲什麼對於無關緊要的事例如，划船，或一個女人的姣美的身體看得很重要，而對於最高尙最深奧的概念卻極不感興趣。然而，現在，猶里卻看出來了，他的主張誠是至確不易的，因爲，這乃是這些瑣屑的事件構成了生命，眞正的生命，充滿了感覺情緒，快樂的；至於那一切高超的觀念，全不過是空虛的思想，徒然的費話，對於生死的大神祕，一點也沒有勢力影響到的。這些思想，如今雖然是重要的，完備的，到了將來，便必有與之同樣重要有力的別的話與別的思想跟之而來的。

得了結論之後，猶里不意的竟從他的關於善與惡的思路上開放了出來，他似乎完全不知所從了。彷彿是一個大大的空虛放在他的面前，有一會兒工夫，他的腦筋，覺得自由而清楚，好像一個人在夢境中，覺得他會如他所欲往的在空間浮泛着一樣。他用了全力努力要集合攏他的對於生活的習慣觀念，然後那可驚的感覺消失不見了。一切又如前的成了憂悶而紛亂。

猶里幾乎要承認，生命乃是自由的實現，因此，一個人爲快樂而生活着乃是天然的事。所以勒森且夫的觀點，雖然鄙下，在竭力在可能的範圍之內求滿足他的性的需要，卻是一個完全的合於論理的，這些需要原是他所最渴求着的。但，那末，他便要承認，淫蕩與貞節的觀念，不過是覆蓋在新長的綠草上的落葉而已，而浪漫與貞潔的女郎們如麗萊亞或西娜・卡莎委娜也有權利可以沒入感覺的快樂的川流之中。如此的一個觀念使他震駭了，因爲既是笨拙，又是下流，他努力要用他平常的熱誠而嚴正的習句將牠驅出他的腦外心外。

『唔，不錯的，』他想道，擡頭望着星天，『生命是情緒的，但人們卻不是沒有理性的動物。他們必須控制他們的情慾；他們的欲望必須被放在好的一方面去。然而在明星之外的果有一位上帝存在麼？』

當他突然的問他自己這句話時，一個紛亂的痛苦的畏敬之念似欲將他壓倒在地上。他久久的凝視着大熊星座尾上的一顆明亮的星，回想起農人科斯馬如何的在瓜田上曾稱號這個巨大的星座爲一具『小車。』他有點覺得懊惱，這樣不切的思路竟會橫入他心中。他望着黑漆漆的花園正和星光熠熠的天空成了一個尖銳的對照，他沉思着，默念着。

『如果世界棄卻了如春天最早的美好的花朶似的女性的純潔與美麗，則人類以爲神聖的還有什麼留存的呢？』

當他這樣的想着時，他自己幻念着，有一羣可喜的女郎，個個都如春花似的美麗，坐在盛放的花枝之下的綠草場上，太陽光中．他們的少年的胸部，美好有致的肩部，與乎成熟的四肢都神祕的在他眼前移轉過去，激起了微妙的肉慾的顫栗。彷彿眩暈了似的，他把手橫過了睫毛．

『我的頭腦有點用得過度了；我必須去睡了，』他想道．有了這種的感覺的幻像在他眼前，猶里頹唐不安的匆匆的走進了門．當他上了牀時，任怎樣也睡不着，他的思想又轉到麗萊亞和勒森旦夫身上去．

『爲什麼我爲了麗萊亞不是勒森旦夫的唯一的愛人便要這樣的憤憤不平呢？』

對於這個問題他不能得到答覆．突然的西娜・卡沙委娜的印象現任他的面前，慰解他的熾熱的感覺．然而他雖欲努力壓伏他的感情，牠卻變得更清楚了；爲什麼他要她的是原原本本的一個她，沒有被接觸的，純潔無瑕的．

『不錯的，但我是愛她的，』猶里想道，這是他第一次想到的；這個觀念消失了其他的一切思想，竟帶了眼淚到他眼中來．但過了一刻，他又苦笑的問他自己道，『那末，在她以前，我也曾戀愛過別的女人們麼？眞的，我那時並不知有她的存在，然而勒森且夫也是不知道世間有麗萊亞其人的呢．在那個時候，我們倆都以爲，我們所想佔有的女人乃是眞正的唯一的，最合適的的一個．我們那時是錯誤的；也許我們現在也是錯誤的吧．所以，歸根結底說一句話，我們或者是維持着永遠的貞節，或者是享受着絕對的性的自由，當然的，也讓女人們同樣的做着．現在，總之，勒森且夫之所以可責，乃不在於他在愛上麗萊亞之前曾愛過別的女人，而在他仍然同時愛着幾個；我便不是這樣的．』

這個思想使獨里覺得很高傲而純潔，但這不過一瞬間而已，因爲他突然的思想到了在太陽之下的溫甜成熟的女郎們的誘惑的幻像．他是完全的惑亂了．他的心成了矛盾思想的渾沌的一團．

他發見向右躺着是不舒服的，便又拙笨的翻身向左躺着．『事實是這樣的』他想道，『我所認識的一切女人們之中，沒有一個是能夠滿足我的一生的．因此，我所稱爲眞正的愛情是不可能的，不會實現的；去夢想這樣的一件事也是很傻很傻的．』

他覺得朝左邊躺着也是同樣的不舒服，便又翻過身去，在熱被之下，他簡直是不能安息，且出着汗．現在，他的頭痛了．

『貞操是一個理想，但如果實現了這，人類便要滅亡了．所以，這是很傻的．而人生呢？所謂人生也不過是很傻的麼！』他幾乎高聲的說出這些話來，他如此憤怒的咬緊着他的牙齒，黃星竟在他的面前烱跳着．

如此的，翻來覆去的直到了早晨，他的心與腦都爲失望的思想所壓逼．最後，爲了要逃避了這些思想，他想要自己承認，他也是一個腐敗的肉感的個人主義者，而他的躊躇也不過是潛藏着的淫慾的結果而已．然而這也僅能使他更爲沮喪而已，最後，他便以下面簡單的問題得到了釋放：

『總之，爲什麼我要這個樣子使自己受苦呢？』

猶里憎恨着這一切徒然的自己考驗的進行，之力而且疲倦，最後便沈沈睡去了．

# 第十五章

麗萊亞在她房裏哭泣得很久很久，最後，她的臉埋在枕中，沉沉的睡着了。第二天早晨醒來時，她的頭顱痛楚着，她的眼漲大了；她的第一個念頭便是，她決定不要哭，因為勒森且夫要來吃午飯，看見她那樣悽淡的容儀一定要覺得不愉快。但是，突然的，她回憶起，無論如何他們之間是一切都完了，苦楚與熱愛的一種感覺使她重復哭了起來。

『怎樣的卑鄙，怎樣的可怕！』她呻吟着道，竭力想要收住她的眼淚。因此喘息起來，『為什麼？為什麼？為什麼？』她反覆的說道，當下對於已失的愛情的無限量的悲哀似乎沉沒了她．

她一想到勒森且夫常常的以這樣的一種省力的毫無心腸的樣子，對她說着謊，心裏便驚奇而且憎怒起來．『不僅是他，所有別的人也都在說着謊呢，』她想道．『他們全都自稱對於我們的婚事是如何的快樂，並且還說，他是如此的一個忠厚的好人唔，不，他們並不是眞實的對此事說謊，他們只不過並不以此爲錯而已．他們如何的可恨！』

麗萊亞看着熟慣的室內一切陳設覺得可恨，因爲牠使她憶起那般憎惡的人們來．

她將她的前額靠在玻璃窗上，以她的淚眼，凝望着花園．花園似是陰陰鬱鬱的，一大滴一大滴的雨點不斷的打在玻璃窗上，所以麗萊亞不能夠告訴出來，究竟是雨點還是她的眼淚，將花園遮掩了不爲她所見．樹木看來憂鬱而困楚，他們的灰白的水點淅瀝的綠葉與黑色的樹枝在不斷的往下降落的雨水中，微微的可以辨得出，這雨水也使草地變成了泥潭．

而在麗萊亞看來，她的一生似是絕對的不快樂的；將來是沒有希望的，過去是完全黑暗的．

當女僕叫她去吃早飯時，麗萊亞雖然聽見了那呼喚，卻不懂得她的意思，後來，她坐到餐桌上了，當她父親對她說話時，她卻又覺得害羞。這似乎他說的話是有特別的憐恤之意在他的話聲之中；無疑的，每個人在這時候已都知道，她所愛的人兒對於她是如何的不忠實。在每句話裏她都聽出有侮辱的憐恤的語調。她匆匆的回到她房內，又坐在窗傍，向陰鬱可怕的花園凝望着。

『他爲什麼這麼的虛僞？他爲什麼像這樣的侮辱我？是不是他並不愛我呢？不，托里亞愛我，我也愛他。唔，那末，什麼事情出了岔子了？這怎麼會是這樣的；他欺騙了我；他和種種切切的下流婦人們講愛情。我不明白，他們之愛他也如我之愛他麼？』她天眞的懇切的自己問道。『唉！我是如何的傻呀，眞的是！他對我已是假心假意，而現在一切的事都完了。唉！我是如何的可憐呀！是的，我應該對於這事焦急着！他對我假心假意的！至少他應該將這事對我懺悔着！隨便罷！唉！眞是可恨吻了一大堆別的婦人們，也許竟……這是可怕的。唉！我是如此的不幸！』

一隻小蛙跳躍而過路中，
牠的腿伸張了出來！

麗萊亞在心中這樣的唱道，當下她瞅見了一個小灰團怯怯的跳躍過膩滑的小路．『是的，我是可憐的，而這事已經是完全了結了，』她想道，這時，青蛙已經跳入長草中不見了．『對於我，這是如何的美麗如何的奇異，對於他，唔——只不過是平常、普通的一件事！那便是他爲什麼常常要對我避了說起他的往事的原因了！那便是他爲什麼常常的看來有點異樣，彷彿正在想某某事的原因了，彷彿他正在想着，「我知道這事的一切，我確切的知道你所感想的，也知道這事的結果將如何．」而這許多時候，我卻是……唉！這是可怕的！這是可羞的！我從此將不再戀愛一個人了！』

而她又哭泣起來，她的頰貼在冰冷的玻璃窗上，她的雙眼望着浮雲．

『但托里亞今日是要來吃午餐的！』一想到此，她震顫着跳起身來，『我將對他說什麼話好呢？在這一種情形之下，我應該怎麼說纔好呢？』

麗萊亞張開了嘴焦急的對着牆壁望着

『我必須問問猶里這事．親愛的猶里！他是如此的好而正直！』她想道，同情的淚充滿了她的雙眼，然後，因爲不願意事情延擱下去，她便匆匆的到了她哥哥的房裏．在那裏，她遇見夏夫洛夫正和猶里討論着什麼事．她遲疑的站在門口．

『早上好，』她失神失心的說道．

『早上好！』夏夫洛夫說道．『請進門來，魯特美娥・尼古拉耶夫娜，你的幫助對於這事是絕對的必要的．』

麗萊亞還有一點煩惱，服順的坐在桌邊，以懶散的情態去摸弄堆在桌上的紅綠色的小册子．

『你知道事情是這樣的，』夏夫洛夫開始說道，回身對着她，彷彿他正要解釋極爲複雜的事一樣，『我們的在科爾斯克的幾個同志是非常的窘迫，我們必須盡我們所能的去幫助他們．所以我想舉行一次音樂會，嗳，怎麼樣？』

夏夫洛夫的口頭禪『噯，怎麼樣？』使麗萊亞想起了她所以要到她哥哥房間裏的目的，她希望的向猶里望着．

『爲什麼不呢？這是非常好的主意！』她答道，心裏疑惑着猶里爲什麼躲避了她的眼光．

在麗萊亞大哭了一頓之後，在他自己整夜的爲陰鬱的思想所擾苦之後，猶里竟感覺頹喪得不敢和他妹妹說話．他希望着她要到他這裏來求教，然而給她以滿意的勸告似又是不可能的所以，他既不能夠收回他所說的話以安慰她，使她復投入勒森且夫的懷中他又不能夠有心腸對於她孩提似的幸福下一記致命的打擊．

『唔，這便是我們所決定要做的，』夏夫洛夫接續上去說道，更近的向麗萊亞移動，彷彿事情是格外的複雜，『我們的意思要請麗達·沙寧娜和西娜·卡莎委娜唱歌．每一個人先來一個獨唱，然後再來一個二人合唱．一個是反中音，一個是高聲，那末一切便會很好的．然後，我奏一曲梵亞令，以後，是薩魯定唱歌，太那洛夫伴着奏琴．』

『啊那末軍官們也要加入這個合唱會了，是不是？』麗萊亞機械的問道心裏想的却完全是別的事。

『啊，當然的！』夏夫洛夫叫道，他的手搖擺了一下。『麗達只要一答應便成，他們全都是不離開她的身邊的．至於薩魯定，他是喜歡唱歌的；只要他能够唱，在什麼地方唱是沒有關係的．這將吸引了一大羣的他的同事軍官們，而我們將得到了滿座．』

『你應該去問問西娜·卡莎委娜，』麗萊亞說道，深思的對她哥哥望着．『他當然不能够就忘記了的，』她想道．『你怎麼能够討論這個可厭的音樂會的事，當我……』

『怎麼，我不是剛纔已經告訴了你，我們已經問過她了麼！』夏夫洛夫答道．『啊，是的，你說過的，』麗萊亞微弱的笑着．『那末，再有麗達．但你已經說起過她了，我想？』

『當然我說過的！我們還要再找什麼人呢嘤？』

『我眞的……不知道！』麗萊亞支吾的說道．『我的頭很痛．』

猶里急急的瞬了他妹妹一眼，然後繼續的披閱着他的小册子．她的臉色灰白，她的雙眼沉重，這使她的兄弟激動了．

『唉！爲什麼，爲什麼我將這些話對她都說了呢？』他想道．『對於我，整個問題是如此的難解，對於那末許多別的人也是如此，而現在，這個問題又必須要擾亂她的可憐的小心胸了！爲什麼，爲什麼我說了那些話呢！』

他覺得，彷彿他會扯着他的頭髮．

『小姐，請你知道，』女僕在房門口說道，『阿那托爾・巴夫洛威慈剛剛來了．』

猶里又投一個恐懼的瞬視於他的妹妹身上，與她的憂鬱的眼光相碰了．他心緒擾擾的，轉身向夏夫洛夫匆促的說道：

『你讀過查理士・白拉特洛的文章麼？』

『是的，我們和杜博娃及西娜・卡莎委娜一同讀過他的幾部著作．極爲有趣．』

『是的．啊！他們回來了麼？』

『回來了．』

『那一天回來的？』猶里問道，隱匿了他的感情．

『前天就回來了的．』

『眞的麼？』猶里問道，當下他望着麗萊亞．他在她面前，覺得又羞又怕，彷彿他曾欺騙了她．

有一會兒，麗萊亞躊躇的站在那裏，激動的觸弄着桌上的東西．然後她向房門口走去．

『咳！我做的事眞夠瞧的！』猶里想道，當下他心裏懇摯的悲戚着，靜聽她的特別激動的足音．當麗萊亞向廳堂走去時，她狐疑而且頹唐，彷彿覺得她是冰結了．她如在一座黑林中走着．她在一面鏡中照着，看見她自己的愁苦的容顏．

『隨牠去罷……讓他看見這樣子！』她想道．

勒森且夫這時正站在餐廳中，以他的特著的悅人的語聲向尼古拉·耶各洛威慈說道：

『當然，這未免有點可怪，然而並沒有什麽害處．』

麗萊亞一聽見他的聲音，她的心激烈的急跳着彷彿要爆裂了開來．當勒森且夫看見了她時，他突然的中止了談話．伸開了兩臂，向前去迎接她，彷彿想要擁抱她似的，但是他使這姿勢做得只有她一人看見而且明白，

麗萊亞羞澀的擡眼望着他，她的脣顫動着．她不說一句話，抽回她的手，走過餐廳，開了通到走廊上的玻璃門．勒森且夫神色不動的望着她，但心裏有一點詫異．

『我的督特美娃拉·尼古拉耶夫娜心裏不高興着呢，』他對尼古拉·耶各洛威慈說道，他的樣子是半莊半諧的．尼古拉·耶各洛威慈笑出聲來．

『你最好去平平她的氣吧．』

『沒有辦法！』勒森且夫帶着滑稽的樣子嘆氣道，當下他便跟了麗萊亞到走廊上去．

外面還在下雨．單調的雨點的聲音充滿了空氣中；但天空現在是比較清朗了，陰雲

也有些破綻.

麗萊亞的面頰貼靠在走廊上的一支冷而潮濕的柱上,讓雨點落在她的沒有戴帽的頭上,於是她的頭髮全都沾濕了.

『我的公主不高興着呢——麗萊契加!』勒森且夫說道,當下他將她拉近了他,輕吻着她的潮濕芳香的頭髮.

被他的這個吻觸,這是如此的親切而熟悉的,麗萊亞的胸中似乎有什麼東西融化了,她不自知她在做什麼,而她竟把雙臂抱了她情人的健頸,同時,在連連的接吻中她咿唔的說道:

『我是十分的十分的和你生氣呢!你是一個壞人!』

這時她心裏全在想着,結果是沒有她所想像的那末憂愁,或那末可怕,或不可救藥的事情發生.那有什麼關係?她所要的只是要戀愛這個碩大美貌的男人而且爲他所愛.以後,在餐桌上,她一注意到猶里的詫異的眼光便很苦楚,當她覷了一個空時,便對他微語道，『我知道，我壞得很！』他僅報之以拙笨的微笑．猶里見這件事像這樣的愉快的結了局，他眞的是高興着，然而心裏對於這樣一種有產階級的溫順與容忍總有些輕蔑．他回到他的房裏，獨自留在那裏直到了黃昏，而當天氣在日落之前漸漸的晴朗了時，他便執了獵槍，想在昨天和勒森且夫一同打獵的地方去打獵．猶里竭力不去想所發生的事．

沼澤在雨後似乎充滿了新的生命．現在有許多奇異的聲音可以聽得見，綠草搖搖擺擺的彷彿爲祕密的活力所激動．青蛙們爲慾念所動，合唱的在咕咕的鳴着，時時的有幾隻鳥發出尖銳的不和諧的鳴聲；同時，在不很遠的地方，然而槍卻射不到的，可以聽得見鴨子們在濕葦中呷呷的叫着．然而猶里卻覺得沒有打獵的意思，他復背了他的槍回轉家去，靜聽着在灰色的靜謐的微明中的諸種晶瑩似的清朗的叫聲．

『如何的美麗呀！』他想道．『一切都是美麗；獨有人是醜惡的！』

遠遠的他便看見在瓜田上所生的熊熊的小火堆，不久，在火光中，他便認識了科斯馬和沙寧的臉。

『怎麽他住在這裏麽？』猶里驚異而且好奇的想道。

科斯馬坐在火邊，正在講着一個故事，一邊笑着，一邊做着手勢。沙寧也在笑着。火光輝輝煌煌的，如一支燭光，光色是玫瑰色的，不像在夜間時那末紅紅的，而在頭上，在天空的青穹上，早出的星正熠熠的在發光。有一種新泥土與爲雨所濕的草的氣息。

也不知爲甚麽緣故，猶里覺得生怕他們看見他，然而同時他想到他不能够加入他們，便也有些憂悶。在他自己與他們之間，似有一個不可見然而不是眞實的阻礙物間隔着；這是一個沒有空氣的空間，一個永不能造成橋梁的深淵。

這個完全孤寂的感覺大大的使他苦惱。他是孤獨的；他與這個世界以及他的黃昏的光色，火星辰以及人的語聲都是隔絕而遠離的，好像是緊緊的關閉在一個暗室之中。這個孤寂之感是如此的惱苦他，竟使他感覺到，當他走過瓜田時，田上有幾百個瓜在微光中生長着，他竟以爲他們似是人的骷髏頭撒布在地上。

# 第十六章

現在夏天來了，充滿了光與熱。在輝煌的青天與熱氣騰騰的大地之間，浮泛着一層金霧的搖動的幕。樹木爲熱氣所倦，似乎沉沉的睡去；他們的綠葉，低垂而且不動，投射短而清楚的影子於枯焦的草地上。屋裏是清涼的。從花園映射進來的淡淡的綠影在天花板上映動着，而當每一件東西都靜止不動時，獨有窗邊的幃簾是搖動着。

薩魯定的亞麻布短衣的鈕扣全都解開了，慢慢的在房裏走來走去，無精打彩的點着了一支香煙，顯露出他的大而白的牙齒來。太那洛夫只穿着他的襯衣和騎馬褲，全身躺在沙發上，他的小黑眼偸偸的望着薩魯定。他是急需着五十個盧布，已經問他的朋友借過兩次了。他不敢再向他開第三次口，所以正焦急的在等着，不知薩魯定自己會不會回到這個題目上來。薩魯定並沒有忘記了這事，但因爲上個月已經賭輸了七百個盧布，捨不得再有什麼支出。

『他已經欠我二百五十個盧布了，』他想道，並不去望太那洛夫，爲了暑熱和氣惱有點心煩起來，『我說的，這眞是可怪！當然的我們是好朋友，這便是一切，但我不知他自己有沒有一點的羞恥。他欠了我這多少錢，總該有幾句道歉話纔對，不，我不再借他一文錢了，』他惡意的想道。

勤務兵現在進了房門，一個滿臉雀斑的小個子，他以遲鈍的樣子立正着，眼睛並不望着薩魯定的說道：

『給您回老爺，那位老爺要喝啤酒，但啤酒已經沒有了。』

薩魯定的臉變紅了，當下不自覺的望着太那洛夫。

『唔，這眞是有一點太過度了！』他想道『他知道我是窘迫着，然而啤酒是要喝的．』

『孚特加也留得不多了』兵士又說道．

『不錯！滾你的！你那裏還有兩個盧布呢．去買些啤酒來．』

『給您回老爺，我那裏一個錢也沒有了．』

『怎麼一回事？你爲什麼要說謊？』薩魯定站住了叫道．

『給您回老爺，他告訴我要付洗衣服的婦人一盧布七十科比，我已照付了，我把賸下的三十科比放在飯桌上，老爺．』

『是的，那是不錯的，』太那洛夫說道，他雖然十分羞恥的紅了臉，外表還裝着不在乎此的樣子．『我昨天告訴他這末做的……那洗衣婦迫着我，總有一個禮拜了，你不知道．』

兩個紅暈現在薩魯定仔細修剃的面頰上，他臉上的筋肉搐搦着．他沉默的重復在房裏走來走去，突然的在太那洛夫之前停步了．

『聽我說，』他說道，他的聲音因憤怒而顫抖了，『我請你最好不必處理我的銀錢．』

太那洛夫的臉色漲得血紅，身體動彈了一下．

『嘿！那末小的一件事！』他低聲說道，聳聳肩．

『這不是一件小事的問題，』薩魯定尖刻的說着，彷彿是對他報仇一般，『這乃是做事情的原則．我可否問你有什麼權利……』

『我……』太那洛夫囁嚅的說道．

『請你不要解釋，』薩魯定以同樣尖利的口氣說道．『我必須請求你以後不要再這樣的自由了．』

太那洛夫的脣顫抖了．他低垂了他的頭，受感的摸弄着他的螺鈿的煙盒子．過了一會工夫，薩魯定突轉過身去，鎖鑰鏗鏗的高響着，開了他辦公桌的抽屜．

『來去買我所要的東西來！』他惱怒的說道，他的聲音卻比前和平了；當下他交給勤務兵一張一百個盧布的鈔票．

『很好，老爺，』勤務兵答道，行了禮，走了出去。

薩魯定喀的一聲鎖上他的錢箱，閉了辦公桌的抽屜。太那洛夫正好瞥見錢箱內還留存着五十個盧布，這五十個盧布他是那樣的需要，然後嘆了一口氣，點上一支香煙。他深感到羞辱，然而他不敢形之於臉色，生怕薩魯定更要生氣。

『兩個盧布對於他有什麼要緊呢？』他想道，『他明知道我是拮据着。』

薩魯定顯然惱怒的繼續的走來走去，但漸漸的心平氣和起來。當勤務兵帶進了啤酒來時，他喝乾了一滿杯冰冷的浮沫白白的飲料，顯然的愉快着。然後，他毀抹了他髭鬚的尖端，彷彿不曾發生過什麼的說道：

『麗達昨天又來看我了。一個好女孩子，我告訴你！眞是一把烈火。』

太那洛夫還是茹痛着，不回答他。

然而薩魯定並不注意這，徐徐的走過房內，他的眼睛笑着，彷彿在祕密的回憶着他的強健的身體，爲炎熱所弱，更敏捷的爲激動的思想的影響所感動，突然的他笑了，一個短笑，彷彿他是嘶鳴着．然後他停止了．

『你知道，我昨天想要……』（他在這裏說了一句對於婦人最難聽的粗話）．『她起初掙扎了一會，她眼睛中的那種惡毒的視線，你知道這一樣的事的！』

他的獸慾也被引起了，太那洛夫淫縱的強笑着．

『但後來一切都好了，在我的生平，幾乎使我自己滿身都抖索起來，』薩魯定說道，他回憶起還顫動着．

『好福氣的漢子！』太那洛夫妒忌的叫道．

『薩魯定在家麼？』街上有一個人高聲叫道．『我可以進來麼？』這是伊凡諾夫．

薩魯定驚了一跳，生怕他說到麗達·沙寧的話會被別的人聽見了去．但伊凡諾夫是從路上招號着他，人還看不見．

『是的，是的，他在家呢！』薩魯定從窗中叫道．

在前室裏有一陣的笑聲與足步聲，彷彿那一間房子是爲一羣快樂的人們所侵入了．然後伊凡諾夫、諾委加夫、馬里諾夫斯基上尉，還有兩個別的軍官，還有沙寧，全都出現了．

『嚇啦！』馬里諾夫斯基叫道，當下便衝了進去．他的臉紅紅的，他的臉頰肥胖而鬆輭，他的髭鬚如兩束稻草『你們好呀，孩子們？』

『又要呼的一聲去了一張二十五盧布的票子了！』薩甯定有點惱怒的想道．

然而他卻總是不想失去一個有錢的好揮霍的人的名譽的，所以他便微笑的叫道：

『嚇囉！你們全體到什麼地方去？來！且里柏洛夫，拿些孚特加來，還有別的需要的東西．跑到俱樂部去喚些啤酒來．你們喜歡喝着啤酒吧，先生們？像這樣的一個熱天？』

當孚特加和啤酒拿來了時，喧鬧的聲音更大了．大家全都笑着，鬧着，喝着，顯然的盡力的喧嘩着．只有諾委加夫似是憂悶而頹唐着；他的溫和而懶惰的臉上帶着一個狠惡的表情．

他直到了昨天，方纔發見全個鎮上的人所談的事；起初，一個鄙夷而妒忌的感覺完全控制了他．

『這是不可能的！這是荒謬的！無端的謠言！』他對自己說道，他不肯相信，那末美麗，那末驕貴那末不可近的麗達，他如此的深深的愛着的麗達，竟會使她自己和像薩魯定似的一個東西通好着，他看薩魯定是不曉得比他自己低劣愚蠢得多少倍的．然後，兇野而獸性的妬忌佔領了他的靈魂．他有時最痛楚的失望着，然後他便爲對於麗達，特別是對於薩魯定，的強烈的憎惡所侵蝕．對於他的溫和、懶惰的性情上，這個感情是如此的奇異，牠竟要求一條出路．整夜的他都在可憐他自己，甚且想到自殺，但當早晨的時候，他卻以一種兇猛的不可解的願望只想看見薩魯定．

現在，在喧嘩與醉笑之中，他是坐開了的，他機械的一杯杯的喝着酒，同時卻專意的時時刻刻的望着薩魯定的臉，恰像一個林中的野獸在伏窺着別一隻的野獸，假裝着沒有看見什麼，然而牠卻準備好了要撲出去．關於薩魯定的每一件東西，他的微笑，他的白齒，他的美容，他的語聲，在諾委加夫覺來，全都是一把把的尖刀，刺進一個張口的傷痕中．

『薩魯定，』一個長而瘦的軍官說道，他的雙臂出奇的長而不靈便，『我帶了一本書給你．』

在營營的喧嘩之上，諾委加夫立刻捉住了薩魯定這個名字和他的聲音，所有別的語聲似乎全部寂下了。

『那一類的書？』

『這是講婦人的書，托爾斯泰寫的，』細瘦的軍官說道，他揚起他的聲音，彷彿他在說出一篇報告來在他的長而憔悴的臉上，有一種顯然的光榮的表情，因爲他能夠讀，還能討論到托爾斯泰．

『你讀托爾斯泰的書麽？』伊凡諾夫問道，他已注意到這位軍官的朴拙的滿意的表情．

『王狄兹對於托爾斯泰是發狂似的崇拜着呢，』馬里諾夫斯基高聲大笑的叫道．

薩魯定接了那册美麗紅封面的書，翻過一二頁，說道，

『這書有趣味麼？』

『你自己將會知道的，』王狄玆熱心的答道.『會有一副頭腦給你的，我說的！這正像你自己已經完全知道了的一樣！』

『但當維克托・賽琪約威慈有他自己的對於婦人們的特別的見解時，他爲什麼要讀托爾斯泰呢？』諾委加夫低聲的問道，他的眼光沒有離開他的酒杯.

『什麼事使你怎樣想的？』薩魯定謹愼的答道，本能上嗅到了一個攻擊，但還沒有猜到牠.

諾委加夫沉默着.他滿心想當面擊了薩魯定一記，擊在那個美貌的自滿的臉上，打倒他在地上，踢他幾步，在感情的盲狂了時.但他所要說的話沒有來；他知道，這使他更痛苦的去知道他是說着錯誤的話，當下他帶着冷笑的回答道，

『只要看着你的臉已足够知道那事了.』

他的奇異而有毒意的語調竟發生了突然的沉寂，幾同發生了一件謀殺的事.伊凡

諾夫猜出了這是怎麽一回事．

『在我看來，似乎是……』薩魯定冷淡的說道．他的神色有點變了，雖然他還沒有失去他的自制力像坐到熟悉的馬上去一樣．

『來，來，先生們！怎麽一回事？』伊凡諾夫叫道．

『不要插身進去！讓他們自己打一架！』沙寧笑道．

『這不是似乎，乃是眞實的！』諾委加夫以同樣的口氣說道，他的眼光仍然注在他的酒杯上．

當然的結果，一座活的牆立刻樹於兩個對抗者之間了，在許多的呼叫，搖手，以及表示詫異的情感之中，薩魯定爲馬里諾夫斯基及王狄兹所拉回，而伊凡諾夫及別的軍官們則監視着諾委加夫．伊凡諾夫倒滿了酒杯，呼叫幾句話，並不專對一個人說．現在的歡笑是勉強而非眞誠的，諾委加夫突然的覺得他必須走了．

他不再能忍耐下去了．他愁蠢的微笑着，他轉身向着伊凡諾夫及別的監視他的軍官們．

『我是怎麼一回事了呢？』他半眩暈的想道『我想，我應該打他……衝向他去，當眼給他一記！否則，我將被視爲如此的一個傻子，因爲他們全體一定猜想，我要挑戰……』

但，他卻並不這末做去，他反而假裝着對於伊凡諾夫及王狄茲正在說的話發生興趣．

『至於講到婦人們，我不能完全和托爾斯泰同意，』軍官滿意的說道．

『一個婦人不過是一個婦人而已，』伊凡諾夫答道．『在每一千個男人當中，你總可以找出一個値得稱爲人的．但是婦人們呢，呸！他們全都是一個樣子的——只不過是小小的赤裸的，肥胖的，沒有尾巴的玫瑰色的猴子而已．』

『說得別致，那句話！』王狄茲讚許的說道．

『也眞的是不錯，』諾委加夫痛楚的想道．

『我親愛的朋友，』伊凡諾夫繼續的說道，緊靠在王狄茲的鼻下搖揮着雙手，『我將告訴你這話，如果你到衆人中去說道，「要是一個婦人眼注在一個男人身上，要追求於他之後，她在她的心上已經是與他犯了奸淫了，」他們大多數的人將要以爲，你是說出一句最原創的話了。』

王狄茲失聲的粗鄙的笑了出來，那笑聲直如一隻狗的吠聲，他沒有明白伊凡諾夫的嘲笑，但覺得憂愁的是這話不出於他自己之口。

突然的諾委加夫伸出手來給他。

『怎麼？你要走了麼？』王狄茲詫異的問道。

諾委加夫並不回答他。

『你到什麼地方去？』沙寧問道。

諾委加夫仍然沉默着。他覺得再過了一會，關閉在他胸中的憂鬱一定要在一陣淚流中突出來了。

『我明白你受什麼氣，』沙寧說道。『蔑視這一切！』

諾委加夫可憐的望着他他的脣顫抖着，帶着一個不贊同的姿勢，沉默的走出去，心裏覺得已完全爲他自己的無可救藥所戰勝。爲了慰藉他自己，他想道：

『當面打了那個流氓一記，有什麼意思呢？這只會引到了一場愚蠢的戰鬭還是不汚了我的手好！』

但不能滿足的妒忌心與絕對的怯懦心的感覺卻仍然壓迫着他，而他在深切的悲鬱中回到了家。他自己投身於牀上，埋臉於枕頭當中，幾乎是整天的如此的躺着，悲楚的自覺到，他不能做一點的事。

『我們打牌麼？』馬里諾夫斯基問道。

『好的！』伊凡諾夫說道。

勤務兵立刻舖開了牌桌，綠色的布愉快的映射在他們全體的身上。馬里諾夫斯基的提議，已激動了全體，他現在開始以他的短而多毛的手指在抄牌。顏色鮮明的牌現在是成圓形的散布在綠桌上，而銀盧布的鏗鏗作聲也在每一次牌打完後便可聽得見，同時在四方八面，手指如蜘蛛似的貪婪的緊緊的近於銀幣上．只有簡短粗鄙的叫嘆可以聽得見，或表示煩惱，或表示歡快．薩魯定運道很不好，他固執的以十五盧布下一次注，而每一次都是輸的．他的美貌的臉上，帶着一副極為煩惱的神色．上個月，他已經輸去了七百個盧布，現在他更要將現在的損失加上了前數之中．他的壞癖氣更為蔓延下去，因為在王狄茲與馬里諾夫斯基之間不久便發生了爭端．

『我的注下在那邊的！』王狄茲惱怒的叫道．

這頗使他詫異，這個喝醉的野猪，馬里諾夫斯基，竟敢和像他自己那末樣的一個聰明而完美的人爭吵．

『啊！你這末說的！』馬里諾夫斯基粗暴的答道．『見鬼！拿開去！當我贏了時，那末你告訴我你下注在那邊，而當我輸了時……』

『我請你原諒．』王狄茲壓低了他俄國的高音，如他每當憤怒時所常說的．

『把原諒絞死了！拿回你的注！不！不！拿回去，我說！』

『但你且讓我告訴你先生……』

『先生們！什麼鬼這一切是什麼意思？』薩魯定叫道，當下他拋下牌。

正在這個當兒，一個新來的人出現在門口，薩魯定自己羞着他的下流的話，以及他的喧嘩狂飲的客人們，以及他們的紙牌，酒瓶，因爲這一切東西活現出一個下等的旅館的樣子。

來者是一個長而瘦的人，身上穿着一件寬大的白色衣服，還有一個極高的硬領子。他詫異的，站在門口，努力要認出薩魯定來。

『嚇囉！巴夫爾·羅孚威慈！什麼風吹你到這裏來的？』薩魯定叫道，當下他向前歡迎他，他的臉因被纏擾而紅紅着。

新來者躊躇的走了進來，大家的眼全都注在他的眩目的白鞋上，這雙鞋子踢着許多啤酒瓶，軟木塞以及香煙頭而得了路進來。他是那末白而清潔，芳香，在所有這一切煙雲之中，在這一切臉色紅紅的醉人之中，他竟像一朵長於泥澤中的百合花，假如他看來不那末憔悴脆弱，他的身材不那末瘦少，他的牙齒，在他的稀小而紅的髭鬚之下的，不那末腐蝕。

『你從什麼地方來？你離開彼得耶❶很久了吧？』薩魯定說道，心裏有些煩擾，因爲他生怕『彼得耶』這個字不是他所應該用的正確的字。

『我昨天纔到這裏來的，』穿白衣的先生說道，以一個堅決的口氣，雖然他的聲音像一隻鷄的抑止的鳴聲。『我的同伴們，』薩魯定說道，將他介紹給那一羣人『先生們，這位是巴夫爾·羅孚威慈·孚洛秦先生。』

孚洛秦微微的鞠躬着。

『我們必須對於那事記了下來！』酗醉的伊凡諾夫說道，薩魯定心裏很恐怖。

『請坐，巴夫爾·羅孚威慈，你要一點白酒還是一點啤酒？』

孚洛秦謹愼的坐在一張靠臂椅上，他的白而純潔的身體與櫻色的油布椅面很鮮

❶彼得耶（Pitjer）卽聖彼得堡的俗語。

明的相映着.

『請你不要操心.我不過來看你一會兒而已,』他說道,有一點冷淡,當下他觀察着這一羣人.

『怎麼樣?我去叫了一點白酒來.你喜歡白酒,是不是,你?』薩魯定問道,他匆促的走了出去.

『怎麼這個地上的傻子恰要在今天到這裏來呢?』他惱怒的想道,當下他命令勤務兵去拿酒.『這個孚洛秦將在聖彼得堡說到我的這些事的,而我將不能在任何貴族家庭中立得住足了.』

同時,孚洛秦正以不假飾的好奇心,注意着其餘的人,他覺得,他自己是無限的高超.在他的小小的玻璃似的灰色眼中表現出一種眞實的興趣的視線,彷彿他是在觀察着一羣的野獸似的.他特別爲沙寧的高大,他的强健有力的身體以及他的衣飾所吸引.

『一個有趣味的型式,那個人!他必定是很強健的!』他想道,他是眞心實意的如一個體弱的人賞讚着體育家．在實際上，他開始向沙寧說話，但沙寧靠在窗臺上，正向花園中望着爭洛秦突然的止口了；他自己的尖銳的聲音惱怒了他．

『游惰的人們！』他想道．

薩魯定在這個時候回來了．他坐在爭洛秦身邊，問他關於聖彼得堡的事，也問到他的工廠的事，如此，便可使其餘的人知道，他的來客是一個如何富有而且重要的人物．這個健壯的禽獸的美臉上現在帶着一種小小的虛榮與自重的表情．

『我們什麼事都是如前，如前一樣！』爭洛秦答道，以一種厭煩的語聲．『你的生活怎麼樣呢？』

『咳！我不過混着過日子而已，』薩魯定悲嘆道．

爭洛秦沉默着，輕蔑的擡眼望着天花板，天花板上是搖蕩着花園中射來的綠影．

『我們唯一的娛樂就是這個，』薩魯定繼續的說道，當下他以一個姿勢指示着紙牌，酒瓶與客人們．

『是的，是的！』孚洛秦囁嚅的說道，對於薩魯定，他的口氣似是要說道，『而你也並不更好。』

『我想，我現在一定要走了。我住在林蔭路的旅館中。我將再見你！』孚洛秦站起身來告辭。

在這個時候，勤務兵進了門，拖搭的行了一個禮，說道，

『年輕的小姐來了，老爺。』

薩魯定驚得一跳。『什麽？』他叫道。

『她來了，老爺。』

『噎！是的，我曉得了，』薩魯定說道。他激動的四面望着，感到一個突然的預示。

『我疑心這是麗達吧？』他想道。『不可能的！』

孚洛秦的疑問的眼光烱熠着，他的瘦小的身體，在牠的寬大的白衣底下動彈起來。

『唔，再見！』他笑道。『回到你的老花樣，如常的！哈！哈！』

薩魯定不安的微笑着，當下他陪了他的客人走到門口，客人以告別的眼光注視了一下，他便拖着他的純潔的鞋子，匆匆的走開去了。

『現在，先生們，』薩魯定回來時說道，『牌進行得怎樣了？替我管管賬，你願意麼，太那洛夫？我立刻便要回來的。』他匆匆的說道；他的眼睛擾擾不定。

『那是一個謊話！』沉醉的獸似的馬里諾夫斯基咆吼道。『我們的意思要想飽看你的年輕小姐一下子。』

太那洛夫捉住了他的肩，迫他回到他的椅上去。別的人匆匆的都回復到他們牌桌上的位置，並不望着薩魯定。沙寧也坐了下來，但他的微笑中有一點嚴重之意。他猜出來的乃是麗達，他心中爲他妹妹引起了一種妒忌與憐憫的朦朧的感覺，她現在顯然是陷在重大的煩惱之中。

# 第十七章

麗達倚側的坐在薩魯定的牀上，絕望的，勉強的在絞着她的手巾。當他走進來時，他爲她的改變的容貌所驚詫了。現在沒有留存下一點的那個驕貴的氣性高尚的女郎的痕跡了。他現在看見在他面前的，是一個頽喪的婦人，爲般憂所碎心，雙頰低陷了，眼睛無神了。這些黑的眼睛立刻遇到了他的，然後又快快避開了他的注視。他本能的知道麗達是怕他的，他心中突然的引起一種濃厚的惱惡之感。他嘭的一聲將門閉上了，一直的向她走去。

『你眞是一個最奇怪的人，』他開始的說道，很艱難的將他的要打她的兒念制止住了．

『我在這裏，一房子都是客人；你的哥哥也在那裏！你不能選擇別一個時候來麼？我說的，這是太惱人了！』

從那雙黑眼中射出如此一種奇異的光來，竟使薩寗定退縮了．他的口氣變了．他微笑着，露出他的白齒，執了麗達的手，坐在她的身邊的牀上．

『唔唔，不要緊的．我只不過是爲了你而焦急着．你來了，我眞是高興．我渴想要見你．』

薩寗定執起了她的熱而芬香的小手到他的唇邊，正吻在手套上面．

『那是眞的麼？』麗達問道．她的奇怪的口氣使他驚奇起來．她又擡眼望着他，而她的眼睛明白的說道：『你是眞的愛我麼？你看，我現在是如此的可憐．不像我從前了．我怕着你，我對於我現在的樣子眞是覺得屈辱，但我除了你之外，是沒有人能夠幫助我的了．』

『你怎麼能够生疑呢？』薩魯定答道.那句話說來不誠實,從這句話裏吹來一條輕微的冷泉,使他自己也覺得難堪.

他又執了她的手,吻着牠.他是被纏在一個感情與思想的奇圈中了.僅只有兩天之前,就在這個白枕之前,躺散着麗達鬆散了的黑髮,她的脆細的,沸熱的,緊閂的身子在情慾的狂熱下不住的掙扎,香唇燒炙着一種無可忍的愉快的陰火傳達到他的全身.在那個一刹那間,全個世界,數千的女人,一切的愉快,以及全個生命,全爲他聯合起來,去更淫蕩的,更溫柔的,更粗魯的,無恥的,殘忍的,施強暴於這個,又強項又馴順的沸熱的身體上面.但是忽然現在他感到他憎惡她,他想要掙開了她;他想不再看見她,不再聽見她.他的這個欲望是如此的有力,如此的不肯止息,竟使他坐在她身邊也是極痛苦的.同時,一種朦朦朧朧的對她的恐怖心奪去了他的意志力,迫他留在這裏.他是完全驚覺到,沒有什麼東西曾將他縛住在她身上的,這乃是得了她自己的允許,他才占有了她的,在他一方面並沒有任何的預允,每個人所給與的都恰如每個人所取去的.然而他究竟覺得,他彷彿是被某種膠質物所捉住，他自己不能解放了開去。他預見麗達將要對他有什麼要求的，而他必須或者答應了，或者要做了一個卑鄙的骯髒的下流行爲。他覺得自己完全無力，彷彿他的背頭已經離開了他的腿與臂，彷彿他嘴裏已經沒有舌頭，代之的是一團溼的破布，這眞是可恥，使他生氣。他想要對她嚷叫着，讓她從此曉得，她是沒有權利對他要求什麼的，但是他的心卻爲畏葸的恐怖所麻痺了，但他的脣間祇引出了一個無意識的句子，他自知是完全不適用的偶然的。

「唉，女人們，女人們！莎士比亞所說的話！」

麗達恐怖的望着他。一陣無憐恤的光明似乎閃過她的心頭。在一個時間之內，她實現出，她是失陷了。她所給予的乃是高貴而純潔的，而她所給予一個男人的卻是不曾存在着她的美好的青春生活，她的純潔，她的光榮，一切都被拋在一個卑鄙怯懦的禽獸的足下，他不僅不感謝她，且還只是以粗野的淫蕩來污辱她。她有一會兒竟覺得要絞着她的雙手，在一個絕望的痛苦中，跌倒在地上去，但如電似的迅快，她的絕望的情調又變到一個復仇與痛恨上面去。

『你不能够眞正的明白你是如何的可惡麼？』她從她咬緊了的牙齒中間斷斷的說出這話來，全身伸湊到他的臉上去。

辱駡的話語與憎惡的眼神，對於麗達，對於美好的女性的麗達是如此的不合宜，竟使薩魯定本能的退縮了。他還沒有十分明白他們的重要，他還想以嬉笑的態度對付過去。

『用的是什麼字眼兒！』他說道，詫異而且惱怒，瞪着大眼，高擡着肩膀。

『我沒有心緒去選擇我的字眼兒，』麗達狠狠的答道，當下她絞着她的手。薩魯定蹙着眉頭。

『爲什麼有了這一切悲劇的氣分？』他問道。他不自覺的爲她的柔輭的肩部與乎精緻合式的手臂的美麗的外形所誘引，他凝望着他們。她的無助而絕望的姿態使他確實的覺得他的超越。這彷彿他們是放在天平上秤的，一個升上去時，一個便沉了下來。薩魯定用一種殘酷的愉快心情感到這位女郎，他曾本能的覺得他是超越於他自已的，並且即使在淫慾的情好的時間也在無意識中懼怕她，現在據他看來竟在扮着可憐的羞辱的角色了．這個感覺使他十分有趣，因此他漸漸更溫柔了．他輕輕的執了她的無力的手，放在他的手中，把她拉近了他．他的感覺被引起了；他的呼吸更急了．

『得啦！沒有什麼可怕的事情發生！』

『你是這樣想麼，嗳？』麗達輕蔑的答道．這便是輕蔑的一念幫助她恢復了她自己，她奇怪的專意的凝注着他．

『怎麼，我當然是這樣想的，』薩魯定說道，想要用一種特別的，逗情的，無恥的式樣擁抱她，他知道這是有効的．但她依然是冷淡而無生氣，他的手垂了下去．

『得啦！你爲什麼這樣的生氣，我的美人兒？』他以輕斥的口氣咿唔道．

『離開我，不許動，我說，』麗達叫道，同時她惡狠狠將他推開了．薩魯定覺得肉體的受傷了，他的熱情白白的消失了．

『婦人們眞的就是魔鬼！』他想道，『同她們一勾搭……』

『你怎麽一回事啊？』他負氣的問道他的臉紅了．

彷彿這句問話引起了什麽事到她心上來，她突然的雙手掩了臉，出人不意的哭了起來．她的哭泣正如農婦們的哭泣，高聲的啜泣着，她的臉埋在她手中，她的身體向前彎，同時她的鬆散下來的頭髮垂在她的沾溼的扭曲的臉上，因此她顯得不美了，薩魯定完全迷亂了．他微笑着，雖然他生怕這個微笑也會使她觸怒，他想要將她的雙手拉開她的臉．麗達掘強的抵抗着，同時哭泣不已．

『唉！天呀！』他叫道．他想要對她咆吼，扭她的手放到一邊去，以難堪的名字叫喚她．『你爲什麽像這樣的哭着呢？你和我搭上了……是不是？這眞是可悲的！爲什麽恰恰在今天才哭呢？看天的面上，不要哭了吧！』他這樣粗暴的說着，握住了她的手．

這陣扭強使她的頭前後的搖動着．他突然的住了哭聲，將她的手從她的淚水沾濕的臉上拿開了，以孩提的恐怖擡眼望着他．一陣狂想閃過她的心上，她怕人家現在便會打她．但薩魯定的神情現在又柔輭了下來，他以一種安慰的口氣說道：

『來，我的麗杜契加，不要再哭了！你也是一樣的有錯的！爲什麼要鬧一場呢？你失了一着，我明白；但仍然，我們也是有過那末多的快樂，我們不是有過麼？我們永遠不會忘記這種……』

麗達又哭了起來．

『唉！不要哭了，你！』他叫道．然後在房裏走來走去，激動的拉着他的髭鬚，他的嘴唇也顫抖着．

房間內是很沉寂的，在窗外，一棵樹的美枝輕輕的搖動着，彷彿有一隻鳥剛剛在那裏棲息過．薩魯定竭力鎮壓住自己，走近了麗達，輕輕的將他的手臂摟了她的腰．但她立刻推開了他，在推開時，重重的碰擊了他的頷下一記，因此他的牙齒相觸有聲．

『鬼取了去！』他怒叫道．這一記傷他很不輕，而他的牙齒相觸的滑稽的聲音，更益惱怒了他．麗達並沒有聽見這，然而她本能的覺得，薩魯定的地位是一個很可笑的，她帶着女性的殘酷，利用這個機會．
『你用的什麼字眼兒！』她說道，在那裏挑逗他．
『這已足够使任何人狂怒了，』薩魯定使性的答道．
『我只要知道到底是怎麼一回事！』
『你的意思是說，你仍然不知道麼？』麗達以譏刺的口氣說道．
過了一會兒工夫．麗達狠狠的望着他．她的臉如火的紅．薩魯定臉色變白了，彷彿突然的遮上了一層灰幕．
『唔，你爲什麼默默不作聲？你爲什麼不說話？說！說幾句話安慰我！』她銳叫道，她的聲音中帶有歇斯的里病的氣分．她自己的這個聲音竟也使她驚得一跳．
『我……』薩魯定開始說道，他的下脣顫抖着．
『是的，你沒有別人，只是你壞運道！』她喊道，幾乎爲憤怒與絕望的淚水所窒息住．
美好的與有禮的假面具已從他，也已從她身上落下來了．每個人都更益明白的成了野蠻的無羈束的禽獸．

意思如奔鼠似的衝過薩魯定的心上．他的最初意思是要給麗達金錢，勸她拋去了那孩子．他必須立刻而且永遠的和她斷絕關係．那便了結了一切的事．然而他雖以爲這是最好的一個法子；他却一聲不作．

『我眞的永不曾想到……』他囁嚅的說道．

『你永不曾想到！』麗達兇暴的叫道．『爲什麼你不想到？你有什麼權利不去想到？』

『但是，麗達，我從不曾告訴過你，我……』他支吾的說道，覺得不敢說出他所要說的話，然而他自覺便說了出來，也是一個樣子的．

但是，麗達却已明白了，不等他說出．她的美麗的臉黑暗了，爲恐怖與絕望所搐搦．她的手軟弱的墮到她身旁去，當下她坐到了牀上．

『我將怎麼辦呢？』她說道，彷彿是高聲的在想．『我投水自殺了麼？』

『不，不！不不要講那種話！』

麗達狠狠的望着他．

『你知道吧，維克托・賽琪約威慈，我很覺得這樣的一件事是不會使你不高興的，』她說道．

在她的眼中，在她的顫抖的美嘴上，具有那末憂鬱，那末可憐的表情，竟使薩魯定不得轉頭他向．

麗達站起身來．那個念頭，卽她會在他那裏尋得了她的救星，她將和他永久同住下來的念頭，起初使她慰安的，現在卻激起了她的恐怖與憎恨．她想要用掌打他，當他的面輕蔑的辱罵他一頓，要自己報復他的如此的屈辱她．但她覺得，她一開了口便要哭了起來，更加被人看不起．最後的一星驕貴的火，美貌活潑的麗達僅存於今的驕貴之氣概盡在於此了，驚止了她．她以如此深切的輕蔑的口氣嘶嘶的叫道，

『你是畜生！』這使她自己也和薩魯定同樣的詫異着．

然後她衝出了房間，飾于她袖口的紐帶現在被門上的轉手所纏住，她便將牠撕了

下去。

薩魯定的臉紅到了髮根。他如果叫他做『壞人』或『流氓，』他都能平心靜氣的受得住，但『畜生』却是如此的一個粗鄙的字眼，如此的完全與他對於他自己所持的人格的觀念相反，牠竟絕對的眩亂了他。即他的眼白也成了血紅的。他不安的冷笑着，聳了聳肩，扣上了又散開了他的短衫，覺得自己是眞正不幸的人。但同時一種滿足與釋放的感覺在他心內生長得更大了。一切都了結了。他一想到，從今以後，他將永不能再占有如麗達那樣的一個女人了，他已失去了那末美麗可愛的一個情人了，便有點煩惱起來。但他以藐視的姿態拂除這一切的餘憾。

『鬼把她拿了去！女人還少麼！』

他將他的短衫拉直了，他的嘴唇還在顫抖不已，他點了一支香煙。然後他冒了他的平日的淡然的神氣，往客人那裏去。

# 第十八章

所有的賭錢的人，除了沉醉的馬里諾夫斯基之外，全都失去了他們的賭錢的興致。他們渴欲知道那位來看薩魯定的女人是誰，爲什麼來那已猜得出這是麗達・沙寧娜的人全都覺得本能的妬忌着，他們自己幻想着她的雪白的身體乃在薩魯定的擁抱之中，這種的幻想妨害他們的賭牌。過了一會，沙寧從桌上站了起來，說道：

『我不再打下去了。再見。』

『等一會兒，我的朋友，你到那裏去？』伊凡諾夫問道。

『我去看看他們在那裏做什麼，』沙寧答道，指着緊閉的門．

他說了這句近於玩笑的話，大家都笑起來了．

『不要做一個傻子！坐下來，喝一杯酒吧！』伊凡諾夫說道．

『你才是傻子呢，』沙寧答道，當下他便走了出去．

他到了一條狹小的支巷上，在那裏苧麻生長得很多，沙寧想，那便是薩魯定窗戶所對的正確的地點了，他仔細的踏倒了苧麻，爬上了牆．當他上了牆頂上時，他幾乎完全忘記了他爲什麼爬上了那裏的，他望着下面的綠油油的草和美麗的花園，覺得柔和的微飔輕快的吹拂在他的炎熱而健壯的四肢上，那竟是如此的可愛呀．然後，他跳下牆內的苧麻叢中．惱怒的摩擦着爲苧麻所刺傷的所在．他越過了花園，走到了窗下，那時，正是麗達在說道：

『你的意思是說，你仍然還不知道麼？』

聽了他的異常的語調，沙寧立刻便猜出那是怎麼一回事．他靠着牆，眼望着花園，耳朵在熱切的靜聽着變音的，不快的，興奮的語聲．他覺得可憐他的美貌的妹妹，對於她的美麗的人格，『懷孕』這個粗辭，似是如此的不合宜．比之談話更使他生印象的乃是這些狂怒的人語與綠色的花園的温柔的沈寂之間的顯著的矛盾．

一隻白蝴蝶翩翻的飛過草地，在太陽光中遊宴着．沙寧凝視牠的飛翔正如他聽着談話那末樣的專心．

當麗達叫道：

『你是畜生！』沙寧愉快的笑了，他慢慢的走過花園，並不注意到有沒有人看見他．一隻蜴蜥銜過他的路上，他有好一會兒用眼睛去跟隨這隻柔輭的綠身的小身體在長草中的迅速的竄爬．

# 第十九章

麗達並不回家，卻匆匆促促的轉步向反對的方向走去．街上寂無人行，空氣是窒熱的．緊近於牆上與籬笆，躺着短的陰影，這些是爲勝利的太陽所克服的．她張開了她的小日傘，完全是出於習慣的勢力．她並不曾注意到天氣是冷是熱，是晴是陰．她迅快的走過滿是灰塵且滿生着苔草的籬笆，她的頭垂着，她的眼向下望着，她不時的遇到一兩個喘氣不息的徒步者，爲熱氣窒得半死．沈寂罩在鎮上，是一個夏天午後的壓迫人的沈寂．

一隻小白狗跟在麗達後邊．她在熱切的嗅了她的衣服之後，便奔到她的前面去，又回過頭來望着，擺着牠的尾巴，彷彿在說他們是同伴。在一個街角上，站着一個可笑的肥胖的童子，他的一部分的襯衣竟拖出他褲子的後面。他的雙頰伸長着，且爲水果所汚染，他正在用力的吹着一個木笛。

麗達對小狗招呼着，對童子微笑着。然而她幾乎是不自覺的這樣做着；她的靈魂是被幽禁着。一個難知的勢力，將她與世界隔絕了，衝掃她向前而去，經過了太陽光，綠地，以及一切的生命的快樂，而向着一個黑淵走去，她因了她內心的沉悶的痛楚，知道這黑淵是近了。

一位認識她的軍官騎了馬過去。他看見了麗達，便勒住了他的栗色馬，他的光滑的外衣在太陽光中烱烱發亮。

『麗達·彼得洛夫娜！』他以愉快歡迎的聲音叫道，『在這樣大熱天，你到什麼地方去？』

她的眼睛機械的望着他的打獵帽，俏皮的壓在他的潮溼的爲日光所射的眉上。她並不說話，僅僅的展開了她平日的賣弄風情的微笑。

在那個時候，她自己也茫然於什麼事要發生，她迴應着他的問題：

『啊，到那裏去眞的是？』

她不再覺得與薩魯定生氣了，也不想到他。她自己不明白爲什麼，到了他那裏去的時候，曾覺得沒有了他是不能夠生活，不能夠解決自己的悲愁的。然而現在彷彿他是從她生命中消滅了去。過去的事已經死了。將來的事是只關係於她的獨自一人的；也只有她一人能够決斷下去。

她的腦筋如犯了熱病似的匆促的工作着，然而她的思路卻還淸楚明白。最可怕的事是驕傲美貌的麗達已經不見了，代她而起的乃是一個被酷待、被汚辱的無抵抗的可憐人。大家全要取笑她，在人們的造謠和侮辱之前她將孤立無助。名譽與美貌必須保留着，所以她必須走，離開汚濁，到那黏性的汚泥的浪花不能濺到的地方去。

在麗達自己解明了這一切以後，突然的感到她自己是爲一個空虛所包圍了的；生命，太陽光，人類都不再存在了，她在他們之中是孤獨的，絕對的孤獨的，沒有法子逃脫，她必須死去，她必須投水自殺。有一會兒這個念頭他覺得如此的確定，彷彿竟有一道石牆建立於她的四周以禁閉她，與一切既往的，一切將來的都隔絕了。她從猜到自己業已懷孕時起，曾不住的感到內心裏一種還未得了解，卻已擊破她的一生的感觸，——現在卻連這種可憎的，可怕的感觸都一下裏消滅了。一種輕微無色的空虛包圍在四周，死神的漠不相干的神色瀰滿起來。

『這眞的是如何的簡單而且用不着別的！』她想道，四面的望着，然而看不見什麼。她現在走得更快了，雖然爲她的寬裙所阻礙，她却幾乎是在奔跑，這在她看來彷彿她的前行還是不可忍的遲緩。

『這裏是一所房子，前面又是一所，有綠色的百葉窗的；還有，一塊空地。』

對於那河，那橋，那將要在那裏發生的事，她並沒有淸楚的概念。這如一片雲，一陣霧，遮罩了一切，但這樣的一個心境祇到她達到了橋上就告了終結。

當她靠身在欄杆上時，看見綠色的渾濁的水，她的決心立刻捨棄了她．她爲恐懼及一個求生的狂念所捉住．現在她對於生物的認識又回復過來了．她聽見聲音，聽見麻雀的啾唧；她看見太陽光，看見在綠草中的雛菊花，看見小白狗；這狗顯然以她爲他的眞正的主婦牠坐在她的對面，舉起了一隻小爪，牠的尾巴打着地上，在沙上遺留下幾個有趣的華文．

麗達凝望着這狗，很想激動的抱了牠，大滴的眼淚充滿了她眼中．對於她的美麗的毀壞了的生命的無限遺憾制勝了她．她半眩暈的，彎身向前，伸出爲太陽所烤的欄杆的邊上，這突然的舉動竟使她的一隻手套落到了水中．在默默的恐怖着，凝望着牠無聲的落在平滑的水面上，蕩漾成了大水圈．她看見她的淡黃手套成了更黑更黑的，然後徐徐的灌滿了水，如在牠的死亡的痛楚之中一樣，翻身過來一次，然後以一種旋轉的動作，漸漸的沈到了溪流的深綠處了．麗達竭力要眼見牠的沈下，但那黃點卻漸漸的更小了，更不清楚了，最後，便看不見了．與她的視線相接觸的只是平滑而黑的水面．

『怎麼會落下去的，小姐？』緊靠於她的身邊有一個女人的聲音問道。

麗達驚退了一步，看見一個肥胖、偏鼻的農婦，以同情的好奇心望着她。

雖然這種的同情僅注於失去的手套上，而在麗達看來，彷彿這位和善肥胖的婦人知道一切事而可憐着她。她有一會兒，她想要告訴她全部的故事，因此使她心中輕鬆些，自然些。但她迅快又以爲這主意是很傻的。她紅了臉，支吾的說道，『啊，沒有什麼！』當下她便轉身離橋而回。

『在這裏自殺是不可能的！他們會救我起來的！』她想道。

她更沿了河岸走去，跟了一條平坦的人行路到了河與一座籬笆之間的左邊。路的兩旁都是苧蔴與雛菊，羊的芫荽以及有臭味的大麻。這裏是恬靜而且和平，如在一座鄉村的教堂之中。高大的柳樹如夢的臨照於溪流之上；峻峭而綠色的河岸浴於太陽光中；高高的牛蒡雜生於苧麻之中，而刺人的荊棘絞纏住了麗達衣服上飾着的花邊。一棵鉅大的植物，將白色種子撒在她身上。

麗達現在逼了她自己更向前去竭力要戰勝她內心的要拉她回去的一個很強大的力量．『這是必須的！必須的！必須的！』她反覆的說道當下她拉了她自己前去，她的雙足每走一步便似乎要破了他們的束縛；她一步步的走得離橋更遠，離她所不自覺的決心要停步的地方更近．

當她到了那個地點，看見了黑而冷的水，水上綠樹如穹門似的覆蓋着，而川流則旋轉的經過了峭岸的一角時，然後她已明白，她是如何的求活，如何的怕死．然而她卻必須死的，因爲活下去已是不可能的．她並不四面看看，便將她的膝下的一隻手套和她的小日傘都拋了到地下去，而她自己也離開了人行路，走過長草之中而到了水邊．在那個時候，一千個思想經過她的腦中．在她的靈魂的深處，醒起了她的童年的信仰，這信仰是被新思想所遺忘、所打消了．她以純朴的熱誠，反反覆覆的述着這個短的禱詞，『我主，救我！我主，幫助我！』她突然的回憶起她新近纔學的一隻歌曲的重疊的尾聲；她有一會兒工夫，想到了薩魯定，然後她看見了她母親的臉，在這個可怕的時候，她似乎雙倍的親近於她。她也就是她母親的臉龐拖着她更快的向河水走去。只有到了這個時候，麗達方才敏銳的明白出，她母親以及所有愛她的人，並不是愛她的眞正的本相，和雜着她的一切缺點與慾念，他們所愛的只是他們所希望她形成的那個她。在她自己暴露本相，已經離開了他們所認爲唯一的一條正路的時候，也就是這些人們，特別是她的母親，以前越愛過她厲害，現在越要虐待她。

然後，如在一個狂夢中，一切都紛亂了；恐懼，求活，不可避免的感覺，不信仰，一切都終結了的決心，希望，失望，以及她以爲這地便是她必須死去的恐怖的自省；然後一個極像她哥哥的人影子現了出來，他跳過一道籬笆，向她奔過去。

『你不能夠想到更傻的事了！』沙寧氣息不屬的叫道。

眞是一件巧合不過的事，原來麗達所到的正是接近於薩魯定的花園的那個所在，在那裏她第一次投身給他，就在半傾圮的竹籬上，姿勢非常不方便，有一排黑暗的樹林遮擋着明月的光。沙寧遠遠的已經看見了她，且猜出了她的心思。起初他是要任她做她的事的，但她的狂暴激動的舉動引起了他的憐憫，他躍過了花園中的椅子與叢林，奔去救他。

她哥哥的聲音對於麗達有一種可驚的効力她的知覺，被她內心的衝突工作得疲倦之極的，現在突然的失去了。她眩暈去了；每一件東西都在她眼前眩暈着，她不再知道她是在水中或在岸上。沙寧剛剛及時的緊緊的握住了她，拖她回去，偷偷的自喜他自己的筋力與敏捷。

『居然這樣！』他說道。

他將她靠在籬笆上坐着，然後四面的望着。

『我怎麼對付她才好呢？』沙寧想道。麗達在那個時候恢復了知覺。她臉色慘白，心緒紛亂，開始可憐哭了起來。『天呀天呀！』她啜泣着，如一個小孩子。

『傻東西！』沙寧好癖性的叱責她道。

麗達並沒有聽見他的話，但當他轉動時，她卻攀住了他的手臂，更高聲的哭了起來。

『唉！我在做些什麼事呢？』她恐懼的想道。『我不應該哭；我必須竭力一笑置之，不然，他便要猜出這是怎麼一回事了。』

『唔，你爲什麼那末樣的傷心呢？』沙寧問道，當下他溫和的撫拍她的肩部，他說得這樣和婉親切，自己覺得有趣。

麗達在她帽子下面怯生生的擡眼望着她，如一個小孩子似的羞怯，停了哭聲。

『我全都知道了，』沙寧說道，『一切的經過我很早的就知道了。』

雖然麗達覺得有幾個人在疑心着她和薩魯定的關係的性質，然而當沙寧說出這句話時，彷彿他是當臉打了她一記。她的柔和的身體恐怖的退縮了回去；她眼神枯乾的凝望着他，有如一隻野獸在負固。

『怎麼一回事，現在？彷彿我踏了你的尾巴了，』沙寧笑道。他握住了她的圓而柔輭的肩膀，輕輕的拉她回到她從前的在籬邊的位置，她的肩膀在他手下顫抖着，而她服從的聽了他的命。

『來，現在，什麼事使你如此的難過呢？』他說道。『是因爲我知道了一切麼？或者是因爲你想你和薩魯定的失足的事是如此的可怕，竟使你不敢去承認牠麼？我眞的不明白你。但是，如果薩魯定不肯娶你，唔——那是應該感謝的事。你現在知道，而你從前也必定知道，他眞的是如何的一個卑鄙平庸的人，不管他的美貌與他的適於戀愛。他所有的不過是美貌而已，這美貌你現在已經享受得够了。』

『是他享受我，不是我享受他！』她囁嚅的說道。『唉！是的，也許我是這樣的！唉！我的天呀，我將怎麼辦呢？』

『而現在你是懷了孕……』

麗達閉了她的眼睛，低下她的頭。

『當然的，這不是一件好事，』沙寧溫和的繼續說道。『第一點，生孩子是一件齷齪痛苦的無意義的事；第二點，眞正使你關心的乃是人們的不斷的虐待你。總之，麗杜契加，我的麗杜契加，』他以一種突然的用力的高聲說道：『你並沒有損害到任何人；而且，卽使你生了一打的孩子到世上來，除了你以外，沒有人受害的。』

沙寧停止了一會，在反省着當下他的雙臂交叉在他的胸前，咬着他的髭鬚的尖端。

『我能夠告訴你，你應該怎麼辦，但你是太柔弱，太愚蠢了，不能聽從我的勸告。你勇氣還不夠呢。無論如何，這是不值得去自殺的。且看着輝煌的太陽，恬靜的流着的溪水，你且記住，你只要一死，每個人便都將知道你是懷孕而死的。那末，自殺對於你又有什麼益處呢？你之所以想自殺，並不是因爲你是有了孕，乃是因爲你怕別的人的譏議，怕別人不讓你生活。你的煩惱的可怕的部分，不在於實際的煩惱的本身，而在於你將這個煩惱放在你自己與你的生命之間了，這個生命，你以爲是應該終結了的。但在實際上，那是一點也不會變更了生命的。你並不怕疏遠的人，你怕的是和你接近的人，特別是那些愛你的，以及那些以你的失身爲絕對的可驚駭的人，他們乃以你的失身，不在於一張合法的結婚牀上而在一座林中或一片草場上爲可驚駭。他們將不緩緩的來責罰你的逆迹，所以，他們對於你有什麼好處呢？他們是蠢蠢的，殘酷的，沒有頭腦的人。爲什麼你要爲了蠢蠢的，殘酷的，沒有頭腦的人而去死呢？』

麗達擡起了她的大而疑問的眼光向他望着，在這對眼中，沙寧能夠省察出一星了悟的火．

『但我將怎麼辦呢？告訴我，什麼……什麼……』她澀聲的咿唔道．

『有兩條路給你走：你必須打下了這個沒有人要的孩子，這個孩子的出世，你自己一定會明白的，僅將帶了麻煩來．』

麗達的眼睛中表白狂烈的恐怖．

『去殺死一個知道生的快樂與死的恐怖的人，那是一件極不公道的事，』他繼續的說道；『但一個種子，一團無知覺的肉與血……』

麗達經驗到了一個奇異的感覺．起初，羞恥充溢了她，這樣的羞恥，彷彿人家剝脫她的衣裳，使她全身赤裸用野蠻的手指去觸那身上最隱祕的地方．她不敢望着她的哥哥，生怕他們倆都要爲了這個羞恥而絕了氣．但沙寧的灰色眼睛中帶着一種鎮靜的表情，他的語聲是堅定而有抑揚的，彷彿他正談着平平常常的事．這乃是這個說話的鎮定的力量與乎他的話語的極爲眞確，移去了麗達的羞恥與恐懼．然而失望又突然的占據了她．當下她抱了額，而她衣服的薄薄的袖口飄拂着如一個駭飛的鳥的雙翼．

『我不能夠，不，我不能夠！』她支吾道，『我敢說你是對的，但我不能够這是如此的可怕！』

『唔唔，如果你不能够的話，』沙寧說道，當下他跪了下去，溫和的將她的手拉開了她的臉上『那末我們必須竭力的隱瞞了這事．我去辦理叫薩魯定離開這鎮上的事，而你——唔，你要嫁給了諾委加夫，而快快樂樂的．我知道，你如果不曾遇到這個美麗的少年軍官，你是可以愛沙斯察・諾委加夫的．這是我能決定的．』

麗達聽見說起了諾委加夫的名字，她便在黑暗中看見光明了．因爲薩魯定使她不快活，她便堅信，諾委加夫決不會這樣的，有一會兒工夫，在她看來，一切事似都能很容易的解决了．她要立刻的站起身來，走回家去，說這話那話的，光明燦爛的生命將再度開展於她的面前。她要再度生活着，她要再度戀愛着，不過這一次的生活卻是一個更好的，這一次的戀愛，卻是更爲深摯更爲純潔的。然而後來，她又立刻的想起，這是不可能的，因爲她已經被一個不高尙的無感覺的戀愛所沾汚、所辱沒了。

一個粗字，她不大知道，且從不曾說過的，突然的來到了她的心上。她使用這個字在她自己身上去。這似乎她受到了一記耳光。

『皇天呀！我眞是一個……？不錯，不錯，當然我是的！』

『你說什麼話？』她咿唔道，被她自己的回聲所羞。

『唔，怎麼一回事？』沙寧問道，當下他望着她美麗的頭髮鬆亂的散在她的潔白的頸上，太陽光穿過了綠葉的網而給牠以斑紋。一陣突然的恐怖捉住了他，他生怕不能勸動了她，生怕這位年輕美貌的婦人，適宜於給予許多快樂於別人的，將消失於黑暗的無知覺的虛空之中。麗達是沈默着。她竭力壓抑她的求生之念，但是這一念，違反了她的意志，卻主宰了她的顫抖着的全個軀骸。經過了這一切事變之後，在她看來，她不僅羞於生存，且也羞於求生存。然而她的肉體，強壯而充滿了活力的，卻又拒卻着如此乖僻的一個觀念，彷彿牠便是毒藥似的。

「爲什麼這末的沈默不言？」沙寧問道。

「因爲這是不可能的……這是一件不道德的事……我……」

「不要這樣無意識的談着！」沙寧不耐煩的駁斥道。

麗達又擡眼望着他，在她的淚眼中，有了一線的希望之光。

沙寧折下一支樹枝，咬着牠，然後將牠拋棄了。

「一件不道德的事！」他又說道，「一件不道德的事！我的話使你驚詫了。然而爲什麼呢？這一個問題既不是我，也不是你所能正確答覆的。罪惡，什麼是罪惡？假如一位母親，當她產生一個孩子時，她的生命陷在危險之中，而那個活的孩子爲了救全牠的母親而被毀滅了，那不是一樁罪惡，乃是一件不幸的必需的事！但去隱蔽一個還不曾存在的東西卻被稱爲一樁罪惡，一個可怕的行爲。是的，一個可怕的行爲，卽使母親的生命，甚至於她的幸福都靠着牠爲什麼這事必須如此呢?沒有人知道,但每個人卻都高聲的執持着此見而叫道:「好呀!」』沙寧冷冷的笑道。『唉,你們人,你們人!人們代自己創造了魔鬼,陰影,幻想,而他們便第一個爲這些東西所苦。但他們卻全都叫道,『啊,人是一個名作萬物中的最高貴者;人是皇冠,是萬物之王;』但這個王卻永不曾卽過王位,這個受苦的王卻是被他自己的影子所震駭的。』

沙寧停頓了一會兒。

『總之,那都不是主要之點。你說,這是不道德的事。我不知道;也許是的。如果諾委加夫聽見了你的失身的事,他便將極爲悲戚的;在實際上,他或將以手槍自殺,然而他仍將是同樣的愛着你的。在那個情形之下,那可責備的便是他了。但如果他是一位眞正聰明的人,他便將絕不看重你曾和(原諒這句話!)別個人睡過。你的身體和的你靈魂都不會因此受害過。好上帝!爲什麼他也可自己娶了一個寡婦,例如!所以這並不是那個事實阻止了他,乃因爲他的頭腦之中充滿了紛亂的意念。至於說到你自己呢,如果人類在他一生只有戀愛一次的可能的話，那末第二度的戀愛的企圖當然是徒然而且不快的．但這卻並不是如此的．墮入愛中或為人所愛乃正是他所喜悅而且希願着的．你將愛上了諾委加夫，如果你不唔，我們將一同旅行，我的麗杜契加，總之，人是什麼地方都能够住着的，是不是？』

麗達嘆了一口氣，竭力要克服她最後的躊躇．

『也許……一切事都將再度光明了，』她咿唔道．『諾委加夫……他是這末好，這末和愛的……他也美貌，是不是？是的……不……我不知道怎麼說才好．』

『假如你投水自殺了，那末怎麼樣？善與惡的勢力卻不會因此而得或因此而失．你的屍首脹腫起來，不成樣子，沾了污泥在上，將被人家拖出河中而埋葬了．那便是一切的事了！』

麗達微淡的想起了綠而渾濁的水，帶泥的動蕩着的水草，以及浮泛於她四周的浮漚的印象．

『不，不，決不！』她想道，臉色灰白了。『我還是忍受着這一切的恥辱吧——諾委加夫……每一件事……任何事只除了那件事。』

『啊，你臉色是如何的驚怖呀！』沙寧笑道。

麗達從眼淚中微笑着，她自己的微笑安慰了她。

『無論發生什麼，我的意思便是要活着！』她以熱情的力量說道。

『好的！』沙寧叫道，跳了起來。『沒有比之死的一念更可怕的了。但在你能夠擔負着責任而沒有失去了生命的視聽之感時，我說活着！我的話不是對的麼？現在，將你的手給我！』

麗達伸出她的手，羞澀的女性的姿態表示出孩提的感謝。

『那是對的——你的小手兒如何的姣好呀。』

麗達微笑着，不說什麼。

並不是沙寧的話發生了効力。她的活力是一個活潑輕快的活力；她剛纔經過的那場事變祇是將這個活力扯拉到最高點而已．再加上一點壓力，線子便要斷了．但壓力並沒有使用出來，她的全身全體再度爲一種強烈的騷動的求生之念所撼動．她出神的向上看着在她的四周看着，聽靜着四周的充溢了的快樂在跳動着；在太陽光中在綠油油的草場上，烱烱發亮的溪流，鎮定微笑的她哥哥的臉，以在她自己．彷彿是她自己如今是第一次纔看見聽見這一切．「活着！」她內心的一個愉快的聲音叫道．

「對的！」沙寧說道．「我要幫助你出於煩惱，當你在戰鬬時，我要站在你的身邊．現在，因爲你是那末一個美人兒，你必須給我一吻．」

麗達微笑着；如出之於一個林中仙人的神祕的微笑．沙寧將手臂摟着她的腰，當下她的温熱柔輭的身體在她的接觸之下顫栗着，他的愛好的擁抱幾乎是猛烈的．一陣奇異的不可測知的愉快的感覺制勝了麗達，而她的求生之念更爲豐裕，更爲濃摯．她不管她做什麼事．她徐徐的將雙臂環於她哥哥的頭頸，半閉了眼睛的，她緊合了雙唇去吻他．她在沙寧熱烈的慰藉之下，感到說不出的快樂，在那個時候，她管不了吻他的人是誰，正如爲太陽所温暖的花朵兒，牠永不要問問這温暖是從何而來的.

『我怎麼一回事了？』她想道，愉悅的詫異着.『啊！是的！我想投水自殺——怎麼傻！爲了什麼？啊！那是甜美的！再來！再來！現在，我要吻你了！這事可愛的！在我活着活着的時候，我不管有什麼事發生！』

『現在你明白了，』沙寧說道，釋放了她.『一切美好的東西原只是美好，一個人必須不要將牠變成了別的東西.』

麗達心神不在的微笑着，徐徐的重理着她的頭髮.沙寧將日傘與手套交給了她.她看見還有一隻手套不見了，起初是驚駭着，但立刻恢復了理智，她覺得對於那樣的一件小事而大驚小怪着，實是大大的可驚異.

『啊！唔，那是過去了！』她想道，和她的哥哥沿着河岸走去.太陽光兇猛的晒在她的圓而成熟的胸前.

# 第二十章

當諾委加夫他自己代沙寧開門時，他看來似乎不甚高興有這樣的一個拜訪者。每一件事物使他想起麗達和他的已散的幸福之夢的，都會使他感到痛苦。

沙寧注意到這層，和靄的微笑着，直進了房內。房內一切都是顛顛倒倒的，又很汚穢，彷彿是被一陣旋風所吹亂。地板上滿是紙條子，瑣物以及各種的垃圾，牀上椅上都是書籍，襯衣，外科器具，還有一隻皮包。

『要動身麼？』沙寧驚駭的問道。『到什麼地方去？』

諾委加夫避開了沙寧的眼光，繼續的去檢點東西，爲他自己的紛擾所惱怒．最後，他說道：

『是的，我要離開這個地方，到荒歉的省份去服務．我得了我的公示知照．』

沙寧看看他，然後又看看皮包．在他再看了一眼之後，他的身體便弛放在一個廣漠的微笑之中了．

諾委加夫沈默着，爲他的絕對寂寞與他的不可慰解的悲哀的感覺所壓迫．他沈沒於他的思想中，竟將一對的皮鞋和幾支玻璃管包紮在一起．

『如果你像這樣的包紮東西，』沙寧說道，『當你到了時，你將自己發見不是破了玻璃管，便要損了皮鞋．』

諾委加夫的淚眼，射回了一道回答他們說道，『唉！讓我一個人在着罷！你當然能夠看出我是如何的憂鬱！』

沙寧明白了，沈默不言．

夢境似的夏天的黃昏時候已經到了，在綠園之上的天空，如水晶似的淸瑩的，如今漸漸灰淡了．最後沙寧說話了．

『我想你要想到什麼鬼知道的地方去，還不如娶了麗達來罷．』諾委加夫全身顫栗起來，迅快得不自然的回身望着．

『我必須請求你停止了開這種愚蠢的玩笑吧！』他以一個尖抖剛硬的聲音說道．這聲音由暮色中響出去，反應於如夢的園林之間，在靜悄悄的樹木底下發着奇響．

『爲什麼這樣的生氣？』沙寧問道．

『聽我說！』諾委加夫粗暴的開始道．在他的眼中有了那末一種憤怒的表示竟使沙寧難得認識他．

『你的意思難道是說，你娶了麗達乃是一件不幸的事麼？』沙寧快活的續說，從眼角裏笑將出來．

『閉嘴！』諾委加夫叫道，像醉人般傾跌的向前走去，在沙寧頭上，用極大的力量揮動着一隻舊皮鞋。

『和平些！你瘋了麽？』沙寧銳聲的說道，當下他退回幾步。

諾委加夫惱怒的將皮鞋抛了下去，呼吸急促的，直立在他面前。

『你用了那隻皮鞋眞的要……』沙寧停止不說下去，搖搖他的頭。他憐恤他的朋友，雖然這樣行爲在他看來完全是可笑的。

『這是你的過錯，』諾委加夫心緒紛亂的囁嚅道。

然後，他突然的，感到對於沙寧的完全信托與同情，他是那末強健而鎭定，他自己像一個小學童，渴要告訴別人以他自己的苦楚。眼淚充滿了他的雙眼。

『只要你知道我心裏是如何的苦悶，』他咿唔道，努力要控制住他的情緒。

『我親愛的朋友，我知道了一切——每一件事。』沙寧和愛的說道。

『不！你不能夠知道一切！』諾委加夫說道，當下他坐在沙寧的身邊。他想，沒有人會感到如他那樣的苦悶的。

『是的，是的，我知道一切，』沙寧答道，『我宣誓說，我知道；如果你允許不再用你的舊皮鞋打我，我便願證明我所說的話．允許麽？』

『是的是的！原諒我，孚洛特耶！』諾委加夫說道，他以前從不曾稱呼過沙寧的名字．這使沙寧感動了，他愈覺得渴要幫助他的朋友．

『唔，那末聽我說，』他開始道，當下他的手以信托的樣子放在諾委加夫的膝上．『讓我們很坦白的談着吧．你所以要離開這裏，爲的是，麗達拒絕了你，爲的是那一天在薩魯定房裏時，你有了心，以爲是她，私自跑去看他．』

諾委加夫彎身向前，太苦惱了，說不出話來．彷彿沙寧將一個苦楚的創口重新破開了．沙寧注意到諾委加夫的煩惱，心中想道，『你這忠厚的老儍子！』

然後他繼續的說道：

『至於說到麗達與薩魯定間的關係，我不能確切的指實什麽，因爲我不知道其事，但我不相信……』當他看見諾委加夫的臉是如何的闇淡時，他竟不能畢其辭．

『他們的親密，』他繼續的說道，『是最近的時候才發生的，所以沒有什麼嚴重的事能夠發生，特別是一個人如果觀察到了麗達的性格．你當然知道她是什麼樣子的人．』

諾委加夫面前站起了麗達的印象，是他從前明白，並且愛着的麗達，這個麗達，是驕傲的，精神高尙的女郎，眼睛明亮，冠以莊嚴完滿的美，如帶着一道四射的暈光．他閉上了眼，信仰着沙寧的話．

『唔，如果他們眞的賣弄了一點風情，那是已經過去了，現在是完結了．總之，如果一位像麗達似的女郎，年輕而美貌，正在尋找幸福，有了這一類的小小的娛樂，對於你又有什麼關係？我想你，你不必費什麼回憶之力，便至少也可以回憶起一打的比這種的賣弄風情更爲危險的事．』

諾委加夫信托的望着沙寧，眼神非常的光亮而且透明，卻不敢說一句話，生怕一句不謹愼的話語或思想將把在他心中的希望的微微的火星殺死．最後，他囁嚅的說道：

「你知道，如果我……；」但他不再說下去了．說不出什麼話來，淚水壅住了他的話語．

「唔，如果你什麼？」沙寧高聲問道，他的眼睛光亮着「我只能告訴你這事：麗達與薩魯定之間是沒有，而且永遠沒有過關係的．」

諾委加夫詫異的望着他．

「我……唔……我想……」他開始道，他朦朧的想着，他再也不能够相信沙寧所說的話．

「你想的是一堆無意識的事！」沙寧銳聲的答道「你應該更深的認識麗達．有了這一切的躊躇與猶豫不决，還會有什麼戀愛呢？」

諾委加夫過於快樂，握着沙寧的手，向他的嘴望着．

然後，當沙寧仔細的看到他的話語對於他的同伴的効力時，他的臉突然的表現出一種狠惡的神色．

他朝諾委加夫的臉看了半天看他一想到他想去交媾的婦人以前沒曾同誰交媾過，那臉便表現出顯然的愉快的神情來了一道獸類的妒忌與私慾的眼光入於那一對忠實而愁鬱的眼中．

『啞呵！』沙寧恐嚇的叫道，當下他站了起來．『那末，我所要告訴你的是：麗達不僅和薩魯定戀愛着，並且還和他有了不法的關係，而現在是懷了孕．』

房裏是死似的沈寂．諾委加夫現出一種奇異的病態的微笑，擦着他的雙手．從他顫抖的唇間發出一個微弱的呼聲．沙寧站在他面前，直向他的眼中望去．他嘴角的縐紋中，表現出制住了的憤怒．

『唔，你爲何不說話？』他問道．

諾委加夫擡眼向沙寧看了一會，但立刻便躲避了他的視線，他的身體仍爲一個空虛的微笑所扭歪．

『麗達剛剛經過了一次可怕的經驗，』沙寧低聲的說道，彷彿是自言自語．『如果我不是偶然的追上了她，她現在已不活在世上了，而昨天是一位康健、美貌的女郎，現在便要躺在河泥之中，成了一具浮屍，爲蟹所食了。問題並不是她的死亡的問題——我們每個人總有一天要死的——然而一想起了隨她而死滅的，還有因了她的人格，爲別人而創造出的一切光明與快樂，我們將要如何的悲哀。當然的，麗達並不是全世界上唯一的女郞；但我的上帝！如果世界上沒有女郎的可愛的模樣兒存在着，世界便要如墳墟似的悲慘而陰鬱了。

『在我一方面呢，當我看見一位可憐的女郎以這個無意識的方法走上死亡之路時，我是渴要行使謀害的。以我私人言之，不管是你娶了麗達也好，或她到了魔鬼那裏去也好，都與我完全無關的，但我必須告訴你，你乃是一個白癡。如果你的腦筋中有了一個健全的觀念，那末你會僅僅因爲一個少年女子，有選擇的自由權的，選錯了男子，但是在性交以後，並非在性交以前，她重又得到了自由，難道因爲這個你自己竟這樣的悲苦着，也使別人們這樣的悲苦着麼？我對你說話，但你也不是一個唯一的白癡，像你一類的人有幾百萬呢，他們使生命進了一個監獄，沒有陽光也沒有溫暖！你們是怎樣常常的爲你們自己的性慾所操縱而和些妓女們同伴着她便成了你們的下流的淫慾的同享者呢？在麗達的事件中，這乃是熱情，乃是青春、筋力、與美麗的詩歌。那末，你有權利從她那裏退縮而去麼，你那些自稱爲一個聰明多感的人？她的過去對於你有什麼關係？她是減少了美麗麼？或者她已是不甚適於愛人或爲人所愛了麼？是不是你自己想要第一個占有了她呢？現在，說吧！』

『你很知道並不是那樣的！』諾委加夫說道，他的唇顫抖着。

『啊！不錯，這是那樣的！』沙寧叫道。『請問還能有什麼別的理由？』

諾委加夫默默不言。他的靈魂中完全是黑漆漆的，但如遠處的一線光明射過暗中一樣，也來了寬恕與自己犧牲的一念。

沙寧望着他，似乎讀得出經過他心中的思想。

『我得看出』他開始以一種柔和的口氣說道，『你正在默計着爲她而要犧牲自己的事．「我要降到她的水平線之上，保護她出於羣衆」以及其他．那是你對於你自己的「道德的己」所說的話，他在你自己的眼中長大了，有如一條在獸屍中的蛆蟲所看牠自己一樣．但這完全是虛僞的；沒有別的，只是一個謊！你是一點也不能夠自己犧牲．例如，麗達假若爲天花之故而失了她的美貌，你也許要使你自己成就了這樣的一種英雄行爲．但過了幾天之後，你便要致苦楚於她的生命了，或者輕蔑她，或者拋棄了她，或者時時斥責她．在現在，你對於你自己的態度是可崇讚的，彷彿你是一尊聖像．是的，是的，你的臉變形了，每個人都要說，『啊！看呀，有一個聖者．』然而他並沒有失去了你所希慕的一絲一毫的東西．麗達的肢體和從前一模一樣；她的熱情，她的美好的活力也和從前一模一樣，但，當然的，這是極爲方便的，也是極爲可讚許的，一個人既得了愉樂，同時又可偷偷的想像着，他是做了一件高尙的行爲．我寧可說這是的！』

諾委加夫聽了這幾句話，他的自己憐憫的心乃爲一個更高尙的情操所代替．

『你看我比我實在的更壞了，』他斥責的說道．『我並不是如你所想的那末缺乏感情。我不否認，我有一點偏見，但我是愛着麗達·彼得洛夫娜的；如果我很確定她是愛我的，那末你以爲我會費了很多時候去下我的決心，因爲……』

他的聲音，說到這裏最後一句話時，竟說不出來。

沙寧突然的成了十分鎭定，他走過了房間，站在開着的窗口，沈入思想之中了。

『她現在是十分的憂愁着，』他說道，『很難想到戀愛。我怎麼能說得出她是否愛你呢？但是在我看來，如果你到他那裏去，如第二個人，並不責備她的片刻的偶然的幸福，唔……那也許她會回心轉意的！』

諾委加夫坐在那裏，如一個人在夢中，憂愁與快活在他心中產生出一個快樂的感覺，柔和而閃脫，如一個幕天的光線。

『讓我們到她那裏去吧，』沙寧說道。『不管發生什麼結果，她總是喜歡看見一個人的臉，在那末多隱藏了皺臉的獸類的假面具之中。你是有一點傻氣的，我的朋友，但在你的傻中，卻有些別人所沒有的東西。且想想看，世界是那末永久的在這些傻子身上尋到牠的希望與幸福！來，我們走吧．』

諾委加夫羞怯的微笑着『我很願意去到她那裏去．但她自己會不會覺得喜歡呢？』

『不要想到那事，』沙寧說道，當下他將雙手都擱在諾委加夫的肩上．『如果你存心要做應做的事，那末，做去，結果如何，自有分曉的．』

『不錯；我們走吧，』諾委加夫決心的叫道．在門口，他停了步，雙眼釘在沙寧的全個臉上，他以不常有的着重的口氣說道：

『聽我說，如果這是在我權力之內的話，我要盡我的力使她快樂．這話似是平庸的，我知道，但我不能用什麽別的話來表白我的感情．』

『不要緊，我的朋友，』沙寧誠懇的答道，『我明白的．』

# 第二十一章

夏天的炎威正降臨在鎮上．到了有月的晚上便清恬得多，當時大而清朗的明月照在頭上，而空氣中濃重了從田野中花圃中來的芬香，愉快的解除了疲倦的感覺．

在白晝之時，人民在作工，或在從事於政治或藝術；在實施各種的思想；在食、飲、沐浴、談話．然而當炎熱減退了，喧嘩與辛勞停止了，而在朦朧的地平線上，月亮的圓而神祕的盤子，徐徐的升於草地與田園之上，給屋頂與花園以一種奇異而涼爽的清光之時，那末，人民們便開始更自由的呼吸着，重新生活下去，彷彿是脫去了一層壓身的外套．

人越年青，這個生命越發豐富而且更爲自由花園中充滿了夜鶯的樂聲，綠草應和了一位女郎衣衫的輕觸而顫抖着，這時，陰影更深濃了，而在炎熱的黄昏中，一對對的眼睛更明亮了，語聲更柔和了，因爲戀愛正在那疲弱而芬芳的空氣中呢。

猶里·史瓦洛格契和夏夫洛夫二人都是對於政治十分感到興趣的，在近來組織成功的互研學術的一個學會中，猶里讀了所有最新出版的書，相信他現在已經在生命中得到他的位置了，他已得到了一個方法以結束他的一切狐疑了。然而無論他讀了如何多的書籍，不管他的那一切的活動，生命對於他還是不可愛的，牠只是荒曠而且乏味的。僅有在身體健全之時，僅有在他的肉體的部分爲墮入情網的盼望所引起之時，生命方纔眞的似乎可戀慕。從前一切的美貌少婦也都同樣程度的使他感過興趣，然而在其餘的人中，他現在揀出了一個，在她的身上，一切別的女郎們的可愛，都合而爲一了，她嬌美絕倫的站開在一邊，有如一株年輕的赤楊樹在春天之時，站在一座森林的邊上。

她是長而豐瘦合度的，她的頭顱嫵媚有致的放在她的白而平滑的肩上，她的聲音在說話時是朗亮的，在唱歌時是甜美的．雖然她對於他自己的音樂與詩歌的天禀是很自喜着的，而她的豐裕的活力卻在肉體的努力上得到了牠的充分的表現．她渴要把什麼東西壓在她胸前，渴要將足踏在地上，渴要笑着唱着，渴要默察美貌的少年男子．有些時光，當在太陽炎炎的正午，或在淡白的月光之中，她覺得彷彿她必須突然的脫去了一切的衣服，在草地上飛跑過去，跳入河中，去尋求一個人，她所渴要溫柔的勾引着他的人．她的出現每使猶里心亂．他與她同在一處時，便變得更為雄辯了，他的脈搏更快了，他的腦筋更敏捷了．終日的他的思想便在她身上，在夜間時，他所求的也是她，雖然他不曾自己承認過他是如此的尋求着．他是永遠在分析他的感情的，每一個情操都如一朵花在霜中萎枯了似的．每當他問他自己，他為什麼追求於西娜•卡莎委娜之後，他的答語便常常是『性的本能，沒有別的．』不知什麼緣故，這個解釋竟激起了濃摯的自輕自慢．

然而一種默契卻已建立在他們倆之間，如兩面明鏡一樣，一個的情緒竟反映在別一個的上面．

西娜·卡莎委娜從不煩心於分析她的情操，如果這些情操引起了她輕微的曉悟，然而卻也朦朦朧朧使她愉快．她妒忌的隱匿着，不使別人知道，決心要完全自己保守着．這使她十分的煩惱，她不能發見在那位美貌的少年朋友心上眞實的在想些什麼．有的時候，她似乎覺得他們之間並沒有什麼，然後她悲傷着，有如失去了貴重的東西．然而她卻並不討厭去接受別的男人們的注意，她相信，猶里之愛她，給她以一個選舉新娘似的高舉的樣子，使她格外的爲別的追求者們所希羨．她強烈的爲沙寧的在前所迷誘，他的廣闊的肩部，鎭定的眼光，從容不迫的態度都贏得了她的注意．當西娜感察到了他在她身上的勢力時，她便詛咒她自己缺乏自制力，雖然不是不貞正，然而她仍常常的繼續以很大的興趣去觀察他．

即在麗達發生了那末可怕的事件的那個黃昏，猶里和西娜在圖書館中相遇了．他們僅僅的互相問好，然後便各做各事，她在選揀書籍，他在翻閱最近的聖彼得堡的報紙．然而他們碰巧的一同離開了圖書館，並肩的沿了寂寞的月光照着的街道同走着．一切都如墟墓似的沈寂着，一個人僅能在間時的聽到守望者的喋喋聲與遠狗的吠聲。

到了林蔭路上時他們看見了一羣快樂的人正坐在林下。他們聽見笑聲；燃着的香煙的光亮中一瞬間現出一個美髭來正當他們經過那裏時，一個男人的聲音唱道：

美女的心腸，

如吹過田野的風似的任性……

當他們到了離西娜的家不遠的地方，他們坐在一張欖子上，那裏是很黑暗的。在他們之前是一條大街，在月光之下是白白的，禮拜堂頂上的十字架，在黑的菩提樹之上，如一顆星似的熠熠發亮。

『看呀，那是如何的美！』西娜叫道，當下她手指着禮拜堂。猶里讚賞的望着她的白肩，她穿的是小俄式的衣服，所以肩部裸露了出來。他渴欲抱她在雙臂之間，對着她的紅唇吻着。他感到彷彿他必須如此做，彷彿是她所希望的，她所希欲的。但他聽任這便利的時光過去了，他柔和的自己笑着，幾乎是在自嘲。

『你笑些什麼?』

『啊!我不知道!——沒有什麼!』猶里紛亂的答道,想要現出一無所感似的.『風景太好了.』

他們倆都默默不言,他們止靜聽着經過了黑暗而來到他們那裏的微弱的聲響.

『你曾經有過戀愛沒有?』西娜突然的問道.

『是的,』猶里徐徐的說道.『我可以告訴了她吧,』他想道.然後高聲的說道,『我現在正在戀愛之中呢.』

『和誰戀愛着呢?』她問道,她怕聽見那回答,然而她可以確定,她是知道那個答語的.

『和着你,當然的,』猶里答道,無效的裝着一個遊戲的口氣,當下他向前彎着,注視着她的雙眼,這雙眼奇異的在陰暗中發着光.他們表白着詫異與希望.猶里渴想擁抱她,竟感到那柔軟冰涼的肩膀和緊湊的胸部在他的手下,然而他的勇氣又痿怯下去了,他假裝的打了一個呵欠．

『他不過開開玩笑而已！』西娜想道，突然的冷了下來．她對於猶里方面的如此的躊躇，感到受傷了．她咬緊了牙根，忍回了她的眼淚，在一個變更了的口氣裏叫道，『無意識！』當下她迅速的站了起來．

『我是很嚴重的說着呢，』猶里帶着不自然的懇摯開始說道．『我愛你，相信我，我是熱烈的愛着你的！』

西娜拿起了她的書籍，不說一句話．

『爲什麼，爲什麼他像這樣的說着？』她自己想道．『我已讓他明白我是有心着，而他現在輕蔑着我．』

猶里俯身去拾起一本落在地上的書．

『是回家的時候了，』她冷淡的說道．猶里見她正在那個時候要回家，感得悲傷着，但他同時卻想着，他的一部分事，已辦得很成功了，沒有一點兒顯得平凡．然後他銘感的說道：『再會！』

她伸出她的手來．他迅速的彎身於手上，吻着牠．西娜縮了回去，微弱的叫道：『你做什麽？』

雖然他的雙唇僅只接觸到她柔軟的小手，他的情緒卻是如此的大，他竟只能微弱的笑着，看着她匆匆的走去，不久，他聽見她的園門喀啦的一響．當他走回家時，他的臉上表現着同樣的傻笑，這時，他呼吸着清潔的夜間空氣感得很壯健，心裏快樂着．

# 第二十二章

到了他房間裏時，這房間是又狹小，又悶氣，有如一個獄室。猶里又覺得生命是如前一樣的乏趣，而他的小小的戀愛插話，在他看來，也完全是平凡的。

『我從她那裏偸到了一個吻！什麼幸福！我是怎麼樣的英雄！這是如何美妙的浪漫事在月光之下，英雄引誘美貌的女郎以熱情的話與吻！呸！什麼鬼話！在如此的一個可詛咒的小洞中，一個人不自覺會成爲一個淺薄的傻子了。』

當猶里住在一個城中時，他想像鄉村乃是他所住的眞正的地方，在那裏，他能够和農民們聯絡，在炎日之下，與他們同事耕種的苦工．現在他有了機會去做這事了，而鄉村生活對於他又成爲不可忍受的，他渴欲得到一個城市的刺激，僅有在城市中他的精力纔能有所施展．

『一個城市的擾動與喧鬧！熱情的雄辯的驚人！』他這樣的狂樂的自言自語着；然而他不久又制檢着這樣的孩提似的熱心了．

『總之，這有什麼意思呢？政治與科學是什麼？理想在遠處是偉大的，不錯！但在每個人的生活上，他們只是一宗貿易，和別的東西一樣！爭鬬！巨人似的努力！但是在近代生存的狀態裏，使這一切都成爲不可能的！我受苦，我掙扎，我克服阻礙！唔，那末如何？有什麼結果？不在我的生時，無論如何！柏洛米修士想要給人類以火，他便這樣的辦了，那倒是一件成功！但我們怎麼樣？我們大多數人所做的事都不過是拋一束薪在我們所從不會燃點過的，我們也永不能弄熄了牠的一堆火上而已．』

這個思想突然的刺着他，如果事情做得不對，那是因爲他，猶里，並不是一個柏洛米修士．這樣的一個念頭，原是極可惱的，卻又給他以另一個引起了病態的自己苦惱的機會．

『我是那一類的柏洛米修士呢？常常從一個個人的利己的觀點上去看一切的事物．這是我，常常是我；常常爲了我自己．我是每一點都是又脆弱，又卑鄙，和我所心底鄙夷他們的一班人一般無二．』

這個比較是如此的使他不高興，以致他的思路又紛亂了．他有一會兒坐在那裏，默想着這個題目，努力要找出一二宗較勝於人的事．

『不，我不是和別的人一樣的，』他對自己說道，他在一個意識中，感到輕鬆了，『從我會想到這些事情上看來就是如此．像勒森且夫與諾委加夫與沙寧那些人做夢都永不曾想到這樣的做．他們沒有最遼遠的批評他們自己的意向，他們是完全的快樂而且自滿自足，像柴拉助斯特拉的得勝的猪．全個生命都簡而括之的集中於他們自己的極微的「自我」上；我乃是被他們的淺狹的精神所傳染了．啊，好的！當你和狠羣在一處時，你得要學着狠嚎這是自然的事.』

猶里開始在房間裏走來走去,如常的,他每變換了一個位置,他的思想的線索便也隨之而變換.

『很好.那是如此的.全都是一個樣子的,有許許多多事都想到的,例如,對於西娜·卡莎委娜,我的地位是怎樣的呢?我愛不愛她,那是沒有多大關係的問題是在,這個戀愛的結果是怎樣的?假如我娶了她,或在一定時期內同她發生關係.她那會使我快樂麼?去騙她,那是一件罪過,如果我愛她……唔,那末,我能够……很有可能的,她要有了孩子.』他想到這裏臉紅了.『那都沒有什麼不對的,僅不過這將成了一個束縛,而我將失去了我的自由.一個有家庭的人!家庭幸福!不,那不是我所過的生活.』

『一……二……三,』他計數着道,當他每次的想一步跨過兩塊木板而他的足踏在第三塊板上.『只要我能够確定她沒有孩子,或者我會那末喜歡他們,我的一生也都將爲他們而盡力!;如何可怕的平凡!勒森且夫也將喜愛他的孩子們的.那末,我們之間將有什麼區別呢？一個自己犧牲的生活！那是眞實的生活！是的，但爲了誰而犧牲呢？怎麼犧牲法子呢？不管我選的是那條路，也不管我問的是什麼目的，且顯示給我純潔完美的理想吧，爲了牠，我是值得死了的！不，這並不是因爲我怯弱，這乃是因爲生命自己是不値得去犧牲，去愛好的。既然這樣，也就不必在生活了！』

在以前，這個結論在他看來，從不曾有過那末絕對的確定的。在他的桌子上，放着一把手槍，每次，當他在房中走來走去時，經過了桌邊，牠的光漆的鋼鐵總捉住了他的眼。

他將手槍執了起來，仔細的檢驗牠。槍裏已裝好了子彈。他將槍管對準他的太陽穴。

『那裏！像那個樣子！』他想道。『嘭！一切都完結了。自殺而死究竟是一件聰明的事還是一件傻事呢？自殺是一個怯懦的行爲麼？那末，我想，我乃是一個懦夫了。』

冰冷冷的鋼鐵與他的滾熱的眉角的接觸，又是痛快，又是可驚。

『西娜怎麼樣呢？』他自己問道。『啊！好的！我將永不得到她，我便如此的留給別的人以這個愉樂了。』他一念到了西娜，便覺醒了溫柔的回憶，這些回憶，他以爲是情感的愚蠢，努力的要壓服下去．

『我爲什麼不放槍呢？』他的心似乎停止跳動了．然後，再來，這一次是很審愼的，他將手槍放在他的眉上，拉着槍機．他的血冷了；耳朶裏哄哄的作響，房子似乎旋轉起來．

手槍並沒有放出子彈來；只有槍機的喀啦的一聲響着，他能够聽得見．半眩暈的，他的手垂到身邊了．他身中的每一個纖維都顫抖着，他的頭部出着汗，他的嘴唇乾枯了，他的手戰抖得很利害．當他將手槍放到桌上時，牠竟和桌面相碰作響．

『我是一個好人！』他想道，當下他已恢復了他自己，便跑到鏡前，去看自己是什麼一個樣子．

『那末，我是一個懦夫了，我是不是？』『不，』他驕傲的想道．『我不是的！我很不錯的辦着這事．槍子放不出去，叫我又有什麼法子呢？』

他自己的影子從鏡中向他望着；很是一個莊嚴的呢，他想道．他想要自己勸說，他對於剛纔所做的事並不以爲重要，他伸出了舌頭，離開了鏡子走去．

『運命不使我如此死去呢，』他高聲的說道，這些話語的聲音似乎鼓勵着他．

『我疑心，不知有人見到我否？』他想道，當下他驚駭的四面望着．然而一切都是靜悄悄的，在緊閉的房門之外沒有一點東西移動的聲響可以聽得見．在他看來，彷彿世界上沒有一件東西存在着，也沒有受着這個可怕的孤寂之苦，只除了他自己．他吹熄了燈，從百葉窗的縫中，他看見了黎明的第一線紅光，他驚異起來．然後他躺身去睡，在夢中他覺到有巨大的東西，彎身於他的上面，噴出可怕的呼吸來．『這是鬼！』——他的心靈很恐怖的發出聲來．猶里努力去掙脫．但是『紅』的東西沒有走，沒有說話，也沒有笑，祇是嚼着牙齒．他的嚼牙是在訕笑呢，還是帶有憐憫的意思，無從去辨明，卻總是十分的可怕．

## 第二十三章

黃昏柔和的、摩撫的、雜着花香降到敞開的窗上。沙寧坐在靠窗的桌邊，努力要在逝去的光中讀一篇他所喜愛的故事。這篇故事寫的是，一個老牧師的孤寂悲劇的死，他穿着僧衣，執着一支珠寶的十字架，受衆人的膜拜，在香氣之中斷了呼吸。

房裏的空氣和房外一樣的涼爽，因爲柔和的晚風吹拂在沙寧的健壯的身體上，充入於他的肺部，輕輕的撫摩着他的頭髮。他沈浸在書中，只管讀下去，當下他的脣片時時的動着，他好像一個大孩子，在吞吃些一篇講述在印度安人中的冒險的故事。然而他讀得愈多，他的思想愈愁鬱起來。在這個世界上有多少人是沒有意識的謊誕的！人們是如何的魯笨與野蠻，他在觀念上是在他們之前頭如何的遠！

門開了，有一個人走了進來。沙寧擡眼望着他。『啊哈！』他叫道，當時他便閉上了書，『有什麼消息？』

諾委加夫憂鬱的微笑着，他執住了沙寧的手。

『呵！沒有什麼，』他說道，當下他走近了窗口，『糟得完全和從前一般無二。』

從沙寧所坐的地方，他能够看見諾委加夫的長個子的側影，映於暮天之中，有好一會兒他望着他，不說一句話。

當沙寧第一次帶了他的朋友去看望麗達時，她現在已不再像是一位驕傲的、高貴的以前的女郎了，她和諾委加夫二人都彼此不說一句話，談到最近於他們心中的一切事。他知道，說出了話時，他們要不快活的，然是他們如果不說話，更要是如此。在他覺得明白而容易的，他確定的覺得，他們卻僅只在受了許多苦楚之後，方纔能於摸索中得到所以當時他不去惹他們，但是那時候已看出這兩人處在閉塞的環境裏，遲早免不了要見面的。『讓牠這樣去吧，』他想道，『因爲受了苦難會純潔了，更高貴了。』然而現在，他覺到爲他們而設的機會已經來到了。

諾委加夫站在窗邊，沉默的望着夕陽。他的情調是一個奇異的情調，旣具着對於已失去者的悲傷，又渴慕着近前的快樂。在這個柔和的微光中，他對他自己畫出一位麗達來，憂愁而蒙羞，被衆人所侮辱。如果他有勇氣這樣做的話，他此刻已經跪在她面前，以吻去溫熱她的冰冷的小手，且用他的偉大而寬恕一切的愛情引起她到一個新的生命去。他渾身熾燒着做這件功德事的渴望，對自己的諒解和憐愛麗達的心，然而使他到她那裏去的能力卻鼓不起來。

對於，這沙寧是瞭然的。他徐徐的站了起來，搖了搖頭說道，

『麗達在花園裏呢。我們到她那裏去麼？』

諾委加夫的心跳得更快了。在他心中，似乎快樂與憂愁，可怪的交雜着他的臉色有

點變了，他激動的撫弄着他的髭鬚．

『唔，你怎麼說？我們去麼？』沙寧鎮定的重覆說道，彷彿他已決定要做一件重要而明白的事．諾委加夫覺得沙寧已知道一切擾苦他的事，他雖然有點安慰，卻還如孩子似的羞怯着．

『來吧！』沙寧溫和的說道，當下執住了諾委加夫的肩膀，推他向門走去．

『好的……我……』諾委加夫咿唔道．同時忽然感到一種喜悅的溫柔和想去吻沙寧的願望，但是他不敢去做，衹是用淚眼向他看望．

微霧泛於草地的枯乾的綠面上．這彷彿是一個不可見的人物沿着沈寂的路上走着，在寂然不動的樹林中走着，他一走近，沉睡的綠葉與花朶便柔和的顫動起來．夕陽仍在西方河水的前面映射出光輝來，河水熠熠有光的經過黑暗的草地而彎流過去．麗達坐在河邊上．她的優秀的身裁彎向水面，彷彿是一個黃昏中的悲戚的幽靈．被她哥哥的話語所感起的那種快樂和堅決的心情，如牠之來一樣迅快的又捨她而去，而羞恥與恐權又占據了她．雙雙的站立在她面前，使她想起她已沒有權利快活，且也不能夠活在世上．她整天的坐在花園中，手裏執着書，因爲她不能夠隨隨便便去望着她母親的臉．一千次她對她自己說，她母親的痛戚比之她自己現在所受到的簡直是不算什麽，然而每當她走近了她母親時，她的語聲便支吾了，在她的眼睛中也具有一道有罪的視線．她的羞紅的臉與可怪的紛亂的情態，最後引起了她母親的疑心，爲了避免她的尋求似的注視與焦急的探問，麗達寧願孤寂的過她的日子．因此，在這暮色蒼茫中，她便坐在河邊，凝望着夕陽，默念着她的悲苦．在她看來，生命仍是不可解釋的．她對於生命的意見是被一個可怕的幻影所蒙蔽的．好些她已讀過的書和許多偉大的自由的思想透進她腦中去，她也看出，她的行爲不僅是出於自然，而且幾乎是値得讚許的．她並沒有因此損害到什麽人，僅僅給她自己及別一個人以感覺的愉快而已．沒有這種的愉快，便將沒有青春，而生命牠自己便將荒蕪，煢獨，如秋天的一株無葉的樹．

她一想到她與一個男人的結合並沒有經過禮拜堂的准許的念頭，自己便也覺得牠有點可笑〃在人類自由的思想方面，這種的束縛早已被掃除到一邊去了．她眞的應該在這個新的生活中求快活，正如一朵花兒在一個晴明的早晨，因微風帶來了花粉與牠接觸着而愉快些一樣．然而她總覺得說不出的頹喪，比之最下流的還要下流．

她無論去尋找出所有這種偉大高尙的觀念與永久的眞理，在她的生產期卽在目前的念頭之前都如蠟似的融化了．她不僅不將她所鄙夷的人踏在足下，她的一個思想卻還要她能夠如何的盡力躱避了他們，欺騙了他們．

當麗達將她的悲戚隱瞞着別的人時，裝着虛假的快樂欺騙別人時，她覺得她自己與諾委加夫的接近，有如一朵花兒之接近於太陽光．一想到他是來拯救她的念頭，似是卑鄙，且幾乎是有罪的．她一想到她須要依靠着他的愛感與寬恕便激怒起來，然而她的求生的熱望和自身無力的認識卻更強過信念與反抗．

她對於人類的愚蠢的態度，加以恐怖，不去鄙夷；她不能望在諾委加夫的臉上，卻在他之面前凜凜的顫抖着，如一個奴隸．她的情形是很可憐的，有如一隻無助的鳥兒，牠的雙翼已經被剪去了，再也不能飛翔了．

有的時候，當她的苦楚到了不可忍受時，她便眞誠的詫異的想到她的哥哥．她知道，對於他，沒有什麼東西是神聖的，他望着她，他的妹妹，乃是以一個男人的眼望着的，他是自私的，不道德的．然而他卻是唯一的一個人，她在他的面前，覺得她自己是絕對的自由的，她還能和他公開的討論着她生活中最祕切的祕密．當他在身邊時她覺得一切都平凡而且不値錢：她有孕了，唔，那是什麼？她和人有過了私通．很好．這乃是她自願如此的．人們將鄙夷她、看輕她；這又有什麼關係？在她之前，有的是生命，是日光，是廣漠的世界，至於男人們呢，世界上多着呢．她的母親會悲傷．唔，那是她自己的事．麗達一點也不知道她母親的少年是什麼樣子的，而在她的死後，便不再自監察了．他們偶然的在生命的路上遇到了，同走了一段的路，是不能够而且不應該互相的反對着的．

麗達明白的知道，她自己終於不會具有她哥哥那樣的同樣的自由的．她之所以如此的想着者乃是由於這位鎭定的健全的人的影響，這人是她所親愛的讚頌着的可怪的思想來到了她的心上，一種違法性質的思想．

『如果他不是我的哥哥而是一個外人！……』她對她自己說道，當時她便匆促的努力去壓伏着可羞然而很誘人的想頭．

然後她想到了諾委加夫，她如一個卑賤的奴隸一樣，要求他的寬恕與他的戀愛．她聽見足步的聲音，回過頭望着．諾委加夫和沙寧默默的走過草地而向她走去．她在暗中不能看清他們的臉，然而她覺得可怕的時候已經到臨在目前了．她變得十分慘白了，彷彿生命已到了終結之時．

『那邊！』沙寧說道．『我已把諾委加夫帶來給你了．他自己將告訴你他所要告訴的話．安安靜靜的留在這裏吧，我去喝茶了．』

他轉了一個身，迅快的走開去了，他們有一會兒凝望着他的白色的襯衫，然後他消失在黑暗中不見了．是這樣的沈寂無聲，竟使他們不能相信他已走到了四面圍着的樹林的陰影之後．他們目送他走，兩人從行動上都明白一切都已說妥，祇須重新複一聲就好了．

『麗達・彼得洛夫娜，』諾委加夫柔聲的說道，他的語聲是如此的憂鬱而動人，竟進到她的心中去．

『可憐的人，』她想道，『他是如何的好．』

『我知道了一切的事，麗達・彼得洛夫娜，』諾委加夫繼續的說道，『但我還是和從前一樣的愛着你．也許有一天你也會知道愛我．告訴我，你願意做我的妻麼？』

『我最好對於那事不要說得太多了，』他想道，『她必須永遠不知道我爲了她是有了什麼樣的一個犧牲．』

麗達默默不言．在這樣的沈默中，人能夠聽得見河水漣波之聲．

『我們倆都是不快活的，』諾委加夫說道，自覺這句話是發之於他的心底的．『我們倆在一處了，或可覺得生活下去比較容易些．』

麗達的眼睛中充滿了感激之淚，當下她轉身向着他，喃唔道，『也許的．』

然而她的眼睛卻在說道：『上帝知道我要做你的一個好妻子，愛你，敬你．』諾委加夫讀出了他們的意義．他猛撞的跪了下去，握住她的手，熱情的吻着她．爲這種的情緒所激動，麗達忘記了她的羞恥．

『那是過去了！』她想道，『我將再快樂起來了！親愛的好人！』她快樂得哭了起來，給他以一雙手，彎身於他的頭上，吻着他的柔軟如絲的頭髮，這髮是她所常稱讚的．薩魯定的一個幻影現於她的面前，但立刻便又消失去了．

當沙寧回時，已經給了他們以充足的時間彼此的解釋着，他也是這樣的想，他看見他們坐在那裏，手牽着手，正在靜靜的談着．

諾委加夫說他永遠不斷的愛她，麗達也說現在是愛他的．這是實話，因爲麗達需要愛情與幸福，希望在他身上找到，因以愛自已的希望．他們覺得他們永不曾那樣快樂過．

一看見沙寧，他們不言語了，用羞恥，快樂和信任的眼神看着他．

『啊哈！我看見這是怎樣的了！』沙寧莊重的說道．

『謝謝上帝，希望你們快樂．』

他正要說些別的話，但卻高聲的打了一個噴嚏．

『這裏潮溼着呢．當心你們不要受了涼，』他說道，擦着他的眼．

麗達笑了．她的笑聲的回響，甜美的經過河面．

『我必須走了，』沙寧過了一會說道．

『你到那裏去？』諾委加夫問道．

『史瓦洛格契和那個崇拜托爾斯泰的軍官，他是什麼名字？一個瘦瘦的德國人，來叫我去．』

『你說的是王狄茲，』麗達笑道．

『就是那個人．他們要我們全都和他們同到一個會中去，但我說，你不在家．』

『你爲什麼這樣說？』麗達問道，仍然笑着；『我們也可以同去．』

『不，你停留在這裏吧，』沙寧答道．『如果我有了人兒和我作伴，我便也將不去了．』

他說了這話，便離開了他們。

夜迅快的來了，第一次出現的熠熠的明星是反映在疾流而去的河水上。

# 第二十四章

黄昏是黑而且熱。在樹林之上，雲片在天中彼此追逐着，匆匆的進行，彷彿去赴什麼秘密的目的。在上面的闇淡的碧空之中，微星在熠熠的發光，然後又不見了。在天上，一切都是擾亂的，而地上則彷彿在等待着，有如在收氣斂息的休止着。在這個沉寂之中，人們辯論的語聲粗暴尖銳的在響着。

『無論如何，』王狄茲叫道，他以不易指揮的樣子，盲然的說下去，『基督教給人類以一個不可毀滅的賜物，牠乃是唯一的道德系統，完全而且充滿的。』

『確是不錯，』猶里答道，他在王狄茲後面走着，挑戰的搖着頭，雙眼注視着王狄茲的背部，『但在牠的與人類獸性的衝突上，基督教卻已自己證明了與一切別的宗教一樣的無能。』

『你說「自己證明了」是什麼意思？』王狄茲憤怒的叫道，『將來是屬之於基督教的，你要是以爲牠已經是腐敗了的……』

『基督教是沒有什麼將來的，』猶里暴躁的插了進去。『如果在牠發展的頂點時，基督教尙不能勝到，卻只成了一羣無恥的虛僞者的工具，則在今日而欲希望一個奇蹟，乃是很荒謬的念頭，當時卽基督教這個名辭說出來也是奇怪的。歷史是不留情面的，凡是已經在世界上毀滅了的東西是再也不能復回的。』

木製的行人道在脚底下微微的發白，樹下瞧不見一點光亮，掷恐怕觸到行人道的椿子上去的念頭使人惱怒，人語聲顯得是不自然的，因爲看不見臉龐。

『你的意思是說基督教已經從世界上消滅而去了麼？』王狄茲叫道，他的聲音裏露出張大的驚奇和憤恨的心情.

『當然的,我是這個意思,』猶里固執的繼續說道.『你似乎在詫異着,彷彿覺得這樣的一個觀念是完全不可能的.正如摩西的法律之逝去,正如釋迦佛與希臘諸神的死亡一樣,基督也是要這樣的死亡的.這不過是進化的法則.為什麼你要這樣的驚異着呢?你並不相信他的訓條的神聖是不是,你?』

『不,當然不是的,』王狄茲反駁道,他為猶里的觸犯人怒的口氣所惱,比之他所問的問題為尤甚.

『那末,你怎麼能夠堅執的說,一個人是能夠創造永久的法律的?』

『白癡!』猶里想道,他很快意的堅信王狄茲在學問上是比之他低下得多的,他永不能明白如太陽之明白清楚的事,因此使他生出無論如何要去辯服那軍官的願望.

『也許是這樣的吧,』王狄茲說道,他也激怒起來.『無論如何,將來是會以基督教為基礎的牠不會毀滅的,不過如種子在泥土中,將來的出產……』

『我不是談到那個，』猶里說道，有一點紛亂起來，因此更惱怒的說道，『我的意思是說……』

『不，請你原諒，但那個乃是你所說的……』王狄茲忙把上面一段意思放走，勝利似的反駁起來，一面向四圍望一望，離開行人道走到街邊去了。

『如果我說不，那末我的意思就是不，你怎麼這樣的矛盾！』猶里插說道，他一想到，這個傻子王狄茲倒有一會兒假裝着以爲他自己是更聰明的，便格外的憤怒起來，『我的意思是說……』

『那也許是的，如果我誤會了你，我是很抱歉的，』王狄茲聳聳他的狹肩，帶着一種自卑的神氣，簡直是要說他在辯論中已占了上風。

猶里是看出了這個神氣的，他的憤怒和忍辱幾乎窒息了他。

『我並不否認基督教有很大的影響……』

『嚇！現在你自己矛盾着了，』王狄茲叫道，比前更爲勝利，他覺得他比起猶里來是不可比的超越，因此非常的高興，猶里是顯然的對於他自己頭腦中的那末淸楚明白的事並沒有過最遼遠的觀念．

『在你看來，也許我似在自己矛盾着，』猶里痛楚的說道，『但是，在實際上，我的辯論乃是一個完全合於邏輯的，如果你不願意明白我的話，那便不是我的錯誤了．我剛纔說過，我現在再說一遍，基督教是過去的了，要想望向牠那裏得救是沒有用處的．』

『不錯，不錯；但你的意思是不是否認基督教的影響是有裨益的，那便是說，對於社會秩序的基礎上？……』

『不，我並不否認那個．』

『但我卻是否認的，』沙寧插了進去說，他直到此刻都還默默的跟在他們後面走着．他的語聲又鎭定，又快樂，與兩個辯論着的粗率的高聲比起來，恰是很奇怪的對照．

猶里默默不言．這個和平而譏嘲的語調惱怒了他，然而他還沒有預備好回答．他是不愛和沙寧辯論的，因爲他的平常的字彙對於這樣的一位對手是一無所用的．每一次他都似乎是站在滑滑的冰塊上，而欲推倒了一座堅牆．

王狄茲卻撞着的前進，他的刺馬距咯咯作響，惱怒的叫道！

『我可以問一句爲什麼否？』

『就因爲我是否認的，』沙寧冷靜的答道．

『就因爲你是否認的！如果一個人主張一件事，他便應該要證明牠出來．』

『爲什麼我必須證明牠？任何事都是無須乎證明的．這是我自己個人的信仰，但我一點也沒有意思要你也相信．並且，那也是無用的．』

『依據了你的這個樣子的理論，』猶里謹愼的說道，『那末一切文學最好都付之一火了．』

『啊，不！爲什麼要付之一火？』沙寧答道．『文學乃是一種非常偉大、非常有趣的東西．眞實的文學，如我所指的，並不是像自負不凡的人一樣的喋喋好辯的；自負不凡的人一事不做的，只想使每個人曉得他乃是一位極聰明的人．文學改造生活，深入人類的生命血之中，從這一代到那一代要毀滅文學，便要從生命中取出一切色彩而使牠索然無味了。」

王狄茲忽然停步，讓猶里先走過去，然後他問沙寧道：

『啊！請你再告訴些！你剛剛說的話使我極感興趣。』

沙寧笑了。

『我所說的話是極為簡單的。如果你願意，我可以將我的意見說得更詳細些。在我的意見裏，基督教在人類生活上所做的一部分事卻是可傷的。正當人們覺到了他們的運命是不可忍受的時候，正當他們那些被踐踏着，被壓迫者恢復了他們的意識，決心要推翻了事物秩序的極大的不平，要毀滅了一切人類中的寄生蟲的時候——那末，我說，基督教便出現了，和善、謙卑且給你以多量的未來的福壽，牠反對爭鬬，說着永久幸福的幻影，催使人類入於甜蜜的睡眠，宣講着一個對於暴行的無抵抗的宗教，簡言之，牠的行動便如做了這一切被關閉了的憤怒的保險門。那些具着強烈的性格，在一種反抗精神中養育而成的人，渴想擺脫了千百年來的桎梏的，也完全失去了他們的火。有如怯懦的人一樣他們走進了決鬭場本帶着値得從事於更好的目的之勇敢的，卻遇到了滅亡。天然的，他們的仇敵是並不希望比這個更好的事了。現在，在反抗的火焰再度燃熾起之前，總需要好幾個世紀的不名譽的壓制的。基督教將每個人類都穿上了一襲的懺悔的袍子，在袍內藏起了一切的自由的色彩，這些人本都是太頑強了，不易爲人所奴使的。牠欺騙了強者，他們在現在原是可以得到幸福與快樂的，牠將生命的重心轉移到了將來，到了一個沒有存在的夢境中，他們沒有一個將會看見這個夢境的。因此，一切的生命的俊美都消失了；勇敢、熱情、美麗，一切都死亡了；只有責任是存在着，還有便是一個將來的黃金時代的夢——黃金也許是的，卻是將來的事，爲了別人的事。是的，基督教做了那一部分可傷的事；基督教的名字還要永遠的成爲全人類的詛咒。」

「唔我永遠不！」王狄茲插進去說道，當下他忽然的又立住了足，在暮色中搖擺着他的長臂。「那眞是有點太過了！」

猶里的心裏發生了一種複雜的情感：沙寧的話彷彿並沒有什麼特別，沙寧和他兩人都能說所想說、所願說的話，但是對於那『不可知的人』的巨大的恐怖的影子，——那恐怖的存在是猶里在心裏忘記而不願意去想的，——橫梗在那已停止住的思想上面。猶里頗感到這種秘密的懼怕心，因此覺得生氣。

『然而，你卻從不曾想到過，如果沒有基督教將世界改換過，則一個流血的可怕時代將如何的延長着呢！』猶里激動的問道。

『哈哈！』沙寧以一個輕蔑的姿勢答道，『起初，在基督教的衣衫之下，決鬥場上是塗滿了殉教者的血，然後，到了後來，人們則被酷殺、被監禁於監獄與瘋人院中。現在是每一天都有流血，比之一個世界革命所得流的血還要多。最壞的是，每一次改進了人類的生活，常常是要因流血、無政府、反抗而始告成，雖然人們總是要將慈悲與愛憐作爲他們的生活與行爲的基礎。全個事件的結果便是一幕愚蠢的悲劇；虛僞、僞善，既沒有肉、也沒有家禽。至於我呢，我倒贊成一場的世界的災禍，而不願意見一種沈悶的植物的生存，這個生活大約再要經過以後的兩千年呢。』

猶里沈默不言。說來可怪他的思想並不注在說話者的話語上，卻注在說話者的人格上。沙寧的絕對的確定，在他看來是可惱的，在事實上是不可忍受的。

『可否請你告訴我，』他開始道，不自制的要向前傷損沙寧，『為什麼你談話時，常常是彷彿在教訓小孩子似的？』

王狄茲對於這句話覺得不安，說些和解的事，略略的響着他的刺馬距。

『你說這話是什麼意思呢？』沙寧銳聲問道，『你為什麼如此生氣？』

猶里覺得他的話是不客氣的，他不應該再向前走了，然而他的受了傷的自尊心驅使他再說道

『這樣的一種口氣實在是最不愉快的。』

『這實在是最不愉快的語調子，』沙寧答道，一半惱着，一半急要平平猶里的氣。

『唔這不往往是一個合式的，』猶里揚聲續說道，『我眞的想不出什麼東西會使

你如此的口氣堅決不移.」

『也許便是因爲我自覺比你更聰明之故，』沙寧答道，現在他是十分的鎮定着.

猶里立定了足，從頭到足的全身顫慄着.

『聽我說！』他粗暴的叫道.雖然看不見臉容，卻感得出臉色在發着死白色.

『不要生氣！』沙寧插說道.『我並沒有意思要想違抗你，我不過表明我的誠實的意見而已.這乃是同一的意見，你對於我，王狄茲對於我們倆等等，這是很自然的.』

沙寧如此坦白的友誼的說着，如再要表示不樂便要成爲荒謬不經的了.猶里沈默不言，王狄茲仍然關心於他的行爲，又咯咯響着他的刺馬距，呼吸艱難的.

『無論如何，我是不當着你的臉告訴你以我的意見的，』猶里咿唔道.

『不，那便是你所以致錯的地方了.我現在還在靜聽着你的討論，反對的精神在鼓動着你所說的每一個字.這完全是一個形式的問題.我說出我所想的，但你卻並不說出你所想的；這是一點也沒有趣味的.如果我們全都更爲忠懇些，我們倆便都可更爲愉快些了』

王狄茲高聲的笑了起來。

『什麽一個別致的觀念！』他叫道。

絡里並不回答他的怒氣已經平靜下去了，他幾乎覺得愉悅着，雖然他想到他占了下風，便惱着，並且不想去承受這個觀念。

『如此的一類的事總似有點太原始了，』王狄茲簡潔的說道。

『那末，你還是要牠複雜而難解吧？』沙寧問道。

王狄茲聳聳肩，沈入思想之中。

# 第二十五章

他們經過了林蔭路，沿了鎮外的陰暗的街道走着，不過這些街道卻比林蔭路更爲光亮。木頭的行人路與黑漆漆的地上相映，格外顯得清楚，頭上是穹形的爲雲片所蔽的灰色天空，到處卻星光熠熠的耀着。

『我們到了，』王狄玆說道，當下他開了一扇矮門，從門中不見了。以後他們立刻聽見一隻犬的粗糙的吠聲，還有一個人在叫道：『躺下去，沙爾丹（犬名。）』在他們之前的是一片廣大空曠的天井，在天井的那一邊，他們看見了一個黑堆，那是一座蒸氣磨坊，牠的狹小的烟突，悲戚的聳於空中。在她四周都是棚廠，除了在一個小花圃中與隣於牠的室前之外，沒有地方一棵樹木也沒有。

『好一個陰鬱的地方，』沙寧說道。

『我想磨坊已經很久不工作了吧？』猶里問道。

『呵！是的，很久很久很久了！』王狄茲答道，當他經過那燈光輝煌的窗中時，他向窗中看進去，以一種滿意的口氣說道，『呵呵！一大堆的人已經是。』

猶里和沙寧也由窗中看了進去，看見人頭在濃濃的靑色烟雲中轉動。一個闊肩的人，頭髮鬈曲着，靠身在窗盤上叫道：『是誰來了？』

『朋友們！』猶里答道。

當他們走上石級上，他們衝見了一個人，他和他們親熱的握着手。

『我怕你們不來了！』他以一種快活的聲音說道，帶着強烈的猶太的高音。

『梭洛委契克——沙寧，』王狄茲說道，替他們兩個人介紹着，握住了梭洛委契克的冷顫的手。

梭洛委契克神經質的笑着。

『我眞高興碰見了你』他說道。『我聽見那末多關於你的話，而你要知道——』

他倒退到後面去，仍然握住沙寧的手他這樣的退着時與猶里相碰了還踩着了王狄茲的脚。

『我求你原諒，約加夫·阿杜爾夫威茲！』他叫道，當下他向前使大勁的握住了王狄茲的手。他們如此的立在黑暗中一會兒，然後纔能找到了門。在前室裏，釘着好幾行的長釘，那是梭洛委契克特別的爲今夜之用而釘上了的，釘上掛着帽子，而緊靠於窗口是許多深綠色的瓶子，內裝着皮酒。即在前室裏，也彌漫了烟氣。

在燈光之下看來，梭洛委契克乃是一位年輕的黑眼睛的猶太人，頭髮鬈曲着，小身個兒，牙齒已經壞了，當他不斷的微笑着時，這朽腐的牙齒便常常的顯露出來。

新來的人爲一陣喧嘩的歡迎聲所祝賀。猶里看見西娜·卡莎委娜坐在窗臺上，立刻，一切東西對於他似都成了光明而快活的了，彷彿這個聚會不是在一所窒人的烟氣瀰漫的室中舉行而是在春天的美麗的翠綠的草地上舉行着一次宴會一樣。

西娜略略有些紛亂，快活的向他微笑着。

『唔，先生們，我想我們已經都到齊了，現在，』梭洛委契克叫道，想要以他的微弱不堅定的聲音，高朗的愉快的說着，還可笑的弄着手勢。

『我求你原諒，猶里．尼古拉耶威慈，我似乎常常的要碰上你的身體，』他笑着說道，當下他閃避的向前走去，努力要顯出禮貌來。

猶里高高興興的握住了他的手臂。

『不要緊的，』他說道。

『我們還沒有到齊呢，鬼把其餘的人捉去了！』一位肥大美貌的學生叫道。他的高朗的做買賣人的口音，使人覺得他是常常命令慣了人的。

梭洛委契克向前跳到桌邊，搖起一隻小鈴來。他又微笑起來，這一次是因爲想到了要用一個鈴，覺得十分滿意。

『啊！不要搖鈴！』那位學生咆哮道。『你總是做着這一類愚笨的無意識的事這是一點也不需要的。』

『唔……我以爲……那……』梭洛委契克囁嚅的說道，當下，他將鈴放入他的衣袋中了，看來有些懊惱。

『我想桌子應該放在房子的中間，』那位學生說道。

『是的，是的，我立刻便要將桌子移動了！』梭洛委契克答道，當下他匆匆的握捉住了桌子的邊。

『當心那盞燈——』杜博娃叫道。

『不是那個樣子移動的！』那位學生叫道，拍打着他的膝頭。

『讓我來幫助你吧，』沙寧說道。

『謝謝你！請——』梭洛委契克懇切的答道。

沙寧把桌子放在房子的中間，當他這樣的搬着時，所有的人的雙眼都注在他的強壯的背部與有筋肉的肩膀，這些肉體從他薄衫中顯出。

「現在，格斯奏加，你是這個會的發起者，須要你致開會辭了，」灰白臉色的杜博娃說道，從她的雙眼的表情上看來，我們很難說她究是眞誠的這樣說，還是僅不過和這位學生開開玩笑。

「小姐們和先生們，」格斯奏加開始道，揚起了他的聲音「每個人都知道我們今天晚上爲什麼聚會在這個地方，所以我們可以無需乎什麼開會辭。」

「實實在在的，」沙寧說道，「我不知道我爲什麼到了這裏來，但是」他笑着接下去說道，「這或者因爲有人告訴我，這裏預備了些皮酒。」

格斯奏加從燈上輕藐的向他望着，繼續的說道：

「我們的會的發起，是爲了自己教育的目的，其方法是互相讀書、辯論、獨立的討論——」

『互相讀書麽？我不明白，』杜博娃以一種也許會被人當作譏嘲的口氣插說道，格斯秦加微微的紅了臉，

『我的意思是說一切人都參加進去的讀書，因此，我們這個會的目的便是要發展個人的意見這將使這個鎮中建設了一個同情於社會民主黨的會……』

『啊哈！』伊凡諾夫囁嚅道，當下他搔着他的頭的後部。

『但關於那件事，我們將在以後討論在開頭的時候，我們將不使我們自己去解決那末重大——』

『或者是細小……』杜博娃提示的說道。

『問題，』格斯秦加繼續的說道，假裝着不聽見。『我們要開始去定出一個目錄來，寫出我們所要讀的那些著作，我提議今天晚上便專門去做這一件工作。』

『梭洛委契克，你的工人來了沒有？』杜博娃問道。

『是的，他們當然來的！』梭洛委契克答道，彷彿他被針刺似的跳了起來。『我們已

經派人去叫他們來了.」

「梭洛委契克,不要那末高聲的嚷着!」格斯秦加叫道.

「他們來了!」夏夫洛夫說道,他靜聽着格斯秦加的話,幾乎是帶着崇敬的意向.

在外面門格格的響着,犬的高吠聲又聽見了.

「他們來了!」梭洛委契克叫道,便衝出房外去.

「躺下去,沙爾丹!」他從門口叫道.

有沈重的足聲,咳嗽聲和幾個人說話的聲音.然後從工業學校來的一位年輕學生進來了,非常的像格斯秦加,只不過他是黑而樸率些.與他同來的是兩個工人,看來拙笨而羞澀的,雙手齷齷齪齪,他們汚穢的紅衫上穿着短褂.其中的一個是非常高大而瘦弱的,他的新剃的憔悴的臉上,表示着許多年來半陷饑餓,久於謹愼、壓抑的妒怒的符號.其他的一個具有一副體育家的外形,闊肩、身體合度、頭髮是鬈曲的.他四周的望着,好像是一位少年農人第一次進城去的一個樣子.梭洛委契克從他們之中走了過去,開始莊重的說道，『先生們，這些是——』

『呵！夠了夠了！』格斯秦加叫道，如常的中斷了他的話，『晚上好，同志們。』

『彼茲助夫與科特里夫耶，』工業學校的學生說道。

那兩個人小心的走進房內，屏氣納息的一一握着向他們表示歡迎的伸出的手。彼茲助夫紛亂的微笑着，科特里夫耶則轉動着他的長頸，彷彿他襯衫的領子窒住了他。然後他們坐在窗邊，近於西娜。

『尼古萊夫為什麽不來？』格斯秦加銳聲的問道。

『尼古萊夫不能夠來，』彼茲助夫答道。

『尼古萊夫喝得大醉了，』科特里夫耶輕聲的加上去說道。

『呵，我知道，』格斯秦加說道，同時搖着他的頭。在他的一方面，這個舉動似是表示憐恤，卻早惱了猶里，他將這位大個子的學生當作自身的一個敵人。

『他選着了更好的一件事了，』伊凡諾夫說道。

犬又在天井裏吠着了

『又有人來了，』杜博娃說道．

『也許是警察，』格斯秦加假裝着漠然無動的說道．

『你眞願意讓警察來呢，』杜博娃叫道．

沙寧對她的聰慧的雙眼望着牠的美髮的辮子掛在雙肩上，幾使她的臉也足動人了，

『一個漂亮的女孩子，那是！』他想道．

梭洛委契克跳了起來，彷彿要跑出來，但反省了一下之後，便假裝的從桌上取了一支雪茄，格斯秦加看出了這事，並不回答杜博娃，卻對梭洛委契克說道：

『你是如何的不安呀，梭洛委契克！』

梭洛委契克臉紅了，悲傷的佯爲不視．他朦朧的覺得他的熱心是不該這樣嚴刻的被鄙視的．然後諾委加夫喧嘩的走了進來．

『我來了！』他叫道，愉快的微笑着。

『我知道的，』沙寧答道。

諾委加夫和其餘的人握了手，匆急的低語說道，彷彿是求恕的樣子，『麗達・彼得洛夫娜有了客人。』

『呀是的。』

『我們到了這裏來，僅僅爲了談談話麼？』工業學校的學生有點厭惡的問道。『現在我們開始了吧。』

『那末你們還不曾開始麼？』諾委加夫說道，顯然的愉快着。他和那兩位工人握手，他們匆匆的立了起來。遇見醫生，當作同志，他們是有點不安的，當在醫院中時，他常視他們爲他的低一級的人。

格斯秦加看來有些懊惱，然後開始了。

『小姐們和先生們，我們天然的全都願意廣大我們的眼界，放闊我們的生活觀念；

還相信，自己教育自己發展的最好方法，乃在於一個有系統的讀書，並且對於所讀的書各人交換意見，我們已經決定要開始這個小小的俱樂部——』

『那是對的，』彼茲助夫贊成的嘆氣道，當下他以光亮的黑眼周望着同伴們。

『問題現在發生了，我們應該讀什麼書？也許有人在這裏的，能夠提議出關於應該選擇的目錄麼？』

夏夫洛夫戴上了他的眼鏡，徐徐的立了起來，在他的手裹，他執着一本小小的紀事簿。

『我以爲，』他以他的乾燥的無趣味的聲音開始道，『我以爲，我們的目錄應當分成兩個部分．在知慧的發展的目的上，這兩個成分都無疑的是必需的：研究從最早時代以來的生活與研究現實的生活．』

『夏夫洛夫有了口辨了，』杜博娃叫道．

『關於前者的知識，我們能夠由閱讀歷史的與有科學價值的名著中得到，關於後者的知識，可以從文學中得到，文學使我們與生活面對面的相見着．』

『如果你這樣的對我們說下去，我們不久便要沈沈的睡下去了．』杜博娃禁不住的這樣說道，在她的眼中有一個諧謔的瞬光．

『我正想把話說得使大衆都可以明白，』夏夫洛夫和善的答道．

『很好你盡能力的說下去吧！』杜博娃說道，以一種姿勢表示她的服順．

西娜·卡莎委娜也對夏夫洛夫笑着，別具嫵媚的姿態，她的頭向後彎着，顯出她的白而有致的喉嚨來．她的笑聲乃是一種豐富的音樂的．

『我擬好了一張目錄——但我如果讀了出來，會不會使你們不耐煩？』夏夫洛夫說道，偷偷的望着杜博娃．『我主張開始讀家族的起源以及達爾文的著作，在文學上，我們要取托爾斯泰．』

『當然的，托爾斯泰！』王狄茲說道，看來他自己異常的高興，當下他去點了一支香烟．

夏夫洛夫停頓了不說下去直等到那支香烟燃着了，然後繼續讀下他的目錄：

『柴霍甫、易卜生、哈姆生——』

『但是我們全都讀過這些了——』西娜・卡莎委娜叫道．

她的愉快的聲音使猶里顫慄着，他說道：

『當然的夏夫洛夫忘記了這不是一個星期學校．且這是如何的混雜呀，托爾斯泰與哈姆生——』

夏夫洛夫柔和的援引些辨論的話，用以維持他的目錄，然而他說來是如此的紛亂，竟沒有一個人能夠明白他．

『不！』猶里着重的說道，他覺察出西娜・卡莎委娜在望着他，他覺得很高興，『不，我不能贊同你．』然後他繼續的發表他關於這個題目的自己意見．他說得愈多，愈要想博得西娜的贊許，毫不憐恤的攻擊着夏夫洛夫的計劃，卽對於他自己本來同意的幾點也下攻擊．

胖子格斯奉加現在發表他對於這個題目的意見了。他以爲他自己是最聰明的，最雄辯的，比他們全都更有學問；並且在像這樣的一個他所組織的小俱樂部裏，他是要奏第一次琴的。猶里的成功惱怒了他，他覺得非反對猶里不可。他並不明白史瓦洛格契（即猶里）的意見，所以他不能全部的反對他們，僅能捉住了他的辯論中的幾個弱點而加以堅決的反對。

於是一場冗重而顯然沒有了結的辯論開始了。工業學校的學生伊凡諸夫與諸委加夫同時起來發言爭辯，從淡巴菰的烟雲中能夠看見熱而憤怒的臉，同時，字句與成語無望的糾纏在一團紛亂的渾沌之中，最後竟損失了一切的意義。

杜博妹凝望着燈光靜聽着，夢想着西娜·卡莎委娜一點也不加注意，但開了窗戶，面朝着花園，合着她的雙臂，靠在窗檻上，在黑漆漆的夜色中看出去。起初她分辨不出一點東西，但黑色的樹木漸漸的在暝色中現出了，她還看見在園籬上及草上的光。一陣溫和清新的微飔吹拂在她的肩上，輕輕的觸着她的頭髮。

向天上望着，西娜能夠看見雲片的急驟進行，她想到了猶里與她的愛情，她的情緒，當是愉快的默想然而卻有一點兒憂愁；這是如何的佳妙休息在這個地方，當着涼爽的晚風，全心全意的靜聽着一個人的說話，這人的聲音，在她耳中比之在別人耳中是格外的清楚，格外的理會得的。同時，嘈雜的聲音更大了，這是顯然的，每個人都自以爲他自己比之他的同伴是更爲多學更爲聰明的，因此，竭力欲說服了他們，最後，事情竟成了那末不愉快的，即他們之中最和平的也發了脾氣了。

『如果你像那樣的批判着，』猶里叫道，他的雙眼發着亮光，因爲他焦急的不欲在西娜的面前表示退讓，雖然她不能聽見他的語聲，『那末我們必須回到一切觀念的來源了——』

『那末，在你的意見中，我們應該讀些什麼呢？』敵意的格斯秦加說道。

『你們應該讀些什麼？呵，孔子，福音書，教義……』

『讚美詩與創始記，』工業學校的學生譏嘲的插嘴道。

格斯奏加惡意的笑着，他明白他自己從不曾讀過這些書之一。

『那些書有什麼益處呢？』夏夫洛夫以失望的語氣問道。

『那像他們在禮拜堂中所做的一樣！』彼茲助夫竊笑道。

猶果的臉紅了。

『我不是在說笑話。如果你願意合於邏輯，那末……』

『呵！但你不是剛纔對我說到基督的麼？』王狄茲雀躍的說道，

『我說些什麼呢？……如果一個人要研究生活，要形成人與人之間的相互關係的有限定的觀念，則他的最好的路當然是要在那些代表人類最好的模範，專誠一志的犧牲了他們的一生去解決關於人類關係的最簡單的及最複雜的問題之巨人的作品裏得到一個完全的知識了。』

『我不能贊同你的意見，』格斯奏加反駁道。

『但我是贊成的，』諾委加夫熱烈的叫道。

又是一切都紛亂着，無意識的喧鬧着，在這個時候，要聽任何人發言的開端或結束是不可能的。

梭洛委契克爲這個語言的戰爭，減到默默不言，他坐在屋角，靜聽着，其初他臉上的表情是一個專注的表情，幾乎是孩提的興趣，但過了一會，他的疑惑與他的困苦都在他的嘴角與他的眼角的線紋上表現出。

沙寧喝着，吸着烟，不說一句話，他看來完全是厭倦了，當在喧嘩不已的中間，有的人的語聲是異常的熱烈着時，他站了起來，弄熄了他的香烟，說道：

「我說，你們知道不知道，這成了討厭的事情呢！」

「不錯，眞的是！」—杜博娃叫道。

「了然的虛榮心與精神的懊惱！」—伊凡諾夫說道，他正在等候着一個適當的時機插進他這一句他所喜說的句子。

「在那一方面？」—工業學校的學生憤怒的說道。

沙寧並不注意到他，但回頭向着猶里，說道：

『你眞的相信，你能够從任何書本上得到一個生活的概念麼？』

『當然我是能够的，』猶里答道，帶着詫異的口氣。

『那末，你是錯了，』沙寧說道。『如果這事眞是這樣的話，那末，一個人能夠用了給百姓們同一個趨勢的作品去讀的方法，而將全個人類都範在一個型式之中了。一個生活的概念僅能從生活牠自己那裏得到，在牠的整個之中，文學與人類的思想不過是其中極小的一部分而已。沒有生活的理論能夠幫助一個得到這樣的一個概念。因爲這個依靠着各個人的情調或心的型格，這個情調乃是不斷的變動着的，變動的時期是終於人的一生。因此，這是不可能的，去形成如此的一種堅固確定的生活概念，如你所似乎急於……』

『你說「不可能」是什麼意思？』猶里憤怒的叫道。

沙甯看來又厭惱着了，當下，他答道：

『當然這是不可能的．如果一個生活的概念是一個完全的固定的理論的結果的話，那末人類思想的進步便立刻要被捉住了；在事實上牠是停止了的．但這樣的一件事是不能允許的．生命的每一瞬間都在對我們說着牠的新語，說着牠的新使命，對於這，我們必須靜聽牠，明白牠，先不要爲我們定好了一個限制．總之，討論這事有什麼意思呢？隨你怎麼想都可以．我要問你一句話，爲什麼你讀了好幾百部的書，從傳道書直到馬克斯，却還不能形成生活的任何概念呢？』

『爲什麼你以爲我沒有呢？』猶里問道，他的黑漆漆的眼中耀着惡意．『也許我的生活概念是錯的，但我是有的．』

『很好，那末，』沙甯說道，『那末你還想形成的是甚麼？』

彼玆助夫竊笑着．

『你……！』科特里夫耶藐視的叫道，當下他的頭頸扭曲着．

『他是那末聰明！』西娜·卡莎委娜想道，充滿了對於沙甯的原始的讚美．她對他望着，然後對史瓦洛格契望着，幾乎覺得是很鄙卑，然而又奇怪的快樂着．這彷彿是，那兩位辨論者正在爭辨着那一位應該得到了她的問題似的．

『那末，』沙寧繼續的說道，『你並不需要我們所以要聚集來的目的．這下文在我看來，這是很明白的，今天晚上到這裏來的每一個人都想要強逼別的人接受了他的意見，因爲他自己生怕不這末一來的話，別的人便要逼着他如他們所思想的思想着了．唔，說句很坦白的話，那是很可討厭的．』

『一會工夫！允許我！』格斯秦加叫道．

『啊！那是行的！』沙甯說道，做着一個煩惱的姿勢．『我希望你有一個最奇特的人生觀，且讀過許多堆的書籍．一個人立刻便能看出這一層來的．然而你卻發着脾氣，因爲每個人都不能和你同意；更有甚者，你對梭洛委契克很不恭敬，他當然一點也不會給過你什麼損害．』

格斯秦加默默不言，看來極端的詫異着，彷彿沙甯說了最奇特的話．

『猶里·尼古拉耶威慈，』沙甯高興的說道，『你千萬不要因爲我剛纔說了些憨直的話而和我生氣．我能夠看得出在你的靈魂中佔據着璺隙呢．』

『璺隙麽？』猶里叫道．臉色紅紅的．他不知道他是應該生氣還是應該不生氣．正如剛纔他們同行到會中時一樣的，沙甯的恬靜友誼的聲音給他以愉快的印象．

『啞！你知道你自己正是這樣的！』沙甯微笑的答道，『但這是不值得對於如此的孩提的遊戲加以任何注意的．要不然，就成爲毫無意思的了．』

『聽我說，』格斯秦加叫道，憤怒得臉紅，『你太過只知你自己了！』

『還沒有像你那樣的呢．』

『這是怎麽說的？』

『你自己去想想好了，』沙甯說道．『你所說的，你所做的都比我所說的任何事更爲粗魯，更爲不和平．』

『我不能明白你！』

『那不是我的過失！』

『什麼？』

對於這，沙甯並不回答，僅拿起了他的帽子，說道：

『我要走了．我有點覺得太沈悶了．』

『你的話不錯！皮酒已經沒有了！』伊凡諾夫加上去說道，當下他向前室走去．

『我們不能像這樣的鬧下去；那是非常明白的，』杜博娃說道．

『和我一路走回去，猶里．尼古拉耶威慈，』西娜說道．

然後，她轉臉向沙甯說道，『再會！』

他們的眼睛相碰了一會兒．西娜覺得愉快的驚駭着．

『唉！』杜博娃叫道，當她走出門時，『我們的小俱樂部竟在牠正式成立之前解散了．』

『但是那是爲了什麼？』一個悲戚的聲音說道，當下梭洛委契克阻擋着每個人的路，蹣跚的向前走去．

在這個時刻之前，他的存在是為大衆所忘記了的，許多人都為他的臉上悲戚的表情所感動了．

『我說梭洛委契克，』沙甯深思的說道，『某一天我必須來看你，我們閒談閒談．』

『願意之至！請你來談！』梭洛委契克說道，深深的鞠躬着．

從光光亮亮的房裏走出來，黑暗似乎是那末濃密，竟使每個人都看不見別的人，僅有口音纔認得出來．兩個工人離開別的人一段路，當他們走遠了些時，彼茲助夫笑說道：

『這常是像那樣的，和他們在一塊兒時．他們相聚在一處了，正要做如此的奇事．然後每個人都要依他自己的方法做．只有那個巨漢是我所喜歡的．』

『當那類聰明的人在一塊談話着時，你會明白一大堆呢！』科特里夫那負氣的答道，扭曲着他的頭頸，彷彿有人在窒悶着他．

彼茲助夫譏嘲的呼哨着，代替着回答．

# 第二十六章

梭洛委契克站在門口好一會兒，擡頭望着無星的天空，搽着他的細薄的手指。

風胡哨的繞着陰鬱的鉛頂敞屋吹着，並將樹頂吹得彎了下來，他們擁擠在一塊兒，有如一隊的魔鬼在頭上；雲塊彷彿被什麼不可抵抗的勢力驅趕着似的，在天空只管向前向前的奔馳着。他們映着地平線成了許多的黑堆，有的則堆成了不可計數的高這似乎，在遠遠的前方，他們被無量數的軍隊在等候着，那些軍隊將幽闇的營房都打開了，以他們可怖的威力，向前赴元素間的兇猛的爭鬬。不息的風似乎時時的帶了遠方爭鬬的喧聲而來。

梭洛委契克帶着童年的畏敬，擡頭向上望着。在從前，他從不曾覺到過他是如何的藐小，如何的細弱，如何的至微，當與這個驚人的渾沌一相形之下。

『我的上帝！我的上帝！』他嘆息道。

在天空與夜色的面前，他已不是和他的同伴們同在着時的同一的人了。現在，沒有一絲一毫那種不安不息的拙鈍的形狀的痕迹了；不可見人的牙齒乃爲一位少年猶太人的感覺敏捷的脣片所蔽掩了，在他的黑漆漆的眼中具有莊嚴而愁鬱的表情。

他徐徐的走進了房內，熄了一盞多餘的燈，拙笨的將桌子椅子都搬回了原位。房裏仍然充滿了淡巴菰的烟氣，地板上滿是香烟頭與火柴。

梭洛委契克立刻拿了一把掃帚，開始去掃除房間，因爲他頗以保守這個小家室淸潔潔爲他的一個光榮。然後他從一個食物櫃中取了一杓的水，將麵包撕投於水中。他一手將水杓執着，一手伸了出去以維持他身體的均衡，他走過了天井，一小步一小步的走去。為了要看得清楚些，他放了一盞燈在窗邊，然而天井裏是那末黑漆漆的，竟使梭洛委契克覺得心中爲之一鬆，當他到了狗房之時。沙爾丹的毛髮蓬鬆的樣子在黑暗中看不見，向前去迎接他，一個鐵鍊有預兆似的鏗嘣作響。

『啊，沙爾丹來！來！』梭洛委契克叫道，爲的是要給他自己以勇氣。在黑暗中，沙爾丹伸着他的冷而潮濕的鼻子到他主人的手中。

『你的東西來了！』梭洛委契克說道，當即放下了水杓。

沙爾丹嗅了一下，然後開始饕餮的食着，同時他的主人站在他的身邊，悲戚的凝望着四周圍的黑暗。

『唉！我能夠做什麼呢？』他想道。『我怎麼能夠逼着別人變更了他們的意見呢？我自己也正希望着有人告訴我以怎樣的生活，怎樣的思想。上帝並沒有給我以一個先知者的聲音，所以我能做些什麼事呢？』

沙爾丹發出一種滿意的呻吟。

『吃完了牠，老孩子，吃完了牠！』梭洛委契克說道．『我本要放鬆你跑一會兒但我沒有拿着鑰匙，而我又是那末疲倦了．』然後他又自己想道：『那些人是什麼聰明有學問的人呀他們知道了那末多東西；也都是好的基督徒，很像的；而我呢……唉！唔，也許是我自己的過失．我很想和他們說幾句話，但我不知怎麼說纔好．』

從遠處，在鎮外，來了一聲曼長而明白的汽笛聲．沙爾丹豎起了他的頭，靜聽着．大滴的水從他的嘴套中滴落於水窪中．

『吃下去，』梭洛委契克說道，『那是火車！』

沙爾丹吐出了一個嘆聲．

『我奇怪人們是否將永久的像那樣的生活下去，也許他們是不能夠的，』梭洛委契克高聲的說道，當下他絕望的聳聳肩．他想像着，在黑暗中，他能夠看見一大羣的人，廣漠無盡，如永久不朽似的，更深的沈入黑暗之中；一世紀接着一世紀，沒有始，也沒有終；一個不可破的浪費的受苦的鍊子，沒有藥可救治的；而在上帝所住的高高的地方，沈默着，永久的沈默着。

沙爾丹與木杓相碰着，將牠打翻了。然後，當他搖搖尾巴時，鐵鍊又微微的鏗鏘作響。

『全部吞了進去麼，吱？』

梭洛委契克拍拍狗的蓬鬆的皮衣，覺得牠的溫暖的身體，愉快的感應着他的撫觸而扭着。然後他回到房裏去。

他能夠聽見沙爾丹的鐵鍊鏗鏘作響，而天井中似乎比前略略減少黑暗，而顯得更黑，更險惡，卻是那個磨坊，牠和了牠的長烟突，以及牠的狹的廠屋，那些廠屋看來如棺材似的。一團廣闊的光線從窗口射出，照在花園中，神秘的照出那脆弱的小花朵，提苞的在於騷動的天空之下，不爲夜色所包掩着，天空是具有無量數的黑而惡兆的軍旗。

梭洛委契克爲般發所征克，且被一個孤寂的與不可救的損失的感覺所沮喪，回到了他的房裏，坐在桌邊，哭了起來。

# 第二十七章

荒蕩的人的身體正像剖開的神經纖維的尖端一般，被許多強制的娛樂磨得十分的銳利，一觸到『女人』這個字就蒙受痛苦的影響。在孚洛秦全部生命內，女人站在他面前，總是一絲不掛的，總是求之必得的。每件婦人的衣裳，束在女性柔脆肥胖的身上的，全能引動他的心甚至膝上發着病態的抖索。

他住在聖彼得堡，那裏有許多妖冶華美的婦女，每天夜間旋着，瘋狂的赤裸的媚態，磨折他的身體，在那裏他幹着一件複雜的大事業，關係於許多人替他做工的生命。現在他離開聖彼得堡，當前的急務是公然的想得些荒僻外省的年輕新鮮的女人。他懸想着她們爲可喜的羞澀怕生，然而又如一株林地鮮菌似的剛強，她們的動人的少年的與純潔的馥香他從遠處已嗅聞到了。

孚洛秦在一脫離那些飢餓骯髒而且蓄怒的人以後，就在他的細小的身材上，穿了一色的白衣，在滿身自頭至足都洒了各種的香水，雖然他並不眞正的贊成與薩魯定同件，他卻僱了一輛馬車，匆促的跑到薩魯定的房裏去。

薩魯定正坐在窗口，喝着冷茶。

「如何可愛的一個黃昏！」他不絕的對他自己說道，當下他向花園中望着。但他的思路卻在別的地方去了。他覺得羞辱而且害怕，

他怕着麗達，自從他們那次見面之後，他不曾再見過她。在他看來，她現在似是另外一個麗達了，不像那個曾經降服於他熱情之下的人兒，

「無論如何，」他想道，「事情還沒有了結呢。孩子必須設法除去了……否則我將

以這一切事都當作一個玩笑麼？我不知她現在在做什麼？』

他似乎看見麗達的美麗難解的雙眼，與她的緊緊的閉上了的表示報仇與惡意的唇片卽在他的眼前．

『她會報復我的吧？那一類的一個女子不是可以開開玩笑了事的，無論如何，我將要……』

一個巨騙所預測的結局朦朦朧朧的自己暗示出來；在他畏葸的心上着實的受了恐怖．

『總之，』他說道，『她有做什麼事的可能呢？』於是這事似乎全部突然的十分明白而簡單的了．『也許她會投水了罷？讓她到地獄去好了！我並不強迫她去投水！他們將說，她是我的情人——唔，那有什麼？這僅足證明，我乃是一個美貌的人．我從不曾說過我要娶她．她聽我說，這是太可笑了！』薩綠定聳聳肩，然而壓迫的意識並沒有減輕．『衆人會談到的，我想，而我將不能出現於羣衆之中了，』他想道，當他舉了那一玻璃杯的冷而過甜的茶到他脣邊時，他的手微微的發抖了．

他照舊漂亮，好好的食養着，洒了香氣，然而似乎在他的臉上，在他的白衫上，在他的手上以至在他的心上，有了一個汚穢的黑點，一時一刻的在增大．

『呸！過了一會什麼事便都會雨過天清了．並且，這也不是第一次的了！』他想要這樣的寬慰他的感覺，但一個內在的聲音拒絕去接受這種的慰藉的話．

孚洛秦謹愼的走了進來，他的靴格格的高響着，他的失色的牙齒，被一個勉強的微笑所顯露．房內立刻充滿了一種菓汁與淡巴菰的氣味，這氣味掩蓋過了花園中的清香．

『噯！你好罷，柏夫爾·羅夫慈威』隨音定叫道，匆促的站了起來．

孚洛秦握了手，坐在窗口去燃着一支香烟．他看來是如此的雅潔而自得，隨音定覺有一點妬忌着，卻竭力的假裝着一種同樣的不在意的態度；但自從麗達拋投了『畜生』這個字在他臉上時，他便一直的覺得不安着，彷彿每個人都聽見了這個侮辱，在偷偷的譏笑着他．

孚洛秦微笑着，閒談着各種的無關緊要的事。然而他覺得再也不能這樣的泛泛的談下去了。『女人』乃是他所渴要接觸的題目，而這個題目竟將所有他的陳腐的笑話以及關於聖彼得堡他的工廠罷工的故事都放在一邊了。

當他燃着了第二支香烟時，他得了一個機會，狠狠的看着薩魯定。他們的眼睛相碰到了，他們立刻彼此明白。孚洛秦擺正了他的夾鼻眼鏡，微笑了一下，這一個微笑在薩魯定的臉得到牠的反映，這臉上立刻現出了一個肉慾的表情。

『我並不希望你耗費了你的時候過多，是不是？』孚洛秦說道，心中明白的映了映眼。

『唉！至於那件事唔，還有什麼別的可做的？』薩魯定答道，輕輕的聳了聳肩。

於是他們倆全都失笑了，沈默了一會兒。孚洛秦渴欲聽聽薩魯定的勝利的詳細情形。正在他左膝下面的一個小血管搐搦的跳動着。然而薩魯定卻沒有想到這種開胃的故事，他的一心便注在前幾天的不幸的事件上。他的臉轉向花園，他的手指在窗臺上播着．

然而孚洛秦卻顯然的在等候着，薩魯定覺得他必須回到所要談的題目上面去．

『當然的，我知道，』他開始道帶着一種過於淡然的神氣，『我知道在你們這些城市中人看來這些鄉村中的姑娘們是異常的動人的．但你是錯的．他們是蠢妍而肥胖的，這不錯，但他們卻不合時宜；他們不知道戀愛的藝術．』

有一會兒孚洛秦充滿了生氣．他的雙眼發着亮光，他的口音也變了．

『不，那是非常對的．但過了一會兒，所有那一類的東西便很可討厭的了．我們彼得堡的婦人是沒有身體的．你明白我的意思麼？他們只不過是幾束的腦筋，他們身上沒有肢體．現在這裏……』

『不錯，你的話對的，』薩魯定說道，他也引起興趣來了，當下他得意的拉拉他的鬍鬚．

『從最漂亮的彼得堡女人身上脫下了她的緊身胸衣來，就可以看見——呵！不去管她，你有聽見新故事麼？』孚洛秦說道，自己插說上去。

『不，我敢說沒有，』薩寧定答道，專心的傾身向前。

『唔，』孚洛秦說道，『這是一件關於一位巴黎妓女的絕好故事。』然後，孚洛秦以異常豐富的話頭接下去敍述一個香噴噴的故事，在這故事裏，裸露的性慾和女人的瘦乳交織成爲一種可怕的、難堪的形像，使他的同伴大大的高興着。

『是的，』孚洛秦結束的說道，同時轉轉他的眼睛，『女人身上最要緊的是兩乳！如果女人長着難看的乳，唔，在我看來，她是沒有存在於世的。』

薩寧定想到了麗達的乳來，那溫柔，粉白，緊緊兒墳起着像美果般的東西，他曾去吻過，使她非常的高興。他想到這裏，不好意思起來，閃避開了，不和孚洛秦談論到這件事。然而，過了一會，他卻十分有感的說道：

『每個人都有他的口味兒。我們喜歡的婦人的身體的部分乃是背部，那種波曲的線形，你不知道……』

『是的，』孚洛秦有動於中的囁嚅道，

『有的女人特別的非常年輕的，具有……』

勤務兵現在走了進來，穿着重靴，拙笨的走着。他是來點上燈的，在擦火柴與玻璃燈的打響時間之內，薩魯定與孚洛秦都默默不言。

當下燈光的火燃正在亮起來，僅有他們光耀的雙眼與紅紅的香烟頭可以看得見。兵士走出去了之後，他們又回到他們的談題上了，『婦人』這個字成了談話的主題，有的時候，竟到了異常的猥褻的地位。薩魯定的本能，渴要誇口且掩辱孚洛秦，竟使他最後便談到了那位美貌的姑娘，受了他的誘惑的事，因此漸漸的表露出他自己的祕密的荒淫。麗達竟赤裸裸的呈露於孚洛秦的眼前，她的肉體的美與她的熱情全都呈露出來，彷彿她乃是一隻在市場上待售的家畜。在他的放蕩的思想中，她乃被接觸，被玷辱，且成爲嘲笑之的。他們的對於婦人的戀愛乃不知感激她所給予他們的愉快，他們僅欲降服侮辱異性者，而施以不可形容的痛苦。

房間裏爲烟氣所瀰漫，頗使人窒悶．他們的身體發熱病似的炎熱，散射出一種不健全的氣味，而他們的眼睛光亮着，他們的語聲尖銳而狂妄的響着，如野獸們的叫聲．

在窗戶之外的是恬靜清朗的月夜．但在他們看來，世界以及牠的一切的豐富的聲與色都消失了；他們的眼睛所見到的僅不過是一個婦人的幻影，赤裸裸的可喜愛的站着．不久，他們的想像成了如此的熾熱，他們竟覺得非去看麗達不可，現在他們稱她爲麗特加，用以表示親熱．薩魯定吩咐將馬匹安置好了，他們便馳向鎮外的一家房屋去，

# 第二十八章

在他們倆會見的第二天，薩會定寫了一封信給麗達，這封信被女僕忘在廚房桌上，碰巧的落在馬麗亞·依文諾夫娜的手中。這封信說的是：請求麗達允許他來看她，還笨拙的提議道：各種的事情都可滿意的設法辦去。從這封信的幾頁裏，使馬麗亞·依文諾夫娜這樣的想，一個羞醜的陰影在她女兒的純潔印象之上。在她最初的迷惑與煩惱中，她想起了她自己的青年時代以及牠的戀愛生活，牠的被欺騙，以及她的結婚生活的悲楚的插話，被一個根據於堅固的道德律的生活所鑄成的一條受苦的長鍊徐徐的直拖着牠的長度跟了她來連老年也還脫不了牠的範圍牠像一根灰色的帶有的地方乃爲看顧與失望的單調日子所損傷.

然而她一想到她的女兒居然打破了這座圍繞於這個灰色而塵封的生活的堅牆而跳入那個交流着快樂與憂愁與死亡的青白色的旋渦中時,她心中便充滿了恐怖與憤怒.

『不顧廉恥的壞女子!』她想道,當下她失望的讓她的雙手放落在膝上.突然的又有一個印象來安慰她,這個印象是事情也許沒有走得那末遠,而她的臉上便帶着一層沈笨的,幾乎是一個狡猾的表現.她將這封信讀了又讀,然而從牠的冷淡而矯飾的文字中卻得不到什麼東西.

這位老太太覺得她是如何的無助,便悲楚的哭了起來;然後,將她的帽子戴一戴正,她向女僕問道:

『杜尼加,你知道法拉狄麥·彼得洛威慈在家不在家?』

「什麽？」杜尼加叫道．

「蠢東西！我問你的是少爺在家不在家．」

「他剛剛走進書房裏去．他正在寫一封信！」杜尼加答道，臉上放着光彩，彷彿這封信便是足當這個異常的快樂的原由．

馬麗亞·依文諾夫娜狠狠的望了這女孩子一下，一線的惡意的光，瞬過她朦朧的眼中．

「蝦蟆！如果你再敢接信送信，我便將給你以一頓教訓，使你永遠不會忘記．」

沙寧正坐在書桌寫着．他的母親是那末不經見他的寫東西，這時，不管她的悲傷，卻竟發生了興趣：

「你寫的是什麽東西呢？」

「一封信，」沙寧答道，愉快的擡頭望着．

「寫給誰的信？」

『呵！寫給我認識的一位新聞記者．我想加入他報館的辦事機關中．』

『那末你替報紙上寫過東西了？』

沙寧微笑着『我什麽事都做．』

『但是你爲什麽要到那邊去呢？』

『因爲我和你同住在這裏已經住得膩煩了，母親，』沙寧坦白的說道．

馬麗亞·依文諾夫娜覺得有點受傷了．

『謝謝你，』她說道．

沙寧的眼光凝注在她身上，很想要告訴她說，她不要那末傻，以爲一位男人，特別是沒有職業的一位男人，能够想到常常的住在一個地方．但是他又不大高興說出這種話來；他只是默默不言．

馬麗亞·依文諾夫娜拿出她衣袋中的手巾，神經質的用手指來弄縐牠．如果不是爲了薩魯定的信以及她因此而生的煩惱與焦急，則她早已苦苦的責備她兒子的魯莽了。但因爲她心裏有事，她便僅僅的說道：

『啊！是的，這一位好像一隻狠似的從屋子裏潛逃出去，而那一位……』

一個降順的姿勢，補足了那句話。

沙寧立刻擡起頭來，放下了筆。

『你怎麼知道這件事的？』他問道。

馬麗亞·依文諾夫娜突然的覺得羞恥了；因爲讀了人家給麗達的信。她臉上漲得飛紅的，帶點厭惱的逃遁不定的答道：

『謝謝上帝，我不是瞎子！我看得出來的。』

『看得出來？你什麼也看不出來，』沙寧說道；默想了一會之後，『並且，爲了證明這一層，讓我恭祝你，你的女兒已經和人訂婚了。她自己正要去告訴你，但是，總之，這都是一個樣子的。』

『什麼！』馬麗亞·依文諾夫娜叫道，挺直了身子。『麗達快要結婚了！』

『嫁給了誰？』

『嫁給諸委加夫，當然的。』

『是的，但是薩魯定怎麽樣了？』

『啊！他能夠到魔鬼那裏去！』沙寧憤怒的叫道。『那對於你有什麽關係？爲什麽要閒管別人家的事務呢？』

『是的，但是我還不能夠十分的明白孚洛特耶，』他的母親迷亂的說道，同時，她的心裏卻不禁的快樂的想道：『麗達是快要結婚了，快要結婚了！』

沙寧聳聳他的肩。

『你還有什麽不明白的地方麽？她從前曾和一個男人戀愛着，現在她又愛上了別一個男人了；明天她也許再會和第三個男人戀愛着呢。唔，上帝保祐她！』

『你說的什麽話！』馬麗亞·依文諾夫娜憎惡的叫道。

沙寧雙肘支在桌上，他的雙臂合着。

『在你的一生的經歷中，你自己難道只愛上一個人麼？』他憤怒的問道。

馬麗亞・依文諾夫娜站起身來。她的臉上帶着一個莊冷的光榮的表現。

『一個人不能對於他的母親說那樣的話，』她銳聲的說道。

『誰？』

『你說「誰」是什麼意思？』

『誰不該說話？』沙寧說道，當下他從頭到脚的看了她一下。他第一次注意到，她眼中的表情是如何的沈笨與空虛，而她的帽子戴在她的頭上又是如何的可笑，簡直像一個雞冠。

『沒有人應該對我說像那樣的話！』她沙聲的說道。

『無論如何，我已經說了！』沙寧說道，他回復了他的和氣，重新拿起筆來。

『你已經有過你的一份生活了，』他說道，『你沒有權力去阻止麗達也有她的一份生活。』

馬麗亞・依文諾夫娜不說什麽話，只是詫異的望着她的兒子，而這時，她的帽子看來格外的滑稽可笑。

她匆匆的檢閱過她過去的青春時代的一切記憶以及她的快樂的戀愛之夜，她的心上卻凝注在這一個問題上面去：『他怎麽敢對他的母親說這樣的話？』然而在她能够得到什麽決定之前，沙寧卻回過身去，握住了她的手，和氣的說道：

『不要讓那件事煩惱了你，但是你必須不許薩魯定走進屋裏來因爲那個東西很能够對於我們玩些齷齪的把戲。』

馬麗亞・依文諾夫娜立刻和平了下來。

『上帝保祐你，我的兒子，』她說道。『我是非常的高興，因爲我常是喜歡巴莎・諾委加夫的，當然我們不能接待薩魯定這是不能够的，爲了巴莎之故。』

『不，正是那樣爲了巴莎之故，』沙寧說道，他的眼裏具有一個滑稽的表情。

『麗達到那裏去了呢？』他母親問道。

「在她的房裏。」

「巴莎呢？」她親愛的說出那個小名來。

「我實在不知道他到了……」在那個時候，杜尼加在門口出現了說道：

「維克托·賽琪約威慈來了，還有別一位先生同來。」

「把他們趕出門外去，」沙寧說道。

杜尼加忸怯的微笑着，

「唉！先生，我不能夠那末辦，我能麼？」

「當然的，你能夠他們到這裏來做什麼呀？」

杜尼加躲了她的臉，走了出去。

馬麗亞·依文諾夫娜全身直立了起來，似乎顯得年輕了些，雖然她的眼中含有惡意，她的觀念，異常容易的生了一個完全不同的變化，彷彿鬪了一場欺詐的牌，她突然的得了勝利。當她希望要將薩魯定當作女壻的時候，她對於他的感情是很親切的，但當她實現出別的人要娶了麗達去而薩魯定則不過對她求愛而已時，她的這個感情便立刻冷淡了下去．

當他母親轉身走去時，沙寧注意到她的石像似的側影與禁阻的表情，就對自己說道，『簡直是一隻老母雞』他收起了信，跟了她出去，好奇的要看看事情將發生什麼變化．

薩魯定和孚洛秦站了起來，以過度的恭敬來敬禮這位老太太，然而薩魯定卻終於沒有平常在沙寧家中那末樣的安詳舒適的態度了．孚洛秦眞的覺得略略有些不安，因爲他明白的要來看看麗達，卻不能不藏匿了他的意向．

不顧薩魯定如何的假作安詳，他看來是顯然的焦急着．他覺得他不應該來．他怕遇見麗達，然而他卻一點也不能够讓孚洛秦看出這個意向來對於他，薩魯定是總要裝出像一個快快活活的洛賽里奧㊀來的．

㊀譯者按：洛賽里奧(Lothario)是 Rowe 所作劇曲 "The Fair Penitent" 中之英雄，以放縱好色著名，故又引伸作「好色者」之義．

『親愛的馬麗亞・依文諾夫娜，』薩魯定開始說道，假裝着微笑，『請你允許我介紹給你我的好朋友，保羅・羅孚威慈・孚洛秦。』

『非常喜歡！』馬麗亞・依文諾夫娜說道，帶着假裝的禮貌，薩魯定在她的眼中看出敵意來，這有點使他不安。『我們不應該來的，』他想道，他最後驚覺到這件事實了，在和孚洛秦同伴着時，他是忘記了的。麗達說不定什麼時候會走進來的，麗達，他孩子的母親；他對她說什麼話好呢？他怎麼能當面看着她呢？也許她母親已知道了一切呢？他神經質的不安的坐在他的椅上；燃了一支香烟，聳聳他的肩膀，轉動他的雙腿，他的眼光左右的望着。

『你在這裏要住得很久麼？』馬麗亞・依文諾夫娜以一種冷淡的形式的口音對着孚洛秦說道。

『啊！不，』他答道，當下他得意的望着這位外省的人，將他的雪茄插入他的嘴角，烟氣直升到她的臉上。

『你離開了彼得堡之後，在這裏一定會覺沈悶的吧。』

『恰恰相反，我覺得這裏很可愛悅在這個小鎮上頗有些很親切的東西。』

『你應該去看看鎭外，到那裏去遊散和野餐是很有趣的也可以划船和沐浴。』

『當然的，太太，當然的！』孚洛秦囁嚅的說道，他已經有點厭煩了。

談話懨懨無生氣的下去，他們全都似乎戴上了一付微笑的假面具，在這個面具之後卻藏匿着敵視的眼睛。孚洛秦對薩魯定瞬一瞬眼，這眼光的意義薩魯定和沙寧卻明白的，沙寧從他的一角正緊緊的凝望着他們。

薩魯定一想到孚洛秦將不再視他爲一個漂亮的、勇敢的、無惡不作的一類人時，他的心便又回復了一點他的舊時的厚顏。

『麗特亞・彼得洛夫娜在那裏呢？』他不經意的問道。

馬麗亞・依文諾夫娜又詫異又憤怒的望着他，她的眼中似乎是說道：『你既然不去娶她，這對於你又有什麼關係呢？』

『我不知道．也許在她的房裏，』她冷淡的答道．

孚洛秦又射一眼給他的同伴．

『你不能設法使麗達趕快的下來麽?』這道眼光說道．『這個老太婆是成了一個厭物了．』

薩魯定張開了他的嘴，微微的扭曲他的髭鬚．

『我聽見了那末許多關於你女兒的可誇耀的話，』孚洛秦開始道，微笑着，擦着他的手，同時彎身向着馬麗亞·依文諾夫娜，『竟使我希望有榮幸能够介紹見見她．』

馬麗亞·依文諾夫娜奇怪這個不遜的小浪子所聽到的關於她自己的純潔的麗達，她的親愛的孩子的是些什麽話，再者她對於麗達的墮落也有一個恐怖的預覺．這使她極端的不安起來，在那個時候，她的眼中乃具有比較柔和的，更近於人類的表情．

『如果他們不被驅出屋外去，』沙寧在這個當兒想道，『他們將只會對於麗達及諾委加夫引起其他的煩惱的．』

『我聽人說，你是要離開這裏了？』他突然的說道，深思的望着地板．

薩魯定奇怪着，那末簡便的一個計策，他從前爲何竟不曾想到過．『正對！一個好主意．兩個月的告假！』他答道，在匆匆的回答以前．

『是的，我正想離開這裏．一個人需要一個變換，你知道．住在一個地方太久了，你便要生銹了．』

沙寧大笑起來．全部的談話，沒有一個字眼兒是表白出他們的眞正的思想與感情的，所有這一切的欺騙，本是騙不了一個人的，卻大大的使他覺得有趣；他帶着一種突然的愉快的與自由的意識，站起身來，說道：

『唔，我很以爲你走得愈快愈好！』

在一瞬間之內，彷彿每個人都脫下了一件堅硬沈重的衣服，其他的三個人都變了一個樣子．馬麗亞·依文諾夫娜臉色灰白而瑟縮着，爭洛秦的眼睛表現着獸類的恐怖，而薩魯定則徐徐而不決心的站了起來．

『你是什麼意思？』他以粗澀的口音問道．

孚洛秦竊笑着，神經質的在四面尋找着他的帽子．

沙寧並不回答他的問話，只是惡意的將帽子遞給了孚洛秦．從孚洛秦的張大的嘴中，逃出一個窒塞住的聲音，彷彿一個悲哀的尖叫．

『你說那句話是什麼意思？』薩魯定憤怒的叫道，他警覺到他是生了氣了．『眞是亂子！』他對他自己想道．

『我的意思就是我所說的，』沙寧回答道．『你到這裏來是絕對不需要的，我們將全都高興的以後不再看見你．』

薩魯定向前走了一步．他看來是極端的不安，他的白齒恐嚇的烱烱有光，好像是一個野獸的牙齒．

『啊哈！那是的麼，是不是？』他咿唔道，呼吸艱難的．

『滾出去！』沙寧輕蔑的說道，然而他的聲音是那末可怕，竟使薩魯定睜了眼，自動的退了回去。

『我不明白這一切關的是什麼鬼！』孚洛秦說道，屏息低聲的，當下他肩部聳了起來，匆匆的向門走去。

但是在那邊，在門口，站住麗達。她身上穿扮的衣服與平常完全不同。她頭上不是時式的梳裝了，她只打了一條大辮子掛在她的背後。她不穿着華美的衣服，卻穿了一件透明的織物做的大袍，這樣的素樸更耀眼的增高了她身形的美麗。

當她微笑時，她的相貌與沙寧格外的相像，而她以她的溫柔的女子的口音安詳鎮定的說道：

『我來了。你爲什麼匆促的便走了呢？維克托·賽琪耶威絃，放下你的帽子來！』

沙寧默默不言，詫異的望着他的妹妹。『她這是什麼意思呢？』他自己想道。

到了她一出現，一個既不可抵抗，又是溫柔的神祕的影響，似乎自行覺察出來。好像一位馴獅者立在一籠滿是野獸的籠前一樣，麗達站在那裏，男人們立刻便成了和平而柔順的。

『唔，你知道，麗特亞・彼得洛夫娜……』薩魯定囁嚅道。

麗達一聽到了他的聲音，臉上便回復了一個悲戚的、無助的表情，而當她迅快的瞬他一眼時，她的心裏蘊着重大的愁苦，卻也並不沒有混雜着溫柔與希望。然而在一瞬間之內，這種感情乃爲一種強烈的願望所抹去了，這個願望是要表示給薩魯定看，他失去了她是如何大的一個損失；還要讓他看看，她不管他使她忍受的一切悲愁與羞恥，仍然是很美麗的。

『我不想知道任何事，』她昂昂的，帶點演劇樣的答道，當下她有一會兒閉上了她的眼睛。

她的出現，在孚洛秦身上生了一個異常的效力，當下，他的尖尖的小舌頭從他的枯燥的脣間伸出，他的眼睛變得更小了，他的全身的骨骸，都被白的肉體的刺激所戰慄。

『你還沒有介紹我呢，』麗達轉眼向薩魯定說道。

『孚洛秦……巴夫爾·羅孚威慈……』軍官囁嚅的說道。

『而這位美人兒呢，』他對他自己說道，『乃是我的妻。』他誠心誠意的覺得高興的這樣想着同時又急於要在孚洛秦面前表示出來，然而卻又痛楚的自覺到一個不可挽回的損失。

麗達疲弱的對她母親說道：

『有人要和你說話。』

『唉！我現在不能走開，』馬麗亞·依文諾夫娜答道。

『但他們在等候着呢』麗達堅執的說道，幾乎是歇斯特里（hysterically）的。

馬麗亞·依文諾夫娜立刻站了起來。

沙寧注視着麗達，他的鼻孔展開着。

『你們不到花園裏去麼？這裏是這樣的熱，』麗達說道，沒有回過頭去看他們是否走來，她只管一直從遊廊走了出去。

男人們彷彿被催眠了似的，跟了她走，好像是被她的頭髮的辮子所縛住，所以她能夠引他們到什麼地方去都可稱心如意。孚洛秦第一個走着被她的美貌所誘陷，顯然是忘記了一切別的事。

麗達坐在菩提樹下的一張搖椅上，伸出她的美好的小足，這足是被包裹在黑色的網形襪與黃褐色的皮鞋中的。這彷彿是她具有兩個性質；其一是爲知羞及恥辱所衝沒的，其一是充滿了自覺的妖媚的。第一個性質喚起她憎惡的看着男人們、生命及她自己。

『唔巴夫爾・羅孚威慈，』她問道，當下她的眼瞼垂下了，『我們的可憐的不合時宜的小鎭對於你印象如何？』

『這印象大約如那個在森林的深處突然遇見了一朵顏色鮮妍的花朵兒的人所經驗的一樣，』孚洛秦答道，磨擦着他的雙手。

然後開始的談着所談的話全都是無精神的不眞誠的話，說出來的話是虛僞的，不說出來的話卻是眞實的。沙寧坐在那裏，默默不言的靜聽着這個沈默未發出，然而卻是眞誠的談話，這一席話是表現在臉上、手上、足上以及顫抖的高音裏的．麗達是不快活着，孚洛秦渴想着她的所有的美麗，而薩魯定則憎惡着麗達、沙寧、孚洛秦以及整個的世界．他要想走去，然而他卻不能夠走得動．他是預備要做些強暴的事，然而他卻只能夠吃了一支香煙，又是一支香煙的，同時他又爲渴欲立刻宣布麗達乃是他的妻的一念所佔據着．

「你住在這裏高興不高興？你離開了彼得堡，不覺得難過麼？」麗達問道，同時感到激烈的苦痛，奇怪着她爲什麼還不站起來走開去．

「不，剛剛相反！(mais au contraire)」孚洛秦訥訥的說道，當下他矯飾的搖着他的手，專誠的凝視在麗達身上．

「來！來！不要說雅緻的話！」麗達妖媚的說道，同時對於薩魯定，她的全身似乎說道：「你以爲我是毀壞了，是不是？你並且完全被壓倒了？但我卻完全不是那一個樣子的，我的朋友．請看看我！」

『唉;麗特亞·彼得洛夫娜!』薩魯定說道,『你實在不能稱牠爲雅緻的話!』

『我請求你的原諒?』麗達冷冷的問道,彷彿她並沒有聽見,然後以一種不同調的口氣,她又對孚洛秦談着.

『你要告訴我一點關於彼得堡的生活.在這裏,我們不是生活,我們僅不過虛度光陰而已.』

薩魯定看見孚洛秦在對着他自己微笑着,彷彿他並不相信,薩魯定和麗達曾有過什麼親切的關係的.

『哈!哈!哈!很好!』他對他自己說道,當下他惡習慣的咬着他的嘴唇.

『啊!我們的著名的彼得堡生活!』孚洛秦安詳的閒談着,看來如一隻蠢蠢的小猴子,在妄談着牠所不懂得的事情.

『誰知道?』他對他自己想道,他的視線緊釘在麗達的姣美的身體上.

『我以名譽擔保的告訴你,我們的生活是極端的沈悶與闇然無色.在今天以前,我想，一般的生活，無論在城市或在鄉間，常都是沈悶的。』

『不是眞的！』麗達叫道，當下她半闔了她的眼睛。

『使生命値得生活下去的乃是——一位美貌的婦人！而在城市中的那些婦人呢！只要你能够看見他們是一個什麼樣子的！你要知道，我堅決的感到，如果世界是要被救的話，那一定是要被美人兒所救。』這個最後的話，孚洛秦不期然的加了上去，他相信這句話是最合宜或可誘動人的。他臉上的表情乃是一個旣蠢又貪的表情，當下他繼續的談着他的愛好的題目，婦人。薩魯定的臉上妒忌得紅了又白，白了又紅，覺得實在不能够同坐在一塊兒，他只是不停的在小路上走來走去。

『我們的婦人們全都是一個樣子的……刻板的鑄成，用人工裝成的。要去找一位婦人，她的美貌是値得讚美的話，一個人必須要到外省去，在那裏土地還沒有墾闢呢，在那裏乃產生了美最麗的花朵兒。』

沙寧抓抓他的頸背，交叉着他的雙腿。

『啊如果他們在這裏繁開了花朵卻有什麼用處呢？爲的是沒有一個有身價的人來擷取他們．』麗達答道．

『啊哈！』沙寧想道，突然的感到興趣起來，『原來那便是她所要達到的目的！』這個言語的遊戲，在其中，情操與粗語乃是那末隱晦的包含在一處，竟使他覺得極端的分心了．

『這是可能的麼？』

『什麼，當然的！我說什麼我的意思便是什麼，誰是那個擷取了我們的不幸的花朵兒的人呢？那些男人們乃是我們所當作英雄們的呢？』麗達悲戚的答道．

『你責評我們的話不太過嚴刻了一點麼？』薩魯定問道．

『不，麗特亞·彼得洛夫娜的話是對的！』孚洛秦叫道，但當他向薩魯定望了一眼時，他的雄辯突然的消失了．麗達大笑起來．充滿了羞恥、悲哀與復仇，她的光亮亮的雙眼正射在她的拐騙者的身上，似乎看穿過又看穿過他．孚洛秦又開始喋喋的談起來，但麗達卻以笑聲中止了他，這笑聲是藏匿了她的眼淚的。

『我想我們應該要走了，』薩魯定最後的說道，他覺得已到了不能忍受的地位了。他不能說出爲什麼，但是一切的東西，麗達的笑聲，她的傲視的雙眼以及顫抖着的手，對於他全都像那末多的暗中打他的耳朵上面的耳光。他的增長的對於她的憎惡，他的孛洛秦的妒忌，以及他感覺到他所有已失去的一切，使他完全的困疲了。

『已經要走了麼？』麗達問道。

孛洛秦溫柔的微笑着，以他的舌尖舐着他的嘴脣。

『不得不走了！維克托·賽琪約威慈顯然是有點不自在，』他以譏嘲的口氣說道，高傲着他自己的勝利。

於是他們告辭而去；當薩魯定俯彎在麗達的手上時，他微語道：

『這便是再會了！』

他從沒有像這一刻憎恨麗達那末深的。

在麗達的心裏，卻引起了一個朦朧的疾掠而過的願望，要想對着所有從前他們倆所共享過的過去的戀愛光陰甜甜蜜蜜的告個別。但這個感情，她立刻便壓下去了，當下她以粗而高的聲音說道：

『再會！旅途多福！不要忘記了我們，巴夫爾・羅孚威慈！』

當他們走去了時，孚洛秦的批評還明明白白可以聽得見。

『她是如何的可愛呀！她使人沈醉，如香檳酒一樣。』

當他們走了時，麗達又坐在搖椅上去。她的地位現在是一個不同的了，因為她彎身向前，全身抖慄着，她的無聲的淚如脫線的珍珠似的迅落下來。

『來，來！什麼事？』沙寧說道，當下他握住了她的手。

『唉！不要！生命是如何醜惡的一件東西啊！』她叫道，當下她的頭沈墮得更深了，她用雙手掩住了臉，而她的柔辮，滑過她的肩部，掛在她的前面來。

『為了羞恥！』沙寧說道。『為了這一切小事而哭泣有什麼用處？』

『眞的沒有別一個……更好的男人麼，那末？』麗達咿唔道．

沙寧微笑着．

『不，當然沒有．男人是生來便壞的．從他那裏不能希望得到什麼好的……那末，他對於你所做的損害，也不會使你悲傷了．』

麗達擡起了俊美的爲淚水所濕的眼來望着他．

『你也不希望從你的同作男人們中得到什麼好處麼？』

『當然的不，』沙寧答道．『我是獨自生活着的．』

# 第二十九章

第二天，杜尼加蓬鬆着頭，赤着脚，飛奔到沙寧那裏去；沙寧正在花園中種植花木。

『法拉狄麥・彼得洛威慈，』她叫道，她的蠢臉上有一個受驚的表情，『軍官們來了，他們要和你說話。』她述出那些話來，彷彿如她熟記在心中的一課功課一樣。

沙寧並不驚詫。他已想到過薩氏定要來挑戰。

『他們是很焦急的要看我麼？』他以戲謔的聲音問道。

然而杜尼加必定有着可怕的事件的一種暗示，因爲她並不掩了她的臉，她卻以同情的迷亂凝注着沙寧.

沙寧將他的鏈子倚靠在一株樹上,扎住了他的腰帶,以他的平常的裝腔作態的步伐向屋裏走去.

「他們是什麼樣的傻子!什麼完全的白癡!」他對他自己說道,當他想到了薩魯定和他的副手們時.但這並沒有侮辱之意;這正不過是他自己的意見的忠實的表現.

走過了屋內,他看見麗達從她房裏走出.她站在門限上,她的臉色白得如殮衣一樣,她的雙眼焦急而不安定.她的唇片動着,但是沒有一句話逃出脣間來.在那個時候,她覺得她乃是全世界上最有罪的最悲慘的一個婦人.

在午前的起居室的一張靠臂椅上,坐着馬麗亞·依文諾夫娜,看來是極端的不知所措與驚恐.她那頂活像雞冠的帽子,斜戴在頭上,她恐怖的望着沙寧,不能夠說一句話.

他對她微笑着,想要停立了一會,然而他想還是向前走好.

太那洛夫和王狄茲正襟危坐的正留在客室中,他們的頭顱緊靠在一塊,彷彿他們穿着白色制服與緊身的騎馬褲，覺得異常的不安逸似的．當沙寧進來時，他們倆徐徐的站起身來，帶着一點躊躇，顯然的沒有決定如何舉動好．

『今天好，先生們，』沙寧高聲的說道，當下他伸出他的手．

王狄茲躊躇着，但太那洛夫深深的鞠躬下來，竟使沙寧有一瞬兒看見了他頸後的剪得短短的頭髮．

『我能夠爲你們做什麽事務呢？』沙寧繼續的說道，他注意到太那洛夫的過度的禮貌，詫奇着他竟會和他們在這幕荒謬可笑的喜劇裏扮着他的一個角色．

王狄茲筆直的挺立着，要想在他的馬似的臉容上表現出一種傲慢的表情來；但是因爲他的紛亂，卻不曾表現得成功．說來很奇怪，這還是太那洛夫，平常那末蠢笨笨的，這時卻能以堅決的樣子對沙寧開口．

『我們的朋友，維克托・賽琪約威慈・薩魯定給我們以光榮，要我們在關於你和他自己的某一個事件上來代表他．』句子說出來時帶着機械似的準確．

「呵，呵！」沙寧帶着喜劇的莊嚴說道，當下他的嘴大張着。

「是的，先生，」太那洛夫繼續的說道，略略有點皺眉。「他以爲你對於他的行爲有點不——很……」

「是的，是的，我明白了，」沙寧不耐煩的插嘴道。

「我幾幾乎要踢他出門外，所以將「有點不——很」那些話放進去是很不對的。」

這話，太那洛夫似若不聞，他繼續的說道：

「唔，先生，他堅決的要你收回了你的話。」

「是的，是的，」瘦削的王狄茲和諧的說道，他不斷的變換他的足的位置，好像一隻鸛鳥。

沙寧微笑着，

「將他們收回麼？我怎麼能夠收回了牠？「說出來的話有如放出籠來的鳥兒」呢！」

太那洛夫太迷亂了，回答不出來，只是當着沙寧的臉睜望着。

『他有那末一雙惡眼呀！』沙寧想道。

『這不是一件開玩笑的事，』太那洛夫開始道，他的臉色紅了，表示着憤怒。『你是預備收回你的話呢，還是不預備收回？』

沙寧起初是沈默着。

『如何的一個絕對的白癡！』他想道，當下他取了一張椅子，坐了下來。

『我也許可以願意的收回我的話，以取悅並平平薩魯定的氣，』他開始莊重的說道，『特別是因爲說出這些話時並不視爲重要。但第一，薩魯定是一個傻子，並不明白我的動機，他不僅不沈默不言，反而誇大的提起牠。第二，我絕對的不喜歡薩魯定，所以在這些情形之下，我不覺得我有任何意識要收回我的話。』

『很好，那末……』太那洛夫從他的齒縫中斷斷的說道。

王狄茲驚駭的顧視着，他的長臉變得焦黃了。

『在那個情形……』太那洛夫以一種較高的快要帶恐嚇的語聲開始說道。

沙寧看着他的狹狹的前額和他的緊緊的褲子，重新又覺到憎惡那個人。

『是的，是的，我知道這一切的事，』他插上去說道。『但有一件事我要告訴你的；我不想和薩魯定決鬭。』

王狄茲突地轉過身來。

太那洛夫挺直了身子以輕蔑的口氣說道。

『爲什麼不，請問？』

沙寧失聲笑了起來。他的憎惡之情，如牠之來的迅快似的，又很迅快的消失了。

『唔，這就是理由：第一，我並不想殺死薩魯定，第二，我更不想殺死我自己。』

『但是……』太那洛夫，鄙夷的開始道。

『我不願意，那就完結了！』沙寧說道，站了起來。『爲什麼，眞的是？我不想給你以任何解釋。那是希望得太多了，眞的是！』

太那洛夫對於拒絕決鬥的這位男子的極端鄙夷之中卻交雜着那個堅信，即僅有一位軍官纔能够具有去做決鬥所必需的勇氣與美好的榮譽觀念.那便是沙寧的拒絕爲什麼一點也不使他詫奇的原因;在實際上,他還暗自高興着.

『那是你的事情,』他說着,帶着不會錯誤的鄙夷口氣『但我必須警告你……』

沙寧笑了起來.

『是的,是的,我知道,但我要勸告薩魯定不要……』

『不要——什麼?』太那洛夫問道,當下他從窗盤上拾起了他的帽子.

『我要勸告你不要觸到我身上,否則我便將給他以那樣的一種鞭撻……』

『聽我說!』王狄茲狂怒的叫道.『我是再也忍耐不住……你……你只是對我們笑着.你知道否,拒絕去接受一次挑戰,乃是……乃是……』

他紅得如同一隻龍蝦,他的眼睛從他頭顱上跳出,他的嘴脣上有了白沫.

沙寧好奇的望着他的嘴部,說道:

『這就是自稱爲托爾斯泰的一個信徒的那個人!』

王狄茲退縮了一下，搖着他的頭。

『我必須求你，』他急語道同時羞於對一向都是友好的人說這樣的話。『我必須求你不要舉出那一點那是對於這件事完全無關的。』

『無關於此！雖然？』沙寧答道。『這是與此大有關係的。』

『是的，不過我必須要求你，』王狄茲怨鳴道，成了歇斯特里的。

『眞的，這是太過度了！簡言之……』

『啊！夠了！』沙寧答道，憎惡的從王狄茲那裏退開，王狄茲嘴裏四濺出唾沫來。『隨便他們怎麼想都可以；我不留意告訴薩魯定，他乃是一隻蠢驢！』

『你沒有權利，先生，我說，你沒有權利，』王狄茲高叫道。

『很好，很好，』太那洛夫說道，十分的滿足。

『我們走吧。』

『不！』王狄茲悲戚的叫道，當下他搖揮着他的瘦臂。『他怎麼敢……什麼事情！……

這簡直是……」

沙寧看着他做了一個憎惡的姿勢，走出了房門。

「我們要傳達你的話給我們的同伴軍官，」太那洛夫在他後面叫道。

「隨你的便，」沙寧並不回顧的說道。他能夠聽得見太那洛夫想要安慰憤怒的王狄茲，他自己想道，「照規矩，這人纔是一個絕對的蠢才，但將他放上了他的木馬，他便要成爲很機警的了。」

「事情不能够便這樣的了結的！」當他們走出時，王狄茲不可勸解的叫道。

麗達從她房門裏溫柔的叫道：「孚洛特耶！」

沙寧立定了足。

「什麼事？」

「到這裏來，我有話要同你說。」

沙寧進了麗達的小房間，因爲窗前都是綠樹，溫柔的綠色的微光映滿了屋內。屋內還有一種女性的香味與威力.

『這裏是如何的優美啊,』沙寧說道,嘆了一口氣,如釋重負.

麗達面向窗戶的站在那裏,從園中來的綠色的反映的光環着她的面頰與肩部波動着.

『你叫我來有什麼事?』他和氣的問道.

麗達默默不言,她呼吸沈重着.

『爲什麼,怎麼一會事?』

『你不——去決鬬了麼?』她粗聲的問道,並沒有回顧.

『不去.』

麗達默默不言.

『唔,這有什麼關係?』沙寧說道.

麗達的頷發抖了.她迅快的轉了一個身,飛快的吩唔道:

『我不能夠明白，我不能……』

『啊！』沙寧叫道，皺皺眉頭。『唔，我是很為你發愁。』

人類的愚蠢與惡意四周的圍上了他。在惡人中以及在好人中，在美貌的人中以及在醜人中，這種的性質都是同樣的找到的；這很使人寒心。

他回轉他的脚跟，便走了出去。

麗達望着他走出，然後雙手掩了臉，她自己投身於牀上。長長的黑色辮子整條長的拖在白色被單上。在這個時候，不管她的失望，麗達是強健的，成熟的，美麗的，看來比前格外的年青，格外的充滿了生命。從窗戶中進來了花園裏的溫熱與光明，房間裏是光亮而可愉悅。然而麗達對於這一切卻一點也不見到。

# 第二十章

這是深夏的可驚的美麗的黃昏之一，從巨大的蔚藍色的穹天中降於地球上來。夕陽已經西下了，但光明還是清楚的，空氣是純潔而清朗。有一陣重露，徐徐升起的灰塵，成了紗綢似的長條的雲映於天空。空氣雖熱，卻是清新的。這裏那裏都浮泛着聲音，彷彿長了快翼。

沙寧不戴帽子，穿着他的青衫，這衫在肩部已經有點褪色了，沿了灰塵的路逍遙的走着，轉到青草亂生的小邊街，向伊凡諾夫的家走去。

伊凡諾夫坐在窗口，在捲製香煙，闊肩、恬靜，他的長而草帽色的頭髮，背上梳得光光的．潤濕的空氣，從花園中向他浮泛而來，園中的草木在晚露中得到了新的光彩．淡巴菰的強烈氣味，誘人要打噴嚏．

「黃昏好，」沙寧說道，靠在窗盤上．「黃昏好．」

「今天有人要挑我去決鬭，」沙寧說道．

「好不可笑！」伊凡諾夫不在意的答道．「同誰決鬭？爲了什麼緣故？」

「同薩甯定．我將他趕出了門外，他以爲他自己是被侮辱了．」

「啊呵！那末你將與他相見了，」伊凡諾夫說道．「我將做你的副手，你要將他的鼻子打去了．」

「爲什麼？鼻子乃是人身組織中一個高貴的部分我是不去決鬭的．」沙寧笑答道．

伊凡諾夫點點頭．

「也是一件好事．決鬭是很不必要的．」

『我的妹妹麗達並不這樣想，』沙寧說道。

『因爲她是一隻鵝，』伊凡諾夫答道。『那末一大堆傻子總要相信，他們不是麼？』這樣的說着，他完成了最後的一支香煙，他將這支香煙燃着了，又將其他的香煙放下他的皮煙盒中。

然後他用口吹去了留在窗盤上的淡巴菰，也彎靠在窗盤上，加入了沙寧一塊。

『我們這個黃昏時候做什麼事好呢？』他問道。

『我們同去看看梭洛委契克吧，』沙寧提議道。

『啊！不去！』

『爲什麼不去？』

『我不喜歡他他是如此的一個蟲豸。』

沙寧聳聳他的肩。

『並不比別的人更壞來吧。』

『好的，』伊凡諾夫說道，他常常是同意於沙寧所提議的任何事的，所以他們倆沿了街同走着。

但梭洛委契克卻沒有在家。大門是閉上了，天井是陰沈而蕪曠。只有沙爾丹鏗啷鏗啷的響着他的鐵鍊，對着侵入天井的這些客人吠着。『什麼一個鬼地方！』伊凡諾夫叫道。『我們到林蔭路去吧。』

他們回轉身去，將矮門帶上了。沙爾丹還吠了兩三聲，然後坐在他的狗窩之前，憂鬱的凝望着荒寂的天井，沈默的磨坊以及通過灰塵的草地上的小小的白色人行道。

在公園裏，樂隊如常的正在吹奏着，林蔭路上吹來一陣愉快的涼風，滿是散步的人。被女性的光亮的首飾所照耀，那堆黑壓壓的羣衆一時向陰暗的花園中走去，一時又向大石塊的總門口走去。

沙寧和伊凡諾夫臂挽着臂的進了花園，立刻碰到了梭洛委契克，他正在沈思的散步着，他的手放在背後，他的眼光注在地上，

「我們剛纔到過你家裏去，」沙寧說道。

梭洛委契克紅了臉，微笑着，當時羞怯怯的答道：

『啊！我請求你的原諒！我很抱歉，但我永沒有想到你會來的，不然我便要留在家中了。我正出來散散步。』他的深思的眼發着亮光。

『和我們一同走吧，』沙寧和氣的說道，當下他便挽住了他的臂膀。

梭洛委契克顯然的愉悅着，接受了獻給他的手臂，將他的帽子拋到頭背後，一同的走去，彷彿他所握住的不是沙寧的手臂而是什麼寶貴的東西。他的嘴似乎擴到了兩耳之間。

軍樂隊裏的隊員，紅了臉，伸長了雙頰，吹出了他們的聾耳的、喧鬧的聲調，散在空氣中，被一位衣衫漂亮的樂隊領導者所鼓勵而努力着，這位領導者看來好像是一隻燥動的小麻雀，熱心的在揮舞他的指揮棒。圍繞着樂隊的是些書記們，店裏夥計們，穿着海斯式皮鞋的學童們，以及將顏色鮮妍的手巾包在頭上的小女孩子們，在大道上和邊道上，轉動着一大堆活潑的羣衆，其中是軍官們、學生們和女士們，他們彷彿是加入了一個無休止的四人舞之中。

他們不久便遇到了杜博娃、夏夫洛夫和猶里·史瓦洛格契，當他們兩下經過時交換着微笑。然後，在他們遊蕩過全園之後，他們又遇見了西娜·卡沙委娜現在是他們隊中的一人了，她穿着輕俏的夏衣，看來可喜愛的美妙。

『你們爲什麼像那樣的獨自走着呢？』杜博娃問道。

『來加入我們一道兒吧。』

『我們且到邊道上走着吧，』夏夫洛夫提議道。『這裏擁擠得太可怕了。』

少年們笑着談着，因此轉入了一條比較陰沉、恬靜的道上去。當他們達到了路的盡頭，快要轉身時，薩魯定、太那洛夫和孚洛秦突然的由轉彎的地方走來。沙寧立刻看出薩魯定並沒有想到會在這裏遇見了他，且看出他有點不知所措。他的俊美的臉部黑暗了，他直身的挺立起來。太那洛夫鄙夷的笑着。

『那隻小猴子仍然在這裏呢，』伊凡諾夫凝注在孚洛秦身上說道。孚洛秦並沒有注意到他們因爲他對於第一個先走的西娜太感到興趣了，他走過時，回轉身去看着她。

『他原來是這樣！』沙寧笑說道。

薩魯定以爲這個笑聲是爲他而發的，而他退縮了，彷彿被一條鞭所撻。他爲憤怒漲得臉紅，且爲什麼不可抗的力量所推促便離開了他的同伴，很快的走近了沙寧。

『怎麼一會事？』沙寧說道，突然的變成了嚴重，當時他的眼光注定在薩魯定戰抖的手中所執的小馬鞭。

『你這蠢才！』他自己想道，憐恤與憤怒同時而作。

『我要和你說一句話，』薩魯定粗暴的開始道。『你接受不接受我的挑戰？』

『是的，』沙寧答道，他專心的注視着這位軍官的雙手的一舉一動。

『而你是決定的要拒絕……噯……乃如任何下流的人被環境所逼而不得不做的麼？』薩魯定問道。他的語聲，音調雖高卻是悶窒住的。在他自己看來，這似乎是一個奇異的，彷彿執在他濕漉漉的手中的冷的鞭柄似的不溫柔．但他卻沒有力量從躺在他面前的一條路上跳到邊上去．在花園中突然的似乎沒有一點空氣．所有別的人都呆立着，迷亂而期待着。

『唉！什麽鬼——』伊凡諾夫開始道，想要插身調停．

『當然我拒絕，』沙寧以異常鎮定的聲音說道，直向薩魯定的眼中望着．

薩魯定呼吸艱難的，彷彿在舉着一個很重的東西．

『我再問你一聲——你拒絕麽？』他的聲音如一個硬的金屬的鈴．

梭洛委契克臉色變得異常的灰白．『唉，天呀！唉天呀！他快要打他了！』他想道．

『什麽……什麽事？』他囁嚅道，當下他竭力要衞護沙寧．

薩魯定一點也不注意他，粗暴的將他推到一邊去．他除了沙寧的冷酷鎮定的雙眼之外，看不見他前面的一切東西．

『我已經這樣的告訴過你，』沙寧以同樣的聲調說道．

對於薩魯定，每件東西似乎都旋動了。他聽見他後邊有匆急的腳步聲及一個婦人的失聲驚叫，帶着有如一個倒跌下深阱中的人所感到的失望的感覺，他笨拙的驚嚇的揮動了他的馬鞭。

同時，沙寧用了他的全力，以他的緊握着的拳頭，當他的臉擊去。

『好呀……』伊凡諾夫不由自主的喊道。

薩魯定的頭顱柔弱的掛在一邊了。有些熱熱的東西如尖針似的刺着他的腦與眼，湧出他的口與鼻。

『啊！』他呻吟道，無助的雙手向前的躺下去了，馬鞭落了下來，帽子也跌開去了。他看不見一點東西，他聽不見一點聲音，他只感覺到那可怕的恥羞，以及他眼上的一陣悶燒的痛楚。

『唉！上帝！』西娜·卡涉委娜呻吟道，雙手掩住了臉，她的眼緊緊的閉上。

猶里看見薩魯定四肢伏地的匐匍在那裏，既恐懼，又憎惡的向沙寧衝去，夏夫洛夫也跟在他後邊。孚洛秦失去了他的夾鼻眼鏡，當他被樹枝拌了一交時，他盡力的飛快的經過泥濕的草地而跑開去，因此他的一無汚點的褲子立刻黑到了膝蓋頭。

太那洛夫憤怒的咬着牙齒，也衝向前去，但伊凡諾夫當肩捉住了他，將他拉了回去。

『那是很好！』沙寧輕蔑的說道。『讓他來吧。』他雙腿張開的站着，呼吸艱難，大滴的汗現在他的眉間。

薩魯定徐徐的蹣跚的站了起來。低微的不連貫的話從他的戰抖的膨脹的嘴唇中逃出來，模糊的惡語，在沙寧看來，簡直是說得很可笑。薩魯定的臉部，整個左邊立刻都腫大了。他的左眼不再看得見了；紅血從他的鼻子及口中流出，他的雙唇扭曲了，他的全身戰抖抖的，彷彿被一陣熱病所握捉住。漂亮的、美貌的軍官的樣子一點也不留存下來。那一記重重的打擊奪去了他的一切是人類的東西；所留下來的僅不過是可憐的、可怕的、不成形狀的東西了。他並不想走開去或保衞他自己。他的牙齒格格的相擊有聲，而當他拍去着血液時，他也機械的揮去了他膝上的沙，然後，向前一攧蹶，他又倒下去了。

『唉！如何的可怕！如何的可怕！』西娜·卡莎委娜叫道：匆促的離開了那個所在．

『來吧！』沙寧對伊凡諾夫說道，他擡眼向上，躲避了那末可憎的一種情景．

『同來吧，梭洛委契克．』

但梭洛委契克並不移動．他睜大了眼珠，注視着薩魯定，注視着紅血以及在雪白的衣衫上的污沙，同時他的身體寒戰着，而他的唇片微微的動着．

伊凡諾夫憤怒的拖了他走，但梭洛委契克卻以可驚的力量擺脫了他，然後緊抓住了一株樹榦，彷彿他想抵抗着被大力拖去一樣．

『唉！爲什麼，爲什麼，你做那件事？』他啜泣的說道．

『做出如何的一件流氓的行爲！』猶里當着沙寧的臉說道．

『是的，流氓的行爲！』沙寧答道，帶着輕蔑的微笑．『你以爲讓他來打我是比較得好些麼？』

然後，帶着不經意的姿勢，他很快的沿了大道走去．伊凡諾夫鄙夷的望着猶里，燃了一支香煙，徐徐的跟了沙寧而去．即他的闊背與光滑的頭髮，已足明白的告訴人家，這樣的一幕情景對於他是如何的不大驚動．

『人能夠成爲如何的蠢蠢的野蠻的呀！』他自己喞唔道．

沙寧回顧了一次，然後走得更快了．

『正像野獸們．』猶里說道，當下他也走開了．他回頭望望，他常常以爲美麗的、朦朧的、神祕的花園，現在，在這件事發生了以後，似乎已與其餘的世界隔絕了開去，成了一個陰陰沈沈的地方了．

夏夫洛夫呼吸艱難的、神經質的從他的眼鏡中四周的望着，彷彿他想，說不定在什麼時候，同樣可怕的事會再度發生似的．

# 第二十一章

在一會兒工夫之內，薩魯定的生命經過了一個完全的變化．這生命從前是無顧忌的、安詳的、快樂的，如今在他看來，卻似乎是扭曲失形的、可怕的、不可忍受的了．嬉笑的面具已經落下了；一個巨怪的可怕的臉顯露出來了．

太那洛夫叫了一乘馬車來，送他回家．在路上，他過度的表示他的痛楚與虛弱，因此，不去睜開他的眼睛．用了這個方法，他想，他乃可以免避了千百隻眼睛射在他身上，與他的眼睛相遇時的羞恥．

馬車夫的瘦削的青背車窗中的經過的惡意的疑問的臉，以至於太那洛夫的圍繞於他腰間的手臂，在他的想像中，全都表現出並不假飾的輕蔑。這個意識成了那末專注的痛苦，竟使薩魯定幾乎要暈過去。他覺得，彷彿他已失去了他的理智，他渴想死去。他的腦筋拒絕去承認所發生的事。他繼續的想着，總有一個錯誤，一點誤解，而他的地位也並不如他所想像的那末無望，那末可哀。然而眞實的事蹟留在那裏，而他的失望便益益的更爲黑暗下去。

薩魯定覺得，他是被人支助着的，他是在痛楚之中的，他的雙手都是血汚與塵土。這眞的使他驚訝去知道，他仍然還感知到這一切。有的時候，當車子疾轉了一個灣子，撲到一邊去時，他微開了他的眼睛，看見彷彿是帶着眼淚的，熟悉的街道、房子、人民以及禮拜堂。什麽都沒有變動，然而一切都似乎含有敵意的、奇怪的與無限的遼遠。

經過的人停步凝望着。薩魯定立刻閉上了眼，羞恥而且絕望。這路似乎無窮無止。

『走快一點！走快一點！』他焦急的想道。然而他又自己懸想到了他的男僕的，他的房主婦的以及鄰人們的臉，這又使他希望那旅途是永遠沒有終止的。僅要的是像那樣的走着走着，把眼閉上了！

太那洛夫是異常羞於這一段旅途。他臉色非常困紅，非常的紛亂，直向前面望着，努力要給觀者以一個印象，表明他並沒有參預於這個事件之中。

起初他裝作同情於薩魯定，但不久便墮入沈默之中，間時的從他的緊閉的牙齒中，催促馬夫拉得快點。從這個地方，且也從他手臂的躊躇不定的支撐，有時簡直要抽了開去，薩魯定便很正確的明白太那洛夫所感想的。薩魯定一想到，他一向所視爲絕對的爲他的低下的人物，也要感到爲他而羞時，他便堅信現在一切都完結了。

他沒有幫助便不能走過天井。太那洛夫和那個驚嚇戰抖的勤務兵幾乎是擡了他走。如果還有別的旁觀者的話，薩魯定是不看見他們的。他們在沙發上爲他預備了一個鋪位，躊躇而無助的站在那裏。這個，很使他觸怒。最後，僕人恢復了他自己，便去取了些熱水和手巾來，小小心心的把薩魯定臉上和手上的血漬都洗去了。他的主人躲避了他的注視，但在勤務兵的雙眼中，並沒有一點的惡意或輕蔑；僅有那種的如慈心的老看護婦所可感到的恐怖與憐憫．

『唉！這是如何發生的，老爺？唉，天呀！唉，天呀！他們對他做了什麼事？』他咿唔道．

『這沒有你的事！』太那洛夫憤怒的斷道；立刻紛亂的向身後望着他走到窗邊，機械的取出一支香烟，但不能決定，當薩魯定躺在那裏時，他應該不應該吃烟，於是他又匆匆的將他的香烟盒子塞入衣袋中了．

『我要去請醫生來麼？』勤務兵問道，立正着，並不以他所受到的粗暴的回答爲凌辱．

太那洛夫躊躇的伸出他的手指來．

『我不知道，』他以一種變了的聲音說道，當下他又回顧了一下．

薩魯定聽見了這些話，一想起醫生將要看見他的被打的臉，心裏便恐怖起來．

『我不需要任何人，』他微弱的咿唔道，想要告知他自己和別的人他是快要死去了．

現在，他的臉部已經洗淸了血與灰土，不再是看見怕人的了，但卻要引起了厭惡．太那洛夫完全出於獸類的好奇心，匆匆的望了他一眼，然後，在一會兒工夫，又轉眼他向．這個舉動幾乎是不可察知的，然而薩魯定卻帶着說不出的痛苦與絕望而注意到了．他更緊的閉上了他的眼睛，以一種破裂的、欲泣的聲音叫道：

『離開我！離開我！！唉唉！』

太那洛夫又看了他一眼．立刻一種憎惡與輕蔑的感情占有了他．

『他現在眞的快要哭出來了！』他想道，帶着些惡意的滿足．

薩魯定的眼閉上了，他很安靜的躺在那裏．太那洛夫以他的手指輕輕的在窗盤上敲着，捻着他的髭鬚，起初，四面的望着，然後望着窗外，感到自私的懇切的要走開去．

『我還不能走開，現在，』他想道．『如何可詛咒的膩煩呀！最好等到他睡着了．』

再一刻鐘過去了，薩魯定顯得很不安定．在太那洛夫看來，這種的間停是不可忍耐下去的最後，受苦者躺着不動了．

『啊哈！他睡了，』太那洛夫想道，內心的覺得愉快．『是的，我可決定他已睡了．』

他小小心心的走過了房間，如此，他的刺馬距的格格聲便很難聽得見了．薩魯定突然的睜開了眼．太那洛夫靜靜的立定了，但薩魯定已經猜出了他的心事，而太那洛夫也知道他的行動是被偵察着的．現在，有些奇怪的事發生了．薩魯定閉上了眼，假裝的入睡．太那洛夫想要告訴他自己說，這是眞睡，然而同時他又完全的警覺到，每個人都在看守着別的人呢；所以，以一種笨拙的彎身的姿勢，他便點起了脚尖，偷走出了房外，覺得如一個被證實的奸臣一樣．

房門輕輕的在他後面關上了．將這兩個男人縛在一塊很久的友誼的帶便是這樣的永久的斷了．他們倆全都覺得，現在有一個深溝間隔在他們之中，這道深溝是永造不了橋樑的；所以在這個世界上，他們是彼此一無干係的了．

在外面的房裏，太那洛夫呼吸得比較自由．他對於他自己與那個許多年來他的生活依賴着的人之間的關係的斷絕，並沒有餘憾.

『聽我說！』他對僕人說道彷彿爲了形式上的必要，他應該要說的，『我現在走了.如果有什麼事發生——唔……你明白……』

『很好先生，』兵士答道臉上顯得很驚嚇.

『所以現在你要知道……看看蓬帶要常常的換過.』

他匆匆的走下了石階，在關上了園門之後他抽了一次深深的呼吸，當他看見了他前面是廣闊的寂寞的街道時.現在天色幾乎烏暗了，太那洛夫很高興，沒有人能夠注意到他的飛紅的臉.

『我自己也幾要泥入這件可怕的事務之中，』他想道，當他走近了林蔭路時，他的心沈下了.『總之，這件事對於我有什麼干係呢？』

他如此的要想安慰他自己，努力的要忘記了伊凡諾夫如何的拖他開去，他的那末大的力量，幾乎使他跌倒.

『鬼取了去！如何的一件不快的事！這全是一個隨錯定的傻子！他爲什麼要和這種下等人在一處呢？』

他愈是思想起這件意外的事的全部不快，他的平庸的身體便愈是表現出一種恐嚇人的樣子，當時他穿着緊緊的札在身上的騎馬褲，漂亮的皮靴，白色的罩衣，趾高氣揚的走着。

在每一個經過的人身上，他都預備要偵察出譏嘲與輕蔑；實在的，在最輕微的激動上他便要狂猛的拔出他的刀來。然而他卻遇見很少很少的人，他們如逝去的陰影似的，在黑暗的林蔭路的邊上迅速的走過去了。在到了家中時，他變得鎮定一點，然後他又想起伊凡諾夫所做的事。

『：我爲什麼我不去打他？我應該在領上給他一記。我可以使用他的刀。我也有我的手槍在我的衣袋中。我應該如槍擊一隻狗似的擊他。我怎麼會忘記了那柄手槍呢？唔，總之，大約我不動手也是不錯的。假定我殺死了他呢？這便成了警察的一件事了。那些人之中，也許有人也懷有手槍的事情多着呢，嗳？無論如何，沒有人知道我有武器在身，並且，這件事也會漸漸的過去了的。」

太那洛夫在拿出他的手槍，放入桌子抽屜中之前，小心的四面的看了一看。

「我將立刻到聯隊長那裏去，對他解釋明白，我對於這件事一點也沒有干係，」他想道，當下他鎖了抽屜，然後一個不可抵抗的衝動，捉住他，要到軍官的同席者那裏去，當作一個眼見者，正正確確的將發生的事描寫出來。軍官們已經在公園中聽見了那件事，他們匆匆的回到了光光亮亮的會食室中，以熱熱的話，說出他們的忿怒。他們眞的還是愉悅於薩魯定的失敗，因爲他的衣服與舉止的漂亮俊美，極常的把他們放入陰影中去。

太那洛夫被衆人帶着不可掩飾的好奇心所歡迎。他覺得，當他開始敍述出全部事件的一個仔細的經過時，他便是當時的英雄了。在他的狹小的一雙黑眼中，帶有一種妒忌，他的常是他的超越者的朋友的表現。他想起了關於金錢的事，想起了薩魯定對於他的看不起的態度，而他便報復他自己的宿憾，細細的描寫他同伴的失敗情形。

同時，薩魯定被棄的、孤獨的躺在他的牀上．

他的勤務兵，已在別的地方打聽到全部事實了，無聲息的四處走着，看來如前的憂愁而焦慮．他將茶具預備好了，取了些酒，將狗驅出房外，這狗見了牠的主人快樂得四處奔跳着．

過了一會，勤務兵又點着足尖走回去了．『老爺最好喝一點酒，』他低語道．

『嗄？什麼？』薩魯定叫道，睜開了眼，立刻又閉上了．他的口氣，他自以爲是嚴肅的，其實卻是可憐的，他只能移動他的腫脣，巴巴的說道：

『把鏡子帶來給我．』

僕人嘆了一口氣，帶了鏡子來，執了一支燭，緊近於鏡前．

『他爲什麼要照看他自己呢？』他想道．

當薩魯定在鏡中照了一照時，他不由自主的叫了一聲．在黑暗的鏡中，一個可怕的失形的臉迎他而來．臉上的一邊是青黑色的，他的眼睛是腫大了的，而他的髭鬚，如硬鬣似的刺出於他的腫頰之上.

『來!拿了牠去!』薩魯定咿唔道,而他歇斯特里的啜泣着.『拿一點水來!』

『老爺不要將此事放在心上.你不久便要全都復原了,』仁慈的勤務兵說道,當下他將水倒在膠質杯中捧給他,杯中還有茶味.

薩魯定不能喝;他的牙齒不由自主的在杯邊格格的碰擊着,水是濺在他的衣服上.

『走開去!』他微弱的呻吟道.

他的僕人,他這樣的想着,乃是在世界上唯一的同情於他的人,然而那種對於他的較好的感情立刻又被一種不可忍受的感覺所熄滅了,這個感覺便是,他竟使他的僕人也要憐恤他.

勤務兵幾乎要哭出來,閃閃他的眼睛,走了出來,坐在通到花園裏去的石階上.那隻狗對他搖尾乞憐的,將牠的美鼻在他的膝上磨擦着,莊重的擡起黑色的疑問的眼望着他.他和愛的撫拍着牠的柔輭如皮的毛衣,頭上熠熠着沈默的星光.一個恐懼的感覺到了他的心上，彷彿預警着什麼巨大的不可免的不幸。

『生命是一個悲苦的東西！』他悲戚的想道，有一會兒工夫，憶起了他自己的本鄉。薩魯定匆促的在沙發上翻了一個身，躺着不動，並沒有注意到現在漸漸温熱起來的包紮布已滑落了他的臉上。

『現在一切都完結了！』他歇斯特里的咿唔道，『什麼是完結了的？一切東西！我的一生——毀了！爲什麼？因爲我被侮辱了，——如一隻狗似的被擊倒了！我的臉爲拳頭所擊！我再不能在軍隊中了，再不能！』

他能夠清清楚楚的看見他自己四肢匍匐在路上，驚恐而且可笑，當他發出微弱的無意識的恫嚇。一次又一次的，他心靈上重現出那件醜惡的遭遇，每一次便更增加了痛苦，並且，彷彿如照得通明似的，一切的不幸詳情都活潑潑的站出在他眼前。最使他惱惱的便是，他回憶起西娜·卡莎委娜的白衣，這白衣正當他誓要徒然的報復的時候，捉住了一眼。

『誰扶了我起來的呢？』他想要將他的思路轉到別一方向去，『這是太那洛夫麼？或者是那個猶太孩子和他們在一道的！這一定是太那洛夫．無論如何，這是一點也沒有關係的．所要緊的乃是我的一生從此毀了，我將要離開軍隊了．決鬬呢？怎麼樣了？他不肯決鬬．我將要離開了軍隊了．』

薩魯定想起，從前一次軍隊委員會怎樣的強迫兩個同事軍官，結了婚的人，退職而去，因爲他們拒絕決鬬．

『我將同樣的被人迫着退職．很文明的，沒有握手……就是他們……如今將沒有人再覺得和我在林蔭路上臂挽臂走着是可誇耀的事了，他們也不再妒忌我模倣我的舉動了．但是，總之，那都沒有什麼．這是羞恥，牠的不名譽．爲什麼？因爲我被人當面擊了一記麼？當我還是一個陸軍學生時，這件事也發生過一次了．那個大個子，夏瓦茲，給我一記，將我的牙齒打下了一隻．沒有人以爲這事有什麼關係，但我們後來互相握手，成了最好的朋友．那時沒有人唾棄我．爲什麼現在是兩樣了呢？這實在正是同樣的事！在那一次，血也濺了出來，我也跌在地上了所以……」

薩魯定對於這些失望的問題，得不到一點回答。

「如果他接受了我的挑戰，當我的臉打了一槍，那是更壞，也要格外的痛苦。然而在那個情形之下，卻沒有一個人會鄙夷我了；反之，我將得到同情與讚美。因此，一粒子彈與那拳頭之間是有一個區別的。有什麼區別呢？爲什麼會有任何區別呢？」

他的思想迅速的不連貫的來了，然而他的痛楚與不可挽回的不幸似乎引起了些新的、潛藏於他的心中的東西，這些東西在他的許多年來自私的、享樂的無顧忌的年頭上，他是再也不會感覺到的。

「例如，王狄茲常常的說，「如果有人打你右頰，將左頰再轉給他。」但他那天從沙寧家裏回來的時候是什麼樣子呢？憤怒的喊叫着，搖揮他的手臂，爲的是那人不接受我的挑戰！其他的人眞的要責備我的要用馬鞭打他。我的錯誤就在我不會及時的打下去。全部的事便荒誕的不對了。無論如何，事已至此了；屈辱是留着；我將離開了軍隊。」

薩魯定雙手壓在他的痛楚的眉間，左右的轉側着，因爲他眼上是劇痛着．然後，在憤憤不已之下，他咿唔道：

『拿一把手槍，向他衝去，將幾顆子彈打進他的頭顱……然後，當他躺在地上時，去踐踏在他的臉上，眼上，牙上！……』

壓緊布悶聲的落到了地板上去．薩魯定嚇了一跳，睜開他的眼睛，在光線朦朧的房中，看見一臉盆的水，一條手巾而黑漆漆的窗口，好像一個惡眼，神祕的向他釘望着．

『不，不，不如今沒有用了，』他悶悶的失望的想道．『他們全都看見這事了；看見我怎樣的當臉被擊了一記，我怎樣的四肢匍匐在地上！唉這眞可羞呀！像這樣的打過來，當着臉！不！這太多了！我將永不再會自由或快樂着了！』

他的心頭又閃過一個新的敏銳的思想．

『總而言之，我也曾自由過麼？不，不因爲我的生活從不曾自由過，所以我如今纔會受到了悲楚；因爲我從不曾照我自己所欲的生活過，在我自己的自由意志上，我會想和人決鬬，或用馬鞭打他的麼？沒有人會打我，每一件事也全都不錯。誰是第一個人想像到，且在什麼時候想像到，一場侮辱乃僅能以血洗去的麼？不是我，當然的。唔，我已把牠洗去了，或者更可以說牠已是被我的血洗去了，是不是？我不懂得這一切的意義，但我知道這事，即我將要離開軍隊了！」

他的思路很喜歡換別一個方向，然而他們如折翼的鳥一樣，常常的又飛回來，回到一個中心的事實，即他是重重的被侮辱了，不得不離開了軍隊了。

他想起了，有一次他看見一隻落到糖汁中過的蒼蠅爬過地板，拖着他的黏黏的腿與翼而前，顯着異常的艱難。這是明白的，這毀了的蟲必須死去，雖然牠仍在掙扎着，發狂的努力要站住了足。在那時，他憎惡的掉頭離開他，而現在他又看見牠了，如在一個熱病的夢境中。然後他突然的想到了一場爭鬬，他有一次眼見的這場爭鬥發生於兩個農人之間，當其中的一人，以可怕的當臉的一記，擊倒了其他的一個年老的、頭髮灰白的人。他站了起來，用袖口來擦了他的流血的鼻子，着重的叫道：「什麼一個傻東西！」

『是的，我記得看見那件事的，』薩魯定想道，『然後他們同在「皇冠酒店」一同喝着酒。』

黑夜漸漸的向盡了。沈沈寂寂的，那末奇怪，那末壓迫，彷彿薩魯定乃是唯一的遺留在地球上的生存的受苦的靈魂。在桌上，成爲小溝的蠟燭尙在亮着，光焰是微弱而穩定的。薩魯定的無秩序的思想沈入陰暗之中，他以熠熠的發炎的眼望着燭光。

在許多的印象與回憶的紛亂的渾沌之中，有一件事比所有別的事都更淸明的現了出來。這乃是他的極端孤寂的意識，這如一把匕首似的刺着他的心。千百萬個人在那個時候是快快活活的享受着生活，笑着，謔着；也許有的人正在談論到他。但他只有他是孤獨的。他無效的要去回憶起熟悉的臉孔來。然他們出現於他之前的都是蒼白、奇怪而且冷淡的，而他們的眼中也都具有好奇的與惡意的視線。然後，他沮喪的想到了麗達。

他所繪出的她，乃是他最後一次所看見的；她的大而鬱鬱的眼；那薄薄的外衣輕罩在她溫柔的胸前；她的頭髮梳成單條的鬆辮子。薩魯定在她的臉上，既看不出惡意，也看不出輕蔑那一雙黑漆漆的眼是憂鬱的叱責的凝注着他。他想起了在她最悲困之時，他怎樣的捱斥着她。已經失去了她的意識，如一把刀似的刺傷着他。

「她那時所受的苦比我現在所受的更深……我將她推離開我……我幾乎要她投水自殺；要她死去。」

有如希望一支最後的錨救了他一樣，他的全個靈魂現在是轉向於她了。他要求她的撫慰，她的同情。有一瞬刻的時間，他似乎覺得，所有他的實在的痛苦彷彿能夠抹拭了過去的事；然而他知道，唉！麗達是永不，永不回到他那裏來了，一切全都完結了。在他面前，沒有別的東西，有的只是渾白的無底的空虛！

薩魯定揚起了他的手臂，將手壓在他的眉間。他不動的躺在那裏，雙眼閉上，牙關緊合着，竭力要不看什麼，不聽什麼，不覺什麼。但過了一會兒，他的手垂下了，他坐了起來。他的頭痛得利害，他的舌頭彷彿燒着了，他從頭到足的戰抖着。然後他站起身來，傾跌的向桌子走去。

『我已失去了一切東西了；我的生活，麗達，一切東西！』

一個思念閃過他的心上，他覺得他的這個生命，歸根結底的說來，是既不善，又不快樂，又不有條理的，只不過是愚蠢、悖義、卑鄙的而已。薩魯定，俊美的薩魯定，值得配上最好的、最快樂的一切生活的，已不再存在了。留下來的只是一個柔弱的無精力的身體來擔受所有這一切的痛楚與不名譽。

『活下去是不可能的了，』他想道，『因爲活下去的意義便是要完全抹拭了過去。我要開始一個新的生活，成了一個完全不同的人物，而這我卻不能夠做！』

他的頭顱向前跌在桌上，在妖妄的、跳躍不定的燭光中，他不動的伏在那裏。

# 第三十二章

在同夜，沙寧去訪梭洛委契克。這位小猶太人正獨自坐在他家的石階上，雙眼凝望着屋前的荒蕪的空場，場上衰草雜生，有幾條久無人行的小路橫過其間。空空的廠屋屋前鎖着巨大而生銹的鎖，還有磨坊的黑窗，看來使人厭悶。全部景色表示出生命及久已停止的活動的悲戚。

沙寧立刻便看出梭洛委契克臉上容色的變動。他不再微笑着了，只似是焦急而憂慮着。他的黑眼中具有疑問的視線。

『啊晚上好，』他冷淡的握了沙寧的手，說道。然後他繼續的凝望着恬靜的夜天，廠屋的黑頂映於其下，格外得清楚。

沙寧坐在對面的石階上，燃着了一支香烟，默默的凝望着梭洛委契克，他的詫異的舉止使他感到興味。

『你獨自在這裏做什麼呢？』他過了一會，問道。

梭洛委契克的大而憂鬱的眼徐徐的轉向於他。

『我只不過住在這裏，那就完了。當磨坊開工時，我常在公事房中。但現在磨坊是關閉了，除了我自己以外，別的人全都走了。』

『像這樣的你獨自一個人住着，不覺得寂寞麼？』

梭洛委契克默默不言。

然後，他聳聳肩的說道：『在我看來，都是一樣的。』

他們全都沈默不言。除了狗鍊的鏗鏘作響之外，沒有別的聲音。

梭洛委契克突然的熱心的叫道：『這並不是地方寂寞．但我之感到寂寞的，是這裏，這裏．』他指着他的前額及他的胸部．

沙寗恬靜的問道『你怎麼一會事了？』

『聽我說，』梭洛委契克更爲激昂的繼續說道，『你今天打了一個人，將他的臉打壞了．也許你竟毁了他的一生．請你不要怒我對你說這種的話．我對這一切事已經想得很久了，我坐在這裏，如你所見的，想着想着．現在，如果我問你幾句話，你會回答我麼？』

有一會兒，他的臉上又發見了他的平日的微笑．

『儘管問我你所要問的問題吧，』沙寗和氣的答道．『你是怕觸怒了我麼，嗳？我敢於告訴你，你那決不會使我生惱．事情已經做了；如果我以爲我是做錯了的話，我應是第一個說是錯的．』

『我要問你這個問題，』梭洛委契克激動得顫栗着．『你曾覺得你也許會殺死了那個人麼？』

『關於那一層，那是沒有十分疑問的，』沙寧答道。『像薩魯定那樣的一個人一定是很難脫出了這個僵局的，除非他殺了我或我殺了他。但若說到他殺我的話他則失去了心理學的時間了，我們可以這樣的說；在現在，他是沒有給我以危害的力量。過此以後，他便沒有那膽量了。他的事情已完結了。』

『而你乃安安詳詳的告訴我這一切的話麼？』

『你說「安安詳詳」是什麼意思？』沙寧問道。『我不能安安詳詳的眼看着一隻小雞的被殺，更不必說是一個人了。在我之去打他，在我是很苦痛的。感覺到一個人自己的筋力是愉悅的事，當然的，但這究竟是一個極壞的經驗——所以壞的，是因爲弄成了這樣粗蠻的結局。然而我的良知卻是安詳的。我不過是運命的工具而已。薩魯定之所以得禍，因爲他的一生的傾向，全都是擺定了要發生不幸的結局的；可怪的是，別的像他這一類的人，卻並不與他同受此種運。這些人乃是學成去殺死他們的同類，享養他們自己的身體，一點也不明白他們做的事有甚麼結果。他們是狂人，是白癡！如果放鬆了他們，則他們便將割了他們自己的咽喉，且也將割了別人的咽喉了．我在這一種的一個狂人的攻擊之下，保護我自己，難道是該責備的麼？』

『不錯，但你已殺死他了，』梭洛委契克固執的答道．

『在那個情形之下，你最好去質問使我們相遇的那位好上帝．』

『你能够捉住了他的雙手而阻止他的攻擊的．』

沙寧擡起了他的頭．

『在像那樣的一個時候，一個人不會反省的．而且那又有什麼用處呢？他的生命的法則需要報仇，任有如何犧牲都不在乎．我不能永久捉住了他的手．在他方面這僅是一種格外的侮辱，沒有別的．』

梭洛委契克柔弱的搖擺着他的手，並不回答他

黑暗不可見的緊圍於他們身邊．夕陽的火已經淡白了，在荒曠的廠屋之下，陰影更深了，彷彿在這些寂寞的地方，神祕的、可怕的東西將要在夜間出來佔據了此間似的．他

們的無聲無息的足步，也許已使沙爾丹不安了，因爲他突然的爬出了他的窩，坐在窩前，鏗鏘的響着他的鐵鍊．

『也許你是對的，』梭洛委契克憂悶的說道，『但這是絕對的必要的麼？如果你忍受了那一記打，不會是更好的麼？』

『更好的？』沙寧說道．『被人打一記常是痛苦的事．而且爲什麼？爲了那一種的理由？』

『咳！請請你聽我說完了話，』梭洛委契克帶着懇求的姿勢插說道，『這也許會更好一點——』

『對於薩魯定，當然的．』

『不，也對於你；也對於你．』

『咳！梭洛委契克，』沙寧答道，有一點惱怒，『暫停了那種關於道德勝利的老而笨的觀念吧；且那也是一個虛偽的觀念．道德的勝利並不包含著一定要使你自己的面頰給人家打，但不過是在自己的良知上覺得不錯而已．至於這如何的能完成那便是機會與環境的問題了．天下事沒有比之爲奴隷性更可怕的了．尤其當一個人的內心反抗着壓迫與強力，然而卻用了比他更大的某種力之名而降服於人，那是世界上最可怕的奴隷性．」

梭洛委契克雙手捧住了頭，如一個心神散亂的人．

『我沒有腦筋去明白這一切話，』他悲戚的說道．『我也一點也不知道我應該怎麼活着．』

『你爲什麼要知道？如鳥之飛翔似的活着好了．如果牠要轉動牠的右翼，牠便轉動牠．如果牠要繞樹而飛，牠便繞飛着．』

『是的，一隻鳥也許是這麼辦，但我不是一隻鳥；我是一個人，』梭洛委契克異常懇切的說道．

沙寧大笑起來，這愉快的笑聲有一會兒反響過陰沈的天井中．

梭洛委契克搖搖他的頭.『不,』他憂戚的咿唔道,『所有這一切,不過是閒談而已.你不能告訴我應該怎樣生着,沒有人能够告訴我那事.』

『那是非常對的.沒有人能够告訴你那事.生活的藝術應需一個天才;他沒有那個天才的人,他的生活便要毀壞了,沉沒了.』

『你說那種話時是如何的安詳呀!彷彿你知道一切的事!請你不要生氣,但你常是像那樣的——常是如此的安詳麼?』梭洛委契克問道,引起了敏銳的興味.

『啊!不;雖然我的脾氣確是常常的十分安詳,但我有時也被各種的疑問所擾苦.在有一個時候,眞的,我還夢想着我的理想生活乃是基督徒的生活.』

沙寧停着不說了;梭洛委契克懇切的彎身向前,彷彿要聽極重要的話似的.

『在那個時候,我有一個同伴,一個研究算學者,他的名字是伊凡·蘭特.他是一個怪人,有無限的道德力量;一位基督教徒,不是被勸化了的,乃是天生了的.在他的一生,所有的基督教美德全反映着.如果有人打了他,他是不回打的;他對待每一個男人都如兄第一樣，對於女子，他則不認識有性的吸引。你還記得西米諾夫麼？」

梭洛委契克點點頭，彷彿帶着兒童的喜悅。

「唔，在那個時候，西米諾夫病得很重。他住在克里米，在那裏教着書，寂寞與他的將近於死的預警驅使他至於失望。蘭特聽見了這事，決意要到那裏去，救全這個已失的靈魂。他沒有錢，也沒有人肯借錢給一個著名的狂人。所以他便步行而去，走了一千多里（俄里）之後，死在路上了，如此的爲別人犧牲了他的生命。」

「而你啊！請告訴我，」梭洛委契克眼睛發亮的叫道：「你認識了這樣的一個人的偉大麼？」

「他在那時，有許多人談到，」沙寧思索的說道。「有的人並不視他爲一個基督教徒，爲了那個理由，責備着他。別的人則說道，他是發了狂，且未除淨他的自負。更有人則否認他有任何的道德勢力；且因爲他不爭鬬，他們便宣言他既不是先知者也不是戰勝者。我之評判他則不然。在那個時候，他影響我到愚笨的地方了。有一天，一個學生打了我一記耳光，我幾乎憤怒得發狂了。但蘭特站在那裏，而我僅僅望着他——唔，我不知道這是怎樣的，但我默默不言的立了起來走出了房外。第一，我很覺得我所做的事爲可驕傲，第二，我從心裏憎惡那個學生。並不是因爲他打了我，乃是因爲，在他看來，我的行爲必定是極爲滿意的。漸漸的我的虛僞的地位爲我所明白了，這使我思想着有兩個星期之久，我直像一個狂人，過此之後，我便再也不覺得我的虛僞的道德勝利爲可驕傲的了。在我的仇人方面，第一次的嘲笑着我時，我便痛打他一頓，直到他失了知覺。這使蘭特與我自己之間生了一個疏隔。當我公平的考察他的生活一過，我發見他的生活乃是異常的艱貧可憐的。』

『唉！你怎麼能說那句話呢？』梭洛委契克叫道。『你怎麼能夠估量他的精神的情緒的財富呢？』

『這種情緒是十分單調的。他的生活的快樂，包含在承受了一切的不幸而不發一聲的呻吟，而他的財富則包含在生活的快活與物質的利益的總解脫。他是自願的一個乞丐，是一個幻想的人物，他的生活乃爲他自己尙沒有淸瞭的一個理想所犧牲了的。』

棱洛委契克絞扭着他的手。

『唉！你不能想像，我聽見了這話是如何的難過！』他叫道。

『眞的，棱洛委契克，你是很歇斯的里的，』沙寧詫異的說道。『我並沒有告訴你以非常的話。也許在你看來，這個題目是一個痛苦的吧？』

『唉！極痛苦的，我是常常的想着，想着，想着直到了我的頭部似乎燒了起來。難道這一切全是錯誤麼？我四處的摸索着，如在一個暗室之中，也沒有一個人來告訴我以我應該怎麼辦。我們爲什麼活着？告訴我那事。』

『爲什麼？那沒有人知道。』

『我們之所以活着，不是爲了將來，至少將來人類會有一個黃金時代麼？』

『永不會有一個黃金時代的。如果世界與人類能在一瞬間之內便變了更好的，那末，一個黃金時代也許會實現的。但那是不能夠的。進步的步驟是很慢緩的，而人也僅能看見在他前面的一步與直接在他後面的一步你和我都沒有過着一個羅馬奴隸的生活，也沒有過着石器時代的野蠻人的生活，所以我們不能夠欣賞我們的文明的好處．因此，如果將來果有一個黃金時代的話，則那個時代的人們也將不能看出他們的生活與他們祖先的生活之間究有什麽區别．人沿了一條無窮盡的路走着，去希望將這路升到快樂中去，正如將新的數目加入無窮盡的數目之中一樣．』

『那末你相信，這一切都是無意義的——一切都是無用的了？』

『是的，那就是我所想的．』

『但關於你的朋友蘭特怎樣的？你自己是——』

『我愛蘭特，』沙寧莊重的說道，『不是因爲他是一個基督教徒乃是因爲他是忠實的，從不由他路上走開去，從不爲譏笑或驚恐的阻礙所喪．我讚美蘭特的是他的人格．當他死了時，他的價值便不存在的了．』

『你不以爲這種人在生活有一種高尙的影響麽？這樣人會不會有跟從者或信徒

的？」

『爲什麼生活應該要高尙？第一先告訴我這事。第二，一個人不需要信徒們像蘭特那樣的人們是天生了的。基督是好的；然而基督徒便不過是一個可憐的一羣人而已。他的訓條的理想是一個美麗的，但他們卻已使牠成爲一無生氣的教條了。』

沙寧倦於談話，不再發言了。梭洛委契克也沈默着。環於他們四周的是沈沈的寂寞，而天上的星光則彷彿維持着一種無聲無止的談話。然後梭洛委契克突然的微語着些話，在沙寧耳中聽來是那末詭怪，他聳聳肩，叫道：

『你剛纔說的什麼話？』

『告訴我，』梭洛委契克咿唔道，『告訴我你所思想的。假如一個人不能夠看清他的前途，但只是思想着、焦慮着，彷彿一切東西都僅是迷亂他、恐怖他——告訴我，他不是死了還好的麼？』

『唔，』沙寧答道，他淸楚的讀到了梭洛委契克的思想，『假如死在那個情形中是較好的話.思想與焦慮是一無所用的.他覺得生活是可樂的人,纔應該活下去;但對於那受苦的人,死是最好的了.』

『那也是我所想的,』梭洛委契克叫道,他激動的握住了沙寧的手.他的臉在黑暗中看來像幽靈似的;他的雙眼活像兩個黑洞.

『你是一個死人,』沙寧內心感知的說道,當下他站起身來要走;『而對於一個死人,他的最好的所在便是墳墓.再會.』

梭洛委契克顯然的沒有聽見他的話,只是坐在那裏不動.沙寧等候了一會,然後徐徐的走了開去.在門口時,他停步靜聽,但一點聲息也沒有聽到.梭洛委契克的身體在黑暗中模糊不清.沙寧彷彿對於一個奇怪的預警生了感應的,自己說道:

『總之,其結果都是一樣的,不管他照這樣的活下去或死了去.如果這不是今天,那末,便將是明天.』他疾轉了一個身;圓門在牠的礎上格啦了一聲,他已經立在街上了.

他走到了林蔭路時,他聽見遠處有人疾奔而來,且啜泣着,彷彿心中有大憂慮.沙寧站住了足。一個人形由黑暗中現了出來，很快的走到他的面前。沙寧又有了一個不祥的預覺。

『什麼事？』他叫道。

人形停止了一會，而沙寧碰見的乃是一位兵士，他的笨臉上表示出很深的憂愁。

『什麼事發生了？』沙寧叫道。

兵士咿唔了幾句話，重復奔向前去，一邊走，一邊哭。如一個魔鬼似的，他沒入黑夜中了。

『那是薩魯定的僕人，』沙寧想道，然後有一個思想閃過他的心頭：

『薩魯定自殺了！』

有一會兒，他窺進黑暗之中，他的額前成爲冷冰冰的了。在夜的可怖的神祕與這個堅強的男人的靈魂之間，一個衝突明白然而可怕的，正在進行。

全鎭都在睡着；發光的路荒曠而白色的躺在陰沈沈的樹下；窗戶彷彿沈悶的看守

的眼，望着黑暗之中。沙寧搖着他的頭，微笑着，當下他安詳的向他前面望着。

『我是沒有罪過的，』他高聲叫道。『多一個人，少一個人——』

堅挺而剛毅的他向前走去，一個高身材的影子隱現在沈沈寂寂的夜間。

# 第三十三章

兩個人同夜自殺的消息疾傳到全個小鎮中去。這是伊凡諾夫去告訴猶里的。猶里正教了書歸家，在畫着麗萊亞的一幅像。她穿着一件淡色的外衣，頸部開敞了的，在那裏給他畫她的美麗的貝紅的手臂從半透明的衣料中看得見。房裏晒滿了太陽光，這光照耀着她的黃金色的頭髮，更增高了她的處女美的可愛。

『白天好，』伊凡諾夫說道，當下走了進來，將帽子拋在一張椅上。

『啊！是你。唔，有什麼新聞？』猶里微笑的問道。

他是在一個滿足而愉快的情調之中，因爲最後他找到了一點教書的工作，使他不致完全依賴他的父親，而與他的光美可愛的妹妹在一處作伴，也使他高興。

『啊！新聞多着呢，』伊凡諾夫說道，在他的雙眼，有着朦朧的視線。

『一個人自己吊死了，還有一個人用手鎗打死了，而魔鬼卻正捉住了第三個人呢。』

『你說這話是什麼意思？』猶里叫道。

『第三件不幸的事，乃是我自己編造出來的，不過爲的是增大着聽聞；但關於其他兩件事，新聞是的的確確的。薩寧定昨夜自殺了，我剛纔還聽見說，棱洛委契克也自己吊死了。』

『不可能的！』麗萊亞叫道，跳了起來。她眼中表白着恐怖與熱切的好奇心。

猶里匆促的放下他的調色板，走近了伊凡諾夫。

『你不在開玩笑麽？』

「不，的的確確的。」

如常的，他裝成了一副哲學家的淡然的神氣，然而顯然的，他對於所發生的事是很驚駭着的。

「他爲什麼自殺了呢？因爲沙寧打了他麽？」

「沙寧知道不知道？」麗萊亞焦急的問道。

「知道的。沙寧昨夜便聽見這個消息了，」伊凡諾夫答道。

「他說什麼話呢？」猶里叫道。

伊凡諾夫聳聳他的肩。他沒有意思和猶里討論到沙寧，他並不是沒有惱意的答道：

「一點也沒有。這與他有什麼關係呢？」

「無論如何，他乃是這件事的原因，」麗萊亞說道。

「不錯，但那個傻子爲什麼要攻打他呢？這不是沙寧的罪過。全部的事是可悼的，但這完全由於薩魯定的愚蠢。」

『唉我以爲眞實的理由還在更深邃處，』猶里憂愁的說道。『薩魯定生活在某一種情形……』

伊凡諾夫聳聳他的肩。

『不錯，就是因爲他生活在這樣的一個白癡的羣中及受其影響之故，這僅足以積極的證明他是一個傻子。』

猶里擦着他的雙手，不說什麼話。他聽見死了的人被人如此的說着，心裏有點痛苦。

『唔，我能够明白薩魯定爲什麼自殺之故，』麗莱亞說道，『但梭洛委契克呢？我從不會想到這是可能的！那是什麼緣故？』

『天知道！』伊凡諾夫答道。『他常是一位大怪物。』

在那個時候，勒森且夫坐了車而來，在門口遇見了西娜·卡莎委娜，他們一同走上了樓梯。她的聲音高朗而焦急的可以聽得見，而他的每逢與美貌少女談話所激動的嬉嬉調笑的語聲也可以聽得見。

『阿那托爾·巴夫洛威慈剛剛從那邊來，』西娜激動的說道。

勒森且夫跟在她後邊，如常的笑着當他進來時便要燃着了一支香烟。

『眞好的事！』他高興的說道。『如果這件事繼續下來，我們不久便要沒有青年人留下來了。』

西娜不說一句話的坐了下來。她的美貌的臉上帶着憂傷之色。

『現在，來告訴我們一切的經過』伊凡諾夫說道。

『昨天我由俱樂部中出來時，』勒森且夫開始道，『一個兵士向我衝上來，囁嚅的說道，「老爺用手槍自殺了！」我跳進了一部馬車，盡力疾奔的到了那邊。我看見幾乎全部軍官都在那屋裏。薩魯定躺在牀上，他的衣服已經解開了。』

『他自己打在什麼地方呢？』麗萊亞問道，附着她情人的臂間。

『在太陽穴上。槍子正穿過了他的頭顱，打中了天花板。』

『這是白郎林子彈麼？』猶里問到這個。

『是的．形狀很難看．牆上濺着血與腦，他的臉完全的失形了．沙寧必定給他以一個煩擾．』他答道．『那個孩子眞是一位暴客！』

伊凡諾夫贊同的點點頭．

『他是強健有力着呢，我警告你．』

『粗暴的獸類！』猶里厭惡的說道．

西娜羞怯怯的望了他一下．

『在我的意見裏，這並不是他的罪過，』她說道．『他不能夠等到……』

『不錯，不錯，』勒森且夫答道，『不過卻將人打得那個樣子了！薩魯定挑他決鬥過的．』

『去你的！』伊凡諾夫厭惡的叫道，當下聳聳他的肩．

『如果你想到這件事，決鬪是荒謬的了！』猶里說道．

『當然是的！』西娜插嘴道．

猶里詫異的注意到，西娜似乎是站在於沙寧的一邊。

『無論如何，這是……』他想不出什麼恰當的字眼兒來貶抑沙寧。

『一個野蠻的東西，』勒森且夫提示道。

雖然猶里以爲勒森且夫他自己也和一個野獸相差不遠，然而他却喜歡聽見勒森且夫當着西娜辨護着沙寧時，當她的面罵他。然而，當她注意到猶里的惱怒的神色時，她便不再說一句話。她祕密的十分的喜歡着沙寧的力量與胆氣，很不願意接受勒森且夫剛纔的責備決鬬的話。如猶里一樣，她也不以爲勒森且夫是有資格定下像那樣的法律的。

『異常的文明，眞的是，』伊凡諾夫冷笑道，『用槍來將一個人的鼻子打去了，或將槍子射入他的身中。』

『一記打在臉上是比較好一點的事麼？』

『我當然以爲這是比較好一點。一記拳頭會有什麼害處？瘡痕不久便可醫好了。你不能找到，一記拳頭會如何的打傷人的．」

「那不是這麼一回事．」

「那末，是什麼一回事，請問？」伊凡諾夫說道，他的薄脣，輕蔑的扭曲着．

「我自己，一點也不信賴爭鬪，但是如果不能避免之時，那末，一個人應該重重的給別人以身體上的傷害．那是很明白的事．」

「他幾乎要將薩魯定的眼珠都打出了．我想，你不稱那一記爲重重的身體上的傷害吧？」勒森且夫冷笑的答道．

「唔，不錯，失去了一隻眼睛，乃是一件不好的事件，但這與一個槍子打穿你的身體卻又不是同樣的事．失去了一隻眼睛並不是一個致命的傷．」

「但是，薩魯定是死了？」

「啊！那是因爲他願意去死．」

猶里神經質的拉着他的髭鬚．

『我必須坦白的承認着，』他說道，很以他自己的忠實爲喜，『我個人還沒有決心要去討論這個問題。我不能說，我在沙寧的地位上時，我將怎麼辦。當然的，決鬬是蠢事，一拳一掌的打着卻也不是十分較好的事。』

『但如果一個人被逼着要爭鬬時，他將怎麼辦呢？』西娜說道。

猶里聳聳他的肩頭。

『我們應該憂悼的乃是梭洛委契克，』勒森且夫過了一會兒說道，這些話與他的愉悅的容色奇怪的矛盾着。於是他們乃想起，他們之中，乃沒有一個人問起梭洛委契克的事過。

『他在什麼地方吊死的？你知道不知道？』

『在狗窩旁邊的第二間廠屋中。他解開了狗，然後自己吊死了。』

西娜與猶里彷彿同時的聽見一個尖銳的聲音叫道：

『躺下去，沙爾丹！』

『是的，他留下了一張字條，』勒森且夫繼續的說道，隱匿不了他眼中的快樂的光．

『我將牠鈔了一份下去，在一方面這實在是一個人類的文件．』他從他的衣袋中取了出來，讀道：

『既然我不知道我應該怎樣的活下去，我爲什麼要活着呢？像我那樣的人是不能够給人類快樂的．』

他突然的停止了，彷彿有點懊惱着，死似的沈寂在着．一個憂戚的精靈彷彿正無聲無息的經過了房中．西娜的眼睛中有了眼淚，而麗萊亞的臉因感動而變得紅了．猶里轉身向着窗口，悲戚的微笑着．

『那便是如此了，』勒森且夫默想的說道．

『你還更要些什麼呢？』西娜嘴唇顫抖的問道．

伊凡諾夫站了起來，走過房間，去取了桌上的火柴來．

『除了蠢笨之外，更沒有別的了，』他咿唔道．

『可羞啊！』西娜憤怒的辨護着道．

猶里厭惡的望了伊凡諾夫的長而光滑的頭髮一眼，又轉眼他向了．

『說到了梭洛委契克的事，』勒森且夫又說道他的眼又炯炯着了．『我常常以爲他乃是一個蠢才，——一個笨的猶太孩子．而現在且看他自己所表現是什麼！世界上沒有愛情比之爲人類犧牲了他的生命的愛情更高尙的了．』

『但他並沒有爲人類犧牲了他的生命，』伊凡諾夫答道，當下他斜視着勒森且夫的肥胖的臉與身體，觀察到他的背心如何緊緊的箍在他的身上．

『是的，不過這是一樣的，因爲如果……』

『這完全不是一樣的事，』伊凡諾夫掘強的答道，而他的眼中炯着怒意．『這是一個白癡的行爲，那就完了！』

他的對於梭洛委契克的奇怪的憎妒給別的人們以一個極不愉快的印象．

西娜·卡莎委娜，站起身來要走，她對猶里微語道，『我走了．他簡直是討厭的．』

猶里點點頭。『絕對的殘忍，』他咿唔道。

緊跟着西娜之走的，是麗萊亞與勒森且夫的出去。伊凡諾夫有一會兒默思的坐在那裏吸着他的香烟，當下他含怒的凝望着房的一隅。然後，他也走了。

在街上，當他一路走着時，他如常的搖擺着他的手臂，憤怒的自思道：

『這些傻子以為我不能夠明示他們所懂得的事！我喜歡那樣！我確確切切的知道他們所想的與所感的，比他們自己還要知道得清楚些。我也知道，世界上沒有一種愛惜是比之呼召一個人為別人而犧牲了他的生命的愛情更為高尚的。但至於一個人跑去吊死他自己，僅僅的為了他對於別人一無用處之故——那卻是絕對的無意識的！』

# 第三十四章

當軍樂的聲音，引着薩魯定的遺體到墳場上去時，猶里從他的窗口望着這悲戚森嚴的行列．他看見馬匹蒙了黑布，這位死去的軍官的帽子放在棺材蓋上．花朵紛紛夥夥，女性的送喪者也有許多．猶里見了心深裏深的悲戚着．

那一個黃昏，他和西娜·卡莎委娜散步了許久；然而她的美麗的雙眼以及和善的撫慰的態度，俱不能使他擺脫了他的悶煩．

『想起來如何的可怕，』他說道，他的眼光注在地上，『想起來薩魯定是不再存在了．一個像那樣的美貌、快樂、無顧忌的少年軍官！一個人總要想他會永久的活着的，生命中的可怕的事例如痛苦、疑惑與悲楚，是他所不會知道的，且是永不會觸到他的．然而在一個美日良辰，這樣的一個人卻如塵土似的被掃開去了，在經過了可怖的經歷之後，這經歷除了他自己之外沒有一個人知道．現在他是去了，將永遠的永遠的不再回來了．所有他賸下來的只是放在棺蓋上的一頂帽子而已．』

猶里是沈默，他的眼光仍注視在地上．西娜在他身邊走着，微微的搖擺着，專心的聽着他的話，同時，她以她的美麗而有小凹的雙手，不停的撫動着她的小陽傘的花邊．她沒有想到薩魯定．她和猶里接近着，乃是一個敏銳的快樂，然而不自覺的她也分受着他的悲戚的情緒，她的臉上表現着一種悲戚的表情．『是的！這不可悲麼？那個音樂也是的！』

『我並不責備沙寧，』猶里着重的說道．

『他不能夠不這末辦．這事的可怕乃在於這兩個人的路是擯碰着的，所以不是他，便是他必要走了開去．這也是可怕的，那個得勝的人並沒有實現到他的勝利乃是一個驚惶的勝利他鎮定的將一個人掃出於地面之上，然而這卻是對的。』

『是的，他是對的，而且——』西娜叫道，她沒有完全聽見猶里所說的話。她的胸部爲激情所沈重。

『但我稱牠爲可怖的！』猶里叫道，匆匆的中止了她的話，當下他望着她的美麗的身體及熱切的臉部。

『爲什麼是那樣的？』西娜以羞怯怯的聲音問道。她突然的臉紅了起來，她的雙眼失去了他們的光亮。

『任何什麼人都要覺得後悔，或者受到一種精神上的痛苦，』猶里說道。『但他卻一點也不感覺到什麼。「我是很抱歉，」他說道，—但是這不是我的罪過。」罪過，眞的是！彷彿這乃是一個罪過或過失的問題！』

『那末，這是什麼呢？』西娜問道。她的聲音窒塞着，她的眼光向下望着，恐怕觸惱了她的同伴。

『那我不知道,但一個人沒有權利如一個野獸似的做着事,』他憤憤的答道.

有一會兒工夫,他們一句話不說的同走着.西娜戚戚於似乎一時的疏隔了他們的事,戚戚於對於她是那末甜蜜的他們精神上的聯合的這個破裂.而猶里則覺得他自己並沒有說得清楚,這傷了他的自尊的心.

不久之後,他們相別而去,她是憂鬱而有點受傷.猶里察出了她的苦悶,略略有點高興,彷彿他已對於他所愛的人所加於他的一個重大的私人侮辱報了仇.

在家裏,他的煩悶又增加了.吃飯的時候,麗萊亞重述勒森且夫告訴她的關於梭洛委契克的事.當人們將屍體擡了出去時,幾個玩童大叫道:

『依開自己吊死了!依開自己吊死了!』

尼古拉・耶各洛威慈高聲大笑起來,學她的話道:

『依開自己吊死了,』說了一遍又一遍.

猶里自己閉在他的房間裏,當他在改正他學生的練習文時,他想道:

「每一個人究竟有多少獸性！為了這種愚蠢無識的禽獸，一個人是值得去受苦去死的麼？」

然後，他又以他的不能寬容為羞，而自己說道：

『他們是不必責備的．他們不知道他們所做的事．唔，不管他們知道不知道，他們總是獸類，沒有別的了！』

他的思想轉到梭洛委契克身上去．

『我們每個人在世界上是如何的寂寞呀！可憐的梭洛委契克，心胸偉大，住在我們之中，預備做任何的犧牲或為別人而受苦．然而沒有一個人，連我也不過如是，注意到他，或讚美着他．在實際上，我們還鄙夷他．那是因為他不能表白他自己，而他的急於要想取悅，僅有了一個可憎惱的效力，雖然在實際上，他竭力要和我們大家更親切的友好，竭力要幫助我們與和愛他是一個聖人，而我們則視他如一個傻子！』

他的懊悔的意識是如此的尖敏，他竟離開了他的工作，不停的在房裏走着．最後，他在書桌邊坐下，打開了聖經讀下面的文字：

「如雲之消滅了開去一樣，他走下墳中去的人，將不再走了出來。

「他將不再回到他的家，他的地方也不再知道他了。」

「那是如何的眞切啊！如何的可怖而不可避免！」他想道。

「我坐在這裏，活着，渴求着生活與快樂，而讀到我的死刑宣告，然而我卻不能夠對牠反抗着！」

如爲一個絕望所冰結，他抱了他的前額，對於不可見的高超的威力，生着無效的憤怒。

「人究竟對於你做了什麼事，竟使要如此的譏弄他呢？如果你是存在的話，你爲什麼又將自己藏開了去呢？爲什麼你使我如此，卽使我要相信你，然而我卻不能相信我自己的信仰？並且，如果你要回答我，我怎麼能說出這究竟是你或是我自己來回答呢？如果我要活下去的願望是對的話，爲什麼你又奪去了我的這個權利，這個權利乃是你自己給了我的？如果需要我們的受苦受難，好讓我們忍受這一切，爲了愛你之故然而我們不能知道一株樹究竟是否比之一個人更有價值。

「一株樹常是具有希望的，即當牠砍折了下來，牠還能發出新枝，重得新的青翠與新的生命。但人死了，他便永遠的消滅了。我一躺下去，便不再能起來了。如果我確實的知道，過了幾百萬年之後，我還要活過來的話，則我將要忍耐而不發怨言的等候着，在外面黑暗中經過這許多年代。」

他又從聖經中讀到下文：

「一個人在太陽底下所做的一切工作，有什麼益處呢？

『一代過去了，一代又來了，但地球卻永久的在着。

「太陽也升起來了，太陽走下去，匆匆的回到他升起來的地方去。

「風向南方吹去，又轉向着北方而來：牠不息的旋轉着；風依據了他的圈子又回了來。

『曾經存在過的東西，將會再存在下去；太陽底下沒有新的東西。

『對於以前的東西沒有記憶；以後將來的東西對於剛來的東西也不會有一點的記憶的。

『我那位說教者，乃是住在耶路撒冷的以色列王。』

『我那位說教者，乃是國王！』他喊出這些最後的話來，彷彿在熱烈的憤怒與失望中似的，然後驚駭的四顧着，生怕有人聽見了他。然後他取了一張白紙，開始寫下去。

『我這裏開始了這篇文件，這文件將與我的死亡同告終止。』

『呸！這話是如何的荒謬！』他叫了起來，當下將白紙用那末大的力量推了開去，牠竟落在地板上了。

『但那個可憐的小人物，棱洛委契克，對於他的不能夠明白人生的意義，卻並不以爲荒謬呢！』

猶里覺察出，他乃是以他所描狀爲可憐的小人物的一個人來做他的模範的。

『無論如何，或遲或早，我的結局是要像那個樣子的．沒有別的路可出．爲什麼沒有別的路呢？因爲……』

猶里停頓了一會．他相信他已得到對於這個問題的一個正確的回答了，然而他所要找的話卻再也找不出來．他的頭腦用得過度了，他的思路紛亂了．

『這是廢物，全都是癡物！』他苦楚的叫道．

燈光低燃着，牠的微弱的光，照出猶里俯下去的頭顱，這時他正靠在桌上在休息着了．

『當我還是一個童子，有了肺炎之時，爲什麼不死了去呢？我現在應該是快樂，而且在休息着了．』

他想到這，他驚抖着．

『果如那個情形，則我不會看見或知道如我現在所知的一切了．那也是一樣的可怕．』

猶里的頭顱向後搖動着，站了起來．

「這已足够驅使一個人發狂了」

他走到窗邊要想打開了窗但那百葉窗卻從外面緊緊的關上了．猶里用了一支鉛筆，最後纔能將他們打開了，格啦的一聲兩扇窗開了，吹進來清冷潔淨的夜間空氣．猶里擡頭望着天空看見了黎明的玫瑰色的光線．

清晨是光亮而清朗的．大熊星座的七粒星微弱的照耀着，而在玫瑰色的東方，大而光亮的啓明星正在烱烱發光．一陣清新的微風括動了樹葉，吹散了浮泛於草場之上，幕蓋了溪流的水面的灰色霧氣，在溪邊，水蓮花與鼠耳草與白色金花菜繁盛的競長着．天上抹着小小的紅雲，而這裏那裏的有最後的星光在藍空中顫抖着．一切是如此的美麗，如此的恬靜，彷彿兢兢畏敬的大地正在等候着黎明的華駕光臨．

猶里最後回到了牀上，但炫耀的日光阻止了他的入睡，而他則躺在那裏，前額痛楚着，雙眼倦痠着．

# 第三十五章

那天清晨的很早時候，太陽剛升上不久，伊凡諾夫和沙寧從鐘上走出去散步露點在太陽光下，炯炯發光，濕草在陰影中看來是灰色的多瘤的柳樹夾道而立，沿途都是赴禮拜堂去的人，他們徐徐的向教堂走去．他們的頭上包着紅的白的頭巾，他們的鮮妍的衣服及襯衫給這景色以色彩及畫意．教堂的鐘鏗然的在清冷的晨間空氣中響着，鐘聲浮泛過草原，散到遠遠的朦朧的青色裏如夢的森林中．一部三頭馬車的鈴的鈴的沿了大道而來，去做禮拜者的談話的粗聲可以清晰的聽得見．

『我們有一點出來太早了，』伊凡諾夫說道。

沙寧四面的望了一回，滿意而且愉快。

『唔，我們等一等走吧，』他答道。

他們坐在沙上緊靠於籬邊，燃着了他們的香烟。

農人們在他們的車後走來，回頭顧望着他們赴市的婦人與女郎們，當他們在小馬車上咯咯作響的經過時，指着坐在路旁的兩個人發出愉快而譏嘲的笑聲來，伊凡諾夫一點也不注意到她們，但沙寧卻微笑着點頭以應答他們。

最後在一家綠頂烱烱的小白屋的石階上，現出了酒類公賣局所設販賣店的經理人，一個高大的人，穿着他的襯衣，喧喧的將門上的鎖開了，同時不休的打着呵欠。一個婦人，頭上帶着紅巾的，跟在他後面溜了進去。

『門開了！』伊凡諾夫叫道，『我們到那邊去吧』

於是他們到裏面去，從戴紅巾的婦人那裏買到了孚特加酒及小黃瓜。

「啊哈！你似乎有不少的錢，我的朋友，」伊凡諾夫說道，當沙寧取出了他的錢包。

「我有了一筆預支，」沙寧微笑的答道。「我母親非常的煩惱，因為我已接受了一家保險公司的秘書之聘。像這個樣子，我能够得一點點現錢以及母親的輕視。」

當他們重到了大路上時，伊凡諾夫叫道：

「啊！我現在覺得舒適得多了！」

「我也是如此。我們脫了我們的皮靴，如何？」

「很好。」

他們脫下了皮靴與襪子，赤足的在潮濕而溫熱的沙上走着，在拖着重靴艱步了許久之後，這赤足的經驗乃是很愉快的。

「愉快啊，是不是？」沙寧說道，當他深深的呼吸了一下。

太陽的光線現在更熱起來了。當兩個行客勇敢的向着濛濛的春色地平線跋涉的走去時，鎮市是整整的躺在他們後面。燕子成列的棲在電線之上。一列客車，帶着牠的藍色，黃色以及綠色的車輛，一線接連的疾馳了過去，疲倦的旅客的臉能由窗中看得見，兩個樣子魯莽的女郎戴着白帽，立在列車最後的月臺上，望着這兩位赤足的男人覺得很詫異．沙寧對他們笑着，跳了一個狂野的隨意的舞．

在他們之前，有一片草地，赤足的在長而柔輭的草地上走着，乃是一種可贊許的解放．

「如何的愉快啊！」伊凡諾夫叫道．

「今天生活是值得活着了，」他的同伴答道．伊凡諾夫望着沙寧；他以為這些話必定是他想到了薩魯定和新近的悲劇的．然而這似乎離開沙寧的思想太遠了，伊凡諾夫有點詫異，然而並不使他不快．

走過了草地之後，他們又上了大道，大道上又如前的成串的走着，坐在他們的車上的農人以及戇笑的女郎們．然後他們走到樹林中，蘆葦中，燦耀着的水邊，而在他們之上，在不很遠的山邊，教堂站在那裏，教堂的頂上立着一支十字架，如金色星似的發着光．

淡了顏色的划船成排的佈於岸邊，穿着顏色鮮妍的襯衣與馬甲的農民們在那裏遊散着。經過了不少的爭價與和氣的謿謔，沙寧僱到了小船。伊凡諾夫是一位圓熟有力的划槳者，那隻船如活的東西一樣的射過水面，有的時候，木槳與蘆葦及低垂的樹枝相觸，過了好一會兒，被觸動的樹枝及蘆葦還在深而黑的溪水上抖搖着。沙寧用了那末大的怪力來把舵，竟使水面發沫而潺潺的環了舵轉。他們到了一個狹窄的逆流的地方，那裏是蔭沈而涼爽的。溪水是那末清瑩，一個人竟能看見複蓋着黃色石子的水底，還有一大陣小小的紅色魚在那裏衝來突去。

「這裏是一個登岸的好地方，」伊凡諾夫說道，他的聲音在垂於水面的黑色樹枝之下，愉快的響着。當船嘭的一聲觸着了岸時，他便輕快的跳了上去。沙寧笑着，也跳了上去。

「你找不到一個更好的所在了，」他叫道，從長草中走過，草深沒到了膝蓋頭。

「太陽底下的什麼地方都是好的，我說，」伊凡諾夫答道，他從船上取了孚特加酒，麵包，黃瓜，還有一小包的冷食。他將這一切都放在一個樹蔭底下的生苔的坡上，而他也全身伸長的躺在這裏。

『洛科綠斯❶與洛科綠斯對飲，』他說道。

『好不有福氣的人！』沙寧答道。

『不盡然，』伊凡諾夫加上去說道，他帶着一種不滿足的滑稽的表情，『因爲他忘記帶了玻璃杯來。』

『不要緊！我們總有法子可想。』

沙寧在這個温暖的日光及綠蔭之下，充滿了生命的純潔的快樂。他爬上了一株樹，開始用他的刀斫下了一枝樹枝，同時伊凡諾夫凝望着他小而白色的碎屑不斷的落在下面的草地上。最後那枝樹枝也落下來了，於是沙寧爬下樹來，開始去挖空了，卻留神着

❶洛科綠斯（Lucullas），一個有錢的羅馬將軍，以其豐美的宴會著名。

不去戳破外皮。

在短時間之內，他造好了一隻美麗的小酒杯。

『以後讓我們洗一會兒澡，好不好？』伊凡諾夫說道，他感興趣的望着沙寧在工作着。

『一個不壞的主意，』沙寧答道，當下他將新做成的酒杯拋在空中又接着了。

然後他們坐在草上，痛痛快快的盡量的吃着他們的小小的一餐飯。

『我不能再等下去了。我要去洗澡了。』

伊凡諾夫這樣的說着，便匆匆的脫了衣服，因爲他不能游泳，他只跳入淺水中，在那裏，卽沙底也能淸淸楚楚的看得見。

『這是可愛的！』他叫道，四處跳躍着，水花亂濺一氣。

沙寧凝望着他，然後，懶懶的也脫了衣服，倒頭跳沒入溪中的較深的地方去。

『你要溺死了，』伊凡諾夫叫道。

『不要怕!』沙寧笑着答道,當時,沙寧喘着氣,升到了水面來.

他們嬉笑的聲音響過河面與油綠的牧場.過了一會,他們離開了涼涼的水,赤裸裸的躺在草上,在草上滾來滾去.

『好不快樂,是不是?』伊凡諾夫說道,當下他的闊背轉身向着太陽,在背上,滴滴的水烱烱有光.

『我們且在這裏搭起我們的帳篷來吧!』

『鬼取了你的帳篷去,』沙寧活潑的叫道;『我是不要帳篷的!』

『嚇啦!』伊凡諾夫喊道,當下他開始跳着一個狂野的野蠻的跳舞.沙寧大笑起來,也同樣的跳躍着.他們的裸體在太陽中光亮的耀着,每一條筋肉都在緊張的皮膚下現出.

『哎呵!』伊凡諾夫喘着氣道.

沙寧依然的獨自跳舞着,最後頭向前的翻了一個筋斗纔了結.

「快來否則我要喝完所有的孚特加酒了，」他的同伴叫道．

他們穿上了衣服，吃了賸下來的東西，這時伊凡諾夫嘆了一口氣，頗想喝一口冰凍的皮酒．

「我們走吧，好不好？」他說道．

「好的！」

他們向河岸盡力賽跑了去，跳入他們的船上，划了開去．

「太陽在蒸人呢！」沙寧說道，他正全身直直的躺在船底．

「那就是說要下雨了，」伊凡諾夫答道．「起來掌舵，你這鬼！」

「你自己獨自很能够措置裕如的，」沙寧答道．

伊凡諾夫以他的槳擊着水，所以沙寧都被濺濕了．

「謝謝你，」沙寧淡然的說道．

當他們經過了一個綠色的所在時，他們聽見愉快的女子們的嬉笑之聲．這是一個休假日，鎮上的人都到這裏來取樂．

『女郎們在洗澡呢，』伊凡諾夫說道．

『我們去看看她們吧，』沙寧提議道．

『她們會看見我們的．』

『不，她們不會看見的．我們可以在這裏登岸，穿過蘆葦走去．』

『讓她們去吧，』伊凡諾夫說道，微微的有點臉紅．

『來吧．』

『不，我不喜歡……』

『不喜歡麼？』

『唔，但……她們是女孩子們……年輕的小姐們……我不以爲這是很正當的．』

『你是一個傻子！』沙寧笑道．『你的意思是說，你不喜歡看她們麼？』

『也許我要，但……』

『很好，那末，我們走吧，不要婆婆媽媽的！有了機會，什麼人不怎麼來一下子呢？』

『是的，但是如果你像這樣的想着，那末你便應該公然的看着她們了。爲什麼藏了你自己呢？』

『因爲這是格外的激動人，』沙甯快樂的答道。

『我敢說，但我忠告你還是不要——』

『爲了貞操之故，我猜想？』

『假如你，願意這樣的說。』

『但貞操乃正是我們所不具有的東西！』

『如果你的眼睛觸犯了你，你將牠挖了出來好了！』伊凡諾夫說道。

『啊！請你不要說無意識的話，像猶里·史瓦洛格契一樣！上帝並沒有給我們以我們可以挖得出的眼睛。』

伊凡諾夫微笑着，聳聳他的肩。

『聽我說，我的孩子，』沙寧說道，將舵向岸駛着，『如果女郎們的沐浴不能够激引起你的肉慾的觀念，那末你便有權利可以說是淸貞了。實在的，雖然我將首先奇怪着你的貞節，……卻決不想模倣，也許要送你到醫院裏去。……但是你旣然有了這些自然的欲望，還要暴露到外面來，如果想去壓下他們，像鎭壓院裏的狗一般，那末，我說，你的所謂淸貞是不値半文錢的。』

『那是很對的，但是對於欲望如果不加以檢束的話，其結果便將發生大患了。』

『什麼大患？請問我姑且承認，縱慾有時是有惡果的，但這並不是縱慾的過失。』

『也許不是的，但是……』

『很好，那末你來不來？』

『是的，但我是——』

『一個傻子，那就是你這人了！輕一點！不要那末喧鬧的，』沙寧說道，當下他們爬着前去經過芬香的綠草與瑟瑟作響的蘆葦。

『看那邊呀！』伊凡諾夫激動的低語道．

從放在草地上的漂亮的外衣，帽子及小衫上看來；這是顯然的，沐浴者的一羣乃是從鎮中出來的．有的人在水中快樂的飛濺着水，水點如銀色念珠似的從她們的健全柔韌的肢體上滴落下來．有一個女郎則站立岸上，挺立而富柔，太陽光映着，更增了她身體的塑型的美，她一笑，她的身體便顫動着．

『啊！我說！』沙寧叫道，爲他所見的迷住了．

伊凡諾夫如吃了一驚的退了回去．

『什麼事？』

『不要響！這是西娜·卡莎委娜！』

『眞的是！』沙寧高聲說道．『我不認識她了．她看來如何的可愛呀！』

『是的，她可不是麼？』伊凡諾夫嬉笑的說道．

在那個時候，笑聲與高叫聲，告訴他們，他們是被人家聽見了．卡莎委娜驚了一跳，即躍跳入清瑩的水中，只有她的玫瑰色的臉及發亮的雙眼露出水面上。沙寧和伊凡諾夫倉卒的躓跌的逃了回去，穿過長大的蘆葦而回到船上。

『啊！活着是如何的有趣呀！』沙寧伸了伸身體，說道。

隨河而下，泛流而前，
向前泛流，流到於海。

他以他的清朗的高聲唱着，而在樹林之後，女郎們的笑聲仍然可以聽得見。伊凡諾夫望着天空。

『快要下雨了，』他說道。

樹林變得更黑了，一陣深沈的陰影迅疾的經過草地。

『我們要快一點避雨！』

『那裏去？現在已沒有地方逃了，』沙寧愉快的說道。

頭上一塊沉重的烏雲浮泛得更近更近了。沒有風；沈寂與陰闇益益的增加。

「我們將要連皮膚都濕透了，」伊凡諾夫說道，「所以你且給我一支香煙，來慰藉慰藉我。」

小小的火柴的黃焰微弱的在陰黑中燜着。一陣狂風，將牠掃開了。一大滴的雨濺在船上，再一滴則落在沙寧的額上。然後雨水傾盆的落下。雨點淅瀝的落在樹葉上，他們與水面相觸時則嘶嘶的作聲，頃刻之間，從烏黑的天空，如洪流似的傾了下來，只有牠的衝下去的聲音及牠的濺聲可以聽得見。

「妙呀，是不是？」沙寧說道，搖動他的肩膀，他的濕透了的襯衫已經貼在肩上了。

「並不很壞，」伊凡諾夫答道，他蹲伏在船底。

雨很快的便停止了，雖然烏雲還沒有散開，但已只堆聚在樹林之後，在那裏，一擊的電光間時可以看見。

「我們應該回去了，」伊凡諾夫說道，

「好的，我已經預備了。」

他們划出了川流之中烏黑的沉重的雲塊掛在頭上電光不息的掣着白色的偃月刀擊過陰暗的天空雖然現在雨已不下了，一個打雷的感覺是在於空中鳥們帶着濕而亂的雙翼掠過河面而樹木黑漆朦朧的映於青灰色的天空之下。

「呵呵」——伊凡諾夫叫道。

當他們登了岸，在濕沙中跋涉而行時，天色陰暗更甚了。

「我們現在又被追着了」

巨雲更近的更近的接觸於地面，彷彿是一隻可怕的灰色肚皮的巨怪，突然的起了一陣狂風，樹葉與塵土團團的狂轉着，然後一個悶響，彷彿天空裂了開來，電光烱着雷聲作了。

「啊呵——呵——呵！」——沙寧喊道，想要勝過大雷雨的喧聲，但他的聲音，就是他自己也是聽不見的。

當他們到了田野間時，天色已是很黑了。他們的道路爲活潑潑的電光所烱照，雷聲也不停不息。

『嗅嚇呵！！』沙寧喊道。

『什麼事？』伊凡諾夫叫道。

在那個時候，一擊勁活的電光把沙寧的反映的臉部表現給他，這是唯一的對於他問語的答覆。然後，第二擊的電光，表現出沙寧雙臂伸了出來，愉快的忽視着這陣大雷雨。

# 第二十六章

太陽光光亮亮的照耀着，如在春天一樣，然而在恬靜、清朗的空氣中，秋天的接觸，可以感覺得出這裏那裏樹木上都表現出櫻色及黃色的葉子，在樹葉之中，一隻鳥的囀聲間時的衝破了這寂寞，而大隻的蟲類則懈懈的爬過他們的敗葉枯花的已毀失的國土，在那裏現在叢草叢茂的生長着。

猶里在園中懶步着思想得出神了，他凝望着天空，凝望着綠色與黃色的樹葉，凝望着光耀的水面，彷彿他是最後一次望着他們一切，必須將他們固定在他的記憶之中，俾得永遠不忘了他們一樣。他在他的心上覺到朦朦朧朧的憂戚，因爲這彷彿似乎每一刻工夫，總有點可寶貴的東西，從他那裏逝去了，再也不能回憶起來；他的少年沒有快樂給過他；他的地位是一個實際活動的大而有用的事業的擔負者，在這事實上，所有他的精力曾經集中的使用過。然而爲什麼他乃如此的失去了地位，他不能說得出來。他堅決的相信，他具有大力能够使世界革了命，且還具有一副心胸，牠的所見比之任何人都更廣大；但他不能够解釋出爲什麼他會有這個信仰，他竟羞於在他的最親密的朋友之前承認這事實。

『呀！唔，』他想道，凝望着溪水中的紅與黃葉的反映，『也許我所做的事，乃是拔聰明的，最好的死亡總於要終止了這一切，不管一個人是要活下去或者不想再活下去唉！麗萊亞來了，』他咿唔道，當下他看見他的妹妹走近來。『快樂的麗萊亞，她像一隻蝴蝶似的活着，一天一天的過去。一點也不缺乏什麼，也不憂慮什麼。唉！只要我能如她一樣的生活着呀！』

然而這不過是一個經過的念頭而已，因爲在實際上他完全不曾想到要將他自己的精神上的痛苦與一個麗萊亞的羽毛頭腦的生活相交換。

「猶里！猶里！」她尖聲叫道，雖然她離開他不過三步遠。她滑稽的笑着，送給他一封小小的玫瑰色的信。

猶里疑惑着什麼事。

「從誰那裏來的？」他尖聲問道。

「從西諾契加·卡莎委娜來的，」麗萊亞說道，對他搖着她的手指，示着意。

猶里的臉色變得深紅了。從他的妹妹那裏接到了一封小小的紅色芬香的像這樣的一封信，似是完全愚傻的，在事實上，簡直是可笑的。這積極的惱怒了他。麗萊亞在他身邊走着時，感動的喋喋的談着他對於西娜的進行，正如姊妹們對於他們兄弟們的愛情事務的濃摯與趣一樣。她說，她是如何的喜歡着西娜，如果他們進行了，得以結婚，她將是如何的高興呀。

一聽到不幸的字『結婚』，猶里的臉色更加殷紅了，在他的眼中有一道惡意的光。他看見在他面前一部全個的平常的外省式的傳奇，玫瑰紅的情書以姊妹們當作使者，天主教式的結婚，以及牠的不可避免的平凡的繼續，家庭，妻，小孩子——這一件東西乃是世界上他所最怕的。

『唉！這一切傻話已經足夠了，請！』他以那末銳利的聲音說道，竟使麗萊亞驚異起來。

『不要做出那種大驚小怪的樣子來！』她使性的叫道。『如果你是在戀愛中，那有什麼關係？我不懂你為什麼常常裝出那末一位異常的英雄的樣子來。』

這個最後的句子具有女性的一種鄙夷在於其中，這支矛也正投得到家。然後，她的衣服俊美的轉動了一下，露出了她的精緻的輕紗襪子，她不高興的轉了她的足跟，如一個使性的公主，走進了屋。

猶里的黑眼中帶着憤怒的望着她，當下他撕開了信封。

「猶里·尼古拉耶威慈：

如果你有時間，且有意於做這件事時，你能於今天到教堂中來麼？我將和我的姑母同在那裏。她正預備參與聖餐，全個時間都將在教堂中。我一定會可怕的沉悶的，我要和你談到許多的事情。請你來吧。也許我不該寫信給你，但無論如何，我將等候着你。」

在一會工夫之內，所有佔據於他思路中的東西一概消失了，當下他帶着一顫的喜悅，幾乎是肉體的，將這封信讀了又讀。這位純潔、可喜的女郎在一個短短的字句中，具有如此真摯的信託的樣子，表現給他看她的愛情的秘密。這彷彿是她到了他那裏去，無助而痛苦着，不能夠拒絕那愛情，那愛情是使她自投於他懷中的，然而卻不知道什麼事將要發生。在他看來，現在是如此的近於鵠的，竟使猶里想到了佔有的一念，便顫栗着。他竭力要譏嘲的微笑着，但這種努力卻失敗了。他的全身充滿了快樂，他的喜悅竟如此的使他覺得如一隻飛鳥似的，預備要在樹頂翱翔着，飛到很遠的春色的晴空中去。

近於黃昏的時候，他僱了一輛馬車，馳向教堂去，對着世界親暱的微笑着，幾乎是有點紛亂不知所措。在到了岸邊泊船的地方時，他租了一隻船，被一個堅強的農夫划到山邊去。

直到了船離開了蘆葦而到了廣闊開敞的溪面上時，他方纔感覺得他的幸福乃完全由於那封小小的玫瑰色的信。

「總之這是很簡單的，」他對他自己說道，彷彿要解釋明白一樣。「她常是住在那一類的世界中的。這正是一個外省的傳奇。唔，便是如此又將如何？」

水柔和的在船隻的兩邊漪漣的作響，帶他更近更近於綠山。到了岸時，猶里在他的激動之中給了船夫半個盧布，開始爬上了山坡。黃昏將近的符記已經是可見的了。長長的陰影躺在山腳之下，沉重的霧色從地面升起，掩蔽了樹葉的黃點，因此森林看來如在夏天似的綠而稠密。教堂的天井也如一個教堂的內部一樣的沈寂嚴肅、莊重，高大的白楊樹看來彷彿如在祈禱，而僧侶們的黑色形體，如陰影似的往來走動在教堂門口，燈光烱烱着，在空氣中有一種微微的香氣，或者是出於焚香，或者是出於萎落下來的楊樹葉。

『赫囉，史瓦洛格慈威！』有人在他後面叫道。

猶里回頭一望，看見了夏夫洛夫、沙寧、伊凡諾夫及彼得・伊里契，他們經過天井而來，高聲的愉快的談着；情侶們驚覺的向他們一面凝望着，即赤楊樹也似乎失去了些他們的虔敬的恬靜。

『我們也都到這裏來了，』夏夫洛夫說道，走近他所敬重的猶里那裏。

『我看見了的，』猶里懊惱的咿唔道。

『你加入我們的團體，不加入嗎？』夏夫洛夫走得更近時問道。

『不，謝謝你，我是被人約好了的，』猶里帶些不耐煩的答道。

『呀！那是不錯的！你要和我們一道兒來的，我知道，』伊凡諾夫叫道，當下他和氣的捉住了他的手臂。猶里努力的要擺脫了他，有一會兒工夫，一場滑稽的競鬥發生了。

『不，不，不！鬼知道，我不能够！』猶里叫道，現在幾乎是發了怒。『也許我過一會兒再加入你們。』伊凡諾夫方面的這種粗野的愉快，完全不是他所喜歡的。

「很好，」伊凡諾夫說道，當下放開了他，沒有注意到他的憤怒。「我們要等着你，所以你決定的來吧。」

「很好。」

如此的，他們笑着跳着的離開了。天井裏又如前的沉寂而莊嚴。猶里脫下了他的帽子，以一種半譏嘲半怯羞的情調走進了教堂。他立刻便看見西娜緊靠着一根黑柱邊。她穿着灰色外衣，圓形的草帽，看來像一個學校中的女童。他的心跳得格外快。她似乎是如此的溫甜，如此的可愛，她的黑髮干淨的環於她的美麗的白頸的後面。這乃是這個寄宿生的神氣而實則她乃是一個高大成熟美麗的婦人，使他這樣感到了濃摯的誘惑。她覺察到了他的注視，回顧了一下，在她的黑眼中具有一種羞怯怯的愉快的表情。

「你好吧？」猶里以一種低聲，然而實在不很低的，說道。他不能明白在一個教堂中該不該握手，有幾個會衆回頭望着他，他們的櫻色的皮紙似的臉更使他覺得不安逸。他眞的紅了臉，但西娜看出了他的紛亂，對着他微笑着，如一個母親所做似的，眼中帶着戀愛，而猶里站在那裏祝福而服從的．

西娜不再回看着他，但不斷的以很大的熱誠自己畫着十字架．然而猶里知道，她所想的僅是他，這乃是這個感覺在他們之間建立了一個祕密的帶結．血液在他的血管中衝激着，一切都似乎充滿了神奇．教堂的黑闇的內部，念經的聲音，朦朧的光線，信徒的嘆息，進進出出者的足步的回聲——所有這一切，猶里都仔仔細細的記住，當在這種的嚴肅的沉寂之中他能明白的聽見他的心臟的鼓動．他站在那裏，不動的，他的雙眼注視在西娜的白頸與美形上，覺得一種鄰於情緒的愉快．他要對每個人表示出，雖然他對於祈禱、或念經、或光線一點也沒有信仰，然而他卻並不反對他們．這使他現在的快樂的心境與晨間的苦惱的思想正相反對．

『那末一個人真的能够快樂了，嚜？』他問他自己道，立刻回答了那個問題．『當然一個人能夠的．所有我的關於死亡及生命的無目的的思想都是正確而合理的，然而不管這一切，一個人有時是能够快樂的．如果我是快樂着，則這完全是由於這個美麗的人兒，僅在一刻工夫之前，我是從不會見到的。」

突然的，滑稽的思想來到了他的心上，很久以前，當他們還是一個小孩子的時候，也許他們已經遇見了，又離開了，永遠沒有夢見有一天他們會熱烈的互相戀愛着的，她會以她的所有的成熟美好的肉體自獻給他的。這乃是這個最後的思想，帶了一臉的殷紅給他頰上，有一會兒他覺得不敢望着她。同時，她他所那樣的幻想着是如此的一絲不掛的站在他的面前的，卻純潔而温柔的穿着她的小灰色衫，圓帽，默默的祈禱着他對於她的愛也要如她自己的那末温和、深摯纔好。她的處女的貞淑必定有點影響到猶里，因爲他的肉感的思想消失了，情緒的眼淚充滿了他的眼中。他擡頭向上望着，看見神壇上的烱烱發光的金色以及神聖的十字架，以及環繞於十字架的發光的黃色細燭，他帶着久已忘記的，一種虔心，在心中禱告道：

「啊，上帝，如果你是存在着的話，請你讓這位女郎愛上了我，也讓我對於她的愛情常如這一刻似的偉大。」

他對於他自己的情緒覺得有點羞澀，想要以一笑消滅了牠。

『總之，這全是無意識的，』他想道。

『來，』西娜低聲的說道，這聲息有如一個嘆息。

彷彿在他們的靈魂中，他們莊重的帶走了一切的念經、祈禱、嘆息與乎神祕的光明，他們走了出去，經過了天井，並肩同行，穿過了到山坡去的小門。這裏沒有一個活的東西。高高的白牆以及爲時間所蝕的尖塔似乎將他們從人世間隔絕了。在他的足下，躺着橡樹的森林，遠遠的下面，河水烱烱的發光，有如一面銀鏡，而在遠處，田野與草場都在朦朧的地平線上現出。

他們默默不言的走到了坡邊，警覺到他們應該做一點事，說一點話，然而同時又感到他們沒有充分的勇氣。然後西娜揚起了她的頭，當下，不意的而又是很眞樸自然的，她的脣與猶里的相遇了。她顫抖着，漸漸的蒼白了，當他溫柔的擁抱了她時，他第一次覺到了她的溫熱成熟的身體在他的臂間。一個鐘在那個沉寂中響着，在猶里看來，這似乎是慶祝每個人都找到了其他的一個的當兒．西娜笑着，從他臂間擺脫開了，跑了回去．

『姑母要詫怪我不知那裏去了！等在這裏，我立刻就要回來！』

以後猶里從不能記起，究竟是她以一種高而淸楚的聲音，對他這話而反響於林中，還是這話語如一陣溫柔的低聲在晚風中浮泛到他那裏去，他坐在草上，用手理平了他的頭髮．

『這一切是如何的蠢然而又是如何的愉美呀！』他微笑的想道．在遠處，他聽見西娜的聲音．

『我來了，姑母，我來了．』

# 第三十七章

第一，地平線光黑暗了下來；然後河流消失在一層霧中了，從牧地上馬嘶的聲音達到了他那裏來，而這裏那裏，微光熠熠着。當他坐在那裏等候着時，腦裏開始這樣的計數着，

一，一二，三——啊還有別一個，正在地平線的邊上，恰像一個小星光。農人們環坐於牠的四周，在那裏守夜，喂着山芋，閒談着。前面的火是熊熊的燃了起來，快快活活的爆跳着，而馬匹則站在旁邊，噴着氣。但在這個方向卻只有一個小小的火星，不定什麼時候，定

會熄滅了下去。」

他覺得很難思想到一切的事。這個高超的快樂的感覺竟完全的吸住了。彷彿在驚駭中一樣，他不時的喃喃道：

「她不久便要再來的了。」

他如此的等在那裏，等在高處靜聽着遠地的馬嘶，河上的野鴨在叫着，還有一千個別的看不見的無限的聲響，從黃昏的森林中發出，神祕的浮泛過空中。然後在他後面，他聽見足步迅速的走近，還有衣裙沙沙之聲，他沒有回顧便知道，這乃是她，在一個熱情的欲望的喜悅中，他顫抖的想到了將近前的禍患。西娜靜靜的站在他身邊，呼吸急迫的。猶里自喜他自己的大膽，握她在他的強健的臂間，帶她到下面的草坡上去。這樣的做時，他幾乎滑了一交，當時她喃喃道：

「我們將跌下去了！」她覺得卑鄙，然卻充滿了快樂。

當猶里將她肢體更緊的壓於他的身上時，他覺得她同時具有一個婦人的豐富的肉體與一個孩子的柔軟而輕小的身材。

在下面，在樹底下，是黑漆漆的，猶里將女郎放在這裏，他自己坐在她的身邊，因爲地是斜坡的，他們似乎是一同的躺着。在朦朧的光中，猶里的唇以狂妄的熱情的欲望壓在她的唇上。她並不抵抗，但只是激烈的顫抖着。

『你愛我麼？』她無氣息的唔唔道。她的聲音如從林間發出的微語似的響着。

然後在詫異中，猶里自己問道：

「我做的是什麼事？」

這思想如冰塊似的進於他的炎炎的腦中。在一會工夫，一切東西都似乎灰色而空虛了，如在冬天的一日，缺乏着力與生命。他的眼皮半闔着，以一種疑問的眼光望着他。然後，她突然的看見了他的臉，爲羞恥所衝沒，擺脫了他的擁抱。猶里爲無數的矛盾的思想所擾。他覺得現在如中止了，乃是可笑的。以一種微弱的，笨拙的樣子，他又開始去撫慰她，而她則無氣力的笨拙的抵抗着他。在猶里看來，現在的地位似是如此的絕對的荒誕可笑，他竟釋放了西娜。他如一隻被追獵的野獸似的急急喘着氣。

有一種痛苦的沈寂突然的，他說道：

「原恕我……我必定是發狂了。」

她的呼吸更急促了，他覺得他不該這末說話，因爲這必定要傷着她。他不由自主的囁嚅的說出各種的求恕的話，這些話他明知道是虛僞的，他的唯一的願望乃是要離開了她，因爲地位已成了不可忍受的了。

她必定也見到了這，因爲她咿唔道：

「我應該……要走了。」

他們站了起來，並不彼此望着，猶里便出了最後的努力，要回復他以前的熱情，他微弱的擁抱着她。然後，在她心上發生了一種爲母的感情，彷彿她覺得她是比他更強健的，她更緊的依偎於他身邊，望着他的眼睛，溫柔的安慰的微笑着。

「再會！明天來看我！」她這樣的說着，那末熱烈的吻着他，竟使猶里覺得迷眩了。在

那個時候，他幾乎崇敬她，

當她去了時，他靜聽着她的蹀蹀的足步的聲響，聽了好一會兒，然後拾起了他的帽子，他撢去了帽上的落葉，先理理好牠，然後纔戴到頭上去，走下山，向旅客投宿的菴中走去。他兜了一大圈的路，爲的是怕遇見了西娜。

『啊！』他想道，當降下山坡時，『我必須要帶了如此純潔而無辜的一位女郎到羞恥中去麼？任何別的平常人也能如我那末中止於此麼？上帝祝福她！這是太罪過了……我很高興我還沒有那末壞。如何的絕對的騷動啊……全在一會兒工夫……沒有一句話……如禽獸一樣！』他如此的憎惡的想到不多時候之前使他那末快樂而強健的事。然而他也祕密的覺得着恥而不滿足。連他的手和足也似乎無意識的搖擺着，而他的帽子也如一個愚人所戴的樣子套在他的頭上。

『總之，我眞的能夠活着麼？』他失望的自問道。

# 第三十八章

在旅館的大走廊裏有一種茶缸味、麵包味及香氣．一個強壯活潑的僧侶正匆匆的走來，手裏執着一把大茶壺．

『教父』猶里叫道，他這樣的稱呼他，心裏有點紛亂，他想像那僧侶也要同樣的不安的．

『什麼事；請問？』僧人有禮貌的從茶缸發出的蒸汽雲中問道．

『這裏有從鎮上來的一羣遊客沒有？』

『是的，在第七號，』僧人立刻答道，彷彿他已預知有這樣的一個問題的。『這邊走，請，在洋臺上。』

猶里開了門。大房間內經淡巴菰的濃稠的烟雲弄得黑暗。在洋臺處比較得光亮；一個人能夠在喧嘩的談笑之上聽見瓶與杯相觸聲。

『人生是一種不可救藥的病。』這是夏夫洛夫在說着。

『而你乃是一個不可救藥的傻子！』伊凡諾夫叫道，用以答他，『你難道不能夠停止你的永久的「成語製造」麼？』

猶里進房時，受到了一陣喧擾的歡迎。夏夫洛夫跳了起來，幾乎把檯布都拖開去了，當下他握住了猶里的手，如流的咿唔道：

『你如何好意的到這裏啊！我是那末快樂！眞的，這是你的最好意！那末感謝你！』

猶里在沙寧與彼得·伊里契之間坐了下來，開始四面的望着洋臺。爲兩盞檯燈、一盞掛燈所照耀，在這個光明的圈子之外，便似乎是一座黑而不可穿透的牆。然而猶里仍能夠看見天上的綠光，山峯的黑影，最近的樹頂，以及遠遠在下面的河流的發光的水面。蛾與甲蟲從森林中飛到燈邊來，環燈而飛，跌在桌上，徐徐的被灼死在那裏。猶里可憐他們的運命，同時自己想道：

『我們也如飛蟲們一樣，向火焰撲去，環了每一個光明的理想而撲飛着，最後，僅僅是可憐的死亡了。我們以爲理想乃是世界的意思之表白，其實牠不是別的東西，乃是我們腦中的消滅一切的火。』

『現在，來喝一杯吧！』沙寧說道，當下他友好的將酒瓶遞給了猶里。

『很願意的，』猶里頹喪的答道，這又立刻使他想起，喝酒乃是最好的事了，在事實上，乃是留下要做的唯一的事了。

於是他們全都喝着，碰着酒杯在猶里，孚特加酒是味兒太強烈了。牠如毒藥似的燒灼而苦味。他取了冷食來調和他自己，但這些，也是有一種不好的味兒，他不能夠吞嚥下去。

『不』他想道.『如果是死了,或到西比利亞去都不要緊,但我必須離開這裏!然而我將到那裏去呢?什麼地方都是一個樣子的,從一個人自己那裏也逃脫不了.當一個人有一次將他自己位置在生活之上時,那末任何形式的生活總是不能使他滿意的,不管他住在一個像這樣的一個洞中或者住在聖彼得堡.』

『至於我的意思呢,』夏夫洛夫叫道,『人本身乃是一點東西沒有的.』

猶里望着這位說話者的沈笨不聰明的相貌,以及眼鏡後面的牠的一雙倦勞的小眼,便想道,這樣的一個人實在眞是一點東西沒有的.

『個人是一個零數.只有那些從羣衆中出來的人,但又與羣衆時相接觸,且又不反對羣衆,好像資產階級的英雄們所常做的——只有他們纔有眞正的力量.』

『這種力量存在於什麼地方呢,請問?』伊凡諾夫挑戰似的問道,當時他正靠在桌上.『這是在於反抗現實政府的爭鬬裏麼?很像.但在他們爲個人幸福而爭鬬時,羣衆怎麼能幫助他們呢?』

『啊！你又說到那邊去了！你是一個超人，需要一種適合於你自己的特種快樂．但是，我們是羣衆中的人，我們以爲我們自己的快樂乃存在於爲別人的幸福而奮鬭着之中．理想的勝利——那便是快樂！』

『然而，假如那理想是虛僞的呢？』

『那不在乎．信仰乃是其物！』夏夫洛夫固執的搖着他的頭．

『呸！』伊凡諾夫以一種蔑視的口音說道，『每個人都相信他自己的地位乃是全世界上最重要，最不可離的東西．卽一個婦人的裁縫也是這末想．你知道那個很清楚，但顯然的，你是忘記了牠；所以爲朋友之故，我不得不提起你以這個事實．』

猶里不由自主的妒憎的注視着伊凡諾夫的柔弱出汗的臉，及灰色無光的眼睛．

『在你的意見中，什麼構成了快樂呢，請問？』他問道，當下他的唇扭曲的帶着輕蔑之意．

『唔，最可決定的是，快樂是決不在於不停的嘆息呻吟着，或不斷的像這樣的問道，

「我剛纔打了一個噴嚏．這是應該做的事麼?這會損害到別的人麼?我在打噴嚏的時候，已完成了我的運命麼?」』

猶里在伊凡諾夫的冷淡的眼中，能够看得出憎厭來，這使他十分憤怒去想伊凡諾夫乃以爲他自己是他的知慧上的超越者，且還在笑着他．

『我們不久將知道的，』他想道．

『那不是一個程序，』他答道，竭力的要在他的臉上表現深切的倨傲以及不願意討論下去的意思．

『你眞的需要一個程序麼?如果我願意，並且能夠，做別的事的話，我便去做去．那便是我的程序!』

『眞的是一個美妙的程序!』夏夫洛夫激熱的叫道，猶里僅僅聳聳肩，並不回答他．有一會兒，他們全都沈默的在喝酒．然後猶里向着沙寧，開始表白他的關於『最高的善』的意見．他以爲伊凡諾夫也會聽見他所說的話的，雖然他並不望着他，夏夫洛夫帶着崇敬與熱心靜聽着，而伊凡諾夫斜眼看着猶里，以一個譏嘲『我們從前早就聽見過這一套了！』來接受每一個新的敍述．

最後，沙寧徐徐的插說上去．

『唉！快停止了這一切吧，』他說道．『你們不覺牠是可怕的厭倦麼？每個人都可主持着他自己的意見，眞的是？』

他徐徐的點着了一支香烟，走到天井裏去，對於他的熱的身體，恬靜的青色夜是美快的涼爽．在樹林後面，月亮已升了上來，好像一個金球，投射柔和、奇異的光明，滿照着黑暗的世界上．果園中噴射出蘋果與杏子的香氣來，在果園之後，還有一所白牆的旅舍能夠朦朧的見到，一個有燈光的房間彷彿從牠的密葉的籬笆中，向下觀望着沙寧．沙寧突然的聽見一陣赤足踏在草上的聲音，沙寧看見一個童子的身體從黑暗中現出．

『你要的什麼呢？』他問道？

『我要見卡莎委娜小姐，那位學校裏的先生，』赤足的童子尖聲的答道．

「爲什麼?」

這個名字對於沙寧，立刻回想起了西娜的一個印象，一絲不掛的，太陽照在身上，美麗無倫的站在水邊。

「我帶了一封信來給她。」童子說道。

「啊哈!她必定是在那邊的一所旅舍裏，因爲她沒有在這裏。你最好到那邊去找。」

童子徐徐的赤着足走去了，活像一隻小動物，那末快的沒在黑暗中不見了，竟如藏在樹後一般。

沙寧慢慢的跟着他走，深深的呼吸着園中的柔和甜蜜的空氣。

他走近了那一座旅舍，走得很近，所以從他站在下面的窗中射出的燈光，竟照在他的恬靜沈思的臉上，還照現出掛在黑色的果樹上的大而沉重的梨子。沙寧顚起了足尖立着，竟能夠將梨子摘了一個下去，而正當他這樣摘着時，他看見西娜正立在窗邊。

他看見她的側影，穿着她的睡衣，在她柔輭的圓肩上的光亮，給他們以一種光彩，彷彿如緞子的光。牠正沈入深思之中，那思想似乎使她快樂，又使她羞澀，因爲她的眼瞼顫動着；她的唇上有一個微笑。在沙寧看來，這好像是一個女郎的喜悅的微笑，預備要接一個長久而熱烈的吻。如釘在那個地方似的，他站在那裏凝望着。

她正在默想剛纔所發生的一切事，她的經歷，假如使她喜悅的話，卻也激起了她的羞澀。『天呀！』她想道，『我眞的是那末下流了麼？』然後，她第一百次的愉快的回憶起當她第一次躺在猶里臂間時，她所生的喜悅。『我的親愛的！我的親愛的！』她咿唔道，沙寧又看到她的眼瞼顫動着，她的唇上微笑着。至於其後的情景，在牠的無羈束的熱情中的愁擾，她竭力的要不想起牠，本能的警覺到，想起牠來是僅能帶來了不快的。

門上剝啄了一下。

『誰在那裏？』西娜問道，擡起頭來。沙寧淸楚的看見她的白而柔的頭頸。

『有一封信給你，』童子在門外叫道。

西娜站了起來，開了門。童子被濕泥濺到了膝蓋頭，進了門來，從頭上脫下了帽子，說道：

『那位年輕姑娘叫我送來的。』

『西諾契加，』杜博娃寫道，『如果可能的話，請你今天晚上就回到鎮上來。學校視察員到了，明天早晨將到我們學校裏來。如果你不在校裏，那是不很好看的。』

『什麼事？』西娜的老姑母問道。

『奧爾加來喚我回去。學校裏有視察員來，』西娜深思的答道。

童子將一隻足磨擦着別一隻足。

『她要我告訴你千萬的要回來，』他說道。

『你去不去呢？』姑母問道。

『我怎麼能去？獨自一個人，在黑夜裏？』

『月亮升上來了，』童子說道。『外面是很明亮的。』

『我將要去的，』西娜說道，仍然有點躊躇。

『是的，是的，走，我的孩子，否則一定要出事情。』
『很好，那末，我要走了，』西娜說道，決心的點點頭。
她迅疾的穿上了衣服，戴上了帽子，和她的姑母告別。
『再會，姑母。』
『再會，我的親愛的。上帝和你同去。』
西娜向着那個童子說道。『你和我同走麼？』童子看來羞怯而紛亂的，當下又雙足磨擦着咿唔道，『我是到我母親那裏來的。她住在這裏，爲教士們洗衣服。』
『但是我怎樣能獨自一個人走呢，格里契加？』
『好的！我們走吧，』童子以一種有力的着重的口氣答道。
他們走了出去，進入青黑色的芬芳的夜色中去。
『如何可愛的香氣呀！』她叫道，立刻發出一個驚駭的叫聲，因爲在黑暗中她和一個人相碰撞了。

「這是我」沙寧笑着說道

西娜伸出了她的顫栗的手．

「天色太黑了，一點也不能看得見，」她求恕的說道．

「你到那裏去呢？」

「回到鎮上去．他們來叫我．」

「什麼，獨自一個人麼？」

「不，那小童和我同去．他是我的保護者．」

「保護者，哈哈！！」格里契加快樂的說道，踏着他的赤足．

「你在這裏做什麼呢？」她問道．

「唉！我們正在一塊兒喝酒着來．」

「你說『我們』？」

「是的——夏夫洛夫，史瓦洛格契，伊凡諾夫……」

『啊！猶里·尼古拉耶威慈也和你們在一處麼？』西娜問道，她的臉紅了。說出她所愛的人兒的名字，送了一陣的顫抖於她的全身，彷彿她是向危壁下面望着一樣。

『你爲什麼問到他？』

『因爲——噯——我遇見他，』她答道，臉色更殷紅了。

『很好，再見！』

沙寧溫和的握住了她伸出來的手。

『如果你願意，我要划隻船送你到對岸去。你爲什麼打了一個大灣，走那末多的路呢？』

『啊！不，請你不必麻煩，』西娜說道，覺得異常的害羞。

『是的，讓他划船送你過河吧，』小格里契加勸說道，『因爲河岸上有那末多的泥水。』

『很好，那末，你可以到你母親那裏去了。』

『你不怕獨自的走過田野麼？』童子問道．

『我要伴送你到了鎮上，』沙寧說道．

『但是你的朋友們要說什麼話呢？』

『啊！那沒有關係的．他們將留在那裏直到天亮．並且他們已經厭擾得我很可以的了．』

『唔，你是太好意了，我敢說．格里契加，你可以去了．』

『晚上好，小姐，』童子說道，當下他無聲無息的不見了．西娜與沙寧獨自的離開了那裏．

『執了我的臂，』他提議道，『否則你將跌倒了．』

西娜將她的手臂放在他的臂間，當她接觸着如鋼鐵似的剛強的筋肉時，她覺到一個奇異的情緒．他們如此的在黑暗中走着，經過了樹林到了河邊．在樹林中時，夜色是黑漆漆的，彷彿所有的樹都混融在一個溫熱而不可穿過的霧中了．

「啊！這是如何的黑呀！」

『那不要緊，』沙寧在她耳中低語道。他的語聲微微的顫抖着。『我最喜歡夜間的樹林。在那個時候，人纔剝脫下了他的每日的假面具，成爲更勇敢的、更神祕的、更有趣的了。』

因爲泥沙在他們足下滑着，西娜覺得要使她自己不跌倒是很難的。因爲這個黑暗，因爲與一個強健緊結的身體相接觸，與強壯而且使她喜愛的男子相親近，現在使她引起了一種不孰識的騷動，她的臉發着光，她的柔臂與沙寧的臂共享着牠的溫熱，而她的笑聲是勉強的，不休止的。

在山脚下，夜色比較得開朗些。月光照在河上，一陣涼爽的微風從廣闊的河面吹來，扇着他們的面頰。樹林神祕的退入於黑暗之中，彷彿牠將他們給了河去負責。

『你的船在那裏？』

『那裏就是。』

船隻映着光亮平滑的水面，形狀極清晰的停在那裏。當沙寧將槳放好了位置時，西娜伸出雙臂，以平均她身體的重量坐在舵位上。去立刻月光與水中的美麗的影子給她的身體以一種神幻的反映。沙寧將船隻從岸邊推開了，他自己跳進船中來。船身帶了一點的悶碰的聲音，滑過了沙地，劃着河水，當下那隻船便游泳進月光之中，留下廣大的漣漪在牠的經過的水痕上。

『讓我來划吧，』西娜說道，突然的發生着奇異的勝服的力量。『我愛划船。』

『很好，坐到這裏來那末，』沙寧站在船的中央，說道。

她的柔輭的身體又輕輕的擦過他，而當她用他的指尖，握住了他伸出給她的手時，他能夠往下看見她的美麗合式的胸部……

他們如此的泛流下溪來。月光照在她的白色臉上，眉毛黑黑的，眼睛光亮的，給出一種的光彩於她的素樸的白衣上。在沙寧看來，他們彷彿正進了一個仙境，遠遠的離開了一切的人，脫出了人類的法律與理智的灰白色的外邊。

『如何可愛的夜色呀！』西娜叫道。
『可愛，是不是？』沙寧低聲的答道。
她突然的出聲大笑。
『我不知道爲什麽，但我覺得，我彷彿要將我的帽子抛入河中，鬆下我的頭髮，』她爲一種突然的衝動所呼召而說道。
『那末你便不顧慮的這末辦好了，』沙寧咿唔道。
但她漸覺得不安起來，沈默的不言。
在恬靜清朗的夜色的激人的影響之下，她的思想又轉到她的新近的經驗上來了。在她看來沙寧似是不能不知道這些事，正是這個念頭使她格外的快樂。她不知不覺的即要想使他警覺到，她不常是那末溫柔貞淑的，但當她脫下了面具時她也能成爲很不相同的一個人的。這乃是這個秘密的願望，使她紅臉而且得意。
『你認識猶里·尼古拉耶威慈已經很久了，是不是？』她半呑半吐的問道，禁不住的要推進的飛翔於一個深阱之上。

『不，』沙寧答道。『你爲什麼要問這話呢？』

『啊！我不過隨便問問而已。他是一個聰明的人，你以爲如何？』

她的語聲乃是一個孩提的靦腆的，彷彿她要從一個遠比她年紀老大的人那裏得到些東西一樣；這個人是有權利可以安慰她或責備她的。

沙寧對她微笑着，當下他說道。

『是……的！』

從他的語聲中，西娜知道他在微笑着，而她深深的紅了臉。

『不……，但他真的是……，唔，他似乎是很不快樂。』她的唇顫動了。

『很像。他實在是不快樂。你代他憂慮麼？』

『當然我是，』西娜帶着矯作的天真說道。

『這不過是自然的，』沙寧說道，『但「不快樂」一句話，在你說來，其意義卻有點與牠眞相不同．你以爲，一個人精神上感到不滿足，永遠的分析着他自己的情緒及他的行爲的，並不算是一個可悲的不快樂的人，但卻是一個具有異常的個性與能力的人．這種永久的自己分析，在你看來乃是一個好的行爲，值得使那個人去設想他自己比一切別的人都好，不僅値得做朋友，也値得戀愛與尊敬．』

『唔，如果不是那樣，那末究竟是怎麼樣呢？』西娜機敏的問道．

她以前不曾對沙寧談過那末多的話．她聽人家說過，知道他是別致的人物；她現在覺得舒適的騷動的碰到了如此新奇，如此有趣的一個人物．

沙寧笑了．

『從前有一個時候，那時，人過着禽獸似的狹窄的生活，對於他們行動或情感一點也不負什麼責任．繼於其後的乃是一個理智生活的時代；在牠的開頭，人常常要過度的估計他自己的情操與需要與願望．這裏，在這個階段上，站着史瓦洛格契．他是最後的一個莫希根人，最後的一個久已逝去的人類演化的時代的代表．他天然的吸取了那個時代的一切精華，那毒害着他的靈魂．他並不眞正的過着他的生活一舉一動，一思一想，都要發生疑問．「我做的對麽？」「我做得錯了麽？」在他的情形之下，這幾乎成爲荒謬不經的了．在政治上，他不能決定他是否不低下他的品格以與別的人並肩齊立，然而，如果不幹了政治了呢，他又不能決定他站得遠遠的，是否爲一件可恥的事了．這一類的人很不少．如果猶里·史瓦洛格契成了一個例外，那是完全因爲他的高超的知慧之故．』

『我不十分明白你的話，』西娜羞怯的開始道．『你說到猶里·尼古拉耶威慈，彷彿他自己乃是因爲不成爲別一樣的人物而受到責備一樣．如果生活不能使一個人滿足時，那末那個人便站在生活之上．』

『人是不能站在生活之上的，』沙寧答道，『因爲他自己不過是其中的一分子．他可以不滿意，但這種不滿意的原因卻仍在他的自身．他或者不能或者不敢從生活寶藏中滿滿的取用以供他的實際需要．有許多人耗費了他的一生住在一個監獄中．一部分的人則怕從監獄中逃出，好像一隻被捉住的鳥兒當被釋放了時，怕飛了開去一樣．……

人的肉體與靈魂，形成了一個完全和諧的全體，僅被死亡的可怕的來臨而驚擾着．但這乃是我們自己，用我們自己的牽強附會的人生觀來打擾了這種的和諧．我們將我們的肉體上的欲望汚辱之爲獸慾；我們對於他們發生羞恥；我們將他們貶放在汚穢的形式及桎梏中．我們之中，那些天性是柔弱的，則並不注意到這，只是一生拖着鐵鍊過去，那些被一個虛僞的人生觀所傷害的，他們則成了殉難者．被關閉了的勢力，要求一個出路；肉體渴思着快樂，卻受了激烈的痛苦，因爲牠自己的柔弱．他們的生命乃是一個永久不調和，不決定的，他們挺住了任何能夠幫助他們到一個更新的道德理想去的稻草，直到了最後，他們成了那末悲戚，竟怕於生活下去，怕於有感覺．」

『是的，是的，』西娜有力的承認着．

一羣新的思想侵入她的心上．當她以光亮的眼睛望着四面時，夜色的煊麗，在月光中的恬靜的河流與夢境似的樹林的淸美彷彿穿透她的全身．她又爲那個朦朧的要求着，會發生她的愉快的敏捷的佔領力量的願望所佔有了．

『我的夢境常是一個黃金時代，』沙寧續說下去，『那時，將沒有東西會站在人與他的幸福之間那時，無畏而自由的他能夠厭了他自己給於一切可得的快樂。』

『是的，但他怎麼能那樣做呢？回歸到野蠻社會麼？』

『不．當人如禽獸似的生活着的時代乃是一個可憐的野蠻的時代，而我們自己的時代，在那時代中肉體是爲心靈所佔有了的，則是放在旣缺意識又乏力量的背景之中的．但人類不是無爲而活着的．牠要創造一個新的生活狀況，在那裏旣不發生愚蠢，也沒有什麼避世主義．』

『是的，但是戀愛怎麼樣呢？那件事不加束縛於我們身上麼？』西娜匆匆的問道．

『不．如果戀愛而加以可悲的束縛的話，則這是因爲妒忌，而妒忌則是奴隸的結果．無論在那種形式之中，奴制都會發生禍患的．人們應該無畏的無拘束的享受着戀愛所能給予他們的快樂．如果這果是那樣的話，則戀愛便要成爲無限的豐富，而牠的種種形式也格外得繁複了，且也更會爲機會所影響了．』

『我現在是一點也沒有恐懼的了，』西娜驕傲的反省道。她突然的望着沙寧，覺得這彷彿乃是她的第一次的見到他。他坐在那裏臉對着她，在於船舵上，一個男人的美型；黑眼，闊肩，十分的強健。

『如何的一個美男子呀！』她想道。不可知的力量與情緒的全個世界都放在她面前。她要進了那個世界麼？她現在好奇的對他微笑着，全身都顫栗着。沙寧必定是猜出了她心上所經過的念頭。他的呼吸更快了，幾乎是在喘着氣。

在經過了一段溪流的狹處時，槳被拖着的葉子所纏住，從西娜手中滑落了。

『我不能向前划去了，這裏是那末狹窄，』她靦腆的說道。她的聲音溫柔而音樂的響着，如有潺潺的水聲。

沙寧站了起來，向她走去。

『怎麼一回事？』她驚駭的問道。

『沒有什麼，我不過要去……』

西娜也站了起來，想要到舵位上去．

船隻那末厲害的搖擺着，她幾乎要失去了她的均衡，不由自主的她捉住了沙寧，在幾乎要跌入他的臂間之後．在那個時候，幾乎是不自覺，也永遠不相信是可能的，她竟溫柔的延長了他們的接觸．這乃是她的這個接觸，一時間然起了他的血液，而她感到了他的熱情，也不可抵抗的感應着．

「啊！」沙寧又詫異又歡喜的叫道．

他熱情的擁抱了她，推她向後，如此，她的帽子落下了．

船隻搖擺得格外厲害，不可見的微波在衝擊着河岸．

「你做什麼？」她低聲的叫道．「放了我去吧！爲了上天之故！……你做什麼……？」

她掙扎的要從那些鋼鐵的雙臂間擺脫出去，但沙寧壓着她的健胸更緊更緊近於他的胸前，直到了他們之間從前存在的那種障礙不再存在．

環繞於他們四圍的只有黑暗，只有河水與蘆葦的潮潤的氣味，只有一時熱，一時冷的氣候；四周靜悄悄的．突然的不可計數的，她失去了一切的意志與思想的力量；她的四肢弛懈了，她降服於沙寧的意志之下．

# 第三十九章

她最後恢復了她自己看見黑暗的水中的明月影子，而沙寧的臉，彎在她的上面，雙眼灼灼有光。她覺得他的雙臂緊緊的環抱了她，而一支槳也擦着她的膝蓋頭。

然後她開始溫柔的哭了起來，她哭不停聲，但並不從沙寧的懷抱中擺脫了開去。她的眼淚是爲了不可挽救的事而流的。她恐懼，可憐她自己，同時又喜愛着使她哭泣的人。沙寧抱了她起來，將她坐在他的膝上。她溫順的隨他所爲，好像一個有憂戚的小孩子。如在一個夢中似的，她能聽見沙寧溫和的以柔愛感激的聲音在安慰着她。

『我要投水自殺。』這思想似是對於第三個人的嚴峻的問題：『你所做的什麼事？你現在將怎麼辦？』的答覆。

『我現在將怎麼辦呢？』她高聲的問道。

『我們要知道，』沙寧答道。

她想要溜下他的膝頭，但他緊緊的抱住了她，所以她只好仍舊留在那裏，想來頗以爲奇怪，因爲她對於他既不能覺得憎妒，也不能覺得討厭。

『無論有事情發生都不要緊了，現在，』她對她自己說道，然而一個祕密的肉體上的好奇心，催使她想着，這位強壯的人，一個生客，然而又是那末親密的一個朋友，將對她怎麼辦。

過了一會，他執了槳，她斜倚在他身邊，她的眼睛半闔着，他的划着槳的一隻手每一次伸到近於她胸部時，她便顫抖着。當船隻嘭的一聲與河岸相撞時，西娜睜開了她的眼睛。她看見田野與水與白霧，而月亮如一個灰白色的魔影，預備要在黎明之前逃走。天色現在要亮了，一陣涼冷的微風在吹拂着。

『我要和你一同走麼？』沙寧溫柔的問道。

『不，我還是一個人走的好，』她答道。

沙寧將她舉出了船外，這乃是他的一個快樂去這末辦，因爲他覺得他愛她，且是感激她。當他在愛好的擁抱了她之後將她放下在岸上時，她躓跌了一下。

『啊！你美人！』沙寧叫道，以一種充滿了熱情與溫柔與憐恤的聲音。

她感到不自覺的驕傲，微笑着。沙寧握住了她的雙手，拉她近於他的身邊。

『吻我！』

『這沒有關係；一點也沒有關係了，現在，』她想道，當下她在她的脣上給他以一個長久而熱情的吻。

『再會，』她咿唔道，幾乎不知道她說的什麼。

『不要和我生氣，親愛的，』沙寧申訴道。

當她跨越過溝渠蹣跚的向前走去，還爲她的衣服所絆住時，沙寧以憂戚的眼光望着她。這使他悲傷的想到了一切爲她而蘊蓄着的不必要的痛苦，並且如他所預知的她沒有力氣將他們放在一邊去。

她的身體徐徐的迎着黎明，向前走去，不久，便消失在白霧之中了。

當他不再能看見她時，沙寧便跳上了船，用力的划了幾下，使水起了泡沫。到了中流，濃稠的晨霧升起於他的四周，沙寧放落了槳，挺立在船中，大聲的歡呼一下。樹林與朝霧，彷彿如活的一樣，反應着他的呼聲。

# 第四十章

西娜彷彿爲一擊所悶倒一樣，立刻沈沈的睡去了，但醒來得很早，感覺得完全的毀壞了，如一具屍體似的冰冷。她的絕望永沒有醒來，她也沒有一刻工夫忘記了所做的事。在沈默的沮喪裏，她考察着她房間裏的每一件的大小的東西，彷彿要發見從昨天以來所生的變化。然而從房間的一隅，爲日光所照射着的聖像，和善的低頭向她望着。窗戶，地板，器具都沒有變動，而在鄰牀的枕頭上，躺着杜博娃的美頭，她正沈沈的熟睡着。一切都完全如前的一樣；只有縐痕壘壘的衣服，不小心的拋在一張椅子上面的，告訴出牠的故事來。她醒來時的臉上的紅色不久便換上了一種灰白色，因她的炭似的黑的眉毛而格外顯著。用了過度工作的腦筋的異常的淸楚，她回想起前幾點鐘的她的經驗。她看見她自己在太陽出來時走過寂寂的街道，而敵意的窗口似乎望着她。她所遇見的幾個人也都回頭顧視她。她在黎明的光中向前走着，爲她的長裙所阻絆，她手裏執着一個綠絨的小手袋，很像一個犯人似的蹣跚的走了回家。過去的一夜，在她看來，乃是癡狂的一夜。發狂的、奇怪的、覆沒的事發生了，然而怎樣的與爲什麽的，她卻不能知道。拋開了一切的羞恥在一邊，忘記了她的對於別一個人的愛情，在她看來，這似是不可思議的。

她心裏疾暈的起了身來，無聲無息的開始去穿衣裳，生怕驚醒了杜博娃。然後，她坐在窗邊焦慮的凝望着花園中的綠色與黃色的樹葉。各種的思想在她腦筋中旋轉着，思路紛亂不定，有如被風所吹的烟。杜博娃突然的醒來。

「什麽？已經起身了麽？如何的奇怪！」她叫道。

當西娜淸晨回家時，她的朋友只是睡眼迷胡的問道，「你怎麽如此紛擾的歸來的？」

然後又沈沈的睡去了．現在她注意到有什麼不對的事發生了，她匆匆走到西娜那邊去，赤着脚，穿着睡衣．

『什麼事？你生了病麽？』她同情的問道，彷彿如一位老姊姊．

西娜退縮了，如在一記打擊之下，然而她的玫瑰色的脣上卻帶着一個微笑，以一種勉强的愉快的聲音說道：

『啊，親愛的，沒有什麼！不過我昨夜一點也沒有睡得着．』

如此的乃是第一個謊話說出來，將她的一切的坦直、高傲的處女時代一變而爲一個記憶．當杜博娃她自己在穿衣裳時，西娜時時的偸眼望她．她的朋友，在她看來，似是光明而純潔的，而她自己則如一個被壓扁了的爬蟲似的惹人厭．這個印象是那末強有力竟使杜博娃所站立的房間中的那塊地方完全爲日光所照，而她自己的一角則沒入黑暗之中．西娜記起了，她如何的常常以爲她自己是比她的朋友更純潔、更美麗的，而這個已來的變遷竟使她十分的痛楚．

然而這一切是深潛在她的心裏的，外貌上她是十分的恬靜實在的，幾乎是愉快着。她穿上了一件美麗的深青色的衣服，拿了她的帽子與陽傘，如她平日一樣高興的走到學校中去，她在學校中留到中午，然後又回家來，

在街上，她遇見了麗達·沙寧娜。他們倆都站在太陽光、美貌、年輕、漂亮裏，他們脣上帶着微笑閒談着小事。麗達對於西娜覺得玩強的敵視，如她所常想像的她之快樂，不顧忌，而西娜則妒忌着麗達的自由及她的快樂順適的生活。每個人都相信她自己乃是殘酷的不正義的犧牲者。

『我確然比她更好，她爲什麼那末快活而我爲什麼必須受苦？』在他們倆的心中，這個思想都佔據着。

午飯以後，西娜拿了一本書，坐近窗口，不休的凝望着花園，園中仍然接觸着將逝的夏天的美麗。情緒的悲戚已經過去了，現在她的情調是一個無情而淡漠的情調。

『呀，唔，我的一切都完了，現在，』她不斷的念着，『我還是死了好，』

西娜看見了沙寧，在他注意到她之前。他高大而安詳的，走過園中，披拂開了樹枝，彷彿用手招呼他們。她向後靠在她的椅背上，將她的書壓在胸前，她望着他，睁大了眼，當他徐徐的走近了窗口時。

「白天好，」他說道，伸出他的手。

在她能夠站起來或從她的詫異中恢復過來之前，他又以一種和善、慰藉的口聲重述道：

「你早上好。」

西娜覺得完全無力了，她僅止咿唔道：

「早上好。」

沙寧靠在窗盤上說道：

「請你到花園裏來一趟，我們談一下子。」

西娜站起身來，爲一種奇力所掃蕩，奪去了她的意志。

『我在那邊等着你，』沙寧加上去說。

她僅只點了點頭。

當他走回花園中時，西娜不敢望着他，有幾秒鐘她站在那裏不動，她的手合握着，然後突然的走了出去拉起了她的衣服俾得走動得容易些。

太陽光照在色彩鮮妍的秋葉上花園似乎沐浸於一陣金色霧中。當西娜匆促的向他走去時，沙寧正在前面不遠的路中。他的微笑使她擾亂。他握住了她的手，坐在一株樹幹上，溫柔的拉她坐在他的膝上。

『我不能決定，』他開始道，『我該不該到這裏來看他，因爲你也許以爲我待遇很不好。但我不能夠站了開去。我要說明種種事情，使你不至於絕對的憎我、惡我。總之……我能做什麽別的事呢？我怎麽能抵抗呢？有一個時間到了，那時，我覺得我們中間的最後間隔已經落去了，並且覺得如果我失去了我生命中的這一個瞬間，那末牠便永不會再是我的了。你是那末美麗，那末年輕……』

西娜沈默着她的柔輭清澈的半爲她的頭髮所掩蓋着的耳朶成了玫瑰色的，而她的長的眼毛顫動着。

『你是可憐的現在而昨天這一切是如何的美麗呀！』他說道。『憂愁之所以能存在，僅因爲人放了一個價值在他自己的快樂之上，如果我們的生活的方法是不同的話，昨夜的事將留存在我們的回憶中作爲一生的最美麗、最可寶貴的經驗之一。』

『是的，如果……』她機械的說道，然後立刻的，連她自己也很驚駭着，她竟微笑了，有如太陽升上來了，鳥在唱歌，蘆葦在微語一樣，這個微笑似乎也鼓作了她的精神，然而這不過一會兒工夫的事。

她立刻又看見她的全部的將來生活放在她的面前，一個毀了的憂與羞的生活，這個景像是如此的可怕，竟引起了憎嫌。

『走開！離開我！』她銳聲的說道，她的牙根咬緊了，她的臉上帶着一種堅強的復仇的表情，當下她站了下來。

沙寧很可憐她．有一會兒工夫他竟要獻給她以他的名字及他的保護，然而有些東西將他拉了回去．他覺得這種的補救是太卑鄙了．

『啊！好的，』他想道，『生命必須只沿了牠的軌道走去．』

『我知道你是和猶里．史瓦洛格契戀愛着的，』他開始道．『也許這便是使你最感悲苦的麼？』

『我不和什麼人戀愛着，』西娜咿唔道，不自主的緊握着她的雙手．

『不要對我有什麼惡意，』沙寧申訴道．『你是如你從前一樣的美麗，你所給予我的同樣的快樂，你也將給予你所愛的他——更甚的，當然是更甚的．我全心全意的希望有着一切可能的快樂，我將常常的在我自己心中視你如我昨夜所見的你一樣．再會……並且，如果你需要我的話，便人來叫我好了．如果我能夠……我要為你而犧牲了我的生命．』

西娜望着他，一聲兒不響，為異常的悲憐所激動．

『這一切也許都將不會錯的，誰知道？』他想道，有一會兒，事情似乎沒有那末可怕。他們定定的彼此凝望着彼此的眼睛，知道在他們的心中他們包含有一個沒有人會發見的祕密，而這個記憶將常常是鮮明的。

『唔，再見，』西娜以一個溫柔的女兒的聲音說道。

沙寧的臉上耀着快樂。她伸出她的手，他們擁着吻，真樸的，愛感的有如兄弟與姊妹。

西娜伴送了沙寧直到了園門邊，憂感的望着他走去。然後她回到花園裏來，躺在芬芳的草上，綠草在她四周波動着，沙沙作聲。她閉上她的眼睛，想到一切所曾發生的事，躊躇着她該不該去告訴了猶里。

『不不，』她對她自己說道，『我不再想到牠了。有的事情是最好忘記了牠。』

# 第四十一章

第二天早晨，猶里起身得很遲，覺得不大舒服。他的頭痛楚着，他的口中有股壞氣味。起初，他只能回想起歡叫，玻璃杯的叮噹以及在黎明時微弱下去的燈光。然後他記憶起，如何的，夏夫洛夫和彼得·依里契蹎跌而呻吟的退休去了，而他和伊凡諸夫——伊凡諸夫臉色雖因喝了酒而蒼白着，但他的足步還穩定着——站在洋臺上談着他們沒有眼去看那光輝的晨天，這晨天映在地平線上是蒼蒼綠綠的，在頭上便變了青色了；他們並沒有看見美麗的草場與田野，也沒有看見躺在他們下面的閃閃發光的河流。

他們仍然的在辯論着伊凡諾夫勝利的對猶里證明，像他這一類的人是沒有價値的，因爲他們怕從生活中取得生活所給予他們的東西。他們最好是死了，被人忘記了。他帶着惡意的高興，引了彼得•依里契的話來說『我當然不稱這種東西爲人』——當下他大笑起來，自以爲他已以這種的一個字句毀壞了猶里了。然而說來奇怪，猶里並不因這句話發惱，他所注意的，僅是伊凡諾夫所說的，他的生活乃是一個可憐的生活。那是因爲，他說道，『他一類的人』是格外的富於感覺，格外的有高尙的頭腦的；他同意於他們最好是離了世界。然後，極端的感到沮喪，他幾乎要哭了起來。他現在帶着羞恥的回憶起來，怎樣的他在那個地方，曾將他和西娜的戀愛故事告訴給伊凡諾夫聽，幾乎要將那位純潔可愛的女郎的名譽抛在這個殘忍的酒徒的足下。當最後，伊凡諾夫呻吟着走出了天井中時，在猶里看來，房間中似是可怕荒寂。

有一層霧幕於一切東西之上；只有齷齪的桌布及牠的綠色的萊菔莖，空空的玻璃杯，以及香煙頭在他的眼前跳舞着，當下他坐在那裏，紛亂而困苦。

他又回憶着過了一會，伊凡諾夫回來了，和他同來的是沙寧。沙寧似乎是快樂，健談，而且完全清醒。他以一種奇異的情緒望着猶里半友誼的半譏嘲的隨後在記憶裏是一個空白的斑點，隨後猶里又憶起小船，水，一種從未見過的玫瑰乳色的霧。他們在冰冷明透的水裏行船，又在太陽照着的平鋪的砂上行路，彷彿在走下陂路似的。頭劇烈的痛着，打着惡心。

「眞不知道是這樣的討厭！」——猶里想，——「喝了酒還不够……」

他厭惡地把這些回憶洒開，像洒開黏在脚上的汚泥一般，開始深沉地想起在樹林中發生的那件事來了。

第一剎那間顯在他面前的是一個不平常的神祕的樹林，樹下深沉而不動的陰黑，月亮的奇光，女人雪白冰冷的軀體，她那緊閉的眼睛，迷人的濃厚的氣味，與瘋氣相隣近的劇烈的欲望。

這回憶使他的整個身軀充滿了倦洋洋的、甜蜜的顫慄，但是有什麼東西針扎他的太陽穴，握緊他的心臟，於是那幅零亂而不堪的圖畫詳晰的記到他心上來。他記得他並未帶著任何的願望，把女郎摔在草地上面，她並不願意，卻直在推開，掙脫，他看見自己已不能而且不願做這事了，卻還是爬到她身上去。

猶里羞慚得抖索了一下。他想走到黑暗裏去，鑽到地洞裏去，不願意自己看見自己的羞辱事情。但是過了一刹那間，猶里無論覺得如何痛苦，總是使自己相信，可嫌惡的並不是他損壞了情慾的有力的衝動，卻是那他在一時間內曾和女郎近於發生肉體接近的事。

猶里用了一種近乎肉體上的努力，就等於他把比他力大好幾倍的人打勝時所用的那種力量一樣，頓時把自己的情感反轉過來，看出自己的行爲是應該那樣做的。

「我如果利用了她的衝動，那就未免太卑陋了！」但是他面前發生了一個新的，更痛苦的問題：「往後怎麼辦呢？」於是在各種不同的、零亂的思想和願望之中，結晶成一個思想：——

『應該拋棄一切！……佔有她，然後將她拋了開去麼？不，我永遠不能那末辦。我是太好心了。別人的痛苦我感到還比自己受牠爲甚唔；那末，怎麼樣娶了她麼？』

結婚！在猶里看來，這個字兒正是可驚的平凡的。任何像他的複雜性格的人怎麼能忍耐得下一個庸俗的眷屬的觀念呢？這是不可能的。猶里簡直臉紅起來，彷彿一發生他能有一刹那間的，對於這結果的懸揣的念頭，就是受侮辱一般。『如此說來，是推開她，走開麼？』越離越遠的女郎的倩影在他面前晃過，成爲永去不復挽回的極大的幸福，等於喪失自己的生命一般。他拒卻了她，好像把她從心裏掏出來，跟着拉出無數的血筋，顯露出致命的創洞。四周黑暗起來，心裏感到空虛和痛苦，連身體都彷彿衰弱下來。『然而我卻愛着她，』他想道。『爲什麼我要將她離開了我，而走去呢？爲什麼我要毀壞了我自己的幸福呢？這是可怕的！這是荒謬的！』

『怎麼樣？……娶她麼？……』

他對於想到此事的可能又感到羞慚，便沉入痛苦而疑慮的煩惱中去了。他停止了見太陽停止了認識自己的生命與失了視聽的願望。

在到了家時，為了要將他的思路離開了一個完全佔據的題材上他坐下在書桌邊，開始去讀他新近所寫的幾段多警句的文字。

「在這個世界上，既沒有好，也沒有壞。」

「有的人說道：自然的東西乃是好的，而人在實現他的欲望時是不錯的。」

「但那是虛僞的，因為一切都是自然的。在黑暗與空虛是沒有東西存在着的；一切都是出於同一的來源。」

「然而有的人又說：一切出之於上帝的都是好的。然而那也是一樣的虛僞；因為，如果上帝存在着，則一切東西都出之於他，即使是訕謗。」

「再者，還有些人說：善是存在於對別人做善事之時。」

「但那怎麽能夠為這一個人是善的，為別一個人便是惡的了？」

「奴隸希求他的自由，而他的主人則要他仍為一個奴隸。有錢的人要保守他的金錢，而窮人則要毀壞了富者；被壓迫的人，要想解放；得勝利者則又要維持着不失敗；沒有愛的，希求被愛，生的，希求不死，人希求毀滅了野獸，正如野獸之想要毀滅了人。這是如此的開始，這也將如此的永久下去，也沒有任何人有一個特別的權利去得到善，那是僅僅適於他自己的善。』

『人常常的說，愛的仁慈是比之憎忌好些的。然而那是虛僞的，因爲如果有一個報酬在着，那末，一個人當然的最好去做一個仁慈而不自私的人了，但如果沒有的話，那末，一個人最好是去取了在太陽底下的他的一份快樂。』

『又是虛僞的一個例子；在社會裏有某種人爲別人而毒害自己的生命。但是人家對他說：你的精神使你自身幻滅，卻保存在人們的事業裏面，作爲永久的種子。但這是虛僞的，因爲都知道在時間的鎖鍊裏創造的精神和毀滅的精神同樣的生存着，不知道何者將興，何者將敗。』

『又有一例：人們在思想他們死後將有如何生活，自對自說這是好的，他們的子孫可以享受他們所種植的果子但是我們不知道我們死後如何情形也不能設想關於後人在我們的道上行走的題目是何種的黑暗。我們不能愛他們，或憎他們，和對於在我們以前的人同樣的不能有所憎愛時間的相互關係切斷了。』

『人們如此說：在快樂和愛愁的源泉前面予人類以同樣的平等，給與同量的一切。但是沒有一個人能領受比他自己還大的哀樂悲喜的；人的成分不平均，牠們也不平均；人的尺度得到了平均，他們的心是永遠不會平均的。』

『驕傲在那裏說話：無論是大人或小人，但是在每人裏有升和落，有樹巔和深淵，有原子和宇宙。』

『有人說：人類的智慧眞大呀！但還是虛僞的，因爲視覺有限，在這意識和無意識像濃厚的空氣一般交流着的無窮盡的宇宙內，人看不見自己的意識或無意識。』

『人知道甚麼？亞當曾知道如何飲食，如何按着需要穿衣，於是保存了自己的種族；我們也知道這個，也可以保存自己的種族於將來。但是亞當不知道如何去不死，不懼怕，我們也不知道這個．想出了許多的智識，都沒有想出生命和幸福，以作補充．』

『人身上從皮靴到皇冠，全都具有一種救自己身體於痛苦與死亡的目的．我們看：卡因把阿魏里打倒，既是用的普通的棍棒，也不就是可以用同樣的棍棒毀除站在智識的最末階級的人麼？瑪福薩不是比大家活得很長久麼？但是他死了！約夫不是比大家都有幸福麼？但憂愁蝕死了他！他不是每個人在一生裏感到如許的悲哀和快樂，擡起肩膀撐持着，卻也要同樣的死去，和他的祖宗一般麼？……但是現在人竟把智識的神戴上慈冠，又大聲呼號，又妄自誇大起來了！』

『一樣是要被微蟲侵食的！』

一陣寒冷的感覺在猶里的背上滑過，他彷彿看見許多許多白蟲在整個的大地上營營擾擾個不住，這景象使他異常的驚悸．

猶里讀了下去，覺得他所寫的這些默想錄，乃是驚人的深刻的．

『這些話都是如何的眞切呀！』他對他自己說道，在他的悲傷中，有了一抹的光榮．

他走到窗邊，眼看着花園，那裏小徑爲黃葉所鋪滿．觸目都是死色——死葉與死蟲，他們的生命是靠着熱和光的．

猶里不能感到這個恬靜、將死的夏天的陳列物，充滿了他的靈魂以說不出的憤怒．

# 第四十二章

醉鬼，歌唱者，彼得·伊里契，在路上走着。

秋日已屆，避暑的所在漸漸的空虛寂靜起來，成爲過去快樂的小墳地，發現出一種特別秀麗的美來：刻花的細薄的柵欄，像花邊一般襯在樹的中間；楓紅的花枝上懸著一陣薄醉；玩具般的別墅的房屋在疏稀的金花的樹枝叢中搖曳不定；幾朶紅菊孤傲地在空虛的圖畫上豎立着，好像尋思什麼，頻頻搖着美麗的小頭；平臺和綠色長椅還保存著逝去的快樂和喧嘩生活的痕跡，覺得這生活是充滿喜樂愉快的，特別美麗的生活。有時候在空曠的林蔭道上發現一個孤獨的，凝想的女人的身形，像失羣的孤鳥一般，看來特別的美麗，愁慮和神祕關住的門窗產生出一種寂靜，使人覺得就是牠，那秋日的寂靜，現在獨自過着謎樣的神祕的生活。

彼得·伊里契在零亂的小道上慢慢地走着，用棍棒在深黃的落葉上面攪着。在人聲喧閙，喜氣盈天的時候，他不會來的。也許他本能上感到自己的衰老，鄙陋和難看，那些帶着笑聲和喜容的人阻礙他聽見他一人能聽見的東西。

他在別墅傍邊走着，坐在被遺棄的椅上，許久的直望前面，直到寒秋的天色發黑時爲止，大概是在感觸在人們快樂游戲的所在上面無形通過的永久的氣息。

後來他走到河邊，靠在潮氣極重，黃綠相交的橡樹傍邊，望着靜謐的水晶般的水。他躺到疏稀而乾枯的草上，躺了好幾分鐘，頭伏在地上，聽着牠無聲的說話，沉重而安然地呼吸着。

他走到最荒野的地方去，那邊河靠近着山，山想壓死河，卻又不能。河在嘲笑山，發出蔚藍而帶銀光色的笑聲，全身顫索着山卻皺緊眉峯羣樹也在喧鬧不止。巨大的橡樹有時候從巉險的岸上投到水裏去，把垂頭喪氣的枝葉沉沒在清水悠悠，嘻笑不止的深淵裏面。

河在戲弄着漣波，天上晒成蔚藍色，地上映爲葱綠色，彷彿有人在迅速地寫些不易了解的，神祕的文字。一壁寫，一壁擦去，又在迅速地寫和擦。這些文字寫些什麼，永遠不會有人讀到的，但是顯然能達到彼得。伊里契的心底裏，因爲他整整數小時在偵察着，使他變成十分的安靜，像已將燒完的人生的薄暮一般。

樹林、河流、田地和天地所給予他的，是酗酒畸形的生活所不能給予的。牠能使他的心靈充滿到極低的深處。這老唱歌人的神色在這樣出行時總是帶着勝利的凝想，而且非常的鄭重。

他回家時，遇見幾個朋友，總要敍述些什麼，用鄭重其事的態度，努力傳達那不能傳達的一切，而且永遠是末了說出同樣的話來：——

「在冬天……那裏也好！……眞寂靜……小雪珠跳躍着，跳躍着……小雪鳥歌唱着！……」

他的嗓音轉爲高大的粗聲，在空氣裏消沉下去，使人覺得這人雖然瑰奇，卻會特別地感應到生活之美的最柔細處，如能解脫了爲掙麵包吃而做的工作，屏除了血酒和疾病，必能很好，很完善的充實自己的生命，使他的心靈成爲十分快樂的呢。

# 第四十二章

『秋天已經到了；那末冬天與雪．那末春天，夏天；又是秋天！這一切都是永久的單調！在那些時候我將做什麽事呢？正如我現在所做一般無二．最好的是，我將成了無知識者，不顧慮到任何東西．然後老年，然後死亡．』

同一的思想，那末常使他煩惱的，現在又衝過他的腦中了．生命，他這樣的說着，已經在他身邊走過了；總之，像一個例外的生存者的一種東西是沒有的；即一個英雄的生活，其開頭也是充滿了倦厭與悲哀的，其結局也是沒有快樂的．他記起他的生活永遠是在期待些什麼新的看在這時候內所做的事是臨時的；可是這『臨時』在拉長着，正和蠶一樣，不住的發展出新的身段，而蠶的尾端卻漸漸的在老死中隱消下去了。

『一個成功！一個某一種的勝利！』猶里絕望的扭絞着他的雙手，『去顯名一時，然後死了，沒有恐怖，沒有痛苦。那是唯一眞實的生活！』

一千種的冒險，一種比一種更爲英雄的，皆自現於他的心上，每一種都像冷笑的死亡的頭顱。猶里閉了他的眼，能夠清清楚楚的看見一個灰色的彼得堡的清晨，潮濕的磚牆，及一具絞架朦朧現於鉛色的天空。他幻想有一把手槍的鐵管壓在他的額前；他想像他能够聽見皮鞭嘶嘶的打在他的無抵抗的臉上及赤裸的背上。

『那便是爲一個人而儲待着的東西了！一個人必定到那裏去的！』他叫道，煩惱地揮着手。

英雄的行爲消失了，代替他們而生的，乃是他自己的無助，像一個譏嘲的面具似的對他冷笑着。他覺得，所有他的勝利的夢想以及勇氣，都不過是孩提的幻想而已。

「我爲什麼要犧牲了我自己的性命或投服與侮辱與死亡，爲的是要使第三十二世紀的工人階級不會因乏食或缺少性的滿足而受苦呢？鬼把這個世界上的一切工人與非工人都取了去」

猶里重又感到一種無力的惡毒，無目的而且使他自身痛苦的，侵將過來。他全身盤據着一種拋棄一切，脫身世外的不可抑止的需要。但是不可見的爪牙緊緊的握住，完全的疲倦之感衝到他腦裏，心裏，活的軀體充滿了死的幻滅。

「我願意有人槍殺我，」他想道。「殺死我，一下子，一粒子彈從後面射來，那末我不會感覺到什麼。這是如何的無意識？爲什麼必須別的人去做這事呢？我自己不能麼？難道我眞的是如此的一個怯者，竟不能鼓起了勇氣以了結這個除了悲苦便不知他物的生命麼？遲或早，一個人必須死，所以……」

他走近了他放手槍的抽屜，偷偷的取牠出來。

「假如我試一試看？不是眞的因爲我……只不過爲了玩玩！」

他滑落了手槍在他的衣袋裏，走出通到花園中去的遊廊上，在石階上滿撒着黃色的敗葉。他四面八方的檢拾了他們起來，同時他吹嘯着一個悲調。

『你吹嘯的什麼呢？』麗萊亞快樂的問道，當她走過花園時。『這如一首悲悼你的逝去的青春的輓歌。』

麗萊亞到河邊去同勒森且夫幽會，回來時受到親吻，感到非常的暢快和幸福。誰也不禁阻他們相見，無論在什麼地方，什麼時候都行，但是在荒園的空虛和靜默裏，在秘密裏可以有一種尖銳的刺激，因此親吻更加的顯得急昂，使麗萊亞觸到新的願望。

『不要說無意識的話！』猶至惱怒的答道；從那個時候起，他覺得將近的某事，已不是他的能力所可阻止的了。像一隻知道死期將近的獸，他不休不停的這裏那裏的漫走着，要找一個清靜的地方。天井只能使他憎惡，所以他便走下了河邊，黃葉在水面上浮着，他抛了一支枯枝進河。有好一會兒他凝望着水面上的暈圈，而浮葉則在圈裏跳舞着。他回轉來，向屋子走去，停步去看荒蕪的花牀，在那裏，最後的紅花還淹留着。然後他又回到花園中去．

在櫻色與黃色的樹葉之間，一株橡樹挺立在那裏，獨有牠的樹葉是綠色的．在樹下的長櫈上，一隻黃貓躺在那裏曬太陽．猶里輕輕的拍着牠的柔軟的毛背，他的眼中有了眼淚．

『這是完結了！這是完結了！』他自己不斷的念着．這些句語對於他雖似無意義，他們卻如一支箭似的刺着他的心．

『不，不！什麼無意識！我的全生躺在我的面前．我只有二十四歲呢！這不是那樣的．那末，是怎麼樣的呢？』

他突然的想到了西娜，在林中的一幕暴行之後，再去會見她是如何的不可能．然而他怎麼能設法不與她相遇呢？這場羞辱浸沒了他最好還是死了吧．

貓弓了牠的背，快樂的鳴叫着，其聲如一個嘣嘣作響的茶缸．猶里注意的望着牠，然後開始走來走去．

『我的生活是如此的疲厭；如此的可怕的悽慘……並且，我不能說，如果……不，不，我寧願死，比再看見她還好些！』

西娜已經永遠的走出他的生活中了。將來是冰冷、灰色、虛空的躺在他的面前，一長練的無愛情、無希望的日子。

『不，我寧願死去！』

正在那個時候，馬車夫步伐沉重的走了過去，擕着一桶的水，水中浮着樹葉，黃色的死葉。女僕出現於門口，向猶里叫着。有好一會兒，他不能夠明白她說什麽話。

『是的，是的，知道了！』當他最後明白了她正來告訴他午飯已經預備好了時答道。

『午飯麽？』他恐怖的對他自己說道：『進去吃午飯！每一件事都和前一般無二；活下去，憂慮着去計劃我應該如何的對待西娜，如何的對付我自己的生活以及我自己的行為麽？所以我最好要趕快，否則，如果我去吃午飯了，以後便沒有時間了。』

一個要趕快的願望佔有了他；而他全身的一肢一節都顫抖着。他心上自覺沒有事情要發生，然而他又有一個將死的清楚的預警；因敏銳的恐怖，他雙耳中有一種嗡嗡的鳴聲。

女僕雙手塞在她的白長衣裏，仍然站在遊廊上不動，在欣賞着柔和的秋氣。

猶里像一個賊一樣走到橡樹後面去，如此，便沒有人從遊廊上會看見他了，他以可驚的突然，在胸前打了一槍。

「走火了！」他快活的想道，希望活着，而懼怕死去；但在他之上，他看見橡樹的最高頂襯着蔚藍的天空，而黃貓驚駭的逃了開去。

女僕驚喊了一聲，衝進屋內。即刻之後，在猶里看來，似乎他身邊環立了一大羣的人。有人將冷水傾在他的頭上，一片黃葉貼在他的額前；很使他不舒服。他聽見各方面來的激動的聲音，有一個人在啜泣着叫道：

「猶拉，猶拉！唉，爲什麼，爲什麼？」

「那是麗萊亞！」猶里想道。他睜大了他的眼，開始激烈的掙扎着，彷彿在冰結之中似的，他呻吟道：

「去叫醫生來——快點！」

但在他的恐怖中，他覺得一切都完了——現在沒有東西能夠救全他了．死葉貼在他的額上覺得更重，更重了，壓擠着他的腦．他無效的伸出他的頭頸，要看得更清楚些，但那黃葉長得更大了，更大了，直至他們掩蔽了一切東西；以後所發生的關於他的事，猶里便永遠的不會知道了．

# 第四十四章

那些認識猶里·史瓦洛格契的人以及那些不認識他的．那些喜歡他的人以及那些憎忌他的，更有那些從不曾想到他的人都悲感着，現在他是死了．

沒有人能够明白他爲什麼自殺的；雖然他們都以爲他們是明白的，而在他們的內在的靈魂裏，他們也分受着他的思想的一部分．關於自殺，似乎有點那末美麗的東西，繼於其後的乃是眼淚、鮮花及悲壯的話．他自己的親屬沒有一個人參預葬禮．他的父親犯着瘋癱病，麗萊亞一刻也不能離開他．只有勒森貝夫一人代表了家屬，負責辦理一切葬事。死者的孤寂使觀者更特別的覺得悲慘，而給一種悲哀的弘偉於死者的人格上。

許多鮮花，美麗無香的秋花，送來放在棺材車上，而在他們的紅白繽紛之中，猶里的臉，恬靜而和平的躺着，一點也表示不出爭鬬或受苦的痕跡。

當棺材經過西娜的門前時，她和她的朋友杜博娃便加入了送葬隊中。西娜看來完全的沮喪與麻木，彷彿她是被引去羞恥的行刑一樣，雖然她堅信的覺得猶里沒有聞見她的不名譽的事，然而在她看來，似乎在那事與他的自殺之間，總有一點關聯，他的自殺將常留爲一種神祕，說不出的羞恥的負擔，是她一個人獨自負戴着的。她視她自己爲絕對的可憐與汚壞。

她整夜的哭泣着，同時在幻想中，她親愛的吻着她已死的情人的臉。當早晨來到時，她的心中充滿了對於猶里的無望的愛情以及對於沙寧的深恨。她的不意的和沙寧的奸通，有如一場惡夢，所有沙寧告訴她的話，她在那時相信着的，如今在她看來都是不對的。她跌落到一片危岩之下；無法可救。當沙寧走近她時，她在猝然轉身開去之前，恐怖的憎恨的注視着他．

當她的冰冷的手指輕輕的接觸着他的熱烈的伸出歡迎她的手時，沙寧立刻便全知道她所想的與所感的了，自此以後他們只能彼此如陌生的人一樣了．他咬着他的唇，加入了伊凡諾夫，他跟在後面幾步遠搖着他的平滑的美髮．

『聽聽彼得．依里契！』沙寧說道，『他是如何追出他的聲音來呀！』

前面好遠的路，緊跟着棺材之後，他們都在唱着一個輓歌，而彼得·依里契的曼長而顫抖的聲調充滿了空中．

『好不可笑嘜？』伊凡諾夫開始道，『一種柔弱的人，然而他卻在一時間用槍自殺了，像那樣的！』

『我相信，』沙寧答道，『他在手槍開放出去的三秒鐘之前，還是不決定要否自殺的．如他之活着一樣，他也那樣的死了．』

『啊！好的，』伊凡諾夫說道，『無論如何，他是為他自己找到一個地方了』

任伊凡諾夫看來這乃是解釋這個悲劇的事故的最後的話了，當下他掠回了他的黃髮，高興起來，顯然已捉進到他一人明白而且能安慰他一人的地方了。

在墳地上，景物格外的顯得秋意，在那裏，株株的樹都似碳以沈悶的金紅色，而這裏那裏的，綠草從敗葉堆中顯出綠色來。墓石與十字架在這個沈鬱的背景中更見得白了。

黑土如此的收受了棺里。

正當棺材看不見了，而大地成了生者與死者間的永久的間隔的嚴肅的當兒，西娜刺耳的銳叫了一聲。她的哭聲反響於沈寂的墓地之中，痛苦的感應於一小羣的沈默的送葬者。她不顧到將她的祕密對別人瞞着了，他們現在全都猜出來，恐怖着死亡已將這個美麗的少婦和她的情人分離了，開去她本想將她的一切青春與美麗都給了他，而現在他卻躺在墳中死了。

他們領了她開去，她的哭聲漸漸的低下了。墳墓匆匆的填滿了，一堆的泥土墳出於其上，植着幾株綠色的小松樹。

夏夫洛夫變得不安起來.

『我說,應該有人演說一場.先生們,那是不行的!應該有一場演說,』他說道,匆促的逐一的請着旁立的人.

『去問問沙寧,』伊凡諾夫惡意的提議道.夏夫洛夫詫異的望着這個說話者,他的臉上帶着一種難測的表情.

『沙寧?沙寧?沙寧在那裏?』他叫道.『噯!法拉狄麥·彼得洛威慈你將說幾句話麼?我們不能沒有一個演說便走開了.』

『你自己演說一番,那末,』沙寧憮然的答道,他正靜聽着西娜在遠處啜泣着,

『如果我能說我便說了.他真的是一個非……常……的人,你不是麼?請說一二句話!』

沙寧狠狠的視着他,幾乎憤怒的答道:

『要說什麼話呢?世界上少了一個傻子,那就完了!』

這峻語可驚的清晰的落在那些參與葬禮者的耳中他們是那末詫異着竟說不出一句答語來但杜博娃卻尖聲的叫道：

『如何的侮辱！』

『爲什麼？』沙寧問道，聳着肩。

杜博娃想要對着他喊罵着以拳嚇他但爲立於她身邊的幾個女郎所牽住了，這團體秩序混亂的散了，如一堆的敗葉爲風所吹散一樣羣衆都分散了。夏夫洛夫其初在前排奔着，但不久以後，他又走回來了。勒森且夫和別的幾個人站在一邊，手舞足蹈着。

沙寧沈入他的思想中，凝望着一個戴眼鏡的人的怒臉，然後轉身加入伊凡諾夫，他顯得迷亂着當他對夏夫洛夫說起沙寧時他原已預見了某一種的意外的事，但沒有想到是性質那末嚴重的一個。這雖使他有趣，然而他也覺得憂歡這已發生了。不知道說什麼話好，視線轉了開去，由墓石與十字架而轉到遠遠的田野上。

一位年輕的學生站在他旁邊，正在熱烈的談着。伊凡諾夫用冰冷的眼睛直望他的臉。

「我想你視你自己爲裝飾品吧?」他說道。

這孩子臉紅了。

「那是一點也不可笑的,」他答道。

「可笑是死——了!你走開去!」

伊凡諾夫的眼中有那末一道惡光,竟使那個不知所措的少年立刻便走開了。

沙寧望着這小小的一幕,微笑了。

「他們是如何的傻呆呀!」他叫道。

伊凡諾夫立刻覺得羞恥,竟有一會兒他是狐疑着。

「來吧,」他說道。「鬼取了他們這班人去!」

「很好!我們走吧!」

他們走過了勒森且夫的身邊,他怒視着他們,當他們向門口走去時,在不遠的路,沙寧又見到別一羣的少年人，他所不認識的，站在那裏，如一羣羊，他們的頭顱緊靠在一塊兒．在他們的中間，站着夏夫洛夫，談着，做着手勢，但他一眼看見沙寧時，便默默不言了．他們全都回頭望着沙寧．他們的臉上全都表現出懇摯的憤怒和一種羞怯的好奇心，

「他們在計議着反對你呢，」伊凡諾夫說道，他看見沙寧眼中的悲傷之色，覺得有點奇怪．夏夫洛夫紅得如一隻大蝦，走向前來，瞬閃他的眼瞼，走近了沙寧，沙寧疾忙的轉了他的足跟，彷彿他預備要打第一個人打他一樣．

夏夫洛夫也許見到了這，因為他的臉色白了，停在相當的遠處，學生們和女學生們緊緊的跟在他的足跟之後，好像一羣的羊跟在頸上繫鈴的閹羊之後一樣．

「你們還想要什麼？」沙寧問道，並不揚起他的聲音．

「我們並不要什麼，」夏夫洛夫紛亂的答道，「但所有我的同志們，要我來表示他們的不悅，對於——」

「我很注意到你們的不悅呢！」沙寧從他的緊咬着的牙齒中縣𡅏的說道，「你們

要我說幾句關於死者的話，我說了我所想說的話之後，你們又來對我表示你們的不悅了！你們非常的客氣，我敢說！如果你們不是一堆愚蠢而易感的孩子的話，我便要對你們表白出我是對的，而史瓦洛格契的生活乃是一個絕對的愚蠢的生活了，因爲他自己憂慮着各種的無益的事，而死於一個愚人的死法，但是你們——唔，你們全都是太蠢笨了，心胸太狹了，聽不進話！鬼帶了你們一班人去！走開，我說！」

他說着，便直向前走，迫着羣衆讓開了一條路給他。

『不要推請你！』夏夫洛夫叫道，輕微的反抗着。

『一切的無禮，——』有人叫道，但他並不說完他的話。

『你怎麼像那樣的驚嚇人家呢？』當他們走下街時，『你是一個徹頭徹尾的恐怖者！』

『如果這種帶着發狂的求自由的觀念的少年們常來煩擾你時，』沙寧答道，『我希望你對待他們以一種更粗暴的方法，讓他們全都到地獄中去！』

「振作精神，我的朋友！」伊凡諾夫說道，半諷笑半認眞的。「你知道我們將怎麽辦麽？買些皮酒來，爲了紀念猶里·史瓦洛格契而喝着，好不好？」

「假如你高興，」沙寧隨意的答道。

「在我們回去的時候，所有別的人都要走了，」伊凡諾夫續說道，「我們在墓邊喝着，給死者以光榮，也使我們得到自己的享樂。」

「很好。」

當他們回去時，已經沒有一個人可見了。墓石與十字架，挺直而堅硬，彷彿在默默的希望着的站在那裏。一條可怕的黑蛇從一堆敗葉中突然的衝過路去。

「蛇！」伊凡諾夫聳聳肩叫道。

然後，在融合了濕泥與綠松的新墳之旁的草地上，他們拋下他們的空酒瓶。

# 第四十五章

「聽我說，」沙寧說道，當他們在黃昏中走下街時。

「唔，什麽事？」

「和我同到車站上來。我要走了。」

伊凡諾夫立定了。

「爲什麽？」

「因爲這個地方使我厭煩。」

『有事使你驚嚇麼，嗳？』

『使我驚嚇麼？我走因爲我想要走．』

『是的，但理由呢？』

『我的好朋友，不要傻問什麼．我想要走，那就完了．當一個人沒有看穿了人們時，便常覺得他們可以給予些什麼……這裏有很有意思的人．西娜·卡莎委娜成了新的人，西米諾夫死了，麗達本是可以避免了平凡的．但是，唉！他們現在使我厭煩了．我厭了他們．我要盡我所能的愈長久的忘了他們一班人便好；我不能再忍耐下去了．』

伊凡諾夫望了他好一會．

『來，來！』他說道．『你一定要對你的家人說聲再會吧？』

『我不！這正是他們使我最厭煩．』

『但是行李怎麼樣？』

『我沒有多少行李．如果你停在花園中，我將走進我的房間將我的手提包從窗口遞給你。否則，他們會看見我，而膩煩的把爲什麼去，及到什麼地方去的許多問題問我了。並且，說什麼話好呢？』

『啊！我知道了！』伊凡諾夫囁嚅道，當下他做着一個姿勢，彷彿要和沙寧說再會。『你走了，我很難過，我的朋友，但……我怎麼辦呢？』

『和我同走。』

『到什麼地方去？』

『不必管什麼地方。對於這，以後我們能知道的。』

『但是我沒有錢？』

沙寧笑起來。

『我也沒有。』

『不，不，你最好自己走吧。兩個禮拜之後，學校要開學了，我仍將回到老溝中去了。』

他們彼此直視着彼此的眼中，伊凡諾夫紛亂的轉開眼去，彷彿他在鏡中看見他自己的臉的扭歪的影子一樣.

走過了院子，沙寧進了門，伊凡諾夫則等在黑漆漆的園中，園中有的是陰鬱的影子與腐敗的氣味.當他走近沙寧臥房的窗下時，落葉在他足下簌簌的作響.當沙寧經過了客室時，他聽見遊廊裏有說話的聲音，他停步靜聽着.

『但你所要求於我的是什麼?』他能够聽見麗達在說話.她的惱怒疲弱的聲音使他驚駭.

『我並不要求什麼，』諾委加夫惱惱的答道，『不過這似乎很可怪，你乃以為你是為我而犧牲了你自己的，而實則——』

『是的，是的，我知道了，』麗達說道，與她的眼淚掙扎着.

『這不是我，但這乃是你，犧牲了你自己.是的，這乃是你!你還更要些什麼呢?』

諾委加夫發了惱.

『你如何的不很懂得我的意思呀!』他說道.『我愛你，因此，無所謂犧牲.但你如果覺得我們的結合需要你這一方面或我這一方面的犧牲的話，則我們將來怎麼能在世上共同生活下去呢？請你努力的明白我，我們僅能夠在一個條件之下共同生活着；那就是無論我們那一個人都不以爲對於此事有任何的犧牲。或者我們彼此相愛，我們的結合是一個合理而自然的結合，或者我們並不彼此相愛，那末——』

麗達突然的開始哭了。

『怎麼一會事？』諾委加夫叫道，驚駭而且煩惱。『我不能明白你。我並不曾說過什麼觸犯你的話。不要像那樣的哭着！眞的，人家連一句話都不能說！』

『我……不知道，』麗達啜泣道，『但……』

沙寧皺着眉頭，走進了他的房間。

『那便是麗達所得的前途了！』他想道。『也許，如果她投水自殺了，總之要比這更好些。』

伊凡諾夫在窗下，能夠聽見沙寧匆匆的包紮他的東西，紙張簌簌的作響，還有什麼東西跌在地上的聲音。

『你來了麼?』他不耐煩的問道。

『一會兒工夫就來了，』沙寧答道當下他的灰白的臉出現於窗口。

『捉住!』

手提包隨卽遞出給了伊凡諾夫，沙寧也跟了跳下去。

『來吧!』

他們迅快的走過園中，這園朦朧而荒曠的留於暝色之中夕陽的紅光已經在閃閃的河流之外淡下去了。

在車站中，一切的符號燈都已亮了。一輛機關車正在軋軋的噴着氣人四處的跑着，嘭的關了門彼此互相招呼。一羣的農人帶了巨大的行李，塞滿了月臺的一部分。

在餐室中，沙寧和伊凡諾夫喝了一次別酒。

『這裏是好運，與一個愉快的旅行!』伊凡諾夫說道。

沙寧微笑着．

『我們的旅程都常是一個樣子的，』他說道．『我不希望從生命中得到些什麼，我也不向牠要求些什麼．至於好運呢，在結局時是沒有多少的．的老年與死，那就完了．』

他們走出了月臺，找一個清靜點的地方告別．

『好，再會！』

『再會！』

幾乎不知道什麼緣故，他們倆互吻着．

長笛叫了一聲，火車開始移動了．

『啊！我的孩子．我是那末喜歡你，』伊凡諾夫突然的叫道．『你是我所曾遇見的唯一的眞實的人．』

『也就只有你一個人愛我呢，』沙寧說道，當下，他笑着跳上了一輛移轉過來的車的踏脚板上．

「我們走！」他叫道．「再會！」

車輛匆速的從伊凡諾夫經過，彷彿，如沙寧一樣，他們突然的決意要離開．紅光現於黑暗中，然後似乎成爲靜止了．伊凡諾夫悲戚的望着牠消失不見了，然後經過了燈光闇淡的街道而懶散的回了家．

「喝起酒來，如何？」他想道；當他走進了旅館時，他自己的灰色而厭倦的生活的印象也和一個鬼魂一樣的偕了他一同進去．

# 第四十六章

燈光在擁擠的火車的窒悶空氣中朦朧的照着，投射他們以不定的光於猶視、敞衣的身上，他們擠在一處，被圍於煙中。沙寧坐在三個客人的旁邊。當他進去時，他們正在談話，一個半爲黑暗所蔽的人說道：

「事情不很好，你說？」

「不能夠再壞的了，」沙寧的鄰座，一個頭髮灰白的老農夫，以一種高而弱的聲音說道。「他們僅會想到他們自己；他們並不顧到我們。你高興怎麼說都可以，但當在爲你的同胞而爭鬪着時，較強的人便常能喝到血的。」

「那末你們等待着做什麼？」沙寧問道，他已經猜出他們所談的是什麼題目了。

老人向着他，他的手做了一個疑問的揮動。

「我們還能做什麼別的事呢？」

沙寧站了起來，換了他的座位，他非常的明白這些農人們，他們如野獸似的生活，既不能與他們的壓迫相抗，也不能去毀滅他們的壓迫者。他們只是朦朦朧朧的希望着會有一個奇蹟發生，在等待着這個奇蹟時，已有他們的同伴農奴幾百萬，幾百萬的死滅了，而他們還繼續過着他們獸類似的生活。

黑夜來了，大家都睡了，只有一個坐在沙寧對面的小商人，正在和他的妻吵着。她不說一句話，但以她的恐懼的眼光四面望着。

「等一會兒，你母牛，我不久便要給你顏色看看！」他嚇嚇道。

沙寧已經入睡了，忽然這婦人的一聲哭叫驚醒了他。這東西迅快的移開了他的手，但並不在沙寧能夠看見他在虐待他的妻之前。

『你是一個什麼禽獸！』沙寧憤怒的叫道。

那人驚駭的退縮了，當下他瞬閃着他小惡眼，冷笑着。

沙寧憎惡的走去到了車後的月臺上。當他經過走廊的車時，他看見擁擁擠擠的旅客們平身的彼此交壓的躺着。這是天亮的時候，他們的倦臉在灰色的晨光中看來都是青白色的，這晨光給他們以一種無助、痛苦的表情。

沙寧站在月臺上，吸了一下清涼的晨間空氣。

『人是一個如何壞的東西呀！』他想道。離開他的一切的同行的人，離開火車與車中的惡空氣與煙與喧嘩，只要一會兒工夫，——這乃是他所希望着的。

東方黎明現出紅光來。黑夜的最後的灰色病狀的陰影散了，沒入草原之外的青灰色的地平線中去了。沙寧並不費時間去反省，但留下了他的手提包不顧，跳下了踏脚板。

火車如雷似的響着，衝過了他身邊，當下他落在軌道基的柔軟的濕沙之上。最後一節火車上的紅光已經在很遠的地方了，當下他站了起來，笑着。

沙寧發出了一聲歡呼。『那是不壞！』他叫道。

一切圍繞於他四周的是如此的自由，如此的廣漠。兩邊都是寬闊平衍的草地，直伸到朦霧的地平線。沙寧深深的呼吸了一下，當下他以光亮的眼睛察看這廣大的景色。然後他向前走去，面向着愉快、光輝的黎明；當平原之醒了過來，回復了在廣大的穹天之下的青與綠的魔術的色彩；當第一線的東方的光明，照射在他的眩暈的視線之上時，在沙寧看來，他似乎是向前而進；迎着朝陽而進。

# 後記

發願譯沙寧，已在六年之前。僅成數章，便因事輟筆。去年，爲友人所督促，復行續譯，竟得於暑假時將全書譯畢。原係依據 G. Cannan 的英譯本重譯。但我知道英譯本多所顧忌，未必便是全譯本；便請耿濟之君替我用俄文原本校對一下。耿君校對的結果，果然發見英譯本的許多脫落及故意不譯之處。他一一的將那些脫落未譯的地方爲我補譯出來。但他那時正住在西比利亞，郵件往返不便。所以我在小說月報上所發表的，仍是我自己的譯文，竟來不及採用他的校改本。——直到了去年秋天，他回國的時候，方纔很便利的在小說月報第二十卷第十號至第十二號中，（卽沙寧的最後幾章）完全改用了他的校譯本在這裏讀者如將牠與英譯本一對便可發見第四十一章多了一千四百餘字又第四十二章全章也是英譯本所不曾有的其他英譯本漏譯的地方讀者只要取這個本子與小說月報第二十卷第十號以前所刊的一爲校對便可完全明白沙寧之有這部全譯本出現當然要完全歸功於耿濟之君這眞不獨我個人要向他愼重道謝而已的；

在我這部譯本在小說月報上快要刊畢時突然又有了兩種沙寧的中譯本出現沙寧這樣的爲國人所重視眞是我們所十分高興的事爲了時間及排印上的關係我竟未能將那兩種譯本與我所譯的再細校一過但他們似都係根據於 G. Cannan 的英譯本而重譯的我的譯文既爲耿君所校譯，根本上已與 Cannan 的一本不同所以便也不必再取他們的譯本來校閱，便這樣的付印了。

鄭振鐸　十九年三月二十四日

The Literary Association of China Series
**Sanine**
By M. Artzibashef
Translated by C. T. Cheng
The Commercial Press, Limited
All rights reserved

中華民國十九年五月初版

(文學研究會世界文學名著叢書 沙寧一冊)
(每冊定價大洋貳元)
(外埠酌加運費匯費)

文學研究會著作權不准翻印

著者 阿志巴綏夫
譯者 鄭振鐸
發行者 商務印書館
印刷所 上海北河南路北首寶山路 商務印書館
總發行所 上海棋盤街中市 商務印書館
分售處 北平 天津 保定 瀋陽 吉林 龍江 濟南 太原 開封 西安 南京 杭州 蘭谿 安慶 蕪湖 南昌 九江 漢口 長沙 常德 衡州 成都 重慶 廈門 福州 廣州 潮州 香港 梧州 雲南 貴陽 張家口 新嘉坡 商務印書分館

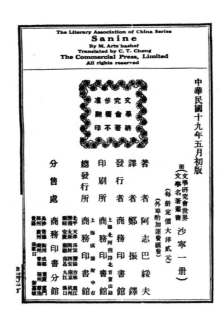